精霊《せいれい》を宿《やど》す国《くに》
黄金《おうごん》の星《ほし》

佐伊
Written by
Sai

吉茶
Illustrated by
Yoshicha

The land of spirits 2 “Golden Star”

この物語はフィクションであり、
実際の人物・団体・事件等とは、いっさい関係ありません。

人物紹介

キリアス

ヨダ国の第一王子で、屈指の力動（生命エネルギー）を持つ。オルガの半神だが、オルガの命と国の未来を守るために、愛する彼から離れることを決意する。ヨダ国最高位の神獣「鳳泉（ほうせん）」の神獣師になる運命である。

オルガ

五大精霊のひとつ「青雷（せいらい）」を守護精霊として宿している神獣師の卵。その出生は秘密に包まれているが、オルガの父親はヨダ国の生き神である先読を殺したのだという。そのために、半神のキリアスと引き離される。

神獣師たち

神獣と呼ばれる最強の五大精霊を所有する精霊師たち

光蟲《こうき》の神獣師 イーゼス

五大精霊「光蟲」の神獣師（操者）。人を人とも思わない冷酷な性格だが、ハユルを溺愛している。二神（二人目の半神）を得た男。警備団の長。

光蟲《こうき》の神獣師 ハユル

五大精霊「光蟲」の神獣師（依代）。思いがけず神獣を宿すことになる。神獣を宿すには器が小さすぎるため、体調を崩しがち。

紫道《しどう》の神獣師 ライキ

五大精霊「紫道」の神獣師（操者）。極貧の中でのしあがり、紫道の神獣師に選ばれる。クルトの従兄弟で半神。護衛団と近衛団の長。

紫道《しどう》の神獣師 クルト

五大精霊「紫道」の神獣師（依代）。最も神獣師を輩出するアジス家の出身。感情を失うように育てられたが、ライキへの想いを自覚し始めた。

神獣師たち

百花《ひゃっか》の神獣師　ミルド

五大精霊「百花」の神獣師（操者）。幼い頃から共に育ったユセフスに執着し、愛を捧げ、尽くす誰よりも忠実な半神。

百花《ひゃっか》の神獣師　ユセフス

五大精霊「百花」の神獣師（依代）。国の行政を握る機関「内府」の長官。国王カディアスの弟。冷徹な頭脳と比類ない美貌の持ち主。

国王

カディアス

ヨダ国国王。先読の予知や千里眼が使えない困難な時代にヨダ国を治める。王としての信念と覚悟の持ち主。キリアスや先読ラルフネス、王太子セディアスの父。

鳳《ほう》泉《せん》の神獣師 トーヤ

五大精霊「鳳泉」の神獣師(依代)。神獣師たちの筆頭を務め、この国の生き神・先読ラルフネスを育てている。現在、鳳泉は操者が不在である。

千影山の師匠たち

引退した元神獣師。精霊師となる者は皆師匠の下につく必要がある。

ダナル

元光蟲の神獣師(操者)。ユセフスの前の内府長官で、激しい性格から「烈火の宰相」と呼ばれていた。

ルカ

元光蟲の神獣師(依代)。無口で感情を滅多に表に出さない。天才として知られ、様々な術に通じる。

千影山の師匠たち

ラグーン

元百花の神獣師（依代）。オルガとキリアスの師匠。エッチな言葉を多用する特殊な教え方で、信条は『とりあえずヤッとけ！』

ジュド

元百花の神獣師（操者）。オルガとキリアスの師匠。半神のラグーンにいつも振り回されている。

先読《さきよみ》

ラルフネス

予知や千里眼の力を持つヨダ国の生き神。十二歳だが、身体は二歳のまま成長していない。

ガイ

元鳳泉の神獣師（操者）。現役時は神獣師の筆頭だった。師匠らの中では最も常識人。半神のリアンを失っている。

用　語　集

先読《さきよみ》
ヨダ国の生き神。予知能力や千里眼を持つ。一日のほとんどは魂を宵国に飛ばしており、そこでは万能の力を発揮する。鳳泉以外のすべての精霊や人間の魂を宵国に引きずり込む能力を持つ。

宵国《よいこく》
あの世とこの世の狭間の空間。

精霊《せいれい》
自然や動物や人間が存在する限り、この世界に絶え間なく生み出されるもの。人に取り憑いて悪さをしたりするが、ヨダ国の祖先は精霊を宿し操作する術を編み出した。
精霊は以下の四つの属性に分かれている。
結界系…結界を張り防御する。
攻撃系…殺傷的な攻撃能力が高い。
操作系…人を操り動かす。
浄化系…悪しきものを取り除く。

戒《かい》
精霊を宿す時に、精霊と交わす契約のこと。また、精霊を操作する時に与える命令のこと。

三つのじゅかい
授戒…精霊を宿すこと。また、精霊を捕らえ、名の下に契約すること。
呪解…宿した精霊を外すこと。また、取り憑いた精霊を祓うこと。
呪戒…禁術を使って、人に宿した精霊を魔獣化させること。

警備団《けいびだん》
王都をはじめ、主要な街で犯罪を取り締まり、治安の維持に務める警察。

護衛団《ごえいだん》
ヨダ国の国境を守り、他国と対峙する軍隊。

近衛団《このえだん》
王の住む黒宮、王太子の住む青宮、政治の中心である内府など、重要な施設がある王宮を守る軍隊。

第五章

光蟲《こうき》

1

光蟲《こうき》の神獣師《しんじゅうし》イーゼスが居《きょ》を構えるのは、王宮から離れた閑静な別荘地である。

イーゼスは警備団の長である。警備団は王都をはじめ国内主要街で犯罪を取り締まり、治安の維持に務める部隊だ。王宮内は近衛団の縄張りとはいえ、警備団の営舎は王宮にある。そこに長である神獣師が居を構えていないということは、普通は立場的にありえない。

紫道《しどう》の神獣師・ライキはわざと繁華街に住んでいるが、一応仕事との兼ね合いも考えてのことだ。実際、近衛団が陣取る王宮になど住めば、護衛団の部下が近寄りがたくなってしまう。ライキは護衛団と近衛団の長を兼ねているため、その辺は気を遣った。

だが、イーゼスはその辺をまるで気にしなかった。

気にしないどころか、仕事をしたくないのを表明するかのように、金持ちの隠居者が多いこの地域でのんびりと生活し、やってくる部下を追い払う有様だった。

イーゼスが半神のハユルと住んでいる小さな家は、広大な敷地に建っている。

イーゼスはライキと同様、使用人というものを置かない。

イーゼスは人からかしずかれるのは大好きだったが、干渉されるのは大嫌いだった。

人間嫌いというほどではないが、自分と半神以外の人間を屑《くず》のように思っているので、周りをうろつかれるのも嫌なのだった。

「ハユル。今日は外出するからな。こっちの服を着ろ。新しくあつらえた上衣にはこの服の色が合う」

寝起きで大あくびをしている半神・ハユルにイーゼスは服を用意した。

寝ぼけ眼《まなこ》で顔を洗ったハユルを座らせ、髪の毛を整えてやる。ふわふわと柔らかい鳥の毛のようなハユルの髪をまとめ、ちょうどいい位置で結ぶ。

「ん？　ちょっと今日はズレたかな」

ハユルの周りを行ったり来たりして髪を整えるイーゼスにかまわず、ハユルはぺたぺたと歩いて食堂に向かった。

そこには、イーゼスが作った料理が並べられている。

基本、ハユルは食に対してこだわりはない。一方でイーゼスは、こだわりがある。イーゼスが一日の栄養を考えて作った料理を、ハユルはいつも文句も言わず食す。が、今日のハユルは食卓に並べられた料理をしばし眺めた後、イーゼスを振り返った。

「なあ、イーゼス。今日は俺、なんか腹が重い。飲み物だけでいい？」

イーゼスは少し眉をひそめた。ハユルの顔をじっと見つめ、そのまま唇を吸った。いつもの行為に、ハユルは慣れている。

「じゃあ、木の実と果実を磨《す》ったものを入れてやる。街に出るんだからな、腹持ちいいものにしないと」


「この店も質が落ちたな。なんだ？　この色は。見てみろよ、俺はこんな色の品を頼んでいたか？　こいつに全然合わねえじゃねえか」

イーゼスは、人からどう思われるか気にしたことはない。

性格が悪いと百人中百人に言われようが、知ったことではなかった。

ハユルは店員にいちゃもんをつけるイーゼスになど、慣れてしまっている。大あくびをして後方で待っていた。

たまに大金を落とすこの男を邪険にできない店の者は、店員を総動員してあれやこれやとハユルに布をあてては褒め称《たた》える。ハユルは飽きてしまって椅子に腰かけてうとうとしているが、イーゼスは顔をしかめながら、布地を一枚一枚念入りに確かめている。

店員たちは、この男二人の関係がいまいち分からず囁き合っていた。

「恋人じゃないんですか？」

「恋人だったらあんた、服から何から何まで人形みたいに任せっきりにできるの？」

「愛人とか？」

「金持っているからね。そうとも考えられるけど……」

それにしては金を出す男が若くて男前すぎ、貢《みつ》がれる年下の男が凡庸《ぼんよう》で、これといって人目を引く要素がなさすぎるのである。

精霊師は通常同性同士のため、この国では同性の恋人に対して偏見がない。

精霊師は希少な存在で、そう簡単にはお目にかかれないが、通常の恋人同士には到底見えないところから、精霊師ではないのかと店員らは推測した。

が、さんざん相手をしてとうとう一枚も買ってもらえなかった店の主《あるじ》は、疲れきった様子で違う違うと手を振った。

「精霊師なわけないだろ。あの二人、どう見ても五歳か六歳くらいは歳が離れているじゃないか」

「歳がなんで関係あるんですか？」

「精霊師ってのは、同い年か、一歳くらいしか違わないんだよ。同じ山で修行する者から選ばれるから、たいていが同い年なんだそうだ。あんなに歳が離れているのは、ありえないんだよ」


「イーゼス。俺、今日は外で食べたい。屋台で食べてもいい？」

「ハユル、朝ほとんど食べていないんだから、屋台の消化の悪そうな食事は駄目だ」

イーゼスを無視してハユルは屋台に並んだ。ちょうど昼時で混んでいる。蟲《むし》を操作して一品運ばせてやろうかなどと黒いことを考えているイーゼスのことなどちゃんとお見通しというように、ハユルはイーゼスの手を引いて列に並ばせた。

「いい匂いだね、イーゼス」

血色のいい頬を見ていると、イーゼスは心が軽くなるのを感じた。人目もはばからずハユルを抱きしめてふわふわとした頭に顔を擦りつける。当然、周囲の人間が引いている。


「……相変わらずだ、あの御方《おかた》は」

はるか上空で、諜報部隊『第五』の精霊師であるカリドが、操作する鳥を通して上官の姿を確認した。

警備団の中でも諜報機関として活動する第五部隊は通称『第五』と呼ばれている。十人全員精霊師という精鋭部隊だ。

「仕事もしねえで、半神と毎日毎日いちゃついて。こっちには山ほどの仕事が舞い込んできているってのに……。年齢的に、あのクソ野郎が俺らの上官であり続けることはこの先も変わらねえ。やってらんねえな」

「口を慎めよ、カリド。知らんふりしていても俺らの

行動なんて、蟲一つでどこまででも追える。それが、光蟲だ。仕事をしてないふりをして、俺ら全員を見張っていたっておかしくないんだ。あっちは、数万の蟲をいっせいに操れるほどの能力なんだからな」

半神のラスの言葉に、カリドはせせら嗤《わら》った。

「そんな仕事熱心な御方なら、こっちもまだ救われるんだよ」

無論、イーゼスは部下がそんな会話をしていることになど、興味はなかった。

上空に気配は感じたが、完全に無視した。イーゼスにとって部下など、その辺に飛ぶ虫と同類である。

〝光蟲〟はその名の通り光る蟲の集合体で、集まると黄金の蛇をかたどる神獣である。数万の蟲を自在に操るイーゼスにとって、蟲一匹飛ばすなど些細なことだ。だが、それによって半神の力動をわずかでも乱すことはあるまい。

「美味しいか？　ハユル」

屋台の焼き飯をほおばるハユルを見て、イーゼスは心から安心した。

朝はあまり気分がすぐれない様子だったが、気にするほどでもなかったらしい。確かめても、力動の流れにおかしなところはなかった。

「イーゼス、水を頼んでいい？」

「水でいいのか？　何か別の、汁でも頼んでくるか。あっちの野菜の……」

焼き飯に向けられていたハユルの視線が泳ぐ。

口から、咀嚼《そしゃく》できなかった焼き飯がボロボロと零《こぼ》れる。

ハユルが心臓の辺りを押さえるのと、イーゼスがその身体に手を伸ばすのはほとんど同時だった。

「ハユル!!」

屋台に集まっていた人々は、一瞬のうちに何が起こったのか、分からなかっただろう。

ハユルの身体がぐらりと横に倒れる前に、力動によって机を横に飛ばしたイーゼスは、その身体を支えた。

次の瞬間、イーゼスの振り上げた腕から飛び出したものが空に上がった。

そして同時に、イーゼスの空を裂くような声が放たれた。

「ここに来い、カリド！」

カリドは、呑気《のんき》に空から眺めているのではなかったと後悔する暇も与えられなかった。

イーゼスが力動で飛ばしたのは、長い針だった。

瞬時に呼ぶ声に従わなければ、針は容赦なく身を貫いてくるに違いない。

命令に即座に従わぬ部下など、この男はためらわず殺す。特に、半神が関わっている時は。

カリドはすぐさま空を降下し、イーゼスの足元に舞い降りた。

「医師のカドレアを呼べ。至急だ！　この近くの診療所にとりあえず運ばせる。急げ！」

『はっ！』

カリドが飛び立つと、イーゼスは騒ぎを聞きつけてやってきた警備団に声を荒らげた。

「診療所に案内しろ！」

「一体何事だ。お前、この有様はなんだ。状況を説明しろ」

警備団の一兵士には神獣師に会う機会などなく、相手が自分たちの長だなどと分からない。が、その一言だけで、玩具のようにイーゼスに壁に叩きつけられた。

ハユルを腕に抱きながら、イーゼスは怒りで目を赤くして怒鳴った。

「診療所だ！　ここにいる全員、ぶち殺すぞ!!」


カリドから報告を受けた王室専属医師のカドレアは、医療道具を手に部屋を飛び出した。

王宮から医師がいなくなることはご法度《はっと》である。カドレアはカリドが操作する鳥を肩に乗せたまま、弟子のアモンを大声で呼んだ。

「アモン、しばらく私は王宮を抜けるわ。あんた、宿直頼んだわよ！」

「またハユル様ですか。そんな遠くにいるなら、急いだところで仕方ないでしょう。どうせやれることなんてたかが知れているんだ。たまには放っておいたらどうですか、師匠」

「馬鹿なことを言わないで！　万が一〝光蟲〟に聞かれていたら、あんた殺されるわよ！」

目を凝《こ》らさなければ見えぬほどの蟲さえも操るのが光蟲である。

それは、言葉を出せるほどの大きさではないにせよ、人の会話を聞いているかもしれないのだ。

カリドの操る鳥の羽毛に、貼りついているかもしれない一匹の蟲。それを操るイーゼスにしか分からない、極小の蟲の存在を、恐れぬ者はいなかった。それを操作する者が、冷酷極まりない人間であるからこそ、余計に。

「〝光蟲〟ね。神獣もクソなら操作する人間もクソだというのは本当だ」

「アモン！」

「あの〝王室の虫〟が最低のくそったれなのは、みんな思っていることでしょう。そうでしょ、部下の方。光蟲殿が、神獣師として、いや、精霊師としてクズ野郎というのは、みんなが認めるところじゃないですか。誰も言わないだけで、内心、この恥知らず、と師匠だって思っているでしょう」

王室の虫。

それが、いつの世でも、神獣・光蟲の神獣師に冠せられる名称である。

そして、今の光蟲の操者であるイーゼスには、もう一つの呼び名があった。

二神を得た男。

唯一無二、生涯一人という半神を、二人得た男。

その事実だけで、侮蔑《ぶべつ》の対象になる。それが、二神だった。


診療所の一室に寝かされたハユルは、血の気がまだ戻らなかった。

神獣師としては器《うつわ》が小さすぎるハユルにとって、神獣「光蟲」を宿す負担は大きい。

宿す器が限界であるために、ハユルは時折こうして心臓の痛みを訴えたり、高熱を出したりする。

医師のカドレアが、休息しかないのです、と、必死で訴える。

「器が限界であるがゆえに生じる身体への負担は、休息でしか回復しません。私がどんな医療精霊を用いたとしても、治すことは不可能なのです。心臓への負担を抑える医療精霊は存在しません」

ならば去れ、この役立たず、とイーゼスはわめき散らした。周囲の人間を蹴散らしたため、今はハユルの傍《そば》にいるのはイーゼス一人だった。

力動の乱れが、感じようとしなくても伝わってくる。だが、この乱れをなんとかしようとハユルの中に入れば、それこそ身体が限界を超えてしまうだろう。疲れきった身体は悲鳴を上げ、活動を止めてしまうかもしれない。イーゼスは、その状況を想像するだけで恐ろしく、震え上がった。

力動の乱れも直せず、ひたすら身体が落ち着くのを待つしかないとは、一体なんのための半神か。

細心の注意を払って、毎日毎日ハユルの身体を案じているというのに。今朝だって念のために口づけして、器と力動の流れを確かめたばかりだったというのに。

食欲がない、というのが一つの信号だったのかもしれない。やはり無理をさせず、家にいた方がよかったのかもしれない。次から次へと襲ってくる後悔に、イーゼスのハユルの手を握りしめる力が強くなった。

半神である自分が直せないのだから、カドレアにできることはないだろう。

それでも何か方法があるのではないかと、イーゼスはこのような状況になるたびにいても立ってても居られなくなるのだった。


ふわり、と病室の空間に、一枚の花びらが舞った。

ハユルが寝かされている寝台に顔を伏せていたイーゼスは、そのまま身動き一つしなかったが、瞬時に力動でその花を跡形もなく引き裂いて散らした。

花の、激怒が伝わってくる。イーゼスはゆっくりと寝台から顔を上げた。無数の花が周囲を覆い、この精霊の操者の怒りに満ちた声が響き渡った。

『イーゼス!!』

「失《う》せろ、くそが。この花をズタズタにして、お前の崇《あが》めている牝犬を切り裂いてやろうか」

『油断したお前が悪いんだ、ミルド。俺を守りきれなかったのはお前の失敗だ。……が、イーゼス、お前ごときに切り裂かれるほど、こちらもやわではない。先程は、残念ながら紙で指を切った程度の傷しか俺に負わせられなかったぞ。まあ、それでもミルドにとっては大怪我かもしれんが……』

悠々としたユセフスの声が響く。おそらくミルドは、半神の指から流れる血を舐めまわしているだろう。

忌々《いまいま》しさに、イーゼスは立ち上がった。

『〝光蟲〟の一匹も出せない状態で、人に噛みつくもんじゃない、イーゼス。大人しく、俺の話を聞け』

愉快そうに見える花に、イーゼスは奥歯を噛みしめた。

「単独での仕事の依頼か。ハユルが、この状態になるのを待っていたようだな」

『他にお前に言うことを聞かせる方法があるのなら教えてくれ。このところ、ろくに仕事をしなかったツケが回ってきたと思うんだな。仮にも神獣を所有しながら、働きたくありませんなど通用せんのだ』

イーゼスは寝台に横になるハユルを目の端に捉えた。

「長くなるのか」

『お前次第だな。ゼドと合流しろ。ハユルが心配なら、山に置け』

「ゼド……ということは、また女がらみか。あの野郎は、女相手には勃《た》たねえとかふざけたことを言って、たらし込む仕事の時には必ず人を呼びやがる」

『お前は得意だろう？』

受けるしかないのは分かっている。

身体を動かせない状態のハユルは、人質のようなものだ。

「なんだってやってやる」

無事に、ハユルと二人、神獣師を引退するその時までは。イーゼスは自らの周りを覆う色とりどりの花を見据えながら言った。

「俺が引退する時は、お前を殺してやるよ、ユセフス」

『楽しみだな』

花は、薄く笑うようにふわりと浮き上がったかと思うと、空に溶けた。

◇◇◇

「どうしても、山に入らないと駄目なのかよ？」

ハユルの足はなかなか進まなかった。樹に寄りかかって、師匠らがいる寄合所の方に向かおうとしない。

「どのくらい俺が不在にするか分からないんだ。お前を一人にするわけにいかないだろう」

「じゃあ、クルトのところに行く」

「駄目だ。あんな色街に行かせられるか。お前、身体が回復したばかりなんだ。万が一何かあることを考えても、師匠らの傍にいた方がいい」

イーゼスがそう言っても、ハユルは唇を尖らせていた。面白くないのは分かるが、ここは従ってもらうしかない。イーゼスはハユルを無視して荷物を抱え直し、先に進んだ。

だが、イーゼスが振り返った時には、後についてきていると思っていたハユルの姿がなかった。

「ハユル！」

気配を読むと、拗《す》ねて別の道へ入ったのが分かった。舌打ちしてすぐにイーゼスはハユルの後を追った。

そよいでくる水の気配に、イーゼスは近くに溜め池があることを思い出した。

ふと、何かの力動を感じて足を速めた。

この力動。

操者ではない。

かといって、気配を感じるほどの力動を、依代《よりしろ》は出せない。

神獣師以外は。

イーゼスは無意識に、状況に対応するべく身構えた。

同時に、これほどの力動を感じさせることができる依代を思い起こす。

クルト、ユセフス、そしてもう一人、鳳泉《ほうせん》の神獣師、トーヤ。

この力動は、水と一体化している。今挙げた依代は、水の属性に当てはまらない。

イーゼスは、溜め池の中に、裸のままで佇む男の姿を目にした。

齢は、まだ十五、六歳だろうか。華奢《きゃしゃ》な線を残した身体に、細かい水の粒子が弧《こ》を描きながらまとわりついている。

イーゼスが目を疑ったのは、その少年の身体の斑紋の巨大さだった。

臍《へそ》のあたりから広がったそれは、胸まで届くほどの大きさで、イーゼスの記憶にある限り、これほど大きな斑紋を宿す者は見たことがなかった。あのユセフスでさえ、こんなに大きく、はっきりとした斑紋は所有していない。

その斑紋の中心に、血管の動きに合わせるようにうごめいている、青い光。

斑紋を養分とするように青く輝く筋は、目を凝らせば古代ヨダ語で戒《かい》が書かれていることが分かるだろう。

“青雷《せいらい》”を授戒《じゅかい》する、契約が。

ふとイーゼスは、樹の陰に隠れながら、その様子を食い入るように見つめているハユルの姿を見つけた。

気配を消して、少年に見つからないようにしているハユルが、瞬きもせずに何を見つめているのか、イーゼスには分かった。

少年の周りの水が、次第に色を孕《はら》む。

透明な光を受けていたそれは、やがて溜め池の色を映すかのように、青緑色へと変化していった。

水は、意思を持って懐いているかのように少年の周りにぐるぐると弧を描くが、少年は瞳を伏せたまま、意識を集中させているようだった。

次の瞬間、水は、少年のはるか頭上まで一気に湧き上がるように上ったかと思うと、青く、色を紺碧《こんぺき》の空の色に変えた。

そして、その色が目に痛いほどの青を宿した時、水は、竜の形になっていた。

竜は、少年に甘えるように、様々な青に変化しながら少年の周りを水の鱗《うろこ》で覆う。

少年は、それに応《こた》えるように、ずっと閉ざしていた瞼をうっすらと開けた。

そこから現れたのは、透明な水の色だった。


灰色の髪は、水の光を受けてその色を銀色に変え、濡れた水の瞳を覆う睫毛《まつげ》も、銀の羽のようだった。

肌の色も、この国の住民には珍しいほどに、透けるように白い。

この国の人間は、髪も瞳の色も、存在の色すべてが強く濃い。

その中では異質に思えるほどの淡さを宿す人間を、イーゼスは初めて目にした。

これが、例の青雷の依代か。

イーゼスは、基本、自分と半神以外のことに興味はない。

この国を守り、この国のために動くしか、自分とハユルの生きる道がないから従っているだけで、この国の行く末になどまるで興味がなかった。

神獣師である以上、この少年の存在を聞いたことはあったが、だからなんだという思いしかなかった。

が、実際に目にしてみると、力動と精霊の扱い方が、依代として有り得ないくらい高度な域に達していることに驚かざるを得なかった。

その時、池の中の少年が驚いたように軽く声を上げた。

同時に、その身体に竜が吸い込まれるように消えていき、水が池に戻る。

どうやら、ハユルが気配を消すのをやめたらしい。やめたというよりも、もう限界だったのだろう。

ハユルは、ぼんやりとした目を少年の方に向けたままだった。

イーゼスはハユルに近づき、その身体をゆっくりと抱き寄せた。

ハユルの身体の斑紋は、この青雷の依代の所有する斑紋の、半分にも満たない。

本来ならば、神獣〝光蟲〟を宿すことができない大きさでしかない。

光蟲の契約紋は、ハユルの斑紋いっぱいに広がっており、時に小さい器からはみ出さんばかりに、黄金の動脈がどくどくとうごめく。

器が限界を訴え、宿主の心《しん》の臓《ぞう》を止めようとするほどに。

許せ、と、イーゼスは心の中で呟《つぶや》く。

ハユルには気づかれないように、己の心の奥底で、そっと想う。

あんなものを、うらやましく思う必要などない。

お前の斑紋は、必死で光蟲を受け入れてくれているその器は、何よりも美しい。

それを守るためならば、お前と一緒に生きることができるならば、俺はなんだってやってやる。

地獄に落ちることすら、厭《いと》いやしないのだ。

◇◇◇

オルガは、初めて目にする〝光蟲〟の神獣師に慌てた。
二十七、八歳に見える背の高い方は、明らかに操者だった。裸で何も身に着けていないオルガに対し、自分の荷物を放り投げると、運べ、と頭ごなしに命令した。
「寄合所まで持ってこい。遅くなったら、蟲に内臓を食わせてやるからな」

初対面の人間を虫けらのごとく扱うこの男はなんな

のだろうと、オルガは憮然《ぶぜん》とするしかなかった。

わりと整った顔立ちで、髪の結び方からも服の着こなし方からも、自分の男ぶりをいかに上げられるかを熟知しているのが分かる。だが、その表情に漂うのは冷酷そのものの内面であり、どう大目に見ても人間として最低の部類と判断せざるを得なかった。

怒りを覚えるが、男から発せられる気は、天下一品の力動であることを表している。刃向かったところで敵《かな》わないのは分かりきったことだ。オルガは、無言で池の端に置いておいた衣服で体を覆い、足元に投げられた背負い袋を手に取った。

「じゃ、行くか、ハユル」

男は、打って変わって半神には猫なで声で声をかけた。

その半神にも、オルガは違和感を覚えずにいられなかった。

操者よりも五、六歳は若く見えるが、本当はもっと歳を重ねているのだろうか？

しかし、歳が離れているというのなら、自分とキリアスも同じだった。

四歳差でさえ、人間としても修行一つにおいても圧倒的な差が生じる。

オルガは、軽く水を払って衣服を身に着けながら、しばらく目を合わせていない男のことを思い出した。

同じく裏山《うらやま》で修行しているが、キリアスとオルガは全く別の修行をしており、顔を合わせることさえ稀《まれ》である。

キリアスは、触れずともオルガの力動を整える術《すべ》をいち早く会得してしまった。

それは、山の師匠らが驚くほどの速さだった。

そんなに、触れるのも見るのも嫌なのかと、オルガはことあるごとにふさぎ込んだ。

避けられているのは分かっている。

キリアスは、〝鳳泉〟の操者になるべく、それに合わせた修行をしている。

オルガは青雷を宿している以上、その修行に付き合えない。

鳳泉の依代として選ばれないなら、キリアスとこれ以上接することは、無意味だ。

それでもオルガは、鳳泉の、キリアスの半神として選ばれることを諦めていない。

王宮で、ユセフスに誓ったあの時から半年、オルガはひたすら修行を重ねてきた。

たとえ何があっても、キリアスの半神にもう一度選ばれるために。

決意は一瞬も鈍《にぶ》りはしない。だが、キリアスがあまりにも自分を避けている気配を感じると、心が痛んでしまうのはどうしようもなかった。

力動が乱れに乱れなかなか回復せず、身体がどうしようもなくなると、その気配を察したように、キリアスが外から力動を整えてくれるのが常だった。

一言も声をかけることなく、ふと、包み込むような感覚が訪れる。

次第に苦痛が遠ざかる中で、オルガは胸が締めつけられるのを抑えることができなかった。

力動の乱れなど、どうでもいい。

その瞳を見ることができるなら、その声を聞くことができるのなら、その肌に触れることができるなら。

一瞬でいい。それが叶うなら、この力動の乱れなど直らなくても構わない。

中途半端な情けをかけるくらいなら、放っておいてほしい。

青雷が外れるまで、もう完全に半神と呼べなくなるまで、打ち捨ててくれればいいのだ。

そんなこともできないくせに、馬鹿な人。大嫌い。大嫌いだ。キリアス様なんて大嫌いだ。

ひとしきり泣いた後は、力動の乱れも収まって、かすかに感じていたキリアスの気配も消えている。

恨み言も何もかも消え去って、再び、恋しい男を想う自分になる。

去っていった男を想う、涙だけが残る。

半年、この繰り返しだった。自分でも不毛だと思うが、今は依代としてひたすら修行をすることでしか、未来を信じることができなかった。

荷物を抱えながら寄合所に向かっていると、ふと、人の気配を感じてオルガは足を止めた。

おぼつかない足取りだ。修行者だろうか?

表山《おもてやま》から裏山に通じる時空の歪みは、精霊を宿すか、依代を半神に得ないと自力では通過できない。人の案内が必要になるが、たまに迷子になってしまう者がいる。

気配を消すかどうか悩んだが、オルガは困っている者の指針となるべく、存在を明らかにしてやった。神獣師の修行をしている者は、他の修行者には関わらないようにと言われているが、この場合は致し方ない。

オルガの気配を察し安堵したのか、困っていた者は一気にこちらに気配を向けてきた。

その気配から、その者の潜在的な力動を感じ取ったオルガは、思わず〝界《かい》〟を張りそうになった。

まだ未熟で粗削りではあるが、なんという力動か。

目を凝らすようにその者が現れる瞬間を待つ。緑を払いながら現れた男は、オルガを見て驚き、走ってきた身体を止めた。まさか、誰かが待ち伏せするように構えているとは思わなかったのだろう。

「あ……あれ……？　修行者の、方ですか？」

年の頃は、そう自分と差がないように思えた。

「誰の付き添いでここに入ったのですか？」

オルガの問いに、男は責められていると感じたのか、頭を軽く搔いた。

「総責と一緒に入らせてもらったんですが、すみません、俺がちょっと集中しなかったんで、時空にはじかれてしまって。ここは、裏山でいいんですよね？」

オルガは頷《うなず》いた。

「寄合所に行きますから、ついてきてください」

背を向けたオルガに、男は慌てて訊《き》いた。

「ちょっと待って、修行者の人、なの？」

オルガはもともと口が重い。どう話していいものやらと歩きながら考えた。

おそらく、男は十七歳か、十八歳である。なぜ自分よりも年下の者が裏山にいるのか、不思議に思って当然だろう。

無言のまま歩いていたオルガは、ふと後ろから腕を取られて驚いた。

男が、至近距離からまじまじと見つめてくる。

「……依代、だよね？」

オルガは男が真剣な顔で尋《たず》ねてくる意味が分からなかった。茶色の瞳に映る自分が、ポカンとしているのが見える。

「俺は……昨日付で、裏山に入るように言われたんだ。君も、そう言われた？」

ああなるほど、そういうわけかとオルガは納得した。表山での修行は、操者と依代は決して交わらずに生活させられる。

おそらく噂話程度は入ってくるのだろうが、基本、誰が自分の相手として選ばれるのか、分からないままに時を過ごす。

将来の自分の半神となる者を見るのは、裏山に入山してからなのだ。

オルガはイーゼスから預けられた背負い袋を抱え直した。この格好なら、表から裏山に入ったばかりだと勘違いされても仕方ない。

「名前を、訊いていいいか？　俺は、レイ」

「オルガです。……俺は、修行者ですが、もう精霊を宿している身です」

レイと名乗った男の手をどけると、オルガは再び背を向けた。そのまま先程よりも速い足取りで進む。

「……宿している……？　じゃあ、もう、すでに半神が？」

喉の奥が詰まるような感覚に陥《おちい》る。だが、それを振り払うように、はい、とやっとの思いで声を出した。

「なあ、ちょっと待ってくれ、そんなに急ぐことはないだろう。……オルガ」

嫌だ。オルガは本能的にそう思った。

この男から、離れなければ。これほどに強い力動を感じる、この男から。

身体が突然止まって、いきなり空に浮いた時には、オルガは小さく声を上げてしまった。

「ああ、ごめん……でも、そんなに走って逃げなくても」

「嫌だ、嫌！　離せ！」

「分かった、分かったよ、ごめん。でも、そんな、逃げないでくれ。足場が悪いから、転んでしまうよ」

レイは困ったようにそろそろとオルガの身体を地に戻すが、少しずつ近づいてきた。子供をなだめるような、脅《おび》える動物を安心させるような仕草だったが、オルガは近寄られることを本能的に嫌悪した。

「嫌だ。近寄るな!!」

瞬間、力動が解放され、身の内の青雷が水を放った。

身を守るように水の膜が張られる。水の向こう側のレイが、茫然《ぼうぜん》とする姿が膜に映った時、初めてオルガはしまったと思った。

水を消して、身体を縮めながらレイに目を向ける。

レイはもう、最初の驚愕が去った後だった。

その場にうずくまるオルガを瞬きもせずに見つめる。

瞳がゆらりと揺れ、その口が開いた時、オルガは目も耳も全てを塞ぎたくなった。

「……それが、青雷なんだな……なんて美しい精霊なんだ。虹色に水が輝いている」

レイの足が、木の枝を踏みしめながら近づいてくるのが分かる。オルガは自分の腕をぎゅっと抱きしめながら、俯《うつむ》いた。

「……顔を、上げてくれ、オルガ。……俺は、青雷の操者になるように言われて、ここに来たんだよ」

嫌だ、と、声にならない声で、必死でオルガは訴えた。

これほどの力動の持ち主が、ただの精霊師として、裏山に入ったのではないことは気づいていた。

だが、自分は、青雷の依代ではない。

生まれてすぐからこれに守られ、これとともに生き、これを宿している人間ではあるが、望むものは、青雷ではないのだ。

望むものは、あの男の依代なのだ。

かつて入山したての頃、二神だけはやめてくれと叫んだ養母の声が蘇《よみがえ》る。

今、その言葉を必死でオルガは叫んでいた。

どうか、どうか、貫かせてください。唯一無二を。

永遠に、たった一人だけを、求めることを、許してください。

◇◇◇

キリアスは、オルガの力動の乱れを感じ取った。

ここまで力動が不安定になるほどの乱れとは、一体なんなのか気になったが、命にかかわる状況ではないらしい。

もう少し探るべきだろうか。つい窓の外へ顔を向けると、ダナルから注意が飛んだ。

「おいキリアス、ちゃんと話に集中しろ」

キリアスはオルガの様子が気になりつつも、意識を会議の場に戻した。

「ゼドの仕事ってのは、長期になるのか」

寄合所の広間で、師匠らと神獣師・イーゼスが輪になって胡坐《あぐら》をかいている。その輪の中心に、一輪の花が浮いていた。

『麗街《れいがい》に出入りしている娼婦をたらし込んでほしいんだそうだ。どうも香奴《こうど》を使っても、うまく記憶が引き出せないらしい。術がかけられているようだ』

ユセフスの声が説明する。ダナルが顎鬚《あごひげ》を撫でながら訊いた。

「ということは、呪術師が関わっているのか」

『今、その呪術師をゼドらが探っている最中でな。娼婦は二人。うち一人は訓練を受けた間者《かんじゃ》だ。お前に接触してほしいのはそっちだ、イーゼス』

「閨《ねや》の訓練を受けた女を相手にできるほど、下半身に自信ないってな。俺は一人しか知らないから、ってのがゼドのいつもの口癖だ。そこまで操《みさお》を立てられて、うらやましいもんだよ、セツ。そのたびに毎度毎度下半身こき使われるこっちの身にもなってくれ」

イーゼスの嫌味に、セツはわずかに顔を背《そむ》けた。

キリアスは当然、イーゼスを知っていたが、師匠らに対してさえこの態度なのかと内心うんざりした。

この男ほど嫌われている人間も珍しく、人を人とも思わない態度に、王宮内ではこの神獣師が現れるだけで皆恐々《きょうきょう》としていた。

光蟲が恐れられる対象なのだから仕方ないが、操作する人間によって精霊は変わる。先の光蟲の操者だったダナルは、政策を断行するにあたり、時に非情と思われることをやった。その力は人々の畏怖《いふ》の対象だったが、人々の心に畏《おそ》れはあったにせよ、恐れはなかった。

ダナルはイーゼスの直接の師匠だが、そのダナルの前でも、イーゼスは不遜極まりない態度だ。

態度に関しては人のことは言えないが、キリアスは一応師匠らの前で、これほど崩した姿は見せない。あまりに敬意のない態度ではないかと眉をひそめる。

師匠らは仕方ないと思っているのか、諦めているのか、誰も注意しなかった。だがその態度にカチンとくるものはあるらしく、ラグーンが眉間にしわを寄せながら言った。

「それで？　お前が単独で仕事をしている間、ハユルはこの山に遊ばせておくのか」

キリアスは、ハユルを見たのは実は初めてだった。光蟲の神獣師は、皆によく思われない。そのため、操者は依代を人目に触れさせない傾向にあった。

イーゼスはハユルを王宮に連れてきたことはなく、ごく一部の者にしかその姿を見せていない。

これはダナルの時も同様で、ダナルもルカを滅多《めった》なことでは表に出さなかった。今でも、ルカを必要以上に修行者に関わらせるのを嫌う。長年身に着いた習性はなかなか直らないのだろう。

キリアスは、ハユルがイーゼスにとって二神であると、今回初めて聞いた。

ハユルが寄合所に顔を出したのは一瞬で、すぐにルカに連れられてダナルの邸に向かったが、これは一体どういうことかと、頭が混乱した。

二神である、ということ以前に、ハユルが神獣師としての力を全く備えていないことに仰天《ぎょうてん》したのである。

かろうじて神獣を宿せるだけの〝器〟はあるのだろうが、光蟲を宿すことで身体に無理が生じている状態だというのだから、同じ依代としてもクルトやユセフスの足元にも及ばないだろう。

しかも、体術をまるで修得していないのが、一目瞭然だった。

力動の基礎さえ分かっていないように思えた。ほんの少し修行し、力動について理解すれば、身体に対する意識は違ってくる。表山で半年修行をすれば自然と身に着くものが、ハユルには全くない。この山に住む者から見れば、赤ん坊も同然だった。

イーゼスの前の半神、光蟲の依代は、一体どうしたのか。

なぜ、どういう経緯でハユルを二神として迎えたのか。

どうしてもそこを考えてしまうキリアスの前で、イーゼスの苛立《いらだ》った声が場に響いた。

「何か文句あるのか？　遊ばせておいて何が悪い。単なる〝器〟と思えと、それ以上は求めるなと言ったのは誰だ？　ええ？　ラグーン」

「お前は気にしすぎなんだ。ハユルの力動を極力乱したくないばっかりに、仕事を〝第五〟連中に任せっきりにして、連中が苛立つのも当然なんだよ。仮にも神獣師が、場末の女を相手にする仕事を押しつけられるのは本来の仕事をしていないからだ」

「今年に入って二回だ！　心の臓にまで負担がかかったのは！」

激高《げっこう》し立ち上がったイーゼスの波動が、ラグーンに向かう。ラグーンは憮然としたままだったが、ジュドは一瞬にして半神を〝界〟で守った。面倒そうに杖で床を打ち、ガイが寄合所全体に結界を張る。

「もう後がない、〝これ〟しかねえから、大事にしろって、あんたらが言ったんじゃねえか！　なあ、師匠、そう言ったよな！」

ダナルはできの悪い息子を見るような顔をイーゼスに向けている。この男でも、弟子に対する情というものがあるらしい。ため息をつき、好きにしろ、と告げた。

「こっちで預かる。ルカの傍にいたら、安心だろうよ」

「……で？　俺もこの場に呼ばれたのはどういう理由だ、ユセフス」

輪の中央に浮かんでいる花に、キリアスは問いかけた。花は輪の後方の柱に寄りかかっているキリアスを窺《うかが》うようにふわりと舞い上がった。

『イーゼスと一緒に行動しろ』

「は？」

『間者は、二人いるらしいんだ。一人、お前が相手をしろ。護衛団に体験入隊した時に、潜入捜査のやり方も、女の扱い方も習っただろう。ライキにそう聞いている』

冗談ではない。キリアスは頭の芯が熱くなるのを感じた。

「単なる通過儀礼みたいなもんだ。王子の俺をまともに教育なんてするわけがないだろう！」

『まあ、お前も色々知っておいてもいい頃だ。今現在、ゼドが調べている件は、シンとザフィが摑んできた情報だ。最初にあの三人と落ち合え。シンとザフィに会うのも、久しぶりだろう』

シンとザフィは、クルトとライキの前の〝紫道〟の神獣師である。神獣師を引退した後は師匠とならず、諸国漫遊と称して旅に出た。

表向きは他国に請われて悪霊を祓《はら》う呪解師《じゅかいし》で、時にはヨダ国王の命を受け、外交官のような役割を果たしている。

このヨダ国だけではなく、精霊の影響を受けている国は多い。

精霊と共存していく道を選ぶことができた国は少ない。大概は、単なる悪霊として扱われ、祓われる対象である。だが、あまりに大きく厄介な精霊の場合、自国のお祓い師では敵《かな》わないことがある。

ヨダ国の者ほど力を持つ精霊師は、どの国を見渡しても存在しない。百人の兵士をもってしても、一組の精霊師には敵わないと言われているほどである。精霊を外し、引退して呪解師になった者であっても、他国がその力を求めてくることがあった。

国王に命じられ、その任についたのがシンとザフィだったが、裏では諜報活動に勤《いそ》しんでいる。単独で諜報活動をしているかつての同胞・ゼドともたまに情報を交換し合っているのだ。

キリアスにとって、ザフィは体術の師匠だった。力動を持て余していたキリアスを見るに見かねたザフィが、力動の操作方法と体術を教えてやったのである。

おかげで十八歳になるまで入山せず、こんなことになったと山の師匠らは文句を言ったが、キリアスにとってザフィは頼りになる兄貴分で、王宮で唯一の理解者だった。

ザフィに会えるのは嬉しいが、諜報活動など、正直全く自信がない。ましてや女を相手にするなど、まっぴらごめんだった。

顔を背けたキリアスに、イーゼスのせせら嗤うような声が降った。

「どうせお前が何かできるなんて思ってねえよ。色街で遊べるぐらいに思ってりゃいい。このところ、修行修行で女と遊んでいる暇なんてなかっただろ。あのガキにはもう、下の世話をしてもらっているのか」

キリアスは視線だけをイーゼスの方に戻した。

「それにしちゃ、色気のねえ身体だったけどな」

「……オルガに、何かしたのか」

「半神連れで何かするわけねえだろ。……そういやあのガキ、荷を運んでこいと言ったのに、まだ来ないのか。表情も何もねえし、髪も目も肌の色も不気味なガキだったぜ」

次の瞬間、イーゼスの身体が柱に叩きつけられた。ガイの張っていた結界に、瞬時にセツ、ダナルの結界が二重三重に張られる。

「歳は取りたくねえな。俺らの結界も、神獣師の本気の喧嘩相手だと、こうももろいのかと実感する」

諦めたようにダナルがため息をついたとたん、結界が破られて寄合所の一室が吹っ飛んだ。

「おもしれえ。むしゃくしゃしてたんだ、相手してやるよ！」

結界ごとキリアスをふっ飛ばしたイーゼスが、笑いながら外に出てきた。イーゼスの放った力動の塊を難なくキリアスが弾き飛ばす前に、樹に飛び移った師匠連中が空間全体に結界を張る。

「ううん、しかし時間の問題だな。俺らの時はどうやって収めたっけ？」

「力対力の喧嘩なんてしたことないから分からん」

「あれ？　お前とダナルって、本気の喧嘩したことないのか」

「俺らはねえよ。ダナルとやりあっていたのはお前だろう、ラグーン」

隣の樹で呑気に語り合うジュドとラグーンにため息をつきながら、ダナルは樹の上から一つの気配を探った。

樹の間をすり抜けて、こちらに走ってくる姿が見える。荷物を抱えたその少年は、目の前の力動と力動の凄まじいぶつかり合いに、驚いた様子だった。

その姿に、ダナルは叫んだ。

「青雷を出せ、オルガ！　この馬鹿どもの、目を覚ませ！」

男二人の眼前で大量の水が放たれる。盥《たらい》をひっくり返したような水を浴び、二人は文字通り頭を冷やす形になり、茫然となった。その光景を見て、ラグーンが手を叩く。

「ああそうだ、思い出した。力動馬鹿には、精霊を、だった」

キリアスは頭から水を滴らせながら、久しぶりに目にする己の依代の姿から、目を逸らせなかった。

オルガと面と向かい合ったのは、本当に久々のような気がした。

気配を感じても避けていたし、あえて視界に入れないようにしていたため、その姿をちゃんと確かめることもなかった。

たった半年ほど。なのに、これほどまでに人は、成長するものなのだろうか。

ふっくらと赤みを帯びていた幼い頬は、すっきりと顎の細さを現し、肩の丸みは削げてすらりとした線を描いている。

幼かった丸みが全体的に取れ、まん丸だった瞳は銀の縁取りでうっすらと影を落とし、その中に張った水の美しさは、言葉にできないほどだった。

そこに宿る水の全てを、自分のものにできたら。何もかも忘れて、キリアスはその瞳に腕を伸ばしそうになった。ほんの少し、両手を広げれば、あの泣き虫の瞳はまた自分の腕の中に戻ってきてくれる。

おいで、オルガ。

キリアスは歯を食いしばりながら、その一言を告げたい、その腕を差し出したい己を止めた。

抱きしめたとしても、その幸福は一瞬だけのものだ。別離が待っていると分かっているのに、一瞬の喜びを与えるわけにはいかない。

「うわ……これは、一体」

聞きなれない声に視線を投げると、この有様を茫然と見つめている少年の姿があった。年のころは、十七、八歳といったところだろう。

「お前、レイか？」

ガイが声をかけると、レイは慌てて礼を取った。

「はい、すみません。アンジ総責と裏山に入りましたが、はぐれてしまって」

「アンジから聞いている。マリスの中からお前を探すと言って表に戻った。またすぐこちらに戻ってくるだろう。このまま裏に入山せよ。ジュド、お前が指導しろ」

声をかけられて、ジュドが仰天した。

「俺!?　あんたじゃねえの!?　リアンの従兄弟だか甥っ子なんだろ？」

「関係ない。俺はキリアスを教えているんだ。お前が面倒見てやれ。レイ、ジュドから〝青雷〟を学べ」

キリアスは、頭を何かで殴られたような気がした。

耳鳴りがして、周りで何を話しているのか分からない。……青雷。青雷の、操者。その単語だけが延々と頭を巡る。耳だけでなく、視界も何が映っているのか分からなくなる。

全てが霞《かす》む瞬間に、キリアスの目はオルガを捉《とら》えた。

まっすぐに見つめてくる、水色の瞳を。

訴えるわけでもなく、恨み言を伝えるわけでもなく、ただ自分を見つめてくる瞳があった。

お前はまだ、俺を信じているのか。

今ここで、青雷の操者となる者が現れても、何一つ言えない、愚か者を。

あれほどの仕打ちをお前にしておきながら、今すぐこの男を叩き潰して、お前は俺のものだと声高に叫びたいと思う俺を。

「二神、か。変わらねえな、師匠ら。あっちが駄目ならこっちを使えってか」

服についた水を払いながら、イーゼスが近づいてきた。

「二神ではない。共鳴しとらん。まだ、修行の段階だ。

もうすぐ依代は十六になる。そうすれば、自然に青雷は外れる。それを待っている状態だ」

ガイの言葉にイーゼスは高らかに笑った。

「共鳴しなきゃ二神じゃないって？　正戒を授かったわけじゃないから、二神と言えないって言うんだな」

イーゼスは口元に酷薄な笑みを浮かべながら、ぼそりと呟いた。

「本当に、どいつもこいつもクソばっかりだぜ」

イーゼスの言葉に、師匠らは誰も反論しなかった。

イーゼスはオルガに顔を向けた。

「お前、もし新たに半神を得ろと言われたら、精霊師への道を捨てるって顔しているな」

オルガは無言でイーゼスを見返した。

「簡単に捨てられると思うなよ。お前の斑紋は、神獣師のそれだ。滅多に誕生しないその斑紋を、ここにいるクソどもが手放すと思うのか？　俺は、最初の半神を失って、次の半神を得ろと命令されて従うまで、二年、獄舎に繋がれた。その間死ぬことすら許されずにな。何度殺せと叫んだか分からねえ。だが、それは許されなかった。新たな半神を得た俺を、誰もが蔑《さげす》む。逃れる方法は、死しかない。よく覚えておけ」


イーゼスが語った話に、キリアスは絶句した。獄舎に、二年？　そんな話は何も聞いていない。

その顔を見て、イーゼスはせせら嗤って師匠らを振り返った。

「本当の事じゃねえか。なあ、師匠ら」

師匠らは、異議を唱えなかった。誰一人、悔いる顔はしていなかった。静かに、イーゼスを見つめている。

「神獣師など、所詮奴隷と同じだ」

吐き捨てるようにイーゼスが言う。

「ああ、お前はもう国の奴隷となるのを了解しているんだったな、キリアス。青雷を捨て、親父の命令通り鳳泉を選んだんだろ。そのめでたい思考回路がうらやましいぜ」

キリアスには、言い返すことができる言葉などなかった。

オルガが、自分に執着するあまり、獄に繋がれる姿が目に浮かぶ。

そんな状態に断じてさせるわけにいかない。そのために、距離を置こうとした。

今ならまだ、本当の意味での半神ではない。完全に共鳴をしていないのなら、まだ半神とは言えない。

今ならまだ、俺の手を離して、他の男の手を取ったとしても、その方が幸せになれるだろうと。

しがらみも何も抱えていない、何の躊躇いもなく自分一人だけを愛してくれる男に、巡り合えるだろうと。

それがどうだ。

実際にその男が現れれば、八つ裂きにしたい衝動が駆け巡る。

お前に近づく男を全て殺してやりたい。

お前の周りに、一人の操者も置いておきたくない。

永遠に抱えるのか、この葛藤は。

「下山しろ、キリアス、イーゼス」

淡々としたダナルの声が場の硬直を解く。

「任務につけ。ゼドらと合流した先で、指示に従え」

「任務？」

聞いていない、といった表情で、オルガがダナルに詰め寄る。

「ダナル様、任務って何ですか？　そんな話なんて聞いていません。ちゃんと教えてください」

「お前には関係ない、単なる頭数《あたまかず》だ。精霊を使うわけではない」

「関係あります！　精霊を使わなくても、俺はキリアス様の半神です！　精霊を共有している以上、半神の状態を把握しておかなければなりません！」

その正論に、ダナルも何も言えなかった。

半神の状態を常に意識していなければならないのは、精霊師の基本中の基本だ。それを無視しろと言っているわけだから、オルガの言い分ももっともだった。

「まあ……その辺は、後でラグーンにでも聞いとけ」

修行者のレイがこの場にいるのを気にして、ダナルは言葉を濁した。なおも不満を口にしようとしたオルガに、イーゼスの声が降った。

「女をたらし込みに行くんだよ。間者で、色街で娼婦をやっている女二人から、寝て情報を貰ってくるんだ。品行方正な性技じゃ玄人《くろうと》女は満足できねえぞ。その辺はこいつはどうなんだ？　半神さん」

キリアスは思わず目を閉じかけたが、必死で堪《こら》えた。

それでも、真正面から見ることはできなかった。

眼の端で、オルガの細い顎が震えるのを捉えたが、そこまでが限界だった。

おそらくオルガは、青雷を宿す器の間口を、いっぱいに広げているだろう。

半年前に、王宮で道が分かれたあの時から、いつだって、キリアスを受け入れることができるように、自分を思いきり開放しているだろう。

わずかに足を踏み入れただけでも、その温かな水は、優しさで包んでくれるに違いない。

お前をこれほど苦しめている俺を、お前はそれでも溢れるほどの、愛おしさと恋しさで包み込んでくれるのだろう。

求める資格など、俺はとうに失ったというのに。

あさましくも俺は、まだお前の中に入ることを切望している。

◇◇◇

下山前に、キリアスは表山のジーンと落ち合った。

「聞きました。諜報活動ですって？　『第五』連中とですか」

「連中がどこまで関わっているか分からんが、イーゼスと一緒だからそうかもな」

イーゼス、と聞いてジーンは震え上がった。

「あの悪魔と！　大丈夫ですか、キリアス様」

「ジーン、お前、イーゼスと二人目の半神のハユルがどうやって神獣師になったのか知らないか。ハユルって奴は、どう見てもまともな段階を踏んで神獣師になったとは思えんが」

「その通りですよ。いきなり裏山にいて、師匠らの結界に守られていたので、最初はこの山の結界を宿すマリスさんでさえ気づかなかったんです。人ひとり正式な手順も踏まずに裏山に入れるのなら、ちゃんと話してもらわなきゃ困ると御師様《おしさま》方に文句を言いましたが、それでも何も説明はありませんでした。ハユル様が〝光蟲〟の新たな依代であると公《おおやけ》にされたのは、イーゼス様とこの山で〝光蟲〟の修行を始めてからです」

イーゼスの前の半神が死んでいたことを、その時初めて千影山《ちかげやま》の連中は知ったのだ。

「アンジ総責とマリスさんは驚愕して、一時裏山を避けてしまったほどで……。神獣師とはいえ、表山で四年、育てたんですからね。いくらなんでも、死んだことすら教えてくれないなんてあんまりだと」

「ではイーゼスの最初の半神がどうして死んだのか、ハユルがどこから来たのか分からないんだな？」

「ハユル様の生い立ちは、こちらでも調べました。時間はかかりましたが、なんとか処分される前に見つけられましたよ」

この国では十四歳になると、斑紋や力動を有する子供らは皆入山する。その際、生育歴などを行政から資料として取り寄せる。

神獣師になると戸籍が失われるため、その記録も抹消されるが、修行をした子供らの成長の記録は、わずかながら残っている場合があるのだ。

「十四歳の時の、名前と生年月日から、おそらくこれだと思われるハユル様の記録が残っていたんですよ。アンジ総責やマリスさんが覚えていなかったのも道理なんです。十四歳で入山した後、どのくらいで下山したと思います」

ジーンは、人差し指一本を立ててみせた。

「……一年？」

「一か月です」

一か月。精霊師になれる、なれない以前の問題だ。精霊を宿せる器など、ほとんどないといってもいい。

「……衝撃的でしょう……。俺らも、まさかと思いました。記録違いかと。ですが、あの方は確かに光蟲を宿す器が限界だ。力動すら使えず、全てイーゼス様に頼りきっている」

「ジーン、それでも、一か月しか修行できなかった者が、精霊を宿すことなど有り得るのか」

「まさか。それなら誰だって精霊を宿せますよ。それができないからこそ、皆苦しんで修行するんじゃないですか」

ではなぜ、ハユルは神獣を宿せたのだ？

「……あくまで、アンジさんとマリスさんの、個人的な見解でしかありませんから、聞いても忘れてくださいよ。クルト様が、幼少時から感情を持たせないように育てられたために、器が大きくなったのを覚えていますか。幽閉状態で、人と関わらせずに育てられたと。悪感情が心の大部分を占めてしまうと、たとえ大きな器を作っても精霊を入れた途端に魔獣になってしまいますが、無垢の状態からそれを行えば単純に器だけが大きい人間が〝作れる〟」

同様に、成人した者であっても、心神喪失状態であれば、器も大きくなり、悪感情で魔獣化することもなく、精霊を宿せる。

「では一体、神獣を宿せるほどの心神喪失状態とは、どれほどのことを言うのか、分かりませんけどね……」

次第に見え始めた、この国が抱える闇の部分に、キリアスは今まで己を構築してきた核が細かく震えだすのを止められなかった。

今後、自分が見据えることになるのはその部分なのだと、漠然《ばくぜん》と思いながら。

「キリアス様、イーゼス様はとうに下山されましたよ」

ジーンと話し込んでいるキリアスに、テレスが知らせに来た。

イーゼスが、キリアスと仲よく二人一緒に下山するわけがなかった。

イーゼスは仕事嫌いとはいえ警備団の長、諜報機関『第五』部隊を統括する者である。

多少兵役で市井《しせい》に馴染《なじ》んだとはいえ、王宮育ちで修行者にすぎないキリアスなど、この世界に出てきたばかりの赤子同然にしか思っていない。

そんな人間とともに行動し、道先案内をしてやるような性格ではなかった。

「分かった……では、……」

キリアスは訊くかどうかずっと迷っていたことを、ついに漏らした。

「……あの、レイとかいう奴は、本当に青雷を操れるほどの力動を持っているのか」

「ここ数年ではぶっちぎりです」

容赦も何もないジーンに、思わずテレスがその背中を叩いた。が、ジーンの無神経な発言は続く。

「操者にしては珍しく涼しげで、さわやかないい男でしょう！　結構な家柄の出身なので、物腰も貴族的でこれまた性格もいいときた。あれほどの力動の操者にしては珍しいくらい、温厚で優しいですしねえ。依代には絶対に接触させないようにしてきましたが、それでも話は漏れるのか、いつの間にか依代らが浮き足立って、困っちゃいましたよ～。なあ、テレス」

テレスは返事をしなかった。次第に顔を背けていくキリアスを見つめている。

「レイはどなたに付きますか。ガイ様ですか？」

ため息をつきたくなったが、キリアスは答えた。

「ジュドだ。今ガイには俺が、鳳泉を学んでいるからな。さすがに神獣師二人は抱えられまい」

「へえ～。ガイ様に付くと思っていました。レイは、ガイ様の半神リアン様の甥っ子なんですよ」

それでキリアスは思い出した。リアンという名前。父王が幾度となく口にしていた名前だ。

鳳泉の、依代だった男だ。

ガイの半神で、在任中に損傷し、四十歳の引退を前にしてこの世を去った神獣師。

国王カディアスは、母が死に父王も宮殿に引きこもる生活を送ったため、その成長を見守ってくれる親がいない状態だった。

それゆえ、カディアスを育てたのが、鳳泉の神獣師だったリアンとガイだったのだ。

ガイは王宮内をまとめ上げるのに常に多忙だったため、特にリアンを親代わりとして育ったらしく、たまにカディアスの口から昔のことが語られる時には、必ずと言っていいほどその名前が出た。

ガイにとっては最愛の半神であり、遺言によってその亡骸が千影山に葬《ほうむ》られてからは、ガイはこの山から出ることはなかった。

「キリアス様、例の件ですが、書院《しょいん》の力を借りてもよろしいでしょうか？」

テレスの言葉に、キリアスは目を向けた。

「こちらで探すにはやはり限界がありました。いくら調べても、記録が欠片も見つかりません」

キリアスは、ジーンとテレスに、山の記録から一人の男のことを調べるよう依頼していた。

カザン・アルゴ。オルガの父と言われる男で、前の先読《さきよみ》・ステファネスを殺したという男である。

それが本当ならば、カザンはヨダ国史上最大の罪を犯した、大罪人である。

だが、そうだとすれば、全ての事柄が符合するのだ。

キリアスの母・セイラはアルゴ家の長女で、ゼドとカザンの姉にあたる。

精霊師にはなれなかったが、素質は十分だったため、下山した後は請われて神官となった。

アルゴ家は血脈では王家に一番近かったこともあり、セイラは先読付きの神官となった。通常は王と鳳泉の神獣師、神官長以外は仮面をつけて先読に接しなければならないが、特例として顔を晒《さら》しながら傍に仕《つか》えることを許されたのである。

しかも先読・ステファネスの勧めにより、セイラは国王・カディアスが十六歳の時の添い臥《ふ》しに選ばれたのである。セイラはカディアスよりも二歳年上の十八歳だった。

　その後セイラは、第一王子であるキリアスを産んだ。だが、キリアスが四歳の時に、その生活はいきなり壊れたのだ。

　四つの時のことなので、正直キリアスは詳しくは覚えていない。だが、母がいつの間にか王宮から姿を消し、泣きながら探し回ったことは覚えている。女官らに何を訊いても彼らもさめざめと泣くだけで、母をいくら求めても、もうともに王宮で過ごすことはなかった。

　あの頃の混乱が先読殺害にアルゴ家が関わっていたせいならば、母が王宮を出され、霊廟《れいびょう》預かりとなったことも、アルゴ家の祖父が死に、アルゴ家が断絶したのも分かる。

　祖父とカザンは、処刑されたのだろうか？

なぜ、先読を殺す、などということになった？

先読ステファネスが死に、カザンが死んだ頃と、オルガが誕生した頃が、同時期なのだ。

　果たしてこの国に何があったのか。

　先読殺害などという大罪は、闇に葬られて当然だ。千影山でカザンの記録を探そうとしても、何も見つからなかった。おそらくすべて消去されているのだろう。

「キリアス様、カザンという男の罪を調べているのは、王のお怒りを解く方法を考えているからですよね？　先読殺しをした男の息子が、鳳泉の依代に選ばれるわけがない。なぜなら、鳳泉の依代は、先読と最も近いと言われているからです」

　テレスの言う通り、鳳泉の依代は先読の養育者としての役割を果たす。

　他の精霊師が養子を育てることができても、神獣師が家庭を持つことを許されないのは、神獣師は王と、先読を育てる者という考え方があるからだった。

　特に先読は、生まれてすぐに実の母親から離される。預けられる先は、神殿の、鳳泉の神獣師なのだ。

　鳳泉の依代が先読の母と言われるゆえんである。

　事実、現先読であるラルフネスを育てているのは鳳泉の依代のトーヤであり、トーヤ以外、ラルフネスと意思疎通のできる者はいない。

　長年先読不在が続いたこの王国で、やっと誕生したのがラルフネスである。

　その大事な娘を、国王が、先の先読を殺した男の息子に預けられるわけがない。

キリアスには、そこをなんとか許してくれと父王に願うことはできなかった。

だが、どういう理由で先読殺しという罪を犯すに至ったのか、それを知ることができれば、少しは父の態度を軟化させる鍵が見つかるかもしれない。

一縷《いちる》の望みをかけてのことだった。

「書院、というと、お前たちの同山のチャルドか」

罪人の記録を許可なく調べるのは禁じられている。ジーンはともかく、慎重なテレスがそれをあえてやろうと言ってくることが意外だった。

「誤解しないでください。俺は、別にあなたのためにやるわけじゃない。オルガのためです」

テレスは軽くキリアスを睨《にら》むように言った。

「俺は依代です。どうしても、オルガの気持ちに添いたくなる。今、どれほどの苦労をして一人で修行をしているか分かりますか。あの子は絶対に諦めないでいる。操者はどうせ、二神を持てと言われたら従えるんでしょう、他の男でも。けど、依代は違う。操者によって力動を支配され、操作され、時に乱される依代が、どれほどの思いでたった一人の操者を求めるか、あんたら操者になんか絶対に分からない」

キリアスは無言でテレスの非難を受け入れた。言葉もない。その通りだ。

ジーンは、不安そうにテレスに声をかける。

「あの……テレス、あんた〝ら〟って、俺じゃないよね？」

「……書院へ繋げる件は、任せる。……罰せられたら、俺が責任を持つ。頼む」

キリアスは、荷物を抱えなおして二人に背を向け、山を下った。

2

山を下りてすぐ、キリアスはある方向に動き出した。千影山の管理人、マリスの結界の中では気がつかなかったが、結界から出たとたん、感じた気配があった。向こうから接触してくるかと思って待ってみても、なんの動きもない。その気配の方へ向かっていたキリアスは、あることに気がついて面倒になって立ち止まった。

「これは、なんの精霊だ？　操作系のようだが、お前の目か」

『いやあああん、声までいい男！』

野太い男の声がしたと思ったら、キリアスの真下の地面からぎょろりと人間の目が出てきた。

それも一つではない。地面からぼこぼこと目が開き、赤黒い目がぎょろぎょろとキリアスを眺めている。ある目は見開き、ある目は微笑むように細められていた。

『いい男はどの角度から見てもいい男！』

キリアスは無表情で瞬きする〝目〟を見つめた。

『失礼しました～、キリアス王子。私、諜報機関第五部隊長のジュードと申します。この目は私の半神・アイクの宿す精霊で〝赤目《あかめ》〟。百ほどの目をどこにでも出せる能力です！』

百ね。キリアスは相手の能力の限界を軽く探った。精霊が出せる範囲とその量は、全て操者の力動にかかっている。

「精霊を通して話すのもなんだ。ゼドと、ザフィらのところに連れてってくれるんだろう。第五部隊長自らご苦労なことだが、早いとこ落ち合おう」

『いえ、私どもは実はちょっと離れた場所におりまして。二丁《にちょう》（八キロ）ほど先になりますので、麗街で落ち合えたら』

「嘘をつけ。お前の気配は五定《ごてい》（一キロ）以内にある。おそらく、それが操作する限界ということだろう。あと、目の数にしても五十がいいところだな。俺を試して何が楽しい？」

地に埋め込まれたようなすべての目が、大きく見開かれる。

『……さすが、でございますね……。やはり到底敵《かな》いません。我が長、イーゼス様も、中身はどうしようもないゴクツブシでございますが、能力的には私どもは足元にも及ばず、従うほかはありません……』

「イーゼスは先に行ったが、あちらと落ち合わなくていいのか」

『あの野郎、いえ、あの方とは私はいまいち合いませんので……。あのクソ、いえあの方には、部下を回しております。ご心配なく』

気配のある方向へ足を進め始めたキリアスに、慌ててジュードの声が飛んだ。

『あの、キリアス様！　ゆっくりでいいです、私ちょっと服装を改めますから！』

「別にどんな格好でも構わん。俺は、まだ一修行者にすぎん。不敬だなんだと言うつもりはないから心配するな」

『こっちが気にするんです！　こんないい男だと分かっていたら、もっといい格好してくるんだった〜！』

また妙な輩《やから》どもと関わることになりそうだ。キリアスは思わず先を急ぐ足を止め、天を仰いだ。

◇◇◇

ジーン先生、今すぐここで「依代と操者の性的役割について」の講座をお願いします。

警備団第五部隊長・ジュードとその半神・アイクを目にした時、キリアスはそう思った。

色街の一つである暁街《ぎょうがい》の安宿で出会ったジュードは、薄衣を何枚も重ね、肌に直接装飾品をジャラジャラとつけていた。どう見ても女、それも夜の仕事を生《なり》業《わい》にしている女の衣装である。

髪もこれまた飾りだらけにして結い上げている。顔には化粧が施されており、目の周りの色は一体何色重ねているのか分からないほどだった。今はこういう化粧が流行《はや》っているのだろうか？　いや、その前にこいつは男だ。紛れもなく。体格は、そう自分と変わらない。むしろ、もっと鍛《きた》え上げられた身体をしているのではないか。

一方で、地図やら何やらを机いっぱいに広げ、「どうも〜」とキリアスにへらへらと笑いかけてきた依代・アイクは、あまり活動的とは言えない男らしく、かなり太って机には甘い菓子類があふれている。

「ああ……そんなに、見つめないでください、キリアス王子」

「隊長、見つめる意味が違うと思いますよ」

「うるさいわね！　……口の減らない部下で申し訳ありません。この女どもは『第五』所属のレダとアリス。彼女たちも一緒に娼館に入ります。バンバン客を取らせてくださいな」

「取りませんよ。男の身体の上になんざ、誰が乗るもんですか。私たちの任務はあくまで娼婦との接触。触ってくる男なんて眠らせてやりますよ」

やはりレダという方が操者かとキリアスは横目で確認した。立ち姿だけで違いが分かる。修行中、男と同等に体術訓練をさせられるのだ。相当の美人でも、気が強くてあたりまえだった。

「でも隊長、本当にこんな方に女衒《ぜげん》をやらせるおつもりですか。どう考えてもこんな気品のある女衒なんていませんって。うちのろくでなし神獣師様の方がずっと似合いますよ。いや、お前の他に誰がいるって感じ」

アリスという依代の方も、かなりの美人だが口は最悪らしい。

「あの馬鹿《イーゼス》は娼館に入って女と接触してもらわなきゃならないんですって。あっちの腕だけは確からしいわ。私は金を積まれてもあいつのイチモツを拝むことすら勘弁だけどね」

「あら、私は金を貰えるなら踏んでやってもいいですよ」

それを聞いてジュードは腹を抱えながら叫んだ。

「踏むの!?　アリス！　もしかして喜ぶかもよ！」

大笑いする女（と、男一人）どもの声が室内に響く。キリアスは青ざめながら立ち尽くすしかなかった。

「お前ら、王子様がめっちゃ引いてんじゃねえか。大概にしとけよ」

部屋に入ってきた男の声に、キリアスは振り返った。二人の男のうち、一人が口笛を吹く。

「すげえな、本物だ。ああ、内府からは修行者と思っていいと通達が来てましたんで、不敬は勘弁してくださいよ、キリアス様。しかし、こんな下々の者には『王の青』なんて間近で見られませんから、ちょっと感動ですな。第五部隊所属のカリドです。こっちは半神のラス」

カリドは調子よさげな男だったが、ラスは物静かな佇まいできちんと頭を下げてよこした。

「うちの隊長が浮かれているんで、俺から説明させてもらいますよ。なっていただきたいのは、傭兵崩れの女衒です。傭兵連中はたいてい目も当てられないようなごろつきばかりですが、中には他国で失脚した貴族崩れもいるんですよ。特に、西のアウバス国は政情が落ち着かず、優秀な人材が首を切られている状況です。あなたのような、一見育ちが良さそうでそれなりにスレてしまったような男が、あちらの貴族の次男か三男でもおかしくない。しかも、あちらでは青い目は珍しくありませんからね。それにしてもあなたのは濃い青色だが」

「待て」

話を遮られたカリドは、片眉を上げてキリアスを見た。

「一兵卒と変わらない扱いをしてくれても構わないが、ちゃんと背景を説明してもらおうか。俺をこの作戦に入れたユセフスの狙いは、今この国が置かれている状況を見ろということだろう」

軽く身を引いたカリドの代わりに、ジュードが前に進み出た。

「おっしゃる通りです、王子。そのあたりの情報は、直接お偉方からお話しいただいた方がいいかと思われます」

「ゼドか」

「それと、シン様とザフィ様。お三方は暁街に入られました。もうすぐ、あのロクデナシ、いえイーゼス様も合流なさるはずです」

立ち上がったキリアスに、ジュードが手を前に出して制止した。

「お待ちを。ここにお呼びしたのは、その格好を改めていただきたく」

「傭兵の格好にか」

「髪を、切らせていただきます。傭兵は、たいてい短いものですから」

ああなるほど、そういうわけかとキリアスは納得した。髪を解くと「キャー！」とジュードが悲鳴のような声を上げた。

「ああ、育ちのいい男は髪まで綺麗！　切るのもったいない！　どうしよう、アリス!?　どんな髪型にする!?」

「ほとんど坊主にすればいいのでは？　わりと、流行ってますよ」

「もう！　嫌な女！　でも、短いのも似合いそう……。思いっきり変えた方がいいかしら。レダ、あんた、どっかの店に、今時風の髪型の店員いるって言ってなかった？　〝赤目〟で見てみるから教えなさいよ」

そんなことに精霊を使うなと言いたい。イーゼスの文句を言いまくっているが、どっちもどっちではないかとキリアスは思った。

◇◇◇

カリドが操作する鳥に案内してもらい、キリアスは閉店中の店の地下貯蔵庫へ続く階段を下りた。

もうすぐ夏がやってくる季節だが、地下はひんやりとしている。灯《あか》りも何もなく先へ進むキリアスに、一つの声が飛んできた。

「だいぶ夜目が利くようになったか」

この声の主と、ちゃんと向かい合って会話したことは、振り返ってみると一度もない。もっともあの頃は、この人物と語り合えるだけのものを、自分は何も持っていなかった。

「ふうん、流行りの髪型にしてもらったじゃないか。似合っているぞ」

ゼドも、国境周辺を巡っている都合上、いつも短髪である。

「シンとザフィは？」

「あっちはイーゼスともう落ち合っている。……全然仕事をしていないように思えるが、ろくに働かない神獣師をあのユセフスが放っておくわけがなくてな。第五連中は知らないが、一応イーゼスは俺らと諸外国の情報を共有しているんだよ。〝光蟲〟は、全ての精霊の中で最も〝使える〟能力だ。どうしたって働かされる。だが今回はハユルがあの状態だ。神獣を使えなくても働けとは、本当にユセフスは容赦しない」

一介の王子にすぎなかった自分とは、住む世界が違っていたということだろう。

「〝忠誠〟なしで、国のために動くのは、半神を人質にとられているからか」

キリアスの言葉に、ゼドは顔を上げた。

「イーゼスが言っていた。神獣師は奴隷のようなものだと。あんたもか、ゼド。死ぬまで精霊師として、諸国を諜報員として渡り歩くのは、セツを人質にとられているからか」

ゼドの表情に、自嘲《じちょう》でもなんでもなく、単なる微笑みが浮かんだ。

「そんな理由なら、俺はセツを連れて、さっさと外国に逃げているさ。俺を殺せるのは、神獣師以外いないからな」

キリアスはその微笑みの次の言葉を待ったが、ゼドはしばらく視線を暗闇に向けていた。その目が、何を見つめているのか、キリアスには分からなかった。

「お前は、忠誠か、キリアス」

告げられた言葉は、詰問《きつもん》だった。

「お前が鳳泉の神獣師を目指す道を選んだのは、この国への忠誠からか?」

忠誠。

果たして、それが一体どんなものなのか、キリアスには分からなかった。

この国の第一王子として生まれ、この国の王となる未来を信じて疑わなかった頃。

この国のために己を捧げるのが当然だと思っていたあの頃が、はるか遠くに感じられる。

「人のための道は、どうしたって続かんぞ、キリアス」

視線を戻すと、ゼドはわずかに視線を落としていた。

「人間とは結局、自分の何かと深く繋がっているものでしか、動くことはできない。……俺が動くのは、この国への贖罪《しょくざい》のためだ。自身の後悔の念からだ。俺が台無しにした未来を、どうにかして後世へ繋げるために、動いている」

……台無し。

「……あんたが鳳泉の神獣師になっていたら、全てうまく回っていたと?」

「仮定では何も語れないが、少なくとも俺は、一生、贖罪のためにこの国に尽くす。なぜなら、俺はどれほど後悔していても、セツを選んでしまうからだ。どれだけの目にあおうが、セツを失う人生の方が、俺にとっては無だった。そんな俺が、お前がどんな道を選ぼうと何も言えた義理はないが、お前が今、自分を犠牲にして選ぶ道は、おそらくいつか途切れるだろう。永劫《えいごう》の不安を抱えることになったとしても、唯一無二を手に入れているならば、己の道を貫くことができるんだ」

ゼドの言葉を噛みしめていたキリアスは、地下貯蔵庫に向かってくる人の気配に、意識を戻した。

歩き方が、軍人だ。三十代。男。体格は、かなり大きい。重心の取り方から推察しても、手練《てだ》れだ。が、精霊師ではない。

「俺の客だ。一般人だよ」

「一般人？」

扉を開けた男は、キリアスの姿に驚いたようだった。さすがにここまでの暗闇を、灯りなしで来ることは困難だったらしく、動物の毛を編み込み、油を染み込ませた火糸を灯《とも》し、手にしている。

「ウダ、大丈夫だ。もう分かっているだろうが、精霊師だ」

ウダと呼ばれた男は、灯《ひ》を掲げてキリアスの顔を確認した。瞳の色に、驚いたのだろう。息を呑む。

「第一王子だ。ま、今は単なる修行者にすぎない」

「……キリアス王子様ですか」

「キリアス、彼はウダ。今回の協力者だ。元はアウバス国の士官で、三十そこそこで師団一つ任されていたほどだから家柄の良さは分かるだろう。元帥まで出した家系だったらしい」

キリアスは驚いた。アウバス国は、ヨダ国のような小国に比べて、国力も文明の発展もはるかに上だ。

独自の文明を継承してきたヨダ国は、必要最低限しか諸国と交易せず、思想に関しても他国の影響を排除してきた。そのため文明もなかなか発展しなかったが、国内で自給自足が十分すぎるほどにできる豊かな国土が発展の遅さを許していた。

「他国を排除するというのは、侵略を排除するということでしょう。少なくとも私は、この国で差別を受けたことは一度もありません。アウバスも、東のスーファ帝国も、他国を侵略しその国の領土と人民を奪い、力を蓄えてきた国です。それらの大国に対し、この国には精霊の加護がある。まあそれは、ゼド様や、精霊師、神獣師の方々が命を賭《と》してその加護を守っているからでしょうが……」

ウダの言葉に、キリアスはわずかに目を伏せた。

この国や周囲の情勢を、机上では十分に理解していたつもりだったが、こうして地に潜《もぐ》ってみると、それはなんと儚《はかな》い空論にすぎなかったのだろう。

昔の自分は、その加護を、あたりまえと考えていた。全ての精霊師や神獣師が、王家を、この国を守ることは、当然だと思っていた。

その根拠は、一体なんだったのだろう。

自分は、何に守られているつもりだったのだろう。

精霊の加護を守るために、どれだけの人間が、苦しみ、怒り、宿命に挑むことか。

そこに、数多《あまた》の人間の声があることを、想像もしなかった。

「私の息子もそうですが、他国では精霊を取り憑かせてしまう者や、それを操ることができる者は、国によっては差別を受けます」

ウダは、斑紋を宿す幼い息子の将来を案じてヨダ国に入った時に、ゼドに助けられたと説明した。

「スーファ帝国は、精霊は悪だと教義の中に入れましたね。あそこは国教が確立していますから、各教会に精霊を祓える指導者がいるんですよ。あの国の、精霊憑きに対する排斥は、ある意味異常なくらいだ。私は息子と一緒に一度はスーファ側に入りましたが、あの様子を見て駄目だと判断したんです」

ウダの言葉を引き継いで、ゼドが語る。

「俺はこの前まで、スーファ帝国を調べていたんだ。十年前と比べて、確かに教会の権威も、精霊に対する差別意識も高まっていた」

そこでゼドはいったん言葉を切り、ため息をついた。

「自分の国でやってくれる分にはいいんだ。だが、他国にその宗教観を押しつけられると困る。スーファにとって、ヨダ国は昔から悪の巣窟《そうくつ》だ」

「概念を崇めているよりも、ヨダの方が実利的なんですけどね」

「あれほどの大国を治めるには、概念が必要なんだろうさ。実際、スーファはこの五年間で異端を廃するという名目で二国、潰している。ヨダに対する敵意で頭に血が上った神職者が、皇帝を抱き込まないとも限らない」

キリアスは、ゼドの言葉の先を促すようにその口元をじっと眺めた。

元アウバスの士官を協力者に呼んだということは、核心はスーファ帝国ではあるまい。

ゼドは、キリアスの意を読んでいるように、口元に笑みを浮かべた。

「そんなわけで、スーファ側からはヨダの外交官は全て引き上げているんだが、まだ西のアウバスとはかろうじて繋がっていてな。アウバスの高官に請われて、うちの派遣型呪解師がアウバスに入ったのが半年前だ」

「シンとザフィだな」

「ご名答。そのアウバスの高官は国王の従兄弟にあたるんだが、諫言《かんげん》が原因で遠方に蟄居《ちっきょ》させられた。奥方が精霊に取り憑かれたので、こっそりヨダに呪解を依頼してきたわけだ。まあこっちは、情報を手に入れるのが目的だから、失脚した政治家でもなんでもいい。シンとザフィは、なぜアウバス王が次から次へと有能な人材を遠ざけているのか、その理由を知った」

そこでゼドはウダの方に目を向けた。シンとザフィの情報を、元アウバスの軍人に確認したのだろう。ウダは、やや目を伏せた。

「国王陛下のお傍に、一人の呪術師が侍《はべ》るようになったのは、十五年ほど前のことです」

元は家柄の良い、忠誠心の塊《かたまり》であっただろう軍人は、静かに語り始めた。

「発端は陛下が、ひどく大きな精霊に取り憑かれたことでした。鳥追いをしていて、供《とも》の者とはぐれて一人、森の奥に迷い込んでしまったのが原因です。自国の呪術師ではどうにもならないほどなのは明らかで、宰相はすぐにヨダに使いを出しました。ですが、一体どういうわけか、ヨダは自国への一切の侵入を拒んでいる状況でした」

……戒厳令だ。

十五年ほど前……？　思わずキリアスはゼドの顔を盗み見た。だが、ゼドは闇の方へ顔を向け、話を聞いてもいない様子を見せていた。

「困り果てたアウバス国に、自分が除霊してみせようと、一人の呪術師が名乗り出てきたのです。その男は、あっという間に陛下に取り憑いた精霊を祓ってみせました。陛下はそれまで、呪術師などにまるで興味を示さなかったのですが、人が変わったようにその男に心酔するようになったのです」

アウバスには、簡単な精霊を祓える呪術師は存在するが、社会的地位はかなり低かった。もともとの能力が怪しい者が多いからか、詐欺師と同類に扱われる場合もあった。

だが、その呪術師の能力はありえないほど高かった、という。

「俺は、他国の呪術師の程度がよく分からんが、そいつがすごいのは祓う力……つまり、力動だけか？」

キリアスの問いに、ウダは申し訳なさそうに大きな身体を縮めた。

「申し訳ありません。実際、俺は呪術師の術を見たことはないのです。やたらと学がありそうで、かなり美丈夫だという噂で、実際一度だけ目にしましたが、確かに見目は整っておりました。アウバスでは、ああいった人間が呪術師になるわけがありませんので、おそらくは他国、それもヨダ国から流れてきた人間だろうと皆噂しておりました」

力の強い呪術師をヨダ国の人間だと思うのは、不思議なことではない。それだけ、他国の呪術師との差が歴然としているのである。

「今現在、そいつはいくつくらいなんだ？」

「十五年前で三十歳そこそこのように見えました」

ということは今現在は四十五、六歳ぐらいということか。

「陛下はその男の言いなりになってしまい、昔からの忠臣や友人らも遠ざけるほどでした。諫言した者は、ことごとく追放されました。私の父と伯父も、陛下がこうなってしまったのは全てあの男のせいいと、呪術師の暗殺を考え、捕らえられたのです」

それで逃げるように祖国を去ったとウダは告げた。

自分の一族は、もう誰も生き残っていないだろう、と。

「傭兵になってからも、アウバスから追われた者、逃げ出した者とはたくさん会いました。陛下は相変わらず呪術師を重用《ちょうよう》し、王室は、いや、アウバス国はもはやあの男のものになっていると……。現在、アウバスは、昔の国力を保ってはいません。スーファ帝国は、西の大国の力が弱まるのを、舌なめずりして待っている最中でしょう。小国はたくさんあれど、東のスーファ帝国にとって西のアウバスは目の上のたんこぶですから」

だが、アウバスお抱えの呪術師は、馬鹿ではなかった。

スーファ側の動向をいち早く察して、攻撃の対象を逸《そ》らそうと画策し始めたのである。

スーファが、宗教的に弾圧したがっている国に目を向けさせようと、スーファ帝国に同盟を持ちかけたのである。

「……西と東が手を組んで、ヨダ国を潰そうというのか」

キリアスはさすがに背中に悪寒が走った。

歴史を振り返っても、スーファとアウバスが手を組んだ例はない。

どちらにとっても、得策ではなかったということもある。スーファ帝国はアウバス国より領土・人民・従属国と総合的に見て国力が二倍だが、その治める領土が広すぎて、しかも内紛の火種は自国の東側に多く、ヨダやアウバスのある西側まで国力を向けるのが難しかった。ただ、ここを押さえれば交易範囲が一気に拡大することは間違いなく、機会は常に窺っている状況だった。

対するアウバスは、各国の領主を貴族として従えることで国力を広げ、歴史的に王室が何度も替わってきた国である。つまり、王はその時代最も力のある貴族から選ばれ、強い貴族制と反乱の種がいくつも転がっている国ということだ。アウバス国王は、常に自国の領主らを従属させ、内紛を治めつつ統治を行ってきた。下手にスーファ帝国と繋がれば、領主らがスーファと直接通じ、内乱を起こすかもしれない。その懸念から、今まで同盟の話など上がらなかったのである。

「おそらく今回その呪術師がスーファと手を組もうとしているのは、王家に反感を抱く輩《やから》が増えてしまっている今、領主らに付け入る隙を与えない意味もあるのでしょう」

「しかし、ヨダを潰してしまったら、その呪術師だってスーファ側から弾圧されるだろうに」

「今現在の不穏な空気を取り除ければそれでいいという考えかもしれません。昔のスーファならそんな同盟など受けなかったでしょうが、今は分かりませんね。皇帝はまだ若く、教会の改革の嵐を止められない状況だと聞きます」

ヨダ国の外交官がスーファから去ってずいぶん経《た》つ今、スーファ側の人間と接触してそれを止めることは不可能である。

大国がヨダ国を狙っているのは昔からだった。

高度な文明を手にした大国は、自分たちがいかにしても得ることができない術を持っている国が、目障《めざわ》りで仕方ない。

だがこの国は、精霊に守られているがゆえに侵略が叶わなかった。

戦を好む人間は、いつだって大義名分が欲しいのだ。

自分の考えに合わぬからと平気で人を排除する。自国の繁栄のみを守り通してきたヨダ側からすれば、野蛮人はどちらだと言いたくなる。侵略し、人を奴隷にし、尊厳を踏みにじり、一体何をそこまでして大きくしたいのだと、その馬鹿面に問いかけたくもなるというものだ。

古くからヨダが大事にしてきたのは、精霊との共存だった。

スーファ側が言うように、精霊とは基本、魔である。決して人とは相容れないものだ。

だが、先人の途方もない試行錯誤と犠牲の上に、ヨダは精霊と契約をする方法を成した。排斥するしかなかった〝呪解〟の他に、ヨダはどの国でもなし得なかった〝授戒〟を手にしたのである。

相手の、決して相容れない本質を、この身に宿すという行為を、一体遠き先祖の誰が成したのか、キリアスは先人の偉大さに改めて敬意を示したい思いだった。

苦しみの果てに、異質なものを受け入れ、それとともに生きていく。

お前らには分かるまい、と大国に告げたくなる。

己とは違うという一点のみで、人を排斥し、認めない文明を、この精霊を宿す国が、受け入れられるわけがなかった。

今、ゼドらは、その呪術師が誰なのかを探っている最中だと言う。

「先読の予知が働けば、こういったことはすぐに明らかになるのが今までの流れだったんだがな。俺の〝香奴〟も、さすがに先読の千里眼にはとてもとても及ばない」

今までの流れ。

前の先読の時代、その力を目の当《まあ》たりにしてきたようなゼドの言い方に、キリアスは一瞬ためらったが、訊いた。

「前の先読・ステファネスの予知と、父上の〝王の目〟はどんなふうに予知を表せたんだ」

「この場合は、確実に呪術師の素性は明らかになる。ステファネス様は、宵国《よいこく》を通して相手に接触することすら可能だった。実際に、スーファ帝国の前皇帝は五十年の戦費を五年で使い果たすほど戦好きで、他の従属国を作るのと同じようにヨダ国を侵略する計画を立てた。だが、ステファネス様に宵国に引きずり込まれ、廃人にさせられた。その様子を、ステファネス様を通して見ていたカディアス王は、一部始終を記録にしてスーファに送ってやった。人ならざる者の力を目の当たりにしたスーファは、ヨダにひと声もかけてこなくなった」

キリアスは先読の力に絶句した。ヨダが、いかなる国の侵略も許さなかったわけである。

こちらが本気になれば、お前たちをことごとく死滅させることができるのだという意図は、どれほど大国を震え上がらせただろうか。戦争で、前線の傭兵や一兵士を殺されることは屁《へ》とも思わない連中だろうが、直接自分たちに害が及んでくると知り、恐怖におののいたに違いない。

「ステファネス様は歴代の先読の中でも、特に生き神と称《たた》えられた方だ。あの方がご存命だったなら、どんな状況が襲いかかってきても、ヨダは翻弄などされなかっただろう。だが今の先読ラルフネス様は、まだセディアス様と本当の意味では通じ合っておらず、予知も千里眼も望めない。神獣師が、精霊師が守らねば、この国は大国の侵略を許す」

……その先読を、弟が殺したことを、ゼドはどう思っているのだろう。

贖罪だと、ゼドは言った。

それは、鳳泉を継がなかったことだけではなく、実弟が、この国の未来を殺したからか。

しかし一体、なぜ、カザンという男は先読を殺すに至ったのか。

ウダが同席する中でゼドにそれは訊けなかったが、ゼドはもう、キリアスが何を問いただしたいのか十分分かっているというように、静かな視線を外さなかった。

「先読とはどんな存在なのか、この国の人間でさえごく一部しか知らないように、二つの大国の重鎮《じゅうちん》らも、先読の正体は摑めていなかったはずなんだ。生き神、と言われていても、その力がいかほどか分からぬなら、攻めようがなかったろう。それに、神獣師がどれほどの力を持っているのか、今現在五大精霊はどうなっているのか、ちゃんと理解している者は、ヨダ国民にもほとんどいない」

「まあ……それはそうだろうな。俺も、一国の王子の身でありながら、精霊のことはほとんど何も分からなかった」

「それが普通だ。おそらく、全て理解しているのは、神獣師ぐらいだろう。そこで疑問なんだが、アウバス王の側近だというその呪術師は、先読の力、五大精霊の現在の状況と神獣師らのことを、どれほど理解できているのか。そして、なぜ、理解できているのか」

キリアスには、ゼドが何を言いたいのか分からなかった。

「ある程度状況を読めているから、スーファ側にも同盟を持ちかけられるわけだろう」

「そこまで慎重じゃないのかもしれないぞ。自国内の自分への不満を逸らせるための、思いつきにすぎないかもしれない」

「逆にそう望みたいところだな」

「ゼド、はっきり言え。何を言いたいんだ」

「ありえんのだ」

ゼドは、キリアスの目を見据えながら言った。

「なぜ、齢十四になると、斑紋を備え、力動が強い子供たちが千影山に入ると思う。あれは、国側が精霊を宿し精霊を操る者を把握するための制度だ。入山者が全て記録として残されるのもそのためだ。俺は最初、アウバスの呪術師は、おそらく裏山で修行したが、精霊師にはなれなかった者なのだろうと考えた。そしておそらく、操者だっただろうと。だからある程度は力動が強く、多少大きい精霊でも除霊できるんだろう、と。だが、裏山で修行する者であっても、先読が何者か、五大精霊がどういったものか、そんなことは知りようがないんだ。まして能力がなく下山した者が、このヨダ国の深部になど、絶対にたどり着けない」

異様な緊張感の中で、ウダが、自分はいつまで同席していていいものかとためらっている様子がキリアスの目の端に入った。

ゼドが平気でウダの前でこういった話を持ち出すということは、よほど信頼しているのだろう。キリアスは構わずにゼドに告げた。

「王宮内部の人間が、内通していると言いたいのか」

キリアスの言葉に、ゼドはしばし沈黙したが、ゆっくり立ち上がった。

「内府《ないふ》はユセフス、その前はダナル。この二人が内通者の存在に気がつかないとは思えんが、内府といえど、絶対に入り込めない場所が、このヨダにはある」

たとえ〝光蟲〟の極小の蟲でさえ近寄ることすらできない異空間が王宮には存在する。

先読が住まう、神殿である。

その場所は、鳳泉以外の全ての精霊を、死の国に引きずり込んでしまう。

「あそこから内通者が出てしまっては、一巻の終わりだ。先読は、精霊師が束になっても敵わんが、普通の人間にとっては容易《たやす》く殺せる存在なのだからな。特に今のラルフネス様など、赤子同様。トーヤが抱かねば移動すらできん身体と聞いている」

その通りだった。

なぜ、生誕の儀で先読役となる稚児《ちご》が、神官に抱きかかえられるのか。

ラルフネスが、齢十歳を過ぎても、自分では思うように身体を動かせないからなのだ。

ラルフネスは、言葉が話せない。身体も、首がすわった赤子くらいしか動かせない。身体は二歳ぐらいのままだ。鳳泉の神獣師トーヤがいなければ、自分の意思を何一つ表に出せない。

だが、先読がそういう身体で生まれてくるのは、むしろあたりまえだった。

歴代の先読は、そのほとんどは女性だったが、中にはそうでない者もいた。男であり女である身体。男でもなければ女でもない身体。

目が見えない者、口が利けない者、身体半分が失われたまま生まれた者……。

人を超えた生き神たる能力は、そのような身に宿ると考えられていた。

「あれほど広い神殿だ。鼠《ねずみ》が誰か、いちいち調べるのも難儀《なんぎ》だろうよ。トーヤは、ラルフネス様の養育で手一杯で、神殿を守る余裕はない。神官になる者は厳格な審査を経て選ばれるが、鳳泉の操者が失われて十五年以上も経っていては、内通者の一人や二人、出ていたとしてもおかしくはない」

ゼドの言葉の中で、ふと、キリアスの心に引っかかったことがあった。

……十五年……？

鳳泉の操者が、死んでから十五年？

また、十五年という符号が出た。

アウバス国王が半死半生になり、ヨダ国に精霊の呪解を依頼したが、ヨダが戒厳令下にあり、他国との接触を拒否していたのが十五年前。

鳳泉の操者が死んだのが、十五年前。

キリアスの下から、母が去ったのが十五年前。

処刑か殺害かは知らないが、母の父であるアルゴ家当主であった祖父が死亡したのが十五年前。

オルガの父であるカザン・アルゴが死んだのが十五年前。

前の先読・ステファネスが死んだのが十五年前。

オルガが、この世に誕生したのが、十五年前。

何か分からぬ力に揺さぶられるように、キリアスは頭の中がかき乱されるのを感じた。

一体……？　この国は、十五年前、一体何を失い、何を生み出したのだろう？

ゼドに顔を向けて口を開きかけたキリアスの前で、ゼドは左手を前に差し伸べてみせた。ぼんやりとゼドの左手が歪み、空間に声が響いた。

『よーう、キリアス。ひ・さ・し・ぶ・り〜！』

天真爛漫《らんまん》な明るい男の声に、ウダは驚きのあまり声を上げそうになったが、さすがかろうじて呑み込んだ。

前の〝紫道〟の神獣師、ザフィの声である。

『これを聞いているということは、お前はもう今回の任務についてゼドに教えてもらっているだろう。まあ、お前には、女をたらし込んで身体で訊くなんて高度な技、使えるわけねえと思って、な。お前がそっちが苦手なのは、半分俺のせいだ。お前が十五の時の筆おろしの失敗は、明らかに俺が女の選択を誤ったからだとユセフスにも伝えてある。無理なことはさせないだろう！』

「ちょっと待て、なんの話だ？」

赤面する内容より、いきなり始まった語りにキリアスは面食らった。

「いや、ザフィがお前に伝言を頼むというから」

『お前ももう、大人の階段を上ったことは聞いている……。あの小さかったお前が、潜入捜査をするとは感慨深いよ。これから俺とシンは王宮だ。王に、お前の成長ぶりを伝えてくる。じゃ、幸運を祈る！』

この伝言でも分かるように、ザフィはあまり頭の良い男ではない。

半神のシンが切れ者なのであまり頭を使う必要もないのだろうが、もう少し状況を把握した方がいい。キリアスは頭を抱えたくなった。

「……ザフィとシンは、王宮、それも神殿に入って、内通者がいるかどうか調べるわけだな。もう精霊を所有していない身だ。身分的には元神獣師、神殿に入っても差し支えないと」

「その通り。イーゼスに情報を伝えた後、王宮に向かうだろう。そしてこちらは、呪術師が放った間者のあぶり出しだ。間者を捕まえられれば、俺の〝香奴〟でその呪術師の正体が少しは摑める」

◇◇◇

キリアスが裏山の寄合所を去ってすぐ、オルガは居住するラグーンとジュドの家に飛び込んで、自分の荷物を片っ端から袋に詰めた。

「こらこらオルガ、何をしているのかな？　新参者が入居するんだ。先輩のお前がここで生活するイロハを教えてあげなきゃダメでしょ」

声をかけてきたラグーンに、オルガは振り向きざまに言い放った。

「セツ様のところに行きます！」

ラグーンは肩をすくめて首を振ったが、オルガはかまわず荷を突っ込んだ。

「自意識過剰だっつうの、オルガ。お前がこのまま青雷の依代になれるとは限らないんだよ？」

「ええ、もちろんなりません」

「レイをお前の半神になんて、こっちだって考えていないって！　お前、レイに失礼だよ？　こんな子供っぽい奴なんて、冗談じゃないとあっちだって思ってるよ。意識しすぎ～」

「ええ、意識しすぎるといけませんから、別々に住んだ方がいいですよ。最初、俺とキリアス様もそうだったでしょ」

「オ～ル～ガ～」

「どうせ俺は今ほとんど一人で修行しているし、御師様についていなければならないわけでもありませんし」

「それはお前が決めることじゃないんだよ」

「お世話になりました」

だが、ラグーンは部屋の入口を塞いだままだった。

オルガは気力を漲《みなぎ》らせてラグーンに近づいた。

「御師様、本当のことを言ってください。御師様は、どうお考えなんですか」

「オルガ……」

ラグーンはさすがにわずかに目を伏せた。

「自分勝手な性行為をしそうなキリアスより、レイの方が上手だと思う」

「御師様の馬鹿！　変態！　エロジジイ！　へんちくりんな頭！」

オルガの罵詈雑言《ばりぞうごん》を浴びたラグーンは、衝撃を受けて膝をついた。オルガはその隙に部屋の外に出て、呆《あき》れ顔のジュドと、驚いているレイの姿を見た。

「ラグーン……お前、阿呆《あほう》か」

「へ……へんちくりんな頭……地味に利いた……」

まだ衝撃から立ち直れないラグーンを無視して、ジュドはオルガに好きにしろというように無言で顎をしゃくった。

オルガは、勢いよくジュドとレイの横を通り過ぎ、家を飛び出した。

自分だけが、異常なのではあるまいとオルガは思う。

今はまだ、共鳴をしているとは言えない。だから、半神とは言えない。

実際に、合わなそうだから相手を変えろと言われた例はあるのだろう。

だがこの、二人目を目の前に用意された時、本能的に感じる嫌悪感は、決して自分一人だけが感じるものではあるまい。

おそらく、同じ目にあった者は皆、嫌悪感を露《あらわ》にして拒絶したはずだ。

決して、これは異常な感情ではない。

オルガは、全身に鳥肌が立つのを感じながら、セツの家に走った。

以前、欲望を丸出しにしてきたキリアスに嫌悪感を抱いたことがあったが、それはまだ心が叫んでいた拒否だった。

だが今は、本能的に、身体が全身で二人目の存在を拒絶している。

キリアスの息も、熱も、もう遠いものになったというのに、肌の上に残ったそれらは、意識の隅々に染み込んでいる。

力動が巡る時に、欲望を感じる時に、それらは息を吹き返すように、全身を包んでくる。

これが残っているのに、身体が、他の男を受け入れるわずかな隙間も許すはずがないではないか。

全身の細胞が、キリアスただ一人を求めているというのに。

「……セツ様！」

オルガは、扉を叩く余裕もなく、セツの家の中に身体を押し込ませるように入った。

突然のオルガの声に、セツは驚いて奥から出てきた。

「オルガ！　その荷物は……」

「セツ様、俺をここに置いてください！」

セツは、オルガの姿を一目見ただけで事情を察したらしい。片側しかない眉を寄せ、息も荒く佇むオルガに近寄る。

「オルガ、ラグーンもジュドも、お前に無理強いはしないはずだ。レイが来たからと言って、ともに修行なんてさせないはずだよ。あれはお前の件とは関係なく、青雷の操者として候補に上がった者だ」

「そうだとしても、あの人が青雷の操者になる可能性があるだけで嫌です！　少なくともまだ、青雷は俺の中にあって、キリアス様と共有しているんですよ!?　あまりに無神経じゃないですか！　まだ裏山に来させなきゃいいのに、あんな人！」

先程までなんとか堪えていたものが、セツを前にしたとたん外に零れ落ちた。

師匠らに対して抱いていた不満が、身体の中を逆流し、澱《よど》んだ感情を乗せる。

それは、つい先程まで愛おしく思っていた男にも向けられた。

「……ひどい……」

オルガは板戸に寄りかかり、ずるずるとそのまま身を崩した。

心の奥底に秘めていた想いが、堰《せき》を切ったようにあふれ出る。

「ひどい……ひどい……ひどい……！　なんで……!?　なんで!?　キリアス様、俺はもうどうでもいいの!?」

あの時、レイが目の前に現れても、顔を横に向けてなんの反応も示さなかった男の姿が脳裏に浮かぶ。

愛おしさは、そのまま憎悪に変わった。

甘い熱を孕んだ息は、怨嗟《えんさ》の炎に変わり、囁く愛の言葉は相手を呪う言葉になる。

こんな自分になりたかったわけではない。

愛したのに、愛したかったのに、それを貫かせてもくれないあの男が憎い。

俺の身体も、心も、こんな風にしておきながら、放り出したあの男が憎い。

あれほど愛おしいと思っていた感情が、真逆の方向へ走るとは。

息が苦しい。力動の調整がうまくいかない。血管が破れそうになる。

これは、もしかしたら、魔獣化しているのだろうか。だとしたら、あの男は、この力動の乱れを、愛が得られず憎さのあまり魔獣化しようとしている半神のことを、少しは感じてくれるだろうか。

任務か何か知らないが、色街の女を相手にするとか言っていた。今頃もう、女を侍《はべ》らせているだろうか。久々の下界で羽目を外しているのだろうか。こんなに苦しんでいる半神のことなど微塵《みじん》も思い出さずに？

いや、あの男は、あの最低な男は、俺を半神なんて思っていやしないんだ。

一体何に、しがみついているのか。

いっそ、全てを破壊して、全てめちゃくちゃにして、この身も心もずたずたになってしまった方がずっとマシだ……。

ああ、これが魔獣化するということなのだな。

己を手放してしまったら、精霊に喰われてしまうのか。

なんと、あっけない。なんと弱いのだろう、人というものは。

愛していたはずなのに、くるりと何かが回っただけで、真逆のものに姿を変えてしまう……。

ふと、オルガは、目の前に淡く、ぼんやりとした光を見た。

周りは真っ暗で、深い深い沼に落ちたように澱《よど》んでいる。

なるほど、魔獣化しそうになっているから、いつもは澄んでいる青雷の中が、こんな水になってしまっているのだろう。

そこに浮かぶ、白く濁り、少しずつ淡い光を宿し始めた空間のようなものに、オルガは目を据えた。

白い髪。白い肌。赤い瞳。

血のように、赤い瞳。

口を閉ざして、じっとオルガを見つめている。強い意志を感じさせる瞳だった。二歳くらいの幼女の姿で、何もかも異様だった。兄であるキリアスにどこが似ているのか、比べることもできない。

「……先読様」

目を覚ました時、目の前に、心配そうなセツの顔と、慎重に様子を窺っているルカの顔があった。

「……オルガ……分かるか？」

震えるセツの声に、オルガは頷いた。セツが緊張の糸が切れたようにオルガに突っ伏し、肩を震わせる。

ルカは、腰から剣の鞘《さや》を抜き、剣をそこに収めた。

それでオルガは悟った。自分は今、魔獣になりかけていたのだろう。

重い頭をゆっくり振ると、部屋の中にはセツとルカ以外誰もいなかった。おそらくセツは、慌ててルカを呼びに行ったのだろう。

「俺とセツ以外は知らん。他の連中には言わないでおくから、安心しろ」

抑揚《よくよう》のない声でルカが告げた。

「……魔獣になるということは、落第なんでしょうか」

特に答えを求めて訊いたわけではなかったが、ルカはしばし沈黙した後に答えた。

「どうだろうな。……俺も、一度経験あるけどな。……無理矢理ダナルが元に戻したが。お前は今、自力で元に戻れたじゃないか。俺よりはマシなんじゃないのか」

相変わらず淡々とした口調だった。

ルカの方を窺おうと、視線を動かしたオルガは、ガタガタと扉が開かれる音にそちらに意識を向けた。

「あ、元に戻ったね」

扉の向こうから顔を出してきたハユルの顔には、満面の笑みが広がっていた。

「結界が切れたから、もしかしたら終わったのかと思って。良かったじゃん、魔獣にならなくて。ね、ルカ」

ハユルはルカに甘えるようにもたれかかった。ルカは、ハユルがまとわりついてきても相変わらず表情を崩さない。

オルガはその光景に、妙なものを感じた。

確かハユルは光蟲の依代、ならばルカの跡を継いだということだ。必然的に、弟子になる。

同じ神獣師、そこまで礼儀が求められるわけではない。かく言う自分も、師匠であるラグーンに対してあんまりな態度を取っている。キリアスはもっと不遜《ふそん》だ。だが、一応は師弟という関係性は一目で分かるもののはずだ。

しかし、ハユルには一切それがない。身内に対して甘えるような近さで接している。咎《とが》められるものではないが、どこか不自然さを感じずにはいられない。

「そんなに嫌？　二神は」

無邪気なハユルの声が、横になったままのオルガの顔面に投げ出された。

「嫌なんだろうねえ。魔獣になっちゃうくらい。ね、ルカ。ルカも嫌で嫌で、魔獣になりそうだったたって言ってたもんね」

ルカはハユルの声が聞こえていないかのように視線を宙に向けていた。この男は常に何を考えているのか分からない顔をしているが、今は特にその表情からは何も読み取れなかった。

「イーゼスもさ、嫌がってたよ、俺を」

ハユルはオルガに微笑みながら言った。

「嫌で嫌で、ああなんでこいつが存在するんだ、俺の世界から消えろ、今すぐ死ね、死ねってね、それしか言ってなかったよ。間口を全開にしてね、ひたすらそれを叫ぶんだ。イーゼスが望んだことはただ一つ、俺の死しかなかったよ」

〝二人目の男〟は、笑みを絶やさなかった。

セツの家にオルガが入ると同時に、ハユルまで荷を移してきた。

「だって、ルカの家だと、色々雑用言いつけられるからさ。俺は今イーゼスになんでもかんでもやってもらっているから、家事とか全然できなくなっちゃったんだ。俺、仮にも神獣師だよ？　なんで弟子に混ざってルカの本の片付けしなきゃならないの」

ハユルは床に大の字になって何もしなかった。暇さえあれば寝ているだけである。

「寝させてやりなさい。もともと、身体を休めるためにここに来ているんだ。この子は、神獣を宿す器がギリギリで、体力がないんだよ。疲れやすいせいもあって、よく眠る」

ではなぜ宿す器がギリギリなのか、一体なぜ二神となったのか、気にはなってもオルガは追及できなかった。

今オルガはほとんど自分で修行をし、師匠であるラグーンの指導を必要としていない。

もうこれ以上、一人ではどう修行をしていいのか、分からない段階にきている。

精霊の中に入り、自分の器を広げて、操者が自在に操れるように誘導するのが依代の役割なのだが、これは操者と共鳴しながら行うことであり、依代一人ではどうにもならない。

では他の修行はというと、授戒の方法や神言《しんごん》を習うことだが、それはラグーンが苦手とするところで、得意なのはルカである。

「セツのところにハユルが行っただろう」

ルカは口数が多い方ではなく、何かを教えるにしても本を渡すくらいで、教えるのが絶望的に下手である。

どうもこの男は頭がものすごくいいらしく、一度本で読んだら術も技もすべて会得《えとく》してしまうらしい。当然誰も真似できなかった。

もともとオルガは勉強が得意ではない。本を渡されて読んでは、ルカを捕まえてああだこうだと質問し、疑問を解消するやり方を取っていた。ルカは、口は重いが話すことは嫌がらない。オルガもさほど話好きではないので、ルカと向き合ってポツリポツリと少しずつ学んでいく時間は嫌いではなかった。

「……お前、もし良かったら、こっちに移ってきてもいいぞ。セツのところは今、二人弟子を入れているだろう。そこにお前とハユルとなると、お前がハユルの面倒を見る羽目になるんじゃないか」

「いえ……それは、別に苦になりませんから」

神言だけで書かれている書物をパラパラとめくりながら、オルガは答えた。

「それに、今はボーッとしている時間が嫌なので、ハユルさんのお世話でもなんでもしていた方が、気が紛れます」

「だろうな」

ふと目を上げると、ルカが窓の外に、目を向けていた。

あらゆる壁が本で埋まっているようなルカの部屋だが、机の正面の壁に小さな窓があり、そこはいつも開け放たれていた。

「今お前は、キリアスと何も修行ができずに、停滞している状態だからな。かといって先も見えず、焦燥《しょうそう》から何かをしなければいられない心境だろう。かつての俺もそうだった」

ルカは珍しく長めの言葉を紡いだ。オルガに聞かせるといった様子はなく、外の光に溶けてしまうような静かすぎる声音であったが、オルガはその言葉に思わず縋《すが》った。

「ルカ様、ルカ様は、魔獣化しそうになったと、この間おっしゃっていましたよね。ダナル様が、嫌だったのですか？　ダナル様は、二神、だったのですか？」

「いや。最初から半神だった」

ルカは表情も変えずに、窓の外を見つめながら、言った。

「ただ俺には、裏山に来る前から、好いた男がいたというだけだ」

ルカはおもむろに立ち上がり、部屋を出ていったかと思うと、茶の用意をして戻ってきた。

身体を強張らせたままのオルガの目の前で、いくつかの煎《せん》じた茶葉を配合し、ゆっくりと湯を注ぐ。最初は黄色だった茶が、黄緑色に変化する。しばしその色の変化を見つめていたオルガは、黙ったままのルカに問いかけた。

「恋人同士になってしまったから、禁忌《きんき》とされたのですか？」

「いいや。単純な話だ。二歳年上のダナルの方が、先に光蟲の操者として候補に上がっていた。依代となれる者は、俺しかいなかった」

「……その人と、半神となれると、ずっと思っていたのですか？」

「その能力はあったんでな。確実に精霊師には……神獣師にもなれたかもしれない。だが、当時なり手が必要だったのは光蟲だった。ダナルと彼では、比べようもないほどダナルの方が能力は高かった。光蟲は、精神力の強さが全てなんだ。特に操者は。力動よりも何よりも、精神的に強い者が選ばれる。ダナルを見ろ。イーゼスを見ろ。あれほどの目にあいながら、あの二人は一度も魔獣化していない。……己の強さ、これがなければ光蟲は操れんのだ」

ルカはもう五十歳近いが、涼しい目元や繊細な鼻梁《びりょう》から、若い頃はさぞ美しかったろうと想像できた。結わずに流した髪は、まだ黒々として量も十分である。

「ルカ様、伺《うかが》ってもいいですか。……その人は、他の方と精霊師となったのですか」

「……いや、結局、精霊師にならずに下山した」

言葉がなかった。

胸が、潰れそうだった。明日、目の前に訪れるかもしれない未来に、思わずオルガは目を伏せた。

この人だと信じても、その時の運命が、それを許さない。

貫きたいと願っても、それが届かなかったら、果たしてどんな人生が訪れるのか。考えるだけで死にたくなるほどの絶望が身を襲う。

目の前の男は、一体どれほどの紆余《うよ》曲折《きょくせつ》を経て、半神を受け入れるに至ったのか。

それを、オルガは訊こうとは思わなかった。

聞いたところで、他人には絶対にうかがい知れぬ世界の話だ。

愛が憎《ぞう》となり、憎が愛と変わる時間を、幾重にも積み重ねて、やがてたどり着いたその境地など、当の本人にしか分からない。

「光蟲の操者が、依代を甘やかすのは、何もイーゼスに限ったことじゃない」

ルカは、再び窓の外に目を向けた。

「本に夢中になると、朝も昼もない俺のために、ダナルは毎日必ず、窓を開ける」

光を注ぎ、風を伝え、人の声を届けるために、朝に窓を開けるのは、ダナルの癖になっている。

「半神になるのを嫌がって、部屋にこもって、修行から逃げていたあの頃から、三十年、毎日毎日、ダナルは同じことを続けている」

その時のルカの表情を、オルガは目に焼きつけた。

運命を受け入れ、愛憎の果てにたどり着いたその表情を、いつか自分は、誰かに向けることがあるのだろうか。

あまりに澄んだ、その美しい表情を、オルガは込み上げるものを堪えながら、見つめ続けた。


ルカから借りた本を手に、オルガは泉に向かった。

近づくだけで泉の水が、喜ぶのが分かる。

青雷の属性は、水である。己の中の精霊を自由に動かせるようになってから、力動の流れも、呼吸も、血の流れも、全て水の力で動いているように感じるようになった。

同時に水の気配が読めるようになった。雨がどのくらい降るのかも分かるし、周囲の水が引力のように自分に寄りつきたがるのも感じる。

では、他の精霊も同じなのだろうか。

百花《ひゃっか》は風を属性としている。以前見た百花は、まさに自在に花を、風に乗せていた。花を巻き上げることで、風を作り出していたといってもいい。

紫道は土だというが、大地とは、どう感じるのだろう。

……鳳泉は、その属性は、火だ。

鳳泉の依代になりたいと望みながら、水を身に宿せているオルガは、己の中を巡る水が、火に変わるなどどうしても想像できなかった。

これほど心地よくまとわりついてくる水が、火に変わる……。

火とは、果たして、どれほどの激しさでもって、宿るものなのだろう。

「オルガ」

考え込んでいたせいで、人の気配に気づいていなかったことにオルガは驚いた。

反射的に水の中に入ろうとしたが、ルカから借りた本が手にある。濡らすわけにはいかない、と躊躇《ちゅうちょ》したことで行動が遅くなった。

「待って、待ってくれ、逃げないで。怖がらないでくれ、何もしない、近づかないから」

レイは慌てて身を引いた。

「ごめん、声をかけたんだけど、気がつかなかったようだから……もっと、離れた方がいい？」

こちらの行動を気にするレイの様子を見て、泉の中に入ってしまうのがそんなに怖いのかと、身を固くしながらもオルガは不思議に思った。

別に入水するわけではない。しかも、青雷を宿す身の自分は、水の中にどれほどの時間入っていたとしても呼吸もできるし、むしろ心地いいほどだ。

教えてやろうかと思ったが、やめておいた。それは、教えなくても今後彼自身が知ることになるだろう。青雷の操者として。彼の、依代を通して。

「オルガ、話を……してもいいかな」

その先をオルガは待っていたが、いつまで経ってもレイは話しかけてこなかった。

オルガは相槌《あいづち》も滅多に打たない。これは口が重いゆえなのだが、キリアスは慣れて勝手に話しかけ、聞いているかどうか反応を目で窺う。師匠らも勝手な連中ばかりなので、オルガの反応を気にしていない。

だが目の前のレイは、顔中に困惑を浮かべていた。先を促さなければならないことにようやく気がついたオルガが頷くと、あきらかにほっとしたように脱力した。

「あの、俺は、表で青雷の操者になるんだと聞いていてね、それなりにその、楽しみにしていたんだ。依代と会うのをね。なんか、あたりまえのように、自分と同じように表で修行してきた、同じ年くらいの子がいるんだと思って……」

　反応を気にしているのか、レイはそこで言葉を切ったが、オルガは、今度はどう反応していいのか分からなかった。黙ったまま動かずにいると、レイは話を続けた。

「まあ、状況は、俺が考えていたものとは違っていたわけだけど、その、俺は、もしかしてこれが青雷の依代かとオルガを初めて見て……嬉しかったんだよ」

　オルガは、今度は反応した。思いきり、首を横に振る。無言のまま、ひたすら頭を振った。最初に出会った時と同じように。

「分かってるよ。話は聞いた。キリアス様が、半神なんだろ。どういう状況なのかも、話を聞いたよ。だから……俺は今、まだ、何も口出しできない立場なんだと分かっているけど、伝えておきたかったんだ。俺はきみが……」

「それは‼」

　オルガは腹の底から声を出した。

「それは……それは、あなたの、依代に言って。あなたが巡り合うはずの、依代に言うべきだ。そんな簡単に、告げられるものじゃない……！」

「簡単になんて言っていない」

「簡単だ！」

　簡単だ。今のあなたの気持ちなど、あまりに、軽い。どれほどの人間が、どれほどの苦しみの果てに、そこにたどり着くか。

　安易に言葉にしてしまったら、永遠に苦しむことになるかもしれないのだ。

　あなたが。もしくは、あなたがこの先、愛する人が。

　その言霊《ことだま》は、伝えるべき時に、伝えなければならない。

　それが生きる指針となる時に、その言葉一つで生きていける覚悟を持った時に、告げるべきものなのだ。

　まだ、伝えていない。

　それを、まだ一度も、言葉にしてはいない。

　果たしてそれを、キリアスに届けることが、できるのか。

もしかしたら、永遠に抱えたまま、外に一度も出ることなく魂となってこの身の内に残るのか。

オルガは、抱えた本に顔を埋めて、ほんの少し先なのに何一つ見えない未来を想うしかなかった。

◇◇◇

麗街はヨダ国国境付近の歓楽街であり、ここを利用するのは、ほとんどが国境付近の少数部族や商人、傭兵らであった。

ヨダ国は今現在、他の国々と国交を断っているわけではないので、国境付近は任務を離れた傭兵らが出入りするのは自由である。護衛団が厳重に見回りしているが、傭兵の任期を終えた連中がヨダ側に入ってきても、さすがに文句は言えない。些細《ささい》な小競り合いは毎日のようにあったが、特に大きな事件が起きるわけでもなく、娼館の灯は毎夜明るかった。

麗街の娼妓は、たいてい外から売られてきた女たちであった。買う男どもの中には自国の女を好む者もいる。国境付近の歓楽街の女たちが髪の色も瞳の色も千差万別なのは、ヨダ国に限ったことではない。

「ねえ、お兄さん。今夜は決まっている？」

声をかけてきた女の瞳の色に、キリアスは思わず足を止めた。女の水色の瞳に、一瞬でも吸い込まれたことに自嘲する。

「どうしたの？　私を見て誰かを思い出した？」

「ああ。……国に残してきた恋人を思い出した」

恋人。

嘘でも、口にしてはいけないことでも、ここにいる間だけはすんなりと表に出せることに、心が単純に喜ぶ。

麗街では、どうでもいい嘘で固めた経歴を口にできる。今ここにいる自分は、国の第一王子でも、神獣を操る者でもない。ただの、傭兵崩れの女衒だった。

「口がうまいわ。あんた、『紐《ひも》』でしょう」

よく見ると女はかなり年増だった。もう何回か、性質《たち》の悪い『紐』に引っかかっているのかもしれない。

「若いのに、もう紐をやっているなんてね。青い目だけど、どこの国なの」

「アウバスだ」

「なんだ。同郷じゃないの」

麗街に入ってまだ十日ほどしか経っていなかったが、それなりに傭兵崩れの雰囲気は出せるようになっているらしい。

キリアスは正確にはこの娼婦の言う『紐』ではない。

ヨダ国だけではなく近隣国全ての色街がそうなのだが、売られた女を娼館に斡旋《あっせん》する女衒は、大概は女を店に斡旋し、店に客を紹介する仲介業者に所属している。その仲介業者を橋渡場《はしとば》と呼ぶ。

橋渡場は色街を仕切る役割を持ち、娼館の揉め事を解決する代わりに金銭を要求する。抱えている用心棒も腕に自信のある傭兵崩ればかりであった。

橋渡場は用心棒の他に、座持ち、女衒、様々な男たちを抱えているが、その中に『紐』がいる。

文字通り、娼婦のヒモである。が、この紐が通常のヒモと何が違うのかと言うと、ただ女に飼われているのではなく、女から金を巻き上げるのである。

娼婦に恋人はご法度であるが、この紐は娼婦を抱える店側であてがう場合もあった。

稼ぎが悪い、働くのに熱心ではない娼婦を、いかにして働かせるか。男に惚れさせればいいのである。金を必要とする男に。

男に金を渡すために、女は身を粉《こ》にして働くようになる。必然的に店側にも金が入るので、腕のいい紐は重宝されるのだった。

娼妓にしてみれば借金がかさむ一方なのだから、紐は天敵である。

キリアスは現在、この『紐』の候補者として、橋渡場で雑用係をしているのである。

「おい、こいつ、そろそろ娼館に紹介してこねえか」

橋渡場の幹部は、キリアスが橋渡場に顔を出すたびにそう言って声をかけてくる。やたら若く、見目の良い男が娼婦も取らずにいるのがもったいないと思うのだろう。

「旦那、そいつはまだ早えですよ。三回ほど女と遊ばせてやりましたがまだまだ全然。あっという間に昇天しちまって、喜ばせるどころか喜んじまって話にならねえ」

「ちゃんと娼館を回らせてんだろうな？」

「ご心配なく。兄貴分について、娼館に出入りはさせていますよ。まあ、そのうちあっちからお声がかかるでしょう。下手に娼妓に入れ上げて、駆け落ちなんざされたら橋渡場の面子《メンツ》が丸潰れだ。若いんです。もう少し慎重にやらしてください」

橋渡場の台帳をめくりながら幹部にそう進言しているのは、諜報部隊『第五』隊長・ジュードの半神であるアイクである。

アイクはこの麗街の橋渡場の帳場担当者として、もう五年も勤めているという話だった。

麗街は情報の宝庫であり、他国の傭兵が入り乱れているこの橋渡場は、その最たる場所である。そこを押さえておくのは正しいとはいえ、まさか隊長の半神が自ら五年も潜入捜査を行っているとは、最初に聞いた時にはキリアスは仰天した。

このアイクがキリアスをうまく橋渡場に入れてくれたおかげで、いかにも擦れていない坊ちゃん育ちでも、『紐』候補生として出入りすることができたのである。

そして、キリアスの「兄貴分」は立派に『紐』としての役割を果たしていた。

「おい……イーゼ……グラン」

寝台の上で横になっている男に偽名で呼びかけても、男は眠りについたままだった。酒の匂いが鼻を突く。

裸で寝ているので、女がつけた爪痕がくっきりと浮き上がっている背中が丸見えである。思わずキリアスがその身体に毛布をかけると、ふとイーゼスが目を覚ました。

「……ハユル？」

身を起こして無防備に半神を呼ぶ声に、思わずキリアスは気配を消したくなった。

イーゼスはキリアスの姿を見て、再び寝台に身体を落とした。

「あ～くっそ、あの女。あそこまで人を吸い上げる余力があるなら、客に奉仕しろっつうの」

さすがの俺も今日はもう勃たねーぞ、と、イーゼスは葉巻をキリアスに要求した。

キリアスは立場的にこの男の舎弟である。兄貴、などとは死んでも口にしないが、誰の目がなくとも、その立場を崩す態度を見せてはならなかった。

娼婦らから情報を得てくるイーゼスと比べ、キリアスは何もしていない。

その辺、キリアスになんの期待もしていないのは、イーゼスも第五の連中も同じだった。

先程アイクが女と遊ばせてやったと言っていたが、会いに行った女は娼館に潜入している第五の精霊師・レダとアリスの二人であり、キリアスはそのあたりに関しては戦力外であった。

童貞というわけでもないのにここまで期待されないのも腑《ふ》に落ちないとキリアスは内心憮然としたが、橋渡場で凄腕の紐を目にして納得した。

玄人女を手玉に取る男は、容姿も並以上だったが、とにかく女を心地よくさせる術《すべ》に長《た》けているのである。自分を捨てて、女を気持ちよくさせるためにはなんでもする。

それでいて、堕《お》とす時には徹底的に堕とす。その残酷さは屑以下としかいいようがないほどだった。

当然、イーゼスは『紐』としての能力に長けているわけではない。

むしろこの男の性格から考えても、己のプライドをかなぐり捨てて女に尽くす紐になど、なれっこない。

ではなぜそれができているか。それがゼドの能力である〝香奴〟の恐ろしいところだった。

「ゼドが奪ったこの記憶の所有者、凄腕と聞いていたがさほどでもねえよな。所詮《しょせん》、店側が必要とする紐は、二流三流の娼妓の相手だ。一流の娼妓は間男を必要としねえか、自分で見つけてくるからな」

葉巻をくわえながら、寝台の上でイーゼスは呟くように言った。

語りかけているようだが、イーゼスは基本、人の返事など必要としない。この男は他人の存在などどうでもいいと思っている。任務遂行に邪魔だと思ったら、平気で切り捨てるぞ、覚悟しろ。ゼドの忠告がキリアスの脳裏に蘇った。

このような上官では、『第五』連中も信用できないに決まっている。潜入捜査はいつだって命がけだ。常に危険と隣り合わせの連中が、いざという時に自分を助けてくれない上官を上官と思えないのは仕方がない。

現在、第五は隊長のジュードが完全に統括していた。直属の上官のイーゼスに報告はするが、一切相談はしない。ジュードが〝赤目〟で完璧に部下の行動を摑み、作戦の全体像を把握できているからこそ、下の連中もついていくのだろう。

そしてイーゼスは、そんなことを少しも気にしていなかった。部下を平気でこき使うが、守りはしない。

だがキリアスは、それも当然なのではないかと思うに至った。

なぜならこの男は、この男にしかできない仕事を請け負っている。

ゼドが記憶を奪った男に成りすます、ということが、ゼド以外ではこの男にだけ可能だというのだ。

「店側の連中が、あんたがあまりにも娼妓に惚れられていることに疑問を持っているそうだ」

キリアスは着替え始めたイーゼスの背中にそう告げた。

「まあな……ひそかにアウバスの間者をやりながら、表向きは娼妓をしてるような女が、いきなり金を渡したんだ、どういう関係かと思うよな。だが、金をすぐに渡したがるのはあの女の癖みたいなもんだからな」

イーゼスは今、ゼドが記憶を奪った紐の記憶を植えつけられている。

ただその男の記憶を持つだけではない。〝香奴〟は記憶の元が、人の匂いである。匂いの所有者に、成りすますことができるのである。

キリアスから見るとイーゼスのままだが、その匂いを知っている人間から見ると、記憶を奪われた紐の姿にしか見えないというのである。だから娼妓には、イーゼスの姿は、自分の紐の姿に見えている。

だがこれが、全ての人間に適用するかというとそうではない。その匂いに馴染みのある人間にしか、そう見えていないのである。橋渡場の連中にとっては、イーゼスは新参の流れ者の紐にしか見えない。

娼妓を抱える娼館の連中にも、新参者にしか見えないのだから、したたかな娼妓がいきなり夢中になることに首を傾げて当然なのである。

……他人の記憶を植えつけられる。

イーゼスが今成りすましているのは、グランという紐だが、その男が一体何をやったのか、キリアスは知らない。

その男の記憶を奪ったゼドと、記憶を植えつけられたイーゼスしか知らない。

紐の記憶を植えつけられ、娼妓がその男と認識するのなら、自分だってそれができるのではないかとキリアスは思ったが、ゼドの考えは否《いな》だった。

時に人を騙《だま》し、死に追いやることになっても、女から金を巻き上げてきた男の記憶を持つことに、お前の精神が持つと思うか？

精神の、強さ。時に、地獄を見たとしても、煉獄《れんごく》の炎で焼かれたとしても、眉一つ動かさぬ強さを持つ者でなければ、他人の記憶を抱えることなど、できるわけがないのだ。

「光蟲を操れる人間など、そうは現れないんだ。あいつの精神の強さは、貴重なんだよ。俺はイーゼス以外の人間に、記憶を植えつけたことはない。他の人間なら耐えられんと思うからな」

それはイーゼスが、最初から持っていた強さなのだろうか。

この男は、自分以外の人間がどうなろうと知ったことではないと本当に思っている。

果たして、それがイーゼスの強さなのだろうか？

「なんだよ？」

あまりに長くイーゼスを見つめてしまったからだろう。珍しくイーゼスの方が問いかけてきた。

ごまかそうかと思ったが、ふとキリアスは口にした。

「平気なのか」

「何が」

「人の記憶を植えつけられて、仕事をすることだよ。あんたしかいないのは分かっているが、なぜ、断らない？」

馬鹿にされるだけかと思ったが、イーゼスは葉巻をくわえたまま、じっとキリアスを見つめてきた。

「条件だったからだ」

「……条件って？」

「ハユルが、俺の半神を続けるためなら、俺はなんだってやると言ったんだ。どんな殺人鬼の記憶を植えつけられようが、誰を抱けと言われようが、知ったことか。俺は、二神を得た。新たにもう一人、なんて絶対にごめんなんだよ」

イーゼスの、燃えるような瞳に、キリアスは言葉を失うしかなかった。

3

イーゼスが神獣・光蟲を与えられたのは十八歳の時である。

同時期に入山した者が、半神として選ばれた。

名はクヤドといい、あまり感情を表に出さない、穏やかな男であった。

イーゼスは、自分が光蟲の操者となることは、信じて疑わなかった。

特に神獣師になりたいと思っていたわけではない。だが、能力が抜きんでていることは、入山した十四歳の頃から自覚していたため、当然なるものだと思っていたのだ。

能力的に比較の対象となる者は、すぐ一つ上のミルド以外にいなかった。

『ミルドとお前なら、光蟲はお前だ』

表山にいる頃に、目の前に金の蝶が現れ、そう告げた。光蟲の操者にして時の内府・ダナルの声で。

『光蟲はな、人を選ぶ。実は俺は、体術は誰にも負けなかったが、力動そのものの力は強くないのよ。今の神獣の操者の中では、最も小さいかもしれない。だが、俺には光蟲を操れるだけの、精神力があった。これを見極めねば、光蟲の操者は潰れる』

蝶は金色の鱗粉《りんぷん》をまき散らしながら高く舞い上がり、そう告げた。

『お前は潰れん。イーゼス。俺の跡を継げ』

「依代は？」

この時点では、イーゼスが思いつく依代はユセフス以外にいなかった。本来は依代と関わることはご法度《はっと》だが、毎日一緒に修行をしているミルドがその尻を追いかけまわしているので、いやでもその存在に気づいてしまった。

ぞっとするほど美しいが、同時に胸糞悪い。王族だからか、人を見下すのに慣れた瞳をしている。ミルドは奪われるかもしれないと警戒していたが、こんな奴誰が欲するかと内心唾棄《だき》していた。

『ユセフスではない。俺は、あれが依代としてふさわしいだろうと思ったが、師匠らに止められた』

「光蟲は、依代も人を選ぶのか？」

蝶は、答えなかった。緩やかに空を舞い、力なく漂う。

『……分からんな。まあ、とにかくユセフスではない』

裏山に入った際、お前の半神だと紹介されたのがクヤドだった。

ともに修行をし、仮契約で光蟲を入れる際に、クヤドは一度だけイーゼスに訊いた。

「怖くないか、イーゼス。これから、ずっと人に嫌われ続け、決して好かれはしない精霊を持ち続けるのは、嫌じゃないか」

少しも、怖くない。

だから俺は選ばれたのだろうから。

その時にイーゼスは言ったはずだった。

大丈夫だ、何があったって、俺がお前を守るから、と。

告げたはずだったのだ。

◇◇◇

「これは一体どういうことだ！　ユセフス！」

光蟲の神獣師となって一年目、警備団の営舎にて隊長らから報告を受けていたイーゼスは、突然、身体を動かせなくなった。

これほど自由を奪われる原因は、一つしかなかった。すべての精霊師の力を封じる呪物『先読《さきよみ》の目《め》』が出されたのだ。

身体中の力が抜け、力動が抑え込まれる。話には聞いていたがこれほどの威力かと、イーゼスは頭の片隅でこの状態に混乱した。

これを用いられれば、依代によっては死に至る者もいると言われている。イーゼスは半神を想った。

なぜか獄舎に運ばれ、繋がれる間も容赦なく抜けていく力動を振り絞り、怨嗟《えんさ》の声を上げる。

「ユセフス！」

「……ここまでの力が残るとは、神獣師だからなのか」

獄舎の奥から聞こえたユセフスの声に、イーゼスは意識を集中させた。いや、奥ではない。すぐ傍にいる。ただ、視界もはっきりせず、距離感が測れずにいるだけだ。

イーゼスは力動をふりしぼったが、わずかな力も出なかった。それどころか、目を働かせていた力まで持っていかれ、視界が完全に消える。かろうじて、聴覚だけはかすかに残った。

「……これの精神力ゆえだろうよ。普通なら指一本動かせん。神獣師と言えど、廃人同様になるはずだ」

その声に、イーゼスは耳を疑った。

「師匠……!?」

ダナルの声だった。

なぜ？　なぜ師匠が、俺を獄に繋ぐことを許したのか？　俺は何もしていないはずだ。

「師匠、一体なぜ!?　なぜ俺を、光蟲を、『先読の目』で封じるんだ！　クヤドは!?　クヤドは無事なのか、教えてくれ、クヤドをここに……」

その時、純白の着物の裾がはっきりと見えた。

視界が戻った、と安堵したのは一瞬だった。

イーゼスの視界には、その人物の姿しか映らなかった。

「トーヤ……！」

鳳泉の神獣師・トーヤが抱える『先読の目』、その下に一体何があるのか、イーゼスは理解した。

光蟲の、護符だ。


一年前、正戒《せいかい》を受けた光蟲の護符。光蟲を半神であるクヤドが宿し、ともに授戒してから、光蟲が収められていた護符には、クヤドと自分の正名《せいめい》が書かれている。

精霊を宿せば、その精霊の護符に名前が記される。王の下で、それは管理されている。いかなる反逆も許さないように。

それが『先読の目』に触れれば、精霊は動けなくなり、所有する操者はもちろんのこと、依代は命さえ危うくなる。

「縛るというなら俺のみを縛れ！　クヤドは、クヤドの名は『先読の目』に触れさせるな!!」

最後の意識を振り絞って、イーゼスは叫んだ。

そこまでが、イーゼスに残った、最初の半神との記憶だった。


次にイーゼスが目を覚ました時、一体何が起こっているのか、何が起こったのか、考えることさえできなかった。

どれほどの修行をしても、このような状態になったことはない。

まだかろうじて意識が残っているのが、自分でも不思議なくらいだった。

「しばし動かせんだろうよ。光蟲は、封印した」

師匠だった男の声が、頭の上から降った。

「……お前の精神力には恐れ入る、イーゼス。封印したから魔獣化はしないが、人としてどうにかなってもおかしくないだろうに。イーゼス、お前は、このまま消えてしまうには惜しすぎる男だ。耐えろよ。この先の、地獄に耐えろ」

イーゼスに繋がれた鎖ががしゃりと揺れた時、ダナルは仰天した。

「イーゼス。お前、意識が……！」

「……クヤドは」

イーゼスは、乱れた髪の間から狂気を孕んだ目を覗《のぞ》かせ、ダナルを睨みつけた。

「クヤドは、どこだ。どこにいる……俺のもとへ、連れてこい！」

「死んだ」

その声は、朦朧《もうろう》とする意識の狭間をすり抜けるように、まっすぐにイーゼスに届いた。

「ルカ！　お前は来るな！」

ダナルの叫ぶ声に、ああそうだ、この澱《よど》みなく告げる死神の声は、もう一人の師匠・ルカだったとイーゼスは思った。

「……死んだ……？」

「事故だったんだ」

ダナルの声がする。

「事故だったんだ。実家の製紙場の火事で、クヤドに引火した。あっという間に身体が燃えて、混乱したのだろう、魔獣化しそうになってしまったんだ」

魔獣化？

「そのため、急いで『先読の目』でお前の方だけでも封印した。双方が魔に引っ張られたら、精霊は失われる」

「……それで俺が騙されると思うのか？」

クヤドが死んだ？　しかも、魔獣化しただと？

俺は、そんな気配は微塵《みじん》も感じなかった。

実家の火災がどれほどのものだったか知らないが、仮にも神獣師、ちょっとやそっとの火など、力動で吹き飛ばせる。

それに、魔獣化したというのなら、なぜ俺を呼ばなかったのだ。

半神の俺なら、魔獣化を抑えられただろうに。

「お前は、止めるどころか、一緒に引きずり込まれる可能性があったんだ。お前まで魔獣化したら光蟲は終わりだ。完全に戒が解け、もう二度と授戒などできん。事実、光蟲を護符に戻すことに失敗した」

「なんだと……!?」

「宿主である依代から外し、護符に戻せば、お前からも自然に光蟲は外れる。だが、魔獣化したクヤドから、容易《たやす》く光蟲は外れなかった。……護符に戻せなければ、残された方法は一つ……分かるだろう」

新たな、宿主に、入れる。

「……まさか……！」

身の内を震えが走る。恐怖という虫が、身体を這った。

「今、光蟲は新たな宿主に宿った。再び授戒を可能にするためには、その者から正式な手順で、戒を外すしかない。その者と、共鳴しろ、イーゼス」

何を言っているのか、分かっているのか。

共鳴。

新たなる半神を、二神を持てと言っているのだ。

たとえ戒を外すためとはいえ、もう一度、通じ合えと言っているのだ。

「通常の共鳴は、叶わぬのだ。咄嗟《とっさ》に入れるしかなかった器だ。もしかしたら、お前を中に入れる余裕も、その者の器にはないかもしれない。だが他に、方法はない」

「殺せ」

「イーゼス！　光蟲は、失うわけにいかないのだ！　今お前の封印を解いたら、お前は必ず魔獣化する！　依代にお前を抑え込む力はない」

「光蟲の依代は、クヤドだ！　俺の半神は、クヤド一人だ！　クヤドを、クヤドを連れてこい！　死んでない、死んでない!!」

その日から、イーゼスは吠え続けた。

半神は、クヤドは、死んでいない。

封印を解け。俺が呼べば必ず応える。この忌々しい封印のせいで、半神の声が聞こえないからいけないのだ。俺が、呼ばなければ。

声が嗄《か》れるほどにイーゼスは叫んだ。

身体を傷つけるので、両手両足は鎖で繋がれ、封印によって力動が乱されたまま、狂ったように叫び続けた。なぜこの状態で狂気の底に堕《お》ちてゆかないのか、人々が言葉を失うほどだった。

それが、光蟲の操者だった。

畜生同然の姿を晒しても、瞳が狂気しか映さなくとも、その奥に宿る意志の炎は、決して消えることがない。

精霊に打ち勝つほどの、圧倒的な、精神の強さ。

それを所有するがゆえに、イーゼスの地獄の日々が始まったのだった。


精霊を封印されれば、通常は力動が乱されたままになるが、いずれはその状態に慣れてくる。

だがイーゼスのように、半年で知覚を取り戻し、自律神経を整えるのは、容易ではない。

半年もたてばイーゼスも、このままわめき散らし喉を潰したところで、どうにもならないことが分かってきた。

冷静に考えろ、と、自分に問いかける。


それはいつも、半神に言われていたことだった。

クヤドは真面目で、感情の起伏はそう激しくない、穏やかな男だった。

かといって、ルカのように何を考えているのか分からないほど、表に出さないわけではない。

イーゼスは生来真面目な方ではなかったので、率いる軍の長として、実質頼りになるのはクヤドの方だった。
(クヤド)
何度半神の名を呼んでも、応えは返ってこない。

だがこれは光蟲が封印されているためだ。クヤドは、生きている。

イーゼスは、一日に何度も何度も同じことを考えた。


「入浴をしなきゃ、臭いって」

イーゼスが正気を取り戻し、自傷行為をやめてから、鎖は解かれた。

と、同時に、世話人が付けられた。

齢は十六、七歳くらいの、男子だった。神官の格好をしているが、神殿で先読に仕える神官ではない。雑用をするために雇われた下働きの神官であり、身軽な格好をしていた。

　最初の頃こそ、相手が神獣師ということもあってだろう、顔を半分お面で隠していたが、面倒になったのか、今は素顔を晒《さら》していた。

　この少年神官は、イーゼスに対し敬意を表すような態度を取らなかった。

　当然だろう。この少年神官しかイーゼスに関わっている者はいなかった。

　少年がイーゼスの世話をするため獄舎に入る時には、イーゼスは封印が強められて力を失う。少年に危害を加えないようにするためだ。

　床にぐったりと横になるしかないイーゼスの身体から服を剥《は》ぎ、まるで動物でも洗うように水を浴びせゴシゴシと布で擦り、頭を洗い、イーゼスを湯を張った盥《たらい》に入れている間に獄舎の中を掃除する。

「痩せちゃったねえ」

　イーゼスの髭を剃ってやりながら、少年はそう呟いた。

　意識がはっきりしているイーゼスは、この少年の人を人とも思わない扱いに、不満を漏らしたくなった。

　人を認知できるようになってからは、身の回りの世話をするのは、この少年一人になっていた。それまでは、入れ替わり立ち替わり人が訪れて世話をしていた。

相手は国の守護神たる神獣師である。封印されているとはいえ、その力の強大さを皆が恐れ、世話をするために手を差し出すのも恐る恐るといった様子だった。

　だが、この少年はイーゼスを全く怖がらず、逆にぞんざいに扱った。

「今日は髪、ちょっと整えようと思うよ？」

　伸び放題のイーゼスの髪を遠慮のない力で拭きながら、少年は傍にあった櫛《くし》と鋏《はさみ》を引き寄せた。結い上げるための紐が鋏に巻かれているのを見て、思わずイーゼスは、言葉を外に出した。

「……俺の、髪に、……触、るな」

　髪をまとめる相手は、伴侶だけだ。

　精霊師にとって、それは、半神だけだ。

　生きているのか死んでいるのかも分からない。呼びかけても声が返ってこない。

　それでも、俺の髪に触れられるのは、あいつだけだ。

「……うん。そうだね」

少年は、櫛と鋏が並べられた箱を下げた。

続いて、イーゼスの身体に服を着せようとしたその手に、イーゼスはやっとの思いで手をかけた。

「……トーヤ、を……呼んでくれ。目、を、外せ……」

「……うん。苦しいのは、分かるけど、駄目なんだって。魔獣になっちゃうんだってさ」

「クヤド……クヤドを、探してくれ、頼む……頼む、あいつは、生きている、生きている……」

下働きの少年が、神獣師筆頭である鳳泉の依代まで話をつけたとは思えなかったが、すぐにトーヤは獄舎に現れた。

トーヤをめったに神殿から出したがらない王の命もあったのだろう。ミルドと、そしてなぜかゼドも一緒だった。

ミルドの姿を見て、思わずイーゼスは我を忘れて吠えた。

「ミルド！　貴様……！　ユセフスを出せ！　この状態を説明しろ！」

「どうどう、イーゼス」

トーヤはイーゼスの獄の鍵を取り出し、開けた。ミルドとゼドは止めようとしたが、大丈夫大丈夫、とトーヤは一人で中に入ってしまった。

「ゼドとミルドはこっちに来ちゃ駄目だよ」

幼い少年のような表情のまま、トーヤはくるりと身体を回転させてイーゼスと向き合った。

「聞こうか？」

「封印を外せ」

「新たな宿主と共鳴する修行に入るというのなら外してあげられるけど、それ以外は無理だよ」

「クヤドは死んでない」

「死んだんだよ、イーゼス」

「死んでない！」

「半神の死を受け入れられずに、封印を外したら宵国に引っ張られるだろう。イーゼスが死んでも仕方ないけどね、光蟲を失うわけにはいかないんだよ」

分かるよね？　トーヤは無邪気に微笑んだ。

「俺は半神が死んで、命とひきかえにこの身に鳳泉を留めたから今も鳳泉に命を喰われ続けている。それに比べて良かったじゃないか、イーゼスは。他の人が宿主になってくれたから、これからも生きながらえることができるんだよ？」

「同じことだ。俺だって、二神を得るくらいなら死んだ方がマシだ！　あんたはいいだろうよ、トーヤ。死んだ半神に殉《じゅん》じることができてな。ゼド、あんた、こいつの二神にならなくて本当に正解だったよ！　自分を責める必要なんてこれっぽっちもねえ！」

さすがにゼドは顔をしかめたが、トーヤはそうだね、と頷いた。

「まあ、すぐに納得しろとは言わないよ。あと、封印は外せないけど、状態を良くすることはできると思うよ。俺だって苦しめるのは本意じゃないんだ」

「『先読の目』って、あんたが操っているのか？」

「うん、そうだよ。他にいるわけないじゃん」

『先読の目』。

全ての精霊師の力を封じるとされるそれは、千年前に死んだ先読の屍蠟《しろう》の一部である。

屍蠟とはミイラ化と同じように、長期間保全される状態となった死体であり、ミイラとは異なるのは、乾燥した環境ではなく湿潤かつ低温の環境において生成される。

約千年前の先読が宵国にて命を奪われる目にあい、そのまま先読を封印し、神殿の地下に収めたところ、屍蠟となった。

後にその身体の一部が、その能力を宿したまま、呪物として用いられたのである。

サイザー、チャルドら書院番が使うのが、この右手を使って作られた単体精霊・鬼手《きじゅ》である。

これは、精霊を光紙《こうし》から光紙に移す際に用いるのだが、基本的に精霊を封印し、自由に操れるのは、先読の力があるからだった。

そして、千年前の先読の屍蠟の中で、最も大きい力を宿すのが、この『先読の目』であった。

全ての先読が、全ての精霊や精霊師を宵国に容易《たやす》く引きずり込む力があるかというと、それは能力の度合いによると言われている。

先読も生まれ持った能力に当然差はあった。

近年で最も強大な力を持っていたのは先代の先読・ステファネスであるが、そのステファネスでさえ、生身の身体で、神獣を抑え込む力がどれほどあったのかは分からない。

だがこの『先読の目』は、確実に神獣の力を奪う能力を備えていた。

そして、それを操ることができるのは、鳳泉の神獣師だけなのである。

「しかしそれは、本来だったら鳳泉の操者にしか使えないと聞いていた」

　イーゼスの問いに、まあね、とトーヤは頷いた。

「依代が『目』を使うのには限界がある。多分、これ、イーゼスだからもったんだよ。俺が『目』を発動させても、他の神獣師だったら生きてたかどうか。精霊師だったら、一瞬で殺しちゃってたね」

　だからね、とトーヤは続けた。

「あんまり抵抗しないでほしいと言いに来たんだ。俺も、知っての通りこの身体、あまり酷使《こくし》できないんだよ。今の状態のように、単に光蟲を封印するくらいなら簡単な話なんだけどね、イーゼスの力動までわざわざ乱すのは、こっちも疲れるわけ」

「トーヤ、あんた、半神が死んで、どれほどで普通に生活できるようになった」

「半年」

　淡々と、トーヤはイーゼスの問いに答えた。

「まあ、だからそろそろ、認めてくれ、イーゼス」

　次の瞬間、地下の獄舎が揺れ、地上にまでその振動が伝わった。

　獄舎に繋がる階段の上で待っていたカディアス王は、思わず下に向かおうとしたが、ユセフスに止められた。

「トーヤ……！」

「落ち着かれませ、王。ゼドとミルドがおります。あの二人の結界は、トーヤの髪を風圧で揺らすことすらさせません」

「しかし、魔獣化したら！」

「イーゼスは魔獣化しません」

　カディアス王の身体を押さえながら、ユセフスは言いきった。

「あの男だけは、絶対に、魔獣化しません。それが、光蟲の操者です」


　誰が認めるか！　俺は、絶対に、絶対に信じない！　クヤドが魔獣化したなど、死んだなど、絶対に信じない！　俺は絶対に二神は持たない。絶対にだ！

　地下牢から、男の狂ったような叫びが響き渡る。

　カディアス王は、その魂の叫びに、思わず目を伏せた。

少年が一人、湯桶を運ぶ。

たった一人で、熱いお湯を、何度も階段を上り降りしながら、湯桶で運ぶ。

風呂の準備が整えられるのを、イーゼスはぼんやりと見つめていた。

「できたよ」

少年の言葉に、イーゼスは立ち上がった。自分で服を脱ぎ、少年が湯を張った盥《たらい》の中に座った。

もう少年は、動物のようにイーゼスを扱わなかった。丁度良い温度になった湯を丁寧にイーゼスにかけ、布でその背中を擦る。

獄舎に繋がれて一年。イーゼスは、神獣は封印されていても、力動まで奪われることなく過ごすようになっていた。

「……いい、自分でやる」

イーゼスは、この一年で別人のように肉が削《そ》げた自分の身体を布で擦った。

何もしない、ということは、ここまで身体を劣化させるのか。

六年間、修行修行でいやでも鍛え上げられた身体が、こんな、朽木《くちき》のような身体に変わるとは。

今、俺の姿を見ても、クヤドは俺と気づかないかもしれない。

……いや。

もう、見ることは、ないのだろうな。

あいつの声は、感情は、あいつの全ては、もう、この身に入ってくることは、ないのだろうな。

……死んだのだろうな。

なあ、クヤド。死んだのだろうな。お前は。

死を受け入れたのは、本当に、突然だった。

それまで頑《かたく》なに受け入れなかった心が、ふと、突然、そのことを認めた。

湯に落ちる己の涙が、いくつもいくつも波紋を描く。

耐えきれずに、イーゼスは慟哭《どうこく》した。

いきなり我が身を襲ったその感情の波に、すぐ傍に世話人の少年がいることなど、頭に入れる余裕はなかった。

湯が完全に冷え、身体を冷やすほどになった時に、ようやくイーゼスは長い時間両手で覆っていた顔を上げた。冷めた湯を掬い上げ、顔に押しつけた後、視界に、世話人の少年の姿を認めた。

布を手にしたまま、身動き一つしていなかったかのように、少年はイーゼスの視線を受けても動じなかった。ただ静かに、そこにあった。

「……お前、名前は」

イーゼスは、初めてその姿を見つけたように、少年に訊いた。

「ハユル」

◇◇◇

ハユルがイーゼスの世話係をするようになって一年ほど経った頃には、イーゼスは長時間ハユルが獄の中で過ごす状態に慣れていた。

もともとイーゼスは、人と余計な時間を共にするのを好まない性質である。

ダラダラと意味のない話をするなど、時間の無駄としか思えなかったし、人に何かを求めることをしない男なので、自分以外の人間を必要ともしなかった。

だが一年以上に及ぶ獄舎での生活は、強靭《きょうじん》なイーゼスの精神を弱らせていった。

それは、イーゼス自身が一番よく分かっていた。普段ならば、年下を話し相手にするなど最も無駄で拒否するところである。自分より経験が劣る年下の奴と会話したところで、何も得られない。

イーゼスの呟きに、ハユルは頬をふくらませた。

「じゃあ、話してやらない」

着替えを持ってきたハユルは、舌を出して獄からそのまま去ろうとした。イーゼスはその身体を捕まえて獄の中に引きずり込んだ。

「ハユル、いつもお前一人だが、他の奴は俺に関わろうとしないのか」

「イーゼスが怖いんだって。何されるか分かんないんだって。もし変なことしたら、筆頭様に頼んで動けなくしてやるから平気だよ、って言うんだけど、みんな怖がってついてこないんだ」

「このやろ」

ハユルはイーゼスの腕から逃げ出してケタケタ笑った。

確かに、光蟲を手にした時から、人という人は遠ざかった。無理もない。目に見えぬほどの小さな蟲一つ、いつ貼りつけられるか分からないのだ。

ハユルのように、悪態をつきながらも近づいてくる人間は、本当に久々だった。同じ神獣師の連中以外は、気軽に近寄ることすらしない。

齢よりも幼いように見える少年神官の存在を、貴重と思ってしまうとは、俺もいよいよもって弱り果てたものだと、イーゼスは自嘲した。

「俺と話していて、つまんないの？　イーゼス」

「別にそんなことはない。つまらないと思わないのが、弱っていると言っているんだ。お前のようなガキ相手に、どうでもいい話を延々と続けて日々を過ごすなんて、昔の俺では考えられなかった」

寝台の上で横になったイーゼスの傍に、ハユルは腰をかけた。

「それでも、元に戻ろうとは思わないんだね」

「元にって？」

日差しが半分しか入らない獄の天井を見ながら、イーゼスは呟くように言った。

ハユルは黙った。イーゼスは、わずかな光の中で、細かい大気中の埃《ほこり》がくるくると回っているのをぼんやりと見つめた。

「……精霊の中を見た操者は、皆、俺の依代の中が、最も美しいと言うんだ」

誰もが言う。

俺の依代が、一番美しい。

「まあ、どの操者にとっても、精霊の中は夢のように美しく思うんだろう。たった一人の中にしか入れないんだから、その精霊が最も綺麗だと思って当然だ。精霊の中で、最も美しいのは、百花だと言われている。ユセフスが表に出す花の姿より、もっともっと美しいんだとミルドは言っていたが、俺は、光蟲ほど、美しい精霊はないと思っているんだ」

皆と同じこと言っているけどな、と、イーゼスはかすかに笑った。

「光蟲は数万の蟲の集合体で、集まると黄金の輝きを放ち、全てが集まると蛇の形を描く。夜に数万の星を浮かべてみろ。どれほどの美しさか想像できるだろう。王室の虫と忌《い》み嫌われ、誰もが恐れる能力が、あれほどの美しさを放つなら、この精霊を持つ意味もあると思ったものだ。そして精霊の中では、無数の小さい光が、黄金の輝きで依代の身体を包んでいる。依代が動くたびに光が動き、依代の身体と同化し、依代の身体は無数の光を宿し、光に溶ける……。筆舌《ひつぜつ》に尽くしがたい美しさとは、これを指すのだと思った」

獄舎の中に注がれる光の筋を、イーゼスは見据えた。

「ああ、この美を見ることができるのは俺一人なのだ、世界に俺一人しかいないのだと思ったら、操者は己の依代を自分よりも何よりも愛おしく思う」

知らず知らずのうちに、イーゼスはその光の中に手を伸ばした。

「クヤドの光を、あの輝きを、失わずにすむのなら、俺は何を犠牲にしてもそれを守ろうと思った」

それが、共鳴だ。

光に向けた手を、イーゼスは握りしめた。

「……他の人間と、それをやれなどと、……できるわけがない」

「クヤドさんのこと、好きだったの？」

ふと、空に飛んだその言葉が、握りしめた拳《こぶし》に当たった気がした。

「は？」

「恋人、だったんでしょ？」

見当違いの言葉に、イーゼスはどう返したらいいものか迷った。依代と操者の関係を、恋人かと言われても首を傾《かし》げるしかない。一つ分かっているのは、どの精霊師も〝恋人〟などという言葉でその関係を表すまい、ということだ。だからこそ、半神という言葉がある。

「半神の中に入れないと、共鳴にはならないの？」

「まあ、普通はそうだな。単に共有することはできるだろうがな」

「共鳴しないと、半神って言わないんでしょ？　じゃあ、二神と、共鳴しなきゃいいんじゃないの？」

共鳴しない？

イーゼスの常識では、そんなことは考えられなかった。

間口を開ければ、全ての感覚が共有できる。

五感も、感情も、力動も、全て互いの身体に行き来できるようになるのだ。無論、調整することによってそれは遮断できる。最初に訓練する段階では、力動も何もかも乱れ、一刻も早く通じたいと本能が願うので、遮断などできるわけがないが、今ならば確かに、その調整は可能かもしれない。

しかし、精霊の中に入らずにその精霊を引き出し、自由に操る、など、果たして可能なのだろうか。

イーゼスはハユルとの会話の後、一人頭を悩ませた。結局は、腹が立ったが呼び出す人物は一人しか思いつかなかった。

◇◇◇

「いいか、絶対に、俺は二神を持ったりしねえからな！　このくそジジイ、もうてめえなんざ師匠でもなんでもねえ！　ルカはどうしたよ！　呼んだのはあっちだ！」

ダナルは牢からわずかに離れ、ああ分かった分かった、と頷いた。

「ルカをお前のところになんて、連れてこられるわけがないだろう。獄から出るまでは、俺以外には会えないと思え」

「あんたに話を聞いて、何が分かるんだよ！　体術馬鹿で、人をしごくだけの修行しかやらねえくせして！」

「何が訊きたいんだ」

しばし唸《うな》った後、イーゼスは尋ねた。

「共鳴せずに、精霊を操る、ということは可能なのか」

やっと新たな半神を持つ気になったか、などと言われたら絶対に引き受けねえと身体を固めたイーゼスに、ダナルは拍子抜けするほどあっさりと答えた。

「可能だ」

「共鳴、しないんだぞ？　それでも可能？　単に、精霊を共有するというだけで？」

「俺とルカがそうだったからな。あいつは長いこと、俺を絶対に中に入れようとしなかった。依代から間口を閉ざされたら、操者はどうにもならんだろう」

牢より離れてダナルは壁に寄りかかっているので、イーゼスからはその表情はよく分からなかった。

「なんだよ。お前だって、少しは聞いたことがあるんだろう。ルカは、もともと表山にいた頃から将来を誓った男がいた。だが、その男は神獣師になれるほどの力はなかった。裏山で待っていた男は、俺。神獣師どころか精霊師になる道も捨てて、ルカは最初その男と逃げようとした。……許されなかったがな。お前だって、誰かから耳にしたことはあったんじゃないのか」

イーゼスは、わずかにダナルが口角を上げるのを目にした。

「逃げられなかったのか」

「逃げたが、無理だったな。今のお前の状況を見れば分かるだろう。相手の男は、アジス家の人間だった。代々神獣師を輩出する名門中の名門のボンボンが、神獣師候補者と逃げたんだ。アジスは率先して二人を追って、捕らえた。ルカは、裏山に連れてこられたが、当然ながら俺を拒絶した」

絶対に、共鳴を許さなかった。

だが、光蟲を共有してしまえば、時間が経てばいずれ自然と操者を求めるようになる。

それが、精霊を共有するということだ。周りは皆そう判断し、半ば無理矢理に近い形で、授戒させた。

「……そんな目論見《もくろみ》通りには行かなかったのが、おれの依代が天才たる所以《ゆえん》だ」

最初の共有による、認知能力の混乱も、力動の乱れも、生命力の危機さえも、己一つでなんとかした。

「力動の乱れを、なんとかしてやるのは、操者の役目だろう。だが、ルカはそれさえも、依代側から調整した。間口は開いても、絶対に必要以上に踏み込ませたりはしなかった。信じられんだろう？　精霊を共有したばかりの二人が、あんなことがなぜできたのか、その状態に師匠らの誰もついていけないくらいだった。先に、力動の乱れをなんとかできたのは、依代の方だった。俺があいつの中に入りたくて、死ぬほどの目にあっているというのに、あいつは冷たい目で見下しているだけだったよ。発情する獣を足蹴《あしげ》にして、言い放った」

お前などと、俺は絶対に、共鳴しない。

「……なあ、イーゼス。俺が、依代に対して、一番最初に抱いた感情は、殺意だったよ」

殺してやる。

そんな感情を共有するところから、関係が始まる二人もいる。

イーゼスは、薄暗い牢の中に立ち、穏やかな口調で語る師匠の表情を、必死で捉えようとした。

逆に共鳴はできない、いや、できたとしても精霊の中には入れないだろう。ダナルからその言葉を聞いた時に、イーゼスはなんのことか分からなかった。

「器がギリギリなんだ。光蟲を護符に戻すことに失敗し、とっさに宿した依代だ。単なる器、そう思っていい」

「なんだそれは?」

ダナルは少々黙ったが、はっきりとした口調で言った。

「言葉通りだ。単なる器。修行者ではない。千影山から光蟲の候補者として、名前が挙がった者じゃないんだ。光蟲の呪解に失敗した時、光蟲は宵国に引っ張られ、失われるか、お前の命と引きかえに現世に留めるしかない状態になった。……だがそうしてしまえば、お前の命は少しずつ光蟲に喰われていくことになる」

ルカはお前を助けるために、〝そこに居合わせた人間〟を器に選び、光蟲を授戒したのだ。

ダナルから語られた言葉に、イーゼスは眩暈《めまい》がした。

「その者がお前の正式な依代にならなくても、共鳴さえすれば、戒を外せる。きちんとした形で護符に戻せる。お前の命を救うためには、ルカの判断は適切だったと俺は思っている。知っての通り、俺とルカは、トーヤの中に鳳泉を留めた。あれを、二度とルカは、したくなかったのだろう。だが、お前の命を救うために、他の者を犠牲にしたことは間違いない。新たに光蟲を宿した者は、修行していないのだから当然だが、入ることは入ったが、器が限界だった。今は光蟲を封印しているがゆえに精神にも肉体にも影響は出ていないが、今後どうなるか分からない。ルカはあれから書院にこもって、お前と依代をなんとかして助ける方法はないか、寝ずに書物と向き合っている」

失うわけにはいかないのだ。

数千年もの時を経て、先人たちが山のような失敗と犠牲を繰り返してきた果てに、作り上げた神獣を。

自分たちが、狂おしいほどの愛憎の中で、宿してきた光蟲を。

ダナルの言葉から、そんな思いがにじみ出るのを、イーゼスは混乱の中で受けとめた。

長い沈黙の後、イーゼスは、疑問をゆっくりと口にした。

「たまたまそこに居合わせた人間……それだけじゃないよな? それを言うなら、誰でも光蟲を宿せることになる」

「たまたまだ。本当に」

なぜかそこだけ、ダナルは悲痛をにじませた。

「たまたま、そこにいたんだ。……精神的に茫然自失となった、まるで、生きる人形のようだった人間が」

「……どういうことだ……？」

「アジスがやっていた、依代の作り方を思い出せ。トーヤも、今、紫道の修行に入ったクルトも、同じく幽閉されて育った子供だ。あれほど巨大な器が、どうやって作られるか。精神的に己というものを、失わせるがゆえだ。半神を得てあいつらはやっと人間になれるが、それまではまるで何も感じない人形と同じ。同様に、その場に居合わせた者は、精神に衝撃を受けたせいで、心神喪失の状態だったのだ。感覚も、感情も、停止した人間が、たまたまそこに居合わせた。空洞の人形は、光蟲をその身に宿すことに成功した」

だが、そこまでだった。

光蟲という、五大精霊の一つを宿した肉体は、精神よりも先に、肉体の限界を訴えた。

「無茶をすれば、心の臓が止まる。今は封印で抑え込まれているから光蟲も内部で動かん。だが、実際これを動かし始めたら、身体をどうやって保つかが、最重要課題になる。お前は一刻も早く共鳴し、その者の身体から光蟲を外し、自由にしてやらねばならん。どうせ、二神にするつもりはないんだろう」

「あたりまえだ」

イーゼスは反射的に返した。

「イーゼス。その者は、話した通り巻き込まれただけだ。お前の半神になることも、その者にとっては不本意だ。だが、なんとしてもお前とその者は共鳴し、光蟲を正式に護符へ戻さねば、次代に繋げられんのだ。話したように、お前がクヤドとしたような共鳴の形にはならないだろう。その修行は、俺とルカで綿密な計画を立てて、依代側への負担を極力抑えながら、行うつもりだ。決心がついたら、また俺を呼べ」

静かにダナルが去った後、イーゼスは誰も寄せつけず、一人考えた。

確かに、このままでは、獄に繋がれたままだろう。光蟲にも、神獣師にも、未練はない。二神を持つくらいなら死んだ方がマシだ。その気持ちに一点の曇りもない。

それに、このまま獄に繋がれたままだったら、クヤドのことについて何も調べられない。

実家で焼死したなどと、イーゼスは微塵も信じていなかった。仮にも神獣師、単なる焼死など、絶対にあるわけがない。

何かある。ダナルやルカが、神獣師らが隠している事実が、絶対にあるはずだ。

それを突き止めるには、まず自由にならなければならない。

ふと視線を感じて顔を上げると、ハユルが獄の前に座っていた。傍《かたわ》らに、湯気を立てている食事が置かれている。

「俺が呼ぶまで、来るなと伝えたはずだ」

「でもイーゼス、もう二回もゴハン抜いているよ。ちょっとでいいから食べて」

イーゼスにとって二回ぐらい食事を抜くことなどなんともない。力動の流れを調整して、空腹を感じずにいることができるし、体力の減退も極小に抑えられる。修行中などは三日、水さえ与えられなかったこともある。そう伝えようと口を開きかけたが、心配そうに見つめるハユルの姿に、口をつぐんだ。

来い、というように軽く手招きすると、ハユルは顔中に喜色を浮かべて食事を運んできた。

かいがいしく食事の準備をするハユルを見て、ぽつりとイーゼスは呟いた。

「このままじゃ、いけないよな」

「修行するの？」

イーゼスは一瞬訝《いぶか》しく思った。ハユルには自分の置かれている状況や心情を赤裸々に話していたが、修行、という言葉をすぐ返されるほどくわしい話はまだしていない。

「まあ、そうだな。どういう形になるか、さっぱり見当がつかないが」

「イーゼス、神獣師を辞めちゃうの？」

「あたりまえだ。他に候補者がいようがいまいが知ったことか。いったん外せば、どうせ授戒できん。紫道はすでに修行に入っているし、他の神獣を継がされる心配もない。ああ、青雷もあったな、同じく人の身体に留めたものが……」

考えてみれば、今はまともに使えるのが百花しかない状態だ。

鳳泉、青雷、紫道、光蟲、形は違えど、全て封印されている状態なのである。

五大精霊がここまで失われた時代が、かつてあっただろうか。王の焦燥は、限界を超えているだろう。

あの非情なダナルが、この状態で、イーゼスに無理強いもせずただ待っている、ということにイーゼスは気がついたが、だからなんだという思いがすぐに湧いた。

　こんな国、滅んでしまえばいい。この国のために自分を捧げる気には、イーゼスはなれなかった。

◇◇◇

　光蟲の封印を解く修行の第一歩は、獄中にて行われた。

　光蟲を宿す依代の姿は、明かされないままだった。

　イーゼスは、その依代は、廃人と同じ状態なのではないかと考え始めていた。自失状態の人間である。本当に単なる器として、どこかに隠されているのではないか。

「外の結界はミルド、ゼド、か。しかしまあ、これほどの面々をよく揃えたものだな」

　獄の中に入ったのはダナルとルカの二人、入口のすぐ前には山から下りてきたラグーンとジュドの姿もあった。

「力動でそれだけのことが分かるなら、お前もまだ鈍っていないということだ。安心したぞ」

　ルカは寝台の上に横になるように、イーゼスに伝えた。

「封印を外せば、一気に依代と繋がる。いいか。絶対に、何もするな。お前は、お前の力動が依代に向くのを止めていればいい」

　操者は繋がれば、本能的に依代の間口を求めてしまう。力動を注ぎたい、という欲求は性的なそれに近いくらい、原始的な欲求だ。上流から下流に流れるがごとく、力動がそちらに向かうのだ。たとえ依代が替わったとしてもそれは同じだ。

　それを止める。そんな修行はさんざん行った。大丈夫だ、とイーゼスは頷いた。

「興奮するなよイーゼス。いいか、繰り返すが何もするな。反応するな。依代を、壊すわけにいかんのだ」

　イーゼスは言われた通り、寝台に横になって身体と心を弛緩《しかん》させた状態にした。

そして、その感覚はいきなり訪れた。

十八歳の頃に、初めて仮の精霊を宿した時と同じ感覚が、身を襲う。

身の内の、感覚と、感情と、力動と、何もかもが、たった一人に向かってすさまじい勢いで流れていく。

駄目だ、このままでは間口まで引っ張られる。イーゼスは己の力動を整えようとした。

だが、〝それ〟はやってきた。

（……怖い……！）

知らない〝誰か〟の感情が、正反対の方向から入ってくる。

（いや、やっぱり嫌……！　怖い、やめて、もうやめて、怖い……！）

廃人などでは、なかった。

思考のある、人間の声。誰か知らぬ、人の声だった。

今まで、たった一人しか、この身に声が届くことはなかった。

まさか、この身に、唯一無二以外の声が、巡ることになろうとは。

死ぬほど求めている声は、もう二度と俺の中には入らないというのに、なぜお前が入ってくる!?


「……死ね……」

今まで感じたことがないほどの、憎悪だった。

「死ね！　死ね、お前が死ね！　クヤドを返せ、俺の中に入れるのはクヤドだけだ!!　出ていけ、光蟲から出ていけ！　死ね、死んでしまえ!!」

「イーゼス!!」

封印が解かれたゆえの、すさまじい力動が爆発した。

寝台の上でわめき散らす弟子の身体をダナルは必死で押さえ込み、獄舎にルカの叫び声が響いた。

「トーヤ、トーヤ!!　封印を、早く封印を戻してくれ！　依代が死んでしまう!!」


それからしばらく、イーゼスの周りには誰も寄りつかなかった。

ただ、獄の前に食事だけが置かれた。

ぼんやりと天井を見上げて時を過ごしていた頃、いつもと違う物音にイーゼスはそちらに顔を向けた。

ハユルが、いつの間にか鍵を開け、入浴の準備をしていた。

湯桶を抱え、何度も何度も地上と牢を往復する。

「ハユル」

声をかけると、ハユルは作業の手を止めた。

ふっくらしていた頰は、削げたように肉が落ち、顔色も悪かった。

「どうした。病気でもしたのか」

ハユルはじっとイーゼスの顔を見つめていたが、顔を歪めるようにして、微笑んだ。

「入浴しなきゃ、臭いって」

イーゼスは、その表情をしばし見つめた後、言った。

「……そうだな。臭くなるよな、生きてりゃ」

ハユルが大きく頷く。イーゼスは立ち上がり、ハユルが用意してくれた盥の前で、服を脱いだ。

4

カディアス王の治世は、ヨダ国の歴史上でも最も困難な時期にあったと言わざるを得ないだろう。

そして彼自身の生涯も、幸多いとは言いがたかった。

カディアス王の波乱の人生が始まったのは、彼の生母が弟を産んだ直後に身罷《みまか》ってからだった。

王妃が亡くなった時、先読ステファネス十六歳、カディアス八歳。弟ユセフスは生後二日だった。

父であるヨゼフス王は、最愛の王妃の亡骸に縋り、埋葬を許さなかった。カディアスは母が恋しくとも、傍に近寄ることすらできなかった。

「王よ。第二王子の御名は、どうなさいますか」

鳳泉の依代は、二十八歳の美丈夫だった。腕に生まれて間もない赤子を抱えながら、慟哭《どうこく》する王に訊いた。

「わしにそれを訊くか。王妃が死んだのはその子供のせいだ！　王宮からさっさと追い出せ。名も与えん。王族の一切の権利を、その子供には与えん！」

気が触れたように我が子を罵《ののし》る国王に、鳳泉の依代は全く表情を変えないまま、淡々と言い放った。

「ご自分の子の斑紋をご覧になるがいい。その身に斑紋がある限り、このヨダ国との縁は決して切れません。この王子は、いずれ必ずや神獣を宿す。この子が神獣師として王宮に立った時、王はご自分が堕とした子と再び対峙なさるでしょう」

絶句する王に背を向けて、鳳泉の依代は赤ん坊を抱えてその場を去った。

柱の陰でその様子を見ていたカディアスは、慌ててその後を追った。

黒宮《こっきゅう》の外で、筆頭・鳳泉の操者が待っていた。依代はくるりと振り返ると、後を追ってきたカディアスに微笑みながら手招きし、心地よさそうに眠っている赤ん坊の顔を見せてくれた。

「弟君を、大切になさいませ。いずれどんな形であれ、あなたを助けるためにここに戻ってこられるでしょう」

「ここでは育てられないの？　青宮《せいぐう》でもダメなの？」

「あなたと違って、この子は王子としての宣下《せんげ》も受けられません。王宮で育てることはできないのですよ」

傍らの筆頭が、そっとカディアスの頭を撫でる。

「これで縁が切れたわけではありません。むしろよりいっそう、深まるでしょう」

……その後カディアスは、この鳳泉の神獣師二人に養育されることになった。

依代をリアンといい、操者をガイといった。

リアンはその生をとうの昔に終え、ガイは千影山で師匠として暮らしている。

カディアスの人生の中で、不在だったものは数多くある。

父。母。弟。姉。王妃。先読。神獣の数々。

中でも彼が王として、歴史上特筆すべき点は、鳳泉の神獣師が、その治世に不在であったことだろう。

◇◇◇

「……王」

珍しくも執務室にてうたた寝をしていた。呼びかける声も、この状態に慣れておらず、おずおずといった様子である。いつもならば空気を裂くように声を放ってくる実弟が、囁くように呼んだ声に、思わずカディアスは苦笑した。

「ああ、すまん。なんだ？」

「ザフィとシンが参りました」

「……ああ……」

まどろみからなかなか戻ろうとしない国王を、内府・ユセフスがわずかに目を細めて窺う。

「どうかなさいましたか」

「昔の、夢を見ていた」

そこで話は終わるかと思ったが、ユセフスにしては珍しく、その先を訊いてきた。

「どんな夢でございましたか？」

「お前が生まれた頃の夢だ」

ほんのわずか、誰にも分からぬほどに、ユセフスの瞳に影が走る。

この王弟は、国王の、ひいてはこの国の受難が、自分が生まれた時から始まっていると思っている。

「ガイとリアンがな、お前の斑紋を見せてくれた。斑紋がでかすぎて、身体いっぱいに広がっていたなあ。俺は、青宮で育てられないかと訊いたんだ。連れていってほしくなくてな。お前がいなくなったら、自分は王宮でたった一人になるだろうと漠然と分かっていた」

ユセフスの目が、わずかに伏せられる。

「そうしたらガイが言ったんだ。これで縁が切れるわけじゃない。むしろよりいっそう、深まるだろうってな。……たとえ、何があろうとも、どんなことになろうとも、神獣師だけは信じろ。……それが、あの二人の口癖だった」

眼を閉じていたカディアスは、再び目を開けた時、ユセフスの視線がまっすぐに注がれているのに気がついた。その瞳の力に、思わず微笑みが浮かんだ。

「お前にも、負わせてばかりだな、ユセフス」

「はて。いかほどのものでございましょうか」

カディアスは苦笑して、今度こそ力強く立ち上がった。

この国のために、己の人生を、まだ捧げてくれている者たちに会うために。

「王！　お久しぶりでございます！　立派なオッサンになってくれたなあ！　俺は嬉しい！」

大きく手を広げ、謁見の間に響き渡るほどの大声を上げた男に、カディアスは怒るより何よりも笑うしかなかった。

旅商人の用心棒といった姿が似合いすぎる大男は、元紫道の操者だったザフィである。日焼けした顔に満面の笑みを浮かべている。そして、耳元でいきなりでかい声を張り上げられ、耳を押さえている男が、元紫道の依代のシンである。

「うるせーんだよ、お前は！　王宮仕様に直せって言ってるだろ！　これから神殿に入るんだぞ。そんな神官いねーよ！」

ザフィはかつて、神獣師の中で体術・武術ともに最強を誇ったほどの遣い手である。体格もそうだが大らかな男で、多少頭が弱く見えるほどの明るさに、カディアスはどれほど和《なご》まされたかしれない。

王位継承問題が膠着《こうちゃく》する中で日に日に増していく力動を持て余していたキリアスに、体術と武術を教えさせてくれとザフィが申し出てきた時も、迷いはなかった。

対するシンは、護衛団の長だった男である。依代ながら体術、武術共に文句なしに強く、頭も切れるため、ザフィとはまた違った意味でカディアスの信頼は厚かった。ゼドが青雷の操者から離れ、同時に近衛団の長の任を解かれた時、混乱に陥った王宮内の近衛団をまとめたのは、この男の功績だった。

そして紫道をライキとクルトに渡した後、自分たちが派遣型精霊師として諸国を回り、諜報活動をしようと申し出てくれたのである。

頼りにしていた者たちが次々といなくなり、しかも光蟲は、イーゼスが獄に繋がれた頃だった。残された神獣は百花のみという、未だかつてない危機にふさぎ込んでいたカディアスのためを思ってのことだった。

「全く、人払いをしておいて正解だったな。今の神獣師の中で、俺に対してそんな口を利く者はいないいんだぞ、シン、ザフィ」

「ああ、そりゃあ、今はガキばっかだもんなあ」

この紫道の神獣師だった男二人とは、王宮が最も混乱した時代を、ともに乗り切った。

カディアスの父・ヨゼフスが、王妃を失ってから執政を放棄し、実際に国を動かしていたのは神獣師だった時代。多感な少年期を共に過ごし、正式にカディアスが王となった時、即位式で傍らにいた神獣師は、六人だった。

光蟲の神獣師・ダナルとルカ。百花の神獣師・ジュドとラグーン。紫道の神獣師・ザフィとシン。

この六人には、時に兄貴分のように、師匠のように、厳しい父のように、揉まれ揉まれてがむしゃらに生き抜いてきた。自分の恥部も、何もかもさらけ出してきた相手である。王と臣下の垣根など、あってなきがごとしであった。

「しかし、シンはともかくザフィは神官として成り立つのか、イサルド。こんなにデカくて筋肉質な神官など、目にしたことがないんだが」

カディアスが不安を漏らすと、ザフィとシンの後方に鎮座していた神官長・イサルドがわずかに頭を下げた。

「恐れながら、ザフィ様は、神殿でも力仕事を任される下男として入られた方が、悪目立ちはしないかと」

「下男、全然平気！」

ザフィが即答する。

「シン様は、そのまま神官として筆頭様のお傍についてください」

「今日、トーヤはどうした？」

「……少々お身体の調子が優れぬとのことでしたので、お休みいただいております」

思わずカディアスは腰を浮かせかけたが、すぐ椅子に体重を戻した。

「先読様のお加減が悪くて、ずっと付き添っていらっしゃいましたから、お疲れが出たのだと思われます。シン様がおいでになれば、心強く思われ、ご回復も速いかと」

齢七十近く、王宮で、神官として長年先読に仕え続けたイサルドは、淡々とした口調ではあったが、言葉の端々に王に、神獣師に対する心遣いをにじませる。

この国の裏も表もその眼に焼き付けてきた老人を、ここにいる誰もが無意識に頼りにしていた。

「イサルド、俺は神獣師時代、黒宮から先には当然近寄りもしなかったが、俺やザフィの顔を別の場所で見知った神官もいるだろう。やはり仮面をつけるべきか」

「左様《さよう》でございますね。シン様は仮面をつけていただきますが、ザフィ様に関してはそう気にかけることはなさそうです。他の殿舎や役所と違って、神殿に仕える者は、従事している場所が変わることは滅多にありません。十五年前、ステファネス様がお亡くなりになった際、神殿の人間は私以外皆死に、神殿に新たに人が集《つど》いましたのはラルフネス様がお生まれになってからです。私は今、書院のサイザーとともに、神殿の仕事に従事している人間の経歴を調べているところです。神殿内で間者が見つかるようなことがあれば、私の皺首を差し出してもなお足りぬほどの罪」

「イサルド。たとえ神官の中に間者がいたとしても、それはお前の咎《とが》ではない。お前は神殿に残ってもらわねばならない存在。自ら罰を選ぶ道は許さんぞ」

カディアスの言葉に、イサルドは臣下の礼を取り、深く頭を下げた。

「間者は神官じゃない、という可能性だってある。王宮の人間全員を調べるとなると、膨大な数になるがなあ。昔は、ダナルが光蟲の操者だったから、王宮内に間者が入り込む余地などなかった」

「かといって、あの恐怖政治をもう一度やってくれとは死んでも言いたくないがな」

深刻な状況だというのに、つい昔話を絡めて言葉尻が軽くなってしまう。ザフィとシンとの雑談のような会話から外れ、カディアスは立ち上がった。

「どこまで手を伸ばしても構わん。ただ、動かす者は信用のおける範囲にせよ。ラルフネスの体調が不安定ならば、イサルド、何事もシンを通せ」

「御意《ぎょい》」

まだ、持たせなければならない。

この国に、先読の声が、王の口を通して響き渡るその日が来るまで、何を犠牲にしても、持ちこたえなければならない。

救う、義務がある。この歩みを、止めることは許されない。それが、王だ。

カディアスは濃紺の上衣を翻《ひるがえ》し、執務室へと戻っていった。

◇◇◇

その二人が来訪した時、書院番のチャルドは嫌な予感しかしなかった。

チャルドは、師匠のサイザーに命じられ、十五年前から今まで神官として配属された人間の記録を洗っている最中だった。

極秘だ、とサイザーからは念を押されていた。神官の中に、敵国の内通者がいるかもしれないのである。チャルドは、自分の口が軽いのを自覚している。昔馴染みの同山者がやってきて請われたら、何を語ってしまうか分からない。

おそらくこの件については、千影山でも捜査すべしというお達しが出ているだろう。

極秘裏に調べろということは、捜査内容を漏らすなということである。たとえ何を訊かれても、話せなかった。


「久しぶりだな、チャルド」

「相変わらず美人だな、テレス。俺がお前の夫になったかもしれないのに、運命ってのは残酷だよな」

「ああそうだ、俺ら来年結婚することになったから！友人代表挨拶《あいさつ》頼んだぞ！」

ジーンの言葉に、絶対に行かねえ！と、チャルドは吠えた。

「結婚なんて嘘だって。養子を育てる予定もまだないし、結婚する意味ないから」

ひっどおいテレス！この間いいよって言ったじゃん！今度はジーンが吠える番だった。

「でも、もしかしたら、チャルドとジーンが半神同士になっていたかもしれないんだよな」

テレスの言葉にジーンとチャルドは最も吠えた。声にならない声が書院に響きわたる。

「いや、本当に。チャルドなんて本なんて一冊も読まないような奴だったのに、なんで選ばれちまったんだろうな」

「それは俺が訊きてえよ！仕事のほとんどは、書物をひっくり返すことなんだぜ！文字を読まなきゃ話になんねえ仕事、あと何年やらなきゃならないのかと思うと……」

「たった一人でやる仕事だしな。半神がいるなら、仕事の憂さも晴らせるだろうに」

同期の優しい言葉にチャルドは感動して目を潤ませた。

「チャルド、俺ら、ちょっと調べたいことがあるんだけど」

　なんでも聞いてくれ！　とあっさり言いそうになって、チャルドは身を引き締めた。

「いかんいかん！　悪いがお前らには何も話すわけにはいかないのだ！」

「なんで俺らが調べに来たこと知ってんの？」

「山にも調査依頼が行っただろう。神官の中に内通者が……」

　二人の顔を見て、チャルドは己の阿呆さ加減にうな垂れた。

「心配すんな、チャルド。お前の口の軽さは内緒にしておくから。その代わり、俺らに協力してくれ」

　言葉もなく俯いているチャルドに、ジーンは十五年前のことを調べたい、と告げた。それを聞き、チャルドは顔を上げた。

「十五年前？」

「実は、俺らは十五年前に死んだと言われている男の記録を探しているんだ。ゼド様の弟なんだがな」

「なんで、調べているんだ」

　ジーンとテレスはしばし顔を見合わせていたが、チャルドに教えた。お前が口を滑らせたことは黙っているから、これも誰にも話すなよ、と前置きして。

「十五年前に、前の先読様が亡くなっただろう。実は、アルゴ家出身のその男が、先読様を殺したらしいんだよ」

　チャルドはまじまじと二人を見つめた。

　この二人は、自分が何を話しているのか分かっているのだろうか？

「……お前ら……それを誰かに聞かれてみろ。牢に、繋がれるだけじゃすまないぞ」

「お前は知っているのか？」

「質問しているのはこっちだ。一体誰にそれを聞いた？」

「国王様からだ」

　今度こそチャルドは思わず声を上げた。

「ということは、前の先読様が、神獣師が原因で死んだというのは、本当の話か……！」

　ジーンとテレスが茫然とした顔で自分を見つめているのに、チャルドは気がついた。

　そして同時に気がついた。

　俺は、知ってはいけないことを、今知ろうとしている。

「お前ら……話はここまでだ。出ていってくれ。今、結界を解くから」

「チャルド！」

顔を逸らしたチャルドの肩を、ジーンは摑んだ。

「なあ、頼む。知っていることを教えてくれ。キリアス様にも頼まれているんだ」

「俺は書院番だぞ!? 秘めた書物も扱う。お前らに話せば、俺の首が飛ぶどころの話じゃない！ 俺だって、実を言うとさっきの話は半信半疑だったんだ。まさかと思っていた。お前らがあんなことを言うから、つい符合してしまったが、お前らだって、知ってはいけないことぐらい分かるだろう！」

「前の先読・ステファネス様が、神獣師が原因で死んだと言ったな。では、カザン・アルゴという男は神獣師だったのか!?」

「ジーン！」

「ありえないだろう！ だってその男は、オルガの父親だぞ！」

チャルドは一瞬自分の意識が飛んだかと思った。頭が真っ白になる。

「……なんと言った？」

関わりたくないと思ったのに、今聞いた信じられない言葉を、どうしても聞き過ごすことはできなかった。

「オルガって、確かお前が、この間ここに連れてきた稚児役の……」

「そうだ。あいつだ。キリアス様の半神で、青雷の依代なんだ」

「せ……青雷の……!? キリアス様って、どういうことだ!? あの子供はまだ、十四、五歳くらいのガキだったじゃねえか」

「待ってくれチャルド、こっちを先に教えてくれ！ カザンって男は、本当に神獣師なのか!?」

ジーンの両手が、胸元を摑み上げてくる。

その手が、端《はた》からでも分かるほどにぶるぶると震えている。

チャルドは、何かを観念した。もはや、互いに見ないふりなどできない歴史が、明かされようとしている。

そしてチャルドは、今自分が手をつけようとしていた書物の数々が置かれた机に目を向けた。

十五年前からの、資料の数々。

調べろ、と任せてきたサイザーの、いつもと変わらぬ眼差《まなざ》しが脳裏に蘇る。

ねえ、師匠。分かっていましたか。チャルドは心の内で、サイザーに呼びかけた。

俺が何を調べることになろうとも、許してもらえると思っていいんでしょうか。

書院番たるもの、師に断りもなく勝手に歴史を漁《あさ》ることをしてはならないと怒るでしょうか。

ねえ、師匠。本を読むのも大嫌いだった俺が、書院番に選ばれたのは、なんのためだったのでしょうか。

チャルドは脳裏の師匠の姿を払い、同時に手が白くなるほどに服を握りしめてくるジーンの手を取ると、ゆっくりと引き剝がした。

「落ち着け、ジーン。冷静にならねえと、お前のその足りない頭で、検証なんてできねえぞ」

興奮しきっているジーンの肩を押さえながら、テレスが訊いた。いつも冷静なテレスだが、さすがに目が血走っている。

「カザン・アルゴは、神獣師なのか」

「ああ」

歴史に嘘をつけない、書院番だけが知る真実。チャルドはしっかりと頷いた。

「十五年前に、先読ステファネス様が死んだ際に、書物という書物からその男の名は消された。だが、一つだけ、名前を消せなかったものがある。なんだと思う」

神獣を授戒している、護符。

精霊を依代に宿せば、護符には依代と操者の名前が封印される。それが正戒だ。

いついかなる時もヨダ国に忠誠を誓うために、精霊を勝手に扱えないように、自分の正名を、命を、差し出す。

「護符に封印されている精霊は全て護符院にあるが、依代に宿し正戒を成したものは、全て黒宮の王のもとに預けられている。俺と師匠は、年に一回、その状態を確認する。神獣師の護符は、実は俺は見ることすらまだ許されていない。だが昔、二年ほど前に、神官長のイサルド殿が師匠と会話していたのをたまたま耳にしちまってな。国の正式な歴史書以外に、役人とかが正史に載せられない裏話を書いたりするだろう？　代々の書院番も裏歴史を書いているんだが、イサルド殿にうちの師匠はこう言ったんだ」

私は、この国唯一の、見聞録を記さない書院番になるかもしれないな。

「その時にイサルド殿は、おっしゃったんだ」

長生きしろよ、サイザー。真実を、どういう形であれ、残さなければならないと私は思っている。今は、神獣師が先読を死に至らしめたなどと書くことは許されまい。だが、後世に、ステファネス様がなぜお亡くなりになったのか、伝える義務はあると思うのだ。それを、後世がどう受け止めるかは分からないが。

「……それで俺は、こっそり師匠が手に持つ神獣の護符を、盗み見したんだよ。なぜその神獣の護符に書かれている神獣師が、先読を死に至らしめたと分かったかって？　先読ステファネス様が亡くなったのは十五年前。そしてその神獣師の片方がいなくなったのも、十五年前」

さすがにテレスが首を横に振る。ありえない、と。

だが、チャルドは告げることにためらいはなかった。俺がこれをためらいなく話せるのは、半神がいないからだろうかと思いながら。

「カザン・アルゴ。……鳳泉の操者にして、筆頭・トーヤ様の半神だった男だ」

◇◇◇

国王・カディアスは、神殿に入ると、まっすぐに鳳泉の神獣師・トーヤの自室へと向かった。

「国王様。筆頭様は、お加減が悪くて伏せっておられますので……」

まとわりつく神官を払うように上衣を揺らし、カディアスは歩幅も大きく先に進んだ。

だが、その足取りも、神殿の柱に寄りかかるようにして座っているトーヤの姿を確認したとたん、緩んだ。

「トーヤ……」

呼びかけて、足が止まる。

トーヤは、赤い鳥の仮面をつけていて、半分しか顔が見えていなかった。

カディアスはしばし逡巡したものの、足を勢いよく前に出した。

「気分はどうだ、トーヤ。ラルフネスのお守も、疲れただろう。少し黒宮の方で休まんか」

カディアスの言葉は、そこまでだった。

眼の前に散った赤いものが、一体なんなのか、一瞬理解できなかった。

「トーヤ!!」

ゆらりと身体を横に崩したトーヤの身体を抱き留めて、カディアスはその仮面をむしり取った。

仮面と白い顔の間から、鮮血がわずかに飛んだ。

「医者だ！　医者を呼べ、早く！　カドレアを呼べ！」

「……王」

「話すな、今医者を呼ぶ！」

「……落ち着いてくださいって……もう。大丈夫ですよ」

はあ、と、トーヤは呆れたようにため息をつきながら口端の血を拭《ぬぐ》った。

「大した吐血でもないのに、大げさ」

そう言いながらも、トーヤはカディアスの腕に身を任せていた。

「な、何度目だ!?　これは、初めてではないのか？　なぜ俺に黙って……」

「初めてですって。ちょっと驚きました。うん、でも大丈夫ですよ」

「トーヤ」

「……大丈夫」

そのままトーヤは、カディアスの胸に顔を寄せると、静かな寝息を立てて眠りに落ちた。

「……王」

医師のカドレアが後方から静かに声をかけてくるが、カディアスはトーヤを抱きしめたまま、動こうとしなかった。

かつて、自分を育ててくれた、鳳泉の神獣師・リアンの言葉が耳に蘇る。

大丈夫ですよ、カディアス様。私は生きてみせますから。あなたの鳳泉が現れるまでは、絶対に死にません。

リアン。

俺の鳳泉は、とうとう揃うことはないのかもしれない。

だが、まだ、まだトーヤをそちらに連れていかないでくれ。

もう少し、もう少しだけ、頼む。

◇◇◇

オルガは、昨夜から具合が悪くなったハユルのために、水場に温かい水を求めに来た。

「池の水底に、底から湯が湧き上がっている箇所がある。知っているか」

セツの言葉に、オルガは頷いた。

「はい。本当に、深淵ですよね。一度、近寄ったことがあります。熱すぎて驚きましたが」

「そこまで一人でたどり着けているとは、驚きだ」

セツは感心したように笑った。

「そこの水はな、湯の花と言って、様々な効能がある。その水に浸ると傷の治りが早い。特に用いられるのは疲労回復。身体の中に溜まった毒を、出す作用もある。それを、ハユルに飲ませたい」

「でもセツ様、ハユルさんの不調は、力動の乱れによるものですよね？　それは、半神がなんとかするのが一番では？」

「ハユルの場合、中の〝光蟲〟に体力を持っていかれて乱れていることがほとんどだ。まず体力を回復しなければ、力動の回復はできない。湯の花は浄化作用もあるから、操者の力を借りなくても、力動の流れを整え、気分を落ち着かせるくらいならできる。それでもどうにもならなかったら、麗街からイーゼスをいったん呼び戻すしかないが」

オルガが湯の花を求めに行くと聞いたルカが、自分も一緒に行く、と申し出た。

「ガイが、ちょっと具合が良くないんだ。湯の花の水を飲ませたい」

「ガイ様が？」

「青雷を動かせる者がこの十五年いなかったから、湯の花の水を手に入れることができるのも本当に久々なんだ。池の底の水を選り分けて湯の花だけを手に入れるなど、数多《あまた》の水属性の精霊の中でも青雷にしかできない」

そういう理由があったからだろう。ラグーンが、レイに、湯の花を取り出すのを見てこいと伝えたのだぞうだ。

「見てどうするんですか？　操者が見たところで意味ないでしょう」

取り付く島もないオルガに、レイは助けを求めるようにルカを見たが、ルカの返事も同じだった。

「いや、実際見ても意味がない」

心優しいセツがその場にいなかったら、レイはがっくりとうな垂れるしかなかったかもしれない。

「意味がないというのは、依代にしかできないからだ。しかも、神獣師級の依代でなければ無理だ」

「どうして無理なんですか？」

「操者が精霊を操れるのは、その属性によるものだけだ。青雷なら、操者はその神獣の力を、攻撃という形でしか出せない。青雷の場合は雷や雨などの水の力を利用した攻撃だ」

かつて青雷は、一国を水攻めによって落としたという歴史を持つ。

だが、旱魃《かんばつ》に苦しむ村をなんとかできるかというと、それは難しい。

雨雲を呼ぶことはできても、それを掃《はら》うことは困難だからだ。水の属性一つでは、大気を自在に操り、適量の雨を降らすことはできない。

「操者が操れるのは、あくまで攻撃力になるほどの水の量だ。恵みの水をわずかでも与えることができるのは、依代の力。青雷が、本来攻撃の属性を持ちながら、恵みをもたらす神獣として尊ばれてきたのは、依代の水を操る力による」

セツは詳しく説明してやったが、それでもレイは見たいと申し出た。

おかげで服を脱ぐわけにいかなくなり、オルガは憮然とした。

セツやルカの前では服を脱いで素裸になることになんのためらいもないが、たとえ自意識過剰と言われようと、キリアス以外の操者に身体を見せるのは絶対に嫌だった。特に斑紋を。

「お前、水の中に入らないのか」

ルカが驚いたように訊いた。オルガは池の端に腰を下ろし、水面に顔を映しながら頷いた。

「無理かもしれませんが、やってみます」

オルガは、自らの深淵を覗き込んだ。

池の底の水と呼応する。ああ、温い水が見える。あそこか。

池の水面に渦《うず》ができ、次第に大きく広がっていく。水の中から、一匹の白い魚が飛び出した。

それは本当の魚ではなく、白濁した水が、魚の形をしているものだった。

魚が尾びれをパタパタと動かしながら、オルガの頭上で跳ねている。

「これが、湯の花なんでしょうか。ルカ様」

「なんでお前、水を形にしたんだ？」

「水を呼ぶ時はどうしても動物の形になってしまうんです。その方が、こっちに呼びやすいというか。いつもは竜の姿になるんだけど、今回は魚だったな」

持ってきた水瓶に入れると、瓶のなかで白く濁った水は溶け、ふわりふわりと白い糸屑のようなものが水の中で踊った。これが湯の花なのだろう。確かに、小さな花のように見えなくもない。

「とりあえずこれだけあればいいだろう。薬にも混ぜて使えるし。ただ、湯の花は二、三日で消えてしまうから、また頼むことになるかもな」

満足したルカはレイに瓶を運ぶよう指示した。が、レイは、まるで夢の世界でも見たかのような表情でオルガをぼんやりと見つめ、反応しなかった。

「運べ」

再度命令され、レイは我に返って慌てて瓶を抱えた。

ルカの手によって緑色の薬湯に変化した湯の花を、ハユルは飲むのを嫌がった。

「ちゃんと飲まないと、体力も回復しない。イーゼスを呼ぶことになるぞ」

「呼んでよ」

ルカの言葉に、ハユルは顔を背けながら言った。

「麗街に入って、もうひと月経つ。もうそろそろあっちだって、俺のことを心配している」

『第五』のカリドが頻繁にお前の様子を確認し、イーゼスに伝えている」

「だったら俺がこの状態だって言ってよ！　あんたらと違って、俺はあたりまえのことだって一人じゃできないんだって！　力動だって、あんたらは呼吸するように乱れを直せるんだろうけど俺は無理なんだよ！」

淡々としたルカの言葉に、余計に腹が立つのだろう。寝台の上でハユルは身体ごと背を向けたままだった。

ルカも自分の物言いがハユルを苛立たせるのを自覚しているのか、もうそれ以上の言葉はかけず、黙って部屋から出ていった。

「……後で、消化の良さそうな汁物を作ってやってくれ。水は、湯の花を使って」

ルカから薬湯を受け取ったオルガは、忍び泣きを始めたハユルの部屋の前で立ち尽くすしかなかった。

力動が乱れる状態を、皆が経験している。ハユルがどんな状態にあるか、容易に想像がつく。

修行をすれば、克服できる。だがハユルにはそれは無理なのだ。

イーゼスがいれば、身体の状態を保つことはできるのだろう。しかし、自分の生命を丸ごと相手に委《ゆだ》ねるしかない状態など、オルガにはとても想像できなかった。

なぜ、それほど困難な道を、ハユルは歩もうとしたのだろう。

鳥の骨と肉、野菜を切っていると、ルカに命令されたレイが水瓶を運んできた。

「何か手伝うことは？」

別に何もない、と言おうとしたが、先程からあんまりな態度を取っている。オルガは竈《かまど》の火を強くしてほしいと頼んだ。

だが、レイは竈の薪《まき》を増やそうとするだけだった。

慌ててオルガが薪を減らす。

「この状態で薪を入れても逆に火が弱まります」

「えっ。木でもっと燃えるんじゃないの」

「火が回るだけの空間がないと。この場合は火種を良く回るように薪を重ねて、こうして風を起こします」

感心したようにオルガのやり方を見ているレイに、まさかキリアス以外に火の調整ができない男が存在するとは、とオルガは頭を抱えたくなった。

裏山に入ると内弟子として師匠の身の回りの世話もする。家事もその一つだが、王子育ちのキリアスは何もできなかった。

普通の家で育った子供なら、手伝いとして風呂の火を熾《おこ》すことくらいはできるはずだった。

「ごめん、俺、料理とか分からなくて」

「家は……お金持ちだったの」

「お金持ちと言うか、叔父が、神獣師だったから、それなりに」

意味が分からず、オルガはレイに顔を向けた。

「父の弟が、ガイ様の半神だった、前の鳳泉の依代のリアン様で。リアン様が神獣師になったおかげで、うちはそれなりに恩恵を受けられた」

恩恵。

そんなことがあるのかと、オルガは驚いた。

「そりゃあ、そうだよ。精霊師だって、ものすごく優遇されるじゃないか。一族から神獣師が出れば、その家族はいい役職を貰えたり、様々な恩恵が与えられる。一人神獣師が出れば、三代は繁栄が約束されると言われているんだよ」

（……アジス家が、子供を幽閉してまで〝器〟を作り出そうとするわけだ）

現在アジス家からは、鳳泉の神獣師トーヤと、紫道の神獣師ライキとクルト、計三人が神獣師となっている。代々の恩恵を、繋ぎたくもなるだろう。

「レイは、おじさんが神獣師なんだよね？　やっぱり家系的に、神獣師が多かったりするの？」

オルガの質問に、レイは嬉しそうに応じた。

「いや、神獣師はリアンおじさんが初めてで、そりゃあ驚いたんだって。なんと言ってもいきなり、鳳泉の依代だろ。鳳泉の依代なんて、アルゴ家かアジス家からしか輩出されないと言われていたらしいから」

「……アルゴ」

「王族から臣に下った家系に与えられる姓だよ。今は途絶えているんだったかな」

自分がその三代目の正名を持っていることなど、レイは思いもよるまい。

語る気すらない。あの正名にたどり着いたいきさつを、抱える葛藤を、知っていてほしいのはただ一人だけだ。

汁物の灰汁《あく》の取り方を、オルガはレイに教えた。

「少しずつね。湯の花まで取っちゃいけないから。今はハユルさん弱っていて、きちんと灰汁を取らないとお腹を壊しちゃうから。紙で押さえながら、丁寧に優しく」

レイはニコニコと笑いながら頷いた。なぜか、先程から笑みが絶えない。

「何？」

「俺と、やっとまともに話してくれたから」

ふと顔が強張るのが分かった。レイは慌ててなだめるように言う。

「ごめん、でも、嬉しいよ。話すと、オルガはやっぱり優しいし、その……可愛いなあと思うよ。あんなに綺麗な精霊が宿る世界を見たいと思う」

その一言に、オルガは衝撃を受けた。

精霊の、宿る、世界。

青雷を宿し、それを自在に遊ばせ、操る世界。

ただ一人の男のために、その男に近づくために手に入れた世界を、その男ではなく、他の男が、見るというのか。

まだ、たった一度も、キリアスには見せていない。

いや、もしかしたらこのまま、見せることもないのかもしれない。

なぜなら自分はもうすぐ十六になる。十六歳になってしまったら、青雷は自然と離れることになる。契約は失われ、今は仮の契約でしか繋がっていないキリアスとも、半神の絆はなくなる。

この水の世界を、ただの一度も、見せることがないままに、伝えることのないままに。

汁物を運ぶと、拒否するかと思いきや、意外にもハユルは身体を起こした。

そっと汁を口にした後、美味しい、と呟くように言った。

「もし、口にできそうなら、ルカ様が作った薬湯も飲んでください。取ってありますから」

ハユルは素直に頷いた。

「この間は、ごめんな。俺、嫌なこと言った」

汁を少しずつ口にしながら、ハユルはオルガに言った。

「俺は、馬鹿だしさ。国の事情とか話されても分かんないから、オルガのこともよく分かんないんだけどさ。そりゃ、色々事情はあるんだろうけど、あんなにすごい斑紋を生まれつき持っていて、何を悩むことがあるんだろうって、イライラしちゃったんだ。あれだけの器があるなら、なんだって飲み込めるだろうにって。どんな神獣だろうが、どんな運命だろうが、全てを飲み込める力があれば、たった一つを貫くことに、何を悩むんだって」

ハユルはいつしか匙《さじ》を器に戻し、オルガの顔を凝視していた。

「俺には、これしか道がなかった。イーゼスの傍にいられる、イーゼスと一緒に生きる道が、他になかった。たとえ二神でも、たとえすぐに弱っちまう身体でも、死んじまうかもしれないと言われても、俺はイーゼスと一緒にいたかった。俺は器が小さいから、本当の意味では共鳴はできないんだ。イーゼスは俺の中の、光蟲を見ることはできないんだ。永遠に。俺は、見てほしいよ。見てほしいけど、イーゼスは俺に入れないんだ」

オルガは、自分が泣いていることに気がついた。ハユルがいつの間にか、手を取ってくれていることにも。

「斑紋が大きいことは、依代にとって無敵だ。信じろよ、オルガ。お前はなんだって、包み込むことができるんだ」

涙がハユルの手に降ったが、ハユルはいつまでもその手を離さなかった。

◇◇◇

ハユルは斑紋を持って生まれたが、そう大きかったわけではない。

役場の人間に斑紋を確認され、ハユルは十四歳の齢に千影山に入山したが、入山早々に、自分程度の斑紋など話にならないことに気づかされた。

『別格』は、ハユルが入山した年に存在した。その異様な姿は、すぐに注目の的になった。呼びかけられても、なんの反応もなく、ただ立っているだけでピクリとも動かない。何も見えていない、何も聞こえていないその姿は人形そのものだった。

すぐに千影山管理人のマリスが呼ばれた。マリスは、その姿を一目見ただけで事情を察し、顔をしかめた。マリスが話しかけても、やはりなんの反応もしない。

「クルト!」

年配の修行者、しかも体格からして操者が入ってきたことで、入山したばかりの依代らは仰天した。

「出ていけライキ!　ここをどこだと思っている!」

ライキと呼ばれた長身の男は、叱責など耳に入っていないかのようにその人形に近寄ると、あっという間に腕の中に抱え上げてしまった。

「ライキ！　お前……」

「これは、俺の依代だ。こんなガキどもと修行なんて無意味だ。俺が面倒を見る」

「ばっ……馬鹿野郎！　それを決めるのはお前じゃねえ！　こら、ライキ！」

まるで花嫁をさらうように、人形を腕に出ていってしまった操者の姿は、入山したばかりの依代の卵たちの間で話題となった。

ハユルは千影山にいたのはたったひと月で、その後あの二人がどうなったのか知ることはできなかった。

あんな運命がハユルに降りかからなかったら、クルトとライキにも、その後会うことはなかっただろう。

◇◇◇

キリアスに会って、改めて気持ちを伝えるために下山すると告げた時、絶対に止められるとオルガは覚悟していた。だが、セツとルカはなぜか一言も反対をしなかった。あっさりしすぎていたので、逆にオルガの方でいいんですか？　と確認してしまったほどである。

「うん、まあ、覚悟を決めてしまったら、もう止めたって仕方ないじゃない」

セツはそう言って笑った。

「ただ、正式な下山じゃないから、話はここまでだ。アンジとマリスには俺から伝えておこう。ラグーンやダナルには黙って行け。絶対に許さないだろうからな。キリアスもイーゼスも、なんといっても任務中だ」

ルカの言葉に、セツも同意した。

「あの二人は、仕事を与えられると文句ばっかでやりたくねえ、俺はやらねえと言うくせに、任務至上主義」

「勝手なこと言ってんじゃねえって何度思ったたか」

長年鬱憤《うっぷん》が溜まっていたのか、セツとルカは珍しく悪口を言い合っていた。どちらも心根が優しいので、不平不満を表したことはなかったが、腹に据えかねるものがあったのだろう。ちょっと聞いてみたい気持ちもあったが、オルガはもう一度確認した。

「本当に、ハユルさんも一緒に山を下りてしまっていいんですか？」

ハユルは湯の花を飲むようになってから、体力がだいぶ回復してきたようだった。今では毎日、湯の花を汲《く》みに行くオルガと池に行き、一緒に潜ることもあるくらいだ。

「正直心配だが、ハユルがそうしたいと言うならな。あいつは今まで、イーゼスの言うことばかり聞いてきた。イーゼスが過保護になるのも分かるから、大人しく従っていたんだろうが、自由にさせてもいいんじゃないか。今まであいつには、こちらの都合ばかり押しつけてきた。好きに、させてやってくれ」

珍しくもルカが、微笑みながら言った。この男が笑顔を見せるのは滅多にないことだ。

「けど、土地に慣れぬ二人が麗街に入るなんて無謀すぎるから、麗街に慣れた奴を呼んだんだ」

オルガは隣の部屋を窺った。

再会に喜ぶハユルの声が聞こえる。

「クルト、お前、この間よりもまた可愛い顔になった！」

「ライキもそう言う」

「だんだん人らしくなってきたなあ。ほら、触ってみ？　ほっぺが柔らかいだろ？　いっぱい動かしている証拠だよ」

「ライキがほっぺうにうにするからだ。こうやって」

まるで幼児のような会話だが、クルトとハユルは同山なのだという。

「同山と言っても一緒に修行をしたわけじゃないが。同い年で、互いに望まずに神獣師になった背景があって、ハユルはクルトが好きでな。クルトは麗街で客引きの仕事をしている。今回の任務とは関係ない、ライキがクルトを色街にしか置かないんだ。それが自分の目が一番届くんだろう。それで、クルトにお前たちを麗街に連れていってもらえればと思ってな」

『何言ってんですか、ルカ様。ヨダ国一の賢者と謳《うた》われるあなた様が、何をとち狂ったこと言ってんですか？』

このセリフはオルガが言ったわけではない。

オルガとルカの間の床に出現した、赤く血走った目がそう言ったのである。

『国の宝である〝青雷〟〝紫道〟〝光蟲〟を、それぞれの操者にも黙って野放しにするなんて本気ですか！　もし何かあったらどうするんですか！　クルト様は確かにお強いですよ!?　でも馬鹿じゃないですか！』

「クルトは馬鹿じゃない！　ジュードの変態！　オカマのくせに筋肉ムキムキ男を掘りたがる色情魔！」

隣の部屋からのハユルの文句に、床の赤い目がぎょろりとそちらに向く。

『ハユル様〜、最後のセリフはあのクズから聞いたんですね』

諜報機関『第五』の隊長・ジュードが操作する精霊・赤目が、その名の通り赤く血走った。

「イーゼスはジュードらにとってはクズかもしれないけど、クルトは馬鹿じゃないよ」

隣の部屋からハユルが顔を出した。

『私も変態じゃないですよ。あんなお育ちが良さそうな顔をして、十五歳の子供を無理矢理半神にして犯しまくるような男よりはずっとマシです。あ〜あ、騙された。王子なんてクソですよね』

赤目が細くなり、ぎょろりとオルガに視線を向ける。否定するのも面倒で、オルガは顔を背けた。

『ちょっと、否定しないの!?　一体どんなことされたの!?　王子様ってどんなやらしいことすんの!?』

「そろそろいい加減にしてくれ、ジュード。お前のノリについていける人間がここには一人もいないんだ。これが青雷を宿していることは国家機密だ。絶対に漏らすなよ。クルトだけではこの二人を麗街に連れていけないと思って、お前を呼んだんだ」

『分かっていますよ、ルカ様。ただし、操者の方々のお怒りを買うのはまっぴらごめんですからね。烈火様《れっか》もそうですけど、この御三方のおっそろしい操者様らに事が発覚した時に、私がとばっちりを受けないようにしてください』

こんな形での下山など、オルガの望むところではなかった。

ジュドやラグーンにも何も言わず、ジーンやテレスにも感謝の気持ちも伝えず、下山することになろうとは思わなかった。

「御師様に、ごめんなさいと言っていたと伝えてください。許してはくれないでしょうけど」

オルガの言葉に、セツは大丈夫、と笑った。

「お前が貫く道を、私たちは応援するよ。それは、お前が生まれた時からずっとだ。この国は、様々なことが絡まって、今の事態になってしまったけれど、人の身が貫けるものなどたった一つ。私だって、ルカだって、皆そうしてきたのだ。どれほどそれが苦しい道になろうとも、歩み続ければ何かが繋がることを信じて。お前も、たった一つの道を進みなさい」

オルガはセツの手を握りしめて、しっかりと頷いた。背負い袋を、抱えなおす。

かつてこの山に入った時に、どちらへ進んでいいのか分からず、途方に暮れたことを思い出す。

山の精霊たちは、強大な神獣の存在に気づき、敬意とともに道を示してくれた。

その中で、道に迷う、一人の男に会ったのだ。

今度はこちらから、あの手を取りに行こう。

もう、精霊の手助けはない。自分で道を探し、歩まなければならない。山の中よりももっと険しく、もっと先が読めない道を。

「歩いていれば、いつかそれがお前の行く道になる」

最後に、セツがくれた言葉を胸に、オルガは足を前に出した。

皆、そうしてきたのだ。

たとえそれが、どれほどの苦しみの中を歩むことになろうとも、ただ一人の手を握りしめている限り、どんなことだって乗り越えられる。

「行くか、オルガ」

オルガは、同じく背負い袋を抱えたハユルの笑顔に頷いた。

『信じられない珍道中……ありえない。五大精霊が三つもフラフラと……ホントに、あたし無事に済むんでしょうね』

樹の間を、赤い目が彷徨《さまよ》うように移動していく。クルトが不思議そうに首を傾げた。

「怒られるの？」

『麗街が吹っ飛ぶかもしれませんよ！』

「だーいじょうぶだって。気にすんなよ。オルガも、王子に会ったら言ってやれ。勝手なこと言ってんじゃねえ！　って」

そういえばさっきルカとセツからも同じことを言われたな。オルガは思い出して、声を上げて笑った。

5

ハユルは下山してすぐ、麗街へ向かう旅路の変更を申し出た。

「俺、ちょっと、生まれ育った場所に行きたいんだけど、いいかな」

『ダメダメダメ、ダメですよハユル様！　余計な寄り道をしないでください！』

即座に、道端に浮き出る赤い目が、見開いたり細くなったりしながら怒ってきた。

「ハユルさん、生まれた場所ってここから近いんですか」

「近くはない。でも、麗街と同じ方向ではあるからさ。第三製紙街なんだ」

そう言われても辺境育ちのオルガにはよく分からない。だが、うるさくわめいていたジュードは、ピタリと静かになった。

『糸場《いとば》ですか？』

「そう。昔はあそこにも製紙場があったんだけど、今は糸場だけになったんだっけ」

ハユルは懐かしそうに目を細めた。

「俺は、糸場で生まれたんだよ」

ヨダ国の重要な産物である光紙の作業場は全て官営だが、分業制になっており、いくつかに分かれている。

まず、光紙の原料となる、金色の糸を吐き出す蟲・クゴを育てる蟲飼所《ちゅうがいじょ》。ここは徹底した管理体制が取られていた。

クゴは青い蝶だが、その幼虫は金色の糸を吐く。

この蟲が吐く金色の糸で作られる光紙は、他では得られない質の良さと耐久性を備えており、どうにかしてこの蟲を手に入れようと他の国は躍起になっていたが、叶わなかった。

この幼虫が、なぜかヨダ国から出るとあっけなく死んでしまうからだ。

扱うのが困難なわけではない。ヨダ国の気候が他の国々と比べて特別違うわけでもない。にもかかわらず、闇商人たちがこの蟲を隠して外へ持ち出そうとしても、あっという間に死んでしまうのである。

ヨダはクゴを国外に出すことを禁じ、この貴重な産物を守っていた。光紙の作業場が全て官営なのはそのためである。

糸場は文字通り、吐き出した糸を洗い、紙にする第一段階の場所である。

そしてこの糸場が、一番人気がなかった。

なぜなら、クゴが吐き出した糸を水で洗う作業を行うと、美しかった金色の糸はベトベトした粘着性の代物《しろもの》となり、悪臭を放つのだ。

糸を洗い続けているとやがてその悪臭も取れ、製紙場に運ばれていく。とても大切な作業なのだが、糸場で働く人間は、その悪臭ゆえに忌み嫌われていた。

職業は様々あれど、糸場で働く人間は、低所得層だった。

職にあぶれると糸場を紹介されるくらいである。

「俺が五歳の時に、かーちゃんは糸場の仕事を嫌って、他の男と逃げちまった。父ちゃんは身体が不自由で、あまり耳が聞こえなかった。俺は、斑紋はあったけど小さくて、ひと月で千影山を下山して、このまま糸場で仕事するのかなあって思ってた。父ちゃんは、俺を上の学校に通わせて、他の仕事を見つけさせてやるって言ってたけど、俺あんまり頭良くなかったし、選ばれて学府に行けるわけもなかったんだよな。ずっと糸場で働いていた父ちゃんが、俺を連れて第三製紙街長の邸《やしき》に移ったのは、俺が十五歳の時だった。第三製紙街長は、昔は糸場の元締めだった。日雇いで糸場にやってくる連中を管理する仕事をしていたけど、面倒な事務的なことは父ちゃんに任せて、適当に仕事をしているような男だった。そんな男が、なぜ第三製紙街を任されるほどの大抜擢《だいばってき》を受けたか。その男の息子が、神獣師になったからだ。神獣〝光蟲〟の依代に」

ハユルの話に、一瞬〝赤目〟が地面から消えた。

再び現れた時は、ハユルの背負い袋に目がついていたが、なかなか見開こうとしなかった。

『……ハユル様、それは、先の〝光蟲〟の依代であるクヤド様のお話ですね……？　あの方について、話をすることも聞くことも、我々は禁じられております。余計な詮索をしようとするならば、イーゼス様に殺されます。ご存知ですよね？』

「分かってるよ。でも、俺はずっと気になっていたんだ。いつか、第三製紙街にもう一度行きたいと思っていた。イーゼスと来るわけにいかないからさ。俺が行きたい理由を教えなきゃならないなら、俺がなぜ光蟲を宿すことになったのか、話さなきゃならないと思っただけだ。国家機密なのは知っている」

ジュードはしばし沈黙したが、その瞳がしゅわしゅわと縮んだ。

『本当に、何が諜報機関『第五』なのかと思いますよ。その子に青雷が宿っているのもそうですが、我々には知らされないことが多すぎる。神獣師様らの一挙一動に国の行く末がかかっているから、仕方ないんでしょうけど』

「寄り道してもいいかな、オルガ」

ハユルの言葉に、オルガは頷いた。

ハユルがイーゼスに黙って山を下りたのには、何か理由があるのだろうと思っていた。

「クヤドさん……というのは、イーゼスさんの、最初の……？」

「そう。いい人だったらしいよ。イーゼスは、まあもともと性格が悪かったけど、クヤドが半神だった頃はまだまともだったそうだ。ちゃんと仕事もしていたし。ね、ジュード」

ジュードは、どんな反応をしていいのか分からないのだろう。ハユルの背負い袋に目を貼りつけ、薄目のまま黙っていた。

「クヤドがイーゼスの半神だったのは、たった一年だ。第三製紙街が大火災にあい、それに巻き込まれて死んだ。実家に来た時に、たまたま火災に巻き込まれた、というのを、イーゼスは信じなかった。当然、ジュード達『第五』の連中も信じてないよね？　仮にも神獣師、たとえ火が全身に燃え移ったって死ぬわけがないと思ってる。俺は当然そんなの無理だけど、オルガ、神獣の依代として、どうなの」

オルガはなんと答えたらいいものやら、首を傾げるしかなかった。

「俺は青雷が水の属性ということもあると思うけど……」

「クルトは？」

「〝界〟を張れば、火の中に飛び込んだって平気だよ。水の属性じゃなくとも、普通の火なら〝放《ほう》〟で消し去ることもできる。ただしそれが、精霊の〝火〟だったら分からないけど」

そうだ、と、ジュードは頷いた。

『だから、クヤド様が亡くなったのは、火属性の精霊の仕業《しわざ》なのではないかと考えました。腑に落ちないことだらけでしたが、我々はそれから内府の指令下に置かれ、全く身動きできなくなりました。イーゼス様が新たな半神としてあなたをお連れして、我々の前に姿を現したのは、二年後ですよ』

「仕方ないよ。二年、イーゼスは獄に繋がれていたんだから。クヤドの代わりに光蟲の依代となった俺の半神になることを嫌がってね」

ジュードは絶句するように、目を真っ赤にさせた。

「けど、残念ながらクヤドは確かに死んだ。俺はそのすぐ傍にいたから、知っているよ」

『……ハユル様……』

第三製紙街へ向かうハユルの口から語られた話は、諜報機関『第五』の長として、人の裏側を探り続けてきたジュードを震え上がらせるほどのものだった。

「本来は、息子が神獣師になったのなら、もっといい役職についていいはずだろうけど、クヤドの親父だったファルゴは、生来ろくでなしで大きな仕事なんて任せられないと判断されたんだろう。それでも第三製紙街の責任者に出世したんだから、やっぱり恩恵は大きいよな。だがクヤドの親父は、クヤドが神獣師になる前から、あることに手を染めていた。糸場の元締めだった時からな」

「あること？」

「クゴの、品種改良だ」

光紙の原材料を生み出す、クゴの、品種改良。

どういうわけか、ヨダ国に自生する樹の葉しか食べず、ヨダ国内でなければ成長しない蟲を、他国に持ち出しても環境に耐えうるような品種に、改良する。

現在他国は、ヨダ国でしか育たない蟲から紡ぎ出される光り輝く紙を求めて、言われるままに金を積むしかない。品種改良されれば、自国で光紙を作ることができるのだ。

「だけど、それって……！」

「そう。売国同様の行為だ。第一級の大罪だよ」

オルガは驚くほかなかったが、ジュードは衝撃のあまり、文字通り目が泳いでいた。

『た……確かなんですか、ハユル様。それは一体、どの程度の品種改良ですか。私も第五に配属されてずいぶんになりますが、クゴの品種改良を考える輩《やから》を幾人か摘発した中で、まともに紙を作れるほどの糸を吐く蟲に改良できた者はいませんでしたよ』

「光紙ほどの耐久性と質の良さは確保できなかったが、アウバス国で一回の繁殖は成功させたそうだ」

『まさか！　ありえません！』

人目もはばからずジュードが叫ぶ。

『そう簡単にクゴの品種改良などできません。途方もない時間がかかるはず。私ら『第五』や、光蟲の目を盗んでなど、不可能です！』

「糸場を捜索したことは？　ジュード」

ハユルの言葉に、ジュードは声を失った。

「最低賃金で人々が働く糸場で、クゴの品種改良などされているわけがないと思わなかったか。俺は、俺の家でそんなことが行われているなんて、夢にも思わなかったよ。俺の家は、昔は獄に使われていたという長屋の一角で、半地下だった。日当たりの悪い場所で、父ちゃんは、蟲を育てていたんだ」

なんのために。

「金だよ。父ちゃんは、糸場で生まれ、まともな教育も受けられず、足が悪く耳も不自由で、軍人としても成り上がるなんて不可能だった。だけど、自分で学問を学んだ。その学問を、息子の俺には与えたかった。父ちゃんは、俺を学府に入れるだけの金がどうしても欲しかった。そんな父ちゃんに、ファルゴがいつクゴの品種改良を持ちかけたのかは分からない。ただ一つ分かっているのは、クヤドが神獣師になり、父親のファルゴが第三製紙街の長になってから、俺らはファルゴの邸に移り、父ちゃんはその屋敷の地下でクゴの改良を続けたということだ」

ジュードの目がハユルの背中で震える。

聞いておかなければならない、確かめなければならないことを、口にすることさえ恐れているようだった。

『……ハユル様……それを……前の光蟲の依代である、クヤド様は、知っておられましたか』

ハユルは無表情に足を前に出し続けながら、はっきりと答えた。

「ああ」

意を決したように、ジュードは、もう一つ聞いた。

『イーゼス様は……？』

「……知らなかった」

そこで初めて、ハユルの目が緩んだ。

「イーゼスは、何も、知らなかった。最後の最後まで……俺の記憶を、ゼドから見せられるまで、クヤドを信じ続けたよ」

◇◇◇

ハユルが、第三製紙街の最高責任者であるファルゴの家で、学校に通いながら雑用をこなしていたのは十六歳の頃。

父は、昔馴染みのファルゴに呼ばれ、糸場で働くよりも楽な屋敷の管理をさせられているのだと思っていた。

学校から帰ると、父の姿が見えない時があった。父の名を呼びながら屋敷を巡っていた時に、ファルゴの息子であるクヤドを初めて目にした。

クヤドは、苦痛に顔を歪めていた。首から顔にかけて斑紋が浮き出ており、目がつり上がり、血のように赤く染まっていた。

『ああ、ああ、くそっ！　身体が収まらない！　見ろ、この身体を！　こんな身体でイーゼスのもとへ帰れるか!?』

「クヤド様、どうか、落ち着かれて」

実の息子といえども神獣師、クヤドに対してファルゴはへりくだった態度を取っていた。その姿が恐ろしいということもあっただろう。

『お前が朗報を持ってこないのが悪い。ああ、畜生。こんなあさましい姿になって。俺はもう終わりだ』

「終わりではありません、クヤド様。我々の生きる道は、アウバスにあるのですから。アウバスで、クゴと光紙を改良するのです」

クヤドの、息も絶え絶えに紡ぎ出される声は、次第に猛獣のそれに近くなっていった。さすがにファルゴが後ずさる。しかし、激しい背中の揺れが収まり、クヤドは人の姿に戻っていった。

髪が乱れてしまったためか、クヤドは髪をまとめていた紐をほどいた。豊かな黒髪が背中でうねる。男の繊細な顔立ちからは、先程の血走った目は消え失せ、涼やかな線を描く瞳は、虚空《こくう》を見つめていた。

「……お前が、親でなければ良かったのに」

クヤドはファルゴを前にして、ぼそりと呟いた。

「お前のような、売国奴が親であったために、本来なら国の暗部を探るべき光蟲の依代でありながら、半分魔獣を宿す羽目になってしまった。……俺はいつ、イーゼスが俺の中の魔獣に気がつくかと思うと、あいつのもとに帰るのが恐ろしい」

ファルゴは顔を伏せて黙っていたが、その目は狡猾《こうかつ》そうにぎょろぎょろと動いていた。

「ここまで魔獣化が進んでいると知られてしまったら、俺は確実に殺される。ユセフスは絶対に俺を見逃すまい。ああ、どうしてくれる！」

再びクヤドは興奮し、声は獣の咆哮のようになった。ファルゴが慌てて逃げようと扉の方へ身体を向けたため、ハユルはその場から離れた。

自分が、何か恐ろしいものを見てしまったのはすぐに理解した。絶対に知ってはいけないものを、見た。その恐怖を伝えるべく、ハユルは父を探した。

「父さん！」

父は耳が不自由で、わずかしか聞き取ることができない。それでもハユルは叫ばずにいられなかった。いきなり腕を摑まれ、ハユルは思わず悲鳴を上げた。

父だった。ハユルが通るのを、待っていたのだろう。掃除道具などを入れる用具室に引きずり込まれる。

父の仕事は、屋敷の清掃と管理だった。庭師のイズンとともに屋敷の内外を整える。

だがその用具室の中に、ハユルはただの一度も入ったことはなかった。

掃除道具が積み重なった部屋の奥に、大きな棚があり、いくつもの籠《かご》が置いてあった。その籠からは、大量の葉が見え隠れしていた。

用具室の奥の壁を貫《ぬ》いて、隣の部屋と繫げているのだろう。日の差さない部屋の奥に、棚が並べられ、同じように葉が入った籠がいくつも並んでいる。

糸場で育ったハユルであるが、この光景が何を表しているのか、すぐに理解できた。

あの籠の中で、大量のクゴが、好物のヤスリンの葉を食べている。

「……父さん、なんでここに、クゴがいるの？」

父と会話するには唇の動きを見せなければならない。父と会話する時には、ハユルは常に父の真正面に立つのが習慣だった。だがその時は、ハユルは棚を見つめながら、独り言のように呟いた。

廊下の向こうを窺っていた父は、扉を閉めると、ハユルを自分の方に向けた。

父は、いつも感情を大っぴらにはしない、物静かな男だった。

ハユルは今まで、叱る時でもなんでも、父が感情をあからさまにぶつけてくるのを目にしたことがない。甘えたい時にはいつまでも背中を撫でてくれる父ではあったが、父の方から思いきり抱きしめてくるといったことはなかった。

その父の瞳が、わずかではあったが、潤んでいた。

自分の首にかけていた首飾りを外し、手話でハユルに服を脱ぐように指示した。

虚弱な父が精霊避けとして首にかけていた、護符の首飾りである。父の様子からただならぬものを感じたハユルは、文句も言わずに上半身裸になった。父はハユルの腰に首飾りを縛ると、手話で伝えた。

『護符の裏に金を預けている住所が書かれている。今すぐここから逃げなさい』

「どうして？　父さんは？」

『私はここを焼き払ってから外に出る。クヤド様があなってしまっては、もうおしまいだ』

ハユルには何がなんだか分からなかったが、父をこの場で問い詰めることはできないのは分かった。潤んだ父の目を見つめ、安心させるように頷く。父は、そんなハユルの頬をそっと手で包んで、微笑んだ。

『こんな父親で、すまなかった、ハユル』

微笑んだ父の目から、滴《しずく》が零れ落ちそうになる。その目を食い入るように見つめながら、必死でハユルは言った。

「父さん、どこでもいいからさ、製紙街でなくてもいいから、どっかに行って暮らそうね。俺、働くから。勉強もすごく頑張るから、サボらないから、ね」

焦燥から、父の両腕を摑んで何度も何度も揺さぶった。頷かせたかった。この急な事態から、なんとか逃げなければならないのなら、返事が欲しかった。

父は、最後にハユルの身体をしっかりと抱きしめた。幼かった頃でさえ、ここまでの力で抱きしめられたことはない。ハユルは訳の分からぬ不安から、幼児に戻ったように父に懇願した。

「父さん、一緒に行こう。火をつけるの手伝うから、ね、一緒に行ってよ」

ドン、と、扉が叩かれる。扉が開き、庭師のイズンが入ってきた。

「大変だ！　クヤド様が、完全に魔獣に」

その時、ドオン、と、何かが爆発するような音がした。

『イズン。ハユルを連れて逃げてくれ。俺は後で合流する。ハユルを落ち合う場所に連れていったら、お前につがいのクゴをやろう。三日はどんな環境下でも耐えるはずだ』

「本当だろうな!?　絶対だぞ！　来い、ハユル！」

「父さん！」

イズンに手を引かれ、父から引き離されるようにしてハユルは外に出された。

屋敷内の人間が、悲鳴を上げながら逃げ回っていた。一体なんの力なのか、屋敷が次々と爆発するように破壊されている。

そして、破壊された建物の間から、霧のようなものが噴射された。

赤と金色の鱗粉《りんぷん》のようなそれは、空中で霧から炎へと変わり、逃げ惑う人々の上に落ちてきた。その燃え盛る炎の威力たるやすさまじく、周りはあっという間に炎に包まれた。

「うわあ！」

鱗粉がイズンの身体に降ったのだろう。服についたとたんにそれは炎へと変わり、イズンは絶叫した。

「イズン！」

ハユルは水を探したが、周辺に水場はなかった。近くの洗い場に走り、桶で水を汲もうとすると、すぐ隣の建物が爆発し、ハユルは爆風で吹き飛ばされた。

周囲は、まさに地獄絵図だった。この、容赦なく降り注ぐ火の鱗粉は一体なんなのか。人の悲鳴と、灼熱の熱風の中で、ハユルは建物の陰に身を潜《ひそ》めて鱗粉を避けながら、父を想った。父さん。父さんのところに、行きたい。

広大な屋敷の中はどうなっているのか分からなかった。すでにほとんどの建物が壊れ、火が回っているようだったが、ハユルは頭から水をかぶった。父と別れた用具室方面へ走り出す。

扉を開けた瞬間、火とともに熱風が襲いかかってきた。この火は容易には消せない。ハユルは火がついた服を投げ捨てた。下着一枚になり、熱が直接肌に突き刺さってきたが、かまわずに奥へ進もうとした。

いきなり、ハユルの腕を摑んだ者がいた。父かと思い振り返ると、見たこともない男がハユルの身体を引き寄せた。

「何をやっている！　どこに行こうとしているんだ。そっちは火の海だぞ！」

「だって、父さんが、多分まだ、中に！」

男は一瞬だけ困惑した表情を浮かべたが、すぐにハユルをしっかりと腕の中に収めた。

「いいか、絶対に俺から離れるな。俺にしがみついていれば、火は避けていく」

確かに男の胸に顔を押し当てられた瞬間、あれほど熱かった外気が感じられなくなり、通常の気温の中にいるように思われた。

「ゼド!」

後方から呼ばれて男が振り返る。火の中を男が二人、やってくるのが見えた。

「ダナル、ルカ、この子を頼む。魔獣化した〝光蟲〟の火は、避けるだけでも至難の業だ」

「こちらへ」

髪の長い男がゼドと呼ばれた男の腕の中からハユルを引き取る。しっかりと抱きしめられると、やはりこの男の腕の中でも熱くはなかった。

「ここまで魔獣化してしまっているとは……! せめてミルドだけでも連れてくるべきだった」

「仕方ない、イーゼスの方も、クヤドに引っ張られて魔獣化してしまうかもしれない。操者と依代なら、操者の魔獣化の方が手に負えん。イーゼスが魔獣化したら、百花だけで止められるかどうか……。ダナル、結界を頼む」

男二人の身体が蜃気楼《しんきろう》のように揺れたかと思ったら、すさまじい突風が火と壁を突き抜けた。ゼドが、溜め込んだ力動を弾丸のように発したのである。

そして、ハユルは、突き抜けた空間の先に、金の鱗粉を身体から吹き出す、赤と黒の大蛇を目にした。

大蛇が真っ赤な口にくわえているのは、半分だけになった父の身体だった。


「あー、あ、ああ、あああ、ああああああ!!」

目の前の光景に、ハユルは気が触れそうになった。精神が破壊されるのを食い止めようとするように、喉から、腹の底から、悲鳴を上げ続けた。


「クヤド……! なんて姿に!」

もはや、人としての意識の欠片も残っていないかつての弟子を前に、ダナルは〝光蟲〟の護符を取り出した。

魔獣化した神獣師を殺すのは、実は容易だ。正名が書かれている護符を、燃やせばいいのである。

本来ならば護符には操者と依代、二人の名前が書かれているが、すでに操者であるイーゼスの名前は、書院番サイザーの手によって別の護符に移している。

ダナルは、弟子であるクヤドを殺すつもりで、ここまで来た。引導を渡すのは、神獣師として育てた自分しかいない。だが、情けなくも、護符を持つ手が震えた。

「ダナル……！　もう駄目だ、ここまで来たら、人にはもう戻らない!!　早く、護符を！」

ゼドの持つ〝香奴〟は、そもそも戦闘用ではない。一刻も早く仕留めなければ、ますます魔獣化して手に負えなくなる。

ダナルの手から、護符が奪い取られる。

ダナルは、次の瞬間、護符が炎に包まれるのを目にした。

「ルカ……！」

ルカは、火のついた護符を手にしながら、育て上げた弟子の、断末魔《だんまつま》の叫びを聞いた。蛇が身体中業火《ごうか》に包まれ、苦しみに悶《もだ》える姿を瞬きもせずに見つめながら、ルカは胸元から光紙を取り出した。それは、イーゼスの正名が書かれた、新たな光蟲の護符だった。

「神獣〝光蟲〟よ。新たなる戒をお前に授ける。宿主の元から呪を解け」

古い護符は燃え、新たなる護符に金色の鱗粉が浮かび上がる。光蟲の名前が描かれようとしているのだ。赤と黒のおぞましい姿を現していた蛇が、次第に金色に変わっていく。

だが、新たなる護符に描かれた金粉は、赤黒く変色した。

「何……!?」

ルカが驚くと同時に、蛇の色が再び赤黒く変化した。身体が膨《ふく》らむように大きくなる。

「呪解が、されない……!?　まさか、なぜ……！」

「ルカ！　呪解は!?　呪解できなかったら、どうするんだ！」

ダナルが必死に蛇を押さえつけようとするが、このままでは時間の問題だった。ゼドが結界剣に神言を浮き上がらせるが、ここまで魔獣化してしまっては結界剣ではとどめを刺すどころか、動きを封じることすらできない。

ルカはイーゼスの名前が書かれた、光蟲の名前が赤黒く浮き出た護符を見つめた。

これも、燃やすしかないのだ。

だが、そうすれば光蟲は、イーゼスは……。

ルカは、結界の中で、茫然自失の状態で座り込む少年を振り返った。両目からは涙も出ず、この地獄絵図を認識するのを脳が拒否して、何も見えていないかのようだった。

ルカは、少年に駆け寄ると、その両肩を強く摑んだ。

「すまん……すまん、お前の身体を、器として貸してくれ……！」

「ルカ!?」

「他に方法はないんだ。こうしなければ、もう一人の弟子まで死んでしまうのだ。許せ……許してくれ！」

「ルカ!!」

光蟲を授戒した瞬間を、ハユルは知らない。

ただ、最後の最後に、許せ、と謝られたのは覚えている。

それが、誰の声だったのかは分からなかったが、もしそれが父だったとしたら、いいんだよ、と伝えたかった。

いいんだよ、父さん。俺は、父さんのことが大好きだから。

父さんが何をしたって、どんな人間だって、俺の大事な、大好きな父さんだから。

◇◇◇

光蟲を宿し、ハユルがまともに意識を取り戻すまで、数か月かかった。

そんなハユルに付き添ったのはルカだった。まともとはいえない方法で授戒し、死の淵を何度もさまよったハユルを寝ずにつきっきりで看護した。その甲斐あって、ハユルはどうにか器の中に光蟲が収まった状態になった。

そしてハユルが正気の状態になった頃、ゼドがやってきて、全て話してくれたのである。

「俺はクヤドの親父を内密に探っていた。奴はクゴの品種改良に手を染めていた。クヤドが神獣師になり、あまりいい噂を聞かない親父をどう扱うか調べた時に判明したんだ。俺の精霊の能力は記憶を奪う。一切の嘘はつけない。……お前の父が、ファルゴにそそのかされて品種改良の技術を開発したこともすぐに分かった。……正直、驚いたくらいだった。あと二年ほどあったら、クゴは完全に改良されていたかもしれない」

ゼドはハユルを傷つけないように言葉を選んでいたが、ハユルは黙ってそれを聞いていた。

「クヤドが親父のやっていることを知ったのは、おそらく神獣師になってからだろう。その秘密を抱えたことで、魔獣化した。おそらくそれは、少しずつ、少しずつの変化だっただろう。そうやって魔獣化する人間もいる。知らず知らずのうちに自分の恐れ、後ろめたさなどが、魔獣化を許すのだ。負の部分が広がれば、精霊の魔の部分に喰われる。クヤドは、親の恥を知られたくなかったのだろう。それで、クゴの品種改良に気がついても誰にも言えなかった。……半神にさえ」

半神。その言葉を聞いた時に、ハユルは初めて顔を上げた。

「俺が全ての証拠を摑んだ時には、もうクヤドの魔獣化は止められなかった。殺すつもりで、あの時屋敷に乗り込んだんだ。護符を焼いて消滅させようとしたが……なぜかうまくいかなかった。それで、ルカはお前の身体に、光蟲を宿らせるしかなかった。あの状態では、他に、方法はなかっただろう。光蟲の操者を助けるには」

ハユルの脳裏に、かつて見た、千影山に入山した時の光景が浮かんだ。

人形のようだった少年を、見つけた瞬間にためらわず走り寄って抱え上げた、男の姿。

俺の依代だ、と、待ち望んだ花嫁をさらうように、去っていった光景。

唯一無二の、世界。

「お前が光蟲を外すには、その光蟲の操者と共鳴しなければならない。つまり、その男の新たな半神になるしかないんだ」

獄に繋がれているイーゼスに、会ってみたいと申し出たのはハユルの方だった。

ゼドとダナルは、イーゼスが新たな半神を受け入れるわけがないと、このまま姿を見せずに、共鳴をして光蟲を外す方法を勧めた。

だが、そこに待ったをかけたのが、ユセフスを通しての王命だった。

「今現在、光蟲の操者と依代の候補者が千影山にいないというならば、イーゼスはそのまま光蟲の操者に据え置きせよ」

ダナルはさすがに吠えた。

「それはあんまりだろう、このまま光蟲の操者を続けるなど、どうしたってあいつが承諾するわけがない！」

「弟子にはずいぶんと甘いな、ダナル。昔のあんたなら、問答無用で新たな依代とともに光蟲の神獣師となれと命じただろうに。今の状況では、光蟲をあと数年放置するなどあってはならないと言うと思ったよ」

ダナルとルカの看護を受けながら光蟲の殿舎で暮らしていたハユルは、板戸の隙間から、ぞっとするほどの美貌の男がダナルと話しているのを見た。

「器となった者は、やはり使えないのか」

「ルカが調べたところでは、共鳴さえすれば光蟲を出すことは可能だが、やはり器がもともとないに等しい者だ。茫然自失の状態だったからこそなんとか入ったが、何かの拍子に魔獣化してしまうか、それすら耐えられず心の臓が止まってしまうか……。ハユルに期待するのは酷《こく》すぎる」

「しかし、現在山には、光蟲の依代候補すらいない」

「ユセフス！」

「信じられるか、ダナル。今現在、俺とミルドしか、まともに神獣を扱える者がいないんだ。〝百花〟しかいないんだぞ。先読の予知もない。この状態で敵が攻めてきたら、この国は一瞬で属国になる。あんただって昔、さんざん俺らに言ってただろうが。王が、先読が、神獣師が、なんとか道を繋げなければ、力動を持つ者は、奴隷兵士として前線で盾にされるだけ、器を持つ者は、魔を宿す者としてことごとく惨殺される運命になるってな！」

男二人の激しい言い争いに、思わずハユルが身を引くと、後ろから腕が伸びてきた。

ルカだった。ハユルの口を軽く塞ぎ、外へと連れ出す。

「お逃げ、ハユル。お前を光蟲の依代にするわけにはいかない」

「ルカ」

「ゼドがお前を連れてゆく。イーゼスと、なんとか共鳴させ、光蟲を外してみせる。お前は俺のせいで、巻き込まれただけ。一瞬でもイーゼスの命を繋いでくれただけで、十分。これ以上お前に重荷を課すわけにはいかない」

ハユルは、この国のことなど何も分からない。

ダナルが、ルカが、ゼドが、何を背負いどんな道を歩んできたのか、この国の行く末とこの神獣がどう関わっているのか、何も知らない。

だが、光蟲の操者のことは、気になった。

半神が死んでしまったことを絶対に認めず、獄に繋がれているというその男に、会ってみたかった。

獄に繋がれたイーゼスを目にして、あまりに凄惨《せいさん》なその姿に、ハユルは言葉を失った。

人としての心が少しでも残っているならば、誰もが自分と同じことを思うはずだ。

「なんで、自由にしてあげないの」

「獄から出せば、クヤドを求めて気が触れたような行動を取るに決まっている。そうなれば殺すしかない。この男の気性の激しさは、師匠である俺が一番よく知っている」

ギリギリのところまで堕とすしかないのだとルカは言った。そうしなければ、聞く耳さえ持たない。

ハユルは、封印され、薬を盛られた獣のような状態になっているイーゼスを見つめ、そしてルカにあることを頼んだ。

ハユルが下働きの神官のような格好をして、イーゼスの獄舎に通うようになったのはこの頃からである。

絶対に手を出せない状態であるにもかかわらず、皆恐ろしいのか、イーゼスの世話を率先して行おうとする者は皆無《かいむ》だった。

最初はハユルも、手を出せないと分かっていても恐ろしかったが、怖がったところでどうしようもないと悟ると、扱いもぞんざいになっていった。

言葉をかけても、全く反応しない生きた人形のような姿に、授戒した時には自分もこんな姿だったのだろうかと思いを馳せた。

「……俺の、髪に、触るな……」

その言葉が、イーゼスが初めてハユルに向けた言葉だった。

髪に触るのは、半神だけだ。

お前ではない、と。

こんな状態になっても、まだ求め続ける相手とは、どういう存在なのだろう。

ハユルは、それが知りたくなった。

「この美を見ることができるのは俺一人なのだ、世界に俺一人しかいないのだと思ったら、操者は己の依代を自分よりも何よりも愛おしく思う」

たとえ共鳴の修行をしても、イーゼスが新たなる半神の中を見る日は、永遠に、来ない。

何を犠牲にしても、守られる存在にはなれない。

それは、イーゼスにとって、クヤドだけだ。永遠に、クヤド一人だけ。

それが、二神だ。

共鳴の修行に入ることを、イーゼスが承知したと聞かされた時、覚悟していたにもかかわらずハユルは恐ろしくなった。

「大丈夫だ。お前の身だけは、なんとしても助けるから」

ルカの言葉に、ハユルは首を横に振った。

「そうじゃなくて、封印を外せば、俺の心の中が見えるんでしょう？　心の中に入ってくるんでしょう？」

自分が、依代だと知られてしまったらどうするのか。

共鳴の修行はしても、あくまで姿は見せない。依代と教えてほしくない。

ただの下働きの神官として、イーゼスの前では存在したかった。それは、ルカに最初から頼んでいたことだった。

大丈夫だ、というルカの言葉を信じて、ハユルはトーヤとともに結界の中に入った。

「危ないと思ったら、すぐに止めるからね」

トーヤの言葉に頷いて、結界の中に座る。緊張で心臓が震える。息が、整わなくなる。

通常間口を開くのは依代側だが、すでに光蟲を熟知しているイーゼス側の誘導で、あっという間に間口が開いた。

いきなり内側に穴が空《あ》いたかのような感覚に、ハユルは仰天した。何かがすさまじい勢いで流れてゆく。摑まらなければ。怖い。

……死ね……。

摑もうと手を伸ばしたものは、怨嗟を吐いた。

死ね！　死ね！　お前が死ね！　クヤドを返せ、俺の中から出ていけ！　死ね！

まぎれもなくそれは、イーゼスの声だった。

もういいんだと、誰もが言った。

最初の共鳴の修行が失敗に終わり、身体的にも精神的にも損傷を受け、ハユルは再び死の淵をさまよった。ルカはもうこれ以上、無理はさせられないと言った。

「イーゼス、また、誰も寄せつけないで、身体も洗ってないんじゃないの」

ハユルの言葉に、放っておけばいい、とルカはぼそりと呟いた後、言った。

「……ダナルとも話したんだが、全部、話そうかと思っている。クヤドがなぜ魔獣化したのか、分かればあいつも納得できるかと……」

「駄目だよ！　だってあんなに、あんなにクヤドを好きなのに！」

それだけが、イーゼスの拠《よ》り所《どころ》ではないか。

半神が、自分のあずかり知らぬところで魔獣化していたなど、それを知ったらどれほどの衝撃を受けるか。

床《とこ》から起き上がれるようになったハユルは、再び獄舎に出向いた。

「ハユル、どうした。病気でもしたのか」

何も知らぬ瞳で、イーゼスが見つめてくる。

何かが込み上げるのを、ハユルは堪えた。

普段通りにイーゼスが身体を洗うのを手伝い、新しい衣服に着替えさせる。

豪快に濡れた髪の毛を拭いていたイーゼスは、ハユルを振り返った。

「鋏を持っているか？　ハユル」

「鋏？」

「お前が休んでいる間にまた伸びた。肩辺りでいい、髪を揃えてもらえるか」

ハユルは身体の芯が震えるのを止められなかった。喉の奥が熱かったが、必死に声を出す。

「でも、俺は、イーゼスの、半神じゃないよ」

ふとイーゼスは髪を拭く手を止めたが、別に気にしていないというようにハユルに背を向け、濡れた髪を広げてみせた。

「ザクッと、簡単にでいいから、やってくれ」

イーゼス。

ハユルは震える手で、イーゼスの髪を一房摑んだ。

この髪に、触れることなど、永遠にないと思っていたのに。

ほんの少しだけでも、触れることがこの先、許されるのだろうか。

永遠に。

永遠に、たった一人だけを想い続けると分かっていても。

それでもイーゼスのそばにいたいと願ってもいいだろうか。

次の瞬間、ハユルの眼前に広がったのは、獄舎の中の光景ではなかった。

それは、光、だった。

無数の小さな光の球が、真っ白な空間に浮いている。小さなその光の球は、目の前に生まれたと思ったら真っ白な世界に消えていく。

ハユルは、自分が光を生み出しているのだと気がついた。身体から、ぽろぽろと溶けるように黄金の球が流れ出て、空間に溶けている。黄金の身体は、自分なのだった。

これが、光蟲か。

上を見上げれば、勢いよく、光る玉が上空へと昇っていく。上は、黒い世界だった。黒い世界では黄金の球は溶けずに星になる。空を覆い尽くすほどの、黄金の星。無限の黄金を生み出すこの身体に、ハユルは絶句するしかなかった。

信じられぬほど爽快な意識の解放だった。

そのため、ハユルは、現実に引き戻された時、何が起こっているのか理解するのが遅れた。

イーゼスが、信じられないというように、見つめていた。

「お前か、ハユル」

お前が、光蟲の依代なのか。

イーゼスの瞳は、ありとあらゆる感情の波に、揺れていた。


イーゼスがハユルを人質にとり、牢獄にこもったとの報告を受け、ダナルとルカだけでなくユセフスとミルドも獄へやってきた。

「ユセフス！　何もかも晒せ！　真実を話さなければ、こいつの中に無理矢理入り込んで、内側から器を破壊するぞ！」

抱え込まれ、頭の上でイーゼスがそう叫んでも、ハユルは恐ろしくはなかった。先程からずっと、心の中にイーゼスが語りかける声は、叫び声と真逆だったからだ。

（ハユル。傷つけたりしないから心配するな。俺は知りたいんだ。協力してくれ）

それでもハユルは、はたはたと涙を落とした。強く締めつけているように見せても、おそらく〝界〟を張っているからだろう、ハユルは少しも苦しくなかった。顔の下のイーゼスの腕に、涙がこぼれていく。

（ハユル、泣くな。何もしないから。心配しなくていい）

「早くしろユセフス！」

「分かった。今ゼドを呼んでいる。記憶を、包み隠さず見せてもらうといい。ハユルが見た地獄の光景をな」

「嫌だあ！　やめて！　イーゼスには見せないで！」

ユセフスの言葉にハユルは泣き叫んだ。思わずイーゼスの腕が緩む。その一瞬の隙にハユルの身体を色とりどりの花が覆い、イーゼスから引き離した。だがイーゼスは慌てなかった。

「間口を俺の方から無理矢理開けている状態だ。こうなると〝先読の目〟で封印することも難しいだろう。早くしないとそいつの器を内側からグチャグチャにしてやるぞ」

ユセフスを睨みつけながらイーゼスは吐き捨てるように言った。ハユルはルカに抱きかかえられながら、泣きじゃくるしかなかった。ルカはそんなハユルを連れて外に出ると、急いで訊いていた。

「お前、共鳴を？」

共鳴、と言われても分からない。一瞬だけだが、光蟲の世界が見えた。

「ルカ、イーゼスは、本当は優しいんだよ。さっきだって俺に、何もしないから、大丈夫だからってずっとずっと言っていたんだよ。一年以上、俺はイーゼスの世話をしてきたから、分かるよ。人を撥《は》ねつけるけど、一度手元に引き寄せた人間に対しては、本当に優しいんだよ」

嗚咽《おえつ》を繰り返しながら、ハユルは訴えた。

「……知っているよ。言っただろう。あれは、俺の弟子だ」

ルカの言葉に、ハユルはその着物の袖を強く引いた。

「だったら！　だったら、お願いだからイーゼスにはクヤドのことを内緒にしてよ！　どれだけ大事にしてきたか分かるだろ。滅多に人を好きにならないイーゼスにとって、唯一無二だったクヤドがどんな存在だったか……！　知ったら、衝撃を受けるに決まってる。今度こそ、立ち直れないほど傷つくに決まってる。それでも、あいつは強いから平気だって、ルカたちは言うの!?」

ルカは答えず、ハユルは泣きじゃくるしかなかった。


記憶を見せても信じなかった、と、ゼドは言った。

イーゼスは当然こんな反応をすると思っていたが、と続けながら。

ハユルの方は間口の開け方を知らないので、もうすでにイーゼスの方で間口を閉じてしまっている以上、心話で会話することさえできず、泣き続けるしかなかった。イーゼスに会いに行きたいと訴えても、まだ危険だと言われてなすすべもなかった。

「こんな、こんな状態なのに、まだイーゼスに、神獣師をやれって言うの？」

問い詰めるハユルに、ダナルとゼドはさすがに顔を向けられずにいたが、ルカは宙を見つめていた目のまま、ぼそりと呟いた。

「逆に、あいつから求めてくるんじゃないか。光蟲の操者を続けることを」

「なぜ⁉」

「……もう、何も残っていないからだ。希望も、恨みも、何もありはしないだろう。今はもう、死ぬことすら馬鹿馬鹿しいと思っている状態だろう。新たなる半神を持てと言われても、半神に対してなんの思い入れも持てない以上、あっさりと承諾するかもしれん」

ハユルは、ルカの前に立った。

あることを、決意しながら。


イーゼスは、またしても荒れて放置されている状態かと思っていたが、意外にもハユルが訪れた時には、もう身なりも乱れてはいなかった。

ハユルを見て、物体を確認するような視線しか向けてこなかったが、淡々と話しかけてきた。

「お前には分からないだろうが、俺に任せておけば共鳴も一応の形は成せるだろう。本来だったら精霊の最奥まで入らなければ共鳴とは言えないが、お前の器は小さすぎて、間口から精霊を引き出す形しかとれない。そんな状態でも、俺はもう光蟲の扱い方を熟知しているから、ちゃんと戒を外すことができるだろう。早速ユセフスに伝えておく」

ハユルは、借りてきた鍵を用いて、ためらわずに牢の錠を開け、中に入った。寝台の上に腰かけているイーゼスのすぐ傍まで近づく。

「外さなくてもいいよ。俺が、光蟲の依代になるから」

イーゼスは変わらぬ表情のまま、言った。

「お前には無理だ。無理すると死ぬぞ。おそらく器は限界、心の臓に負担がかかる」

「分かってるよ。でも今、千影山に光蟲の依代候補はいないんだって。ユセフスって人は、俺を依代にしておくことを望んでいる」

「あのくそ野郎の言うことなんざ従う必要はない。お前は巻き込まれただけで、なんの関係もない。依代は、あいつらが勝手にそれらしい人間を見つけてくるだろう。それこそアジス辺りを突けば、幽閉されている子供の一人や二人、出てくるかもしれないさ。もう俺はどんな人間が依代になろうが知ったこっちゃない。共鳴でもなんでもして、神獣師の地位を利用して、適当に遊ばせてもらうさ。この国がどうなろうが俺の知ったことか」

「だったら、俺でもいいでしょう？」

寝台に座るイーゼスの前に、ハユルはひざまずいて言った。

「俺が、このままイーゼスの依代になるから」

「お前、さっき俺に殺されそうになったのに何言ってんだ？　お前のギリギリの器を内側からぶっ壊すかもしれないんだぞ」

「イーゼスはそんなことしない。さっきだって、何もしないから心配するなって言ってたじゃん」

「お前に俺の何が分かる？」

イーゼスの、無感情だった瞳に、激しい炎が一瞬にして燃え上がった。ハユルは、恐ろしさよりも、その瞳に炎が宿るだけの力がイーゼスに残されていたことに、喜びが湧いた。あの、何よりも強い意志。何ものにも潰されない精神。光蟲の、操者たる証《あかし》。

「俺は、クヤドの魔獣化に気づけなかった。何度も何度もあいつの中に入って、あの黄金の神獣の中を見ていたのに、あいつの最奥までたどり着けていると思っていたのに。馬鹿のように何も知らず、何も打ち明けられず、呆《ほう》けた面《つら》をさらけ出していた。ユセフスもゼドも俺をせせら嗤っていただろうよ」

「そんなことは……」

「何が唯一無二だ。俺が今まで固執してきたのはなんだったんだ。大事に思ってきたのは俺だけで、クヤドにとって俺は、その程度の存在だったたってことだ。あいつに殉じるためならどうなっても良かった。殺されようが国を裏切ろうが、なんだってできたんだ。だがあいつは、俺を信用してなかったってことだ。あいつにとって俺は、あの腐れ親父以下でしかなかったってことだろう！」

「イーゼス、違うよ！」

ハユルは必死に伝えようとした。

だが、今イーゼスに何を言ったところで無駄なのだろう。

もうイーゼスは、半神という存在自体、信じられなくなっているのだ。たった一つ、絶対に変わらないと信じていた世界が崩壊し、自暴自棄にならないわけがない。

「イーゼス。俺は、どうせもともと半端者だから。器はどうしたって大きくならないし、共鳴しても器の入口までで、俺の中にイーゼスは入ってこられない。ちゃんとした半神じゃない。だから、形だけの半神でいいよ」

イーゼスはそこで顔をしかめた。

「なんでお前、そこまでして俺の依代になろうとする。そりゃ、単なる器ってだけなら何もしなくていいし、人から崇《あが》められていい暮らしができるだろうが、死と隣り合わせになることを考えたら普通の市民に戻った方がマシだろ」

伝えても、分からないだろうし、きっともう、分かってはくれないだろう。

もう、人にはこういう想いが宿るのだということを、信じないに違いない。

永遠に。

「俺、イーゼスのこと、嫌いじゃないから」

「同情か？」

「……そうかもしれないね」

イーゼスの視線が注がれる。激しさが消え、わずかに慈愛が瞳に宿った時、ハユルは堪えきれずに泣いた。あれほどの苦しみを受けたにもかかわらず、まだ自分に対してこれを残しておいてくれたことに、あふれるほどの愛おしさの中で感謝した。

「……大事にするからな、ハユル。お前を、死なせないことだけは約束する。俺が四十で引退したら、お前は三十五、まだまだ男盛りだ。大金を貰って、遊び暮らせる人生を過ごさせてやるからな」

うん。

うん。イーゼス。

ハユルは大粒の涙を零しながら頷いた。

あふれるこの想いが、永遠に伝わらないものだとしても。

◇◇◇

たとえ器として適任者が現れても、引退するまではハユルを依代とする。三人目だけは承諾しない。イーゼスが神獣師を続けるにあたり出した条件は、この一つだけだった。

それが守られるのであれば、ハユルの負担にならない限り、どんなことだってやる、と。

「でも俺がこの状態だから、できることが限られるじゃない。イーゼス、心配性だから、俺の負担になりそうな仕事は絶対に受けなかった。直属の部下である『第五』はたまったもんじゃないと思うけどね」

ハユルから話を聞いてジュードの操作する〝赤目〟は閉ざされっぱなしだった。

「獄舎を出てから、千影山で正式に修行を始めたんだけど、優しかったんだよ。俺の負担にならないように、それだけを考えて、師匠連中とケンカばっかりしてた。俺には体術も何もさせないって言い張って、ラグーンとしょっちゅうぶつかってた。俺が何もできなくなったのは、イーゼスの過保護のせい」

オルガも黙ることしかできなかった。

皆、なんという宿命を抱えて、生きているのだろう。精霊を共有したら何もかも繋がるはずなのに。感情も、感覚も、全て共有するはずなのに、なぜここまで想いが伝わらないのか。

一体何が、隔《へだ》たりを生んでしまうのだろう。

「ハユルは今でも、自分から間口を開けられないの?」

話を聞いていたのかどうか分からないが、クルトが首を傾げて訊いてきた。

「ううん。さすがにそれは修行したよ。間口の開け閉めは可能」

「じゃあ、性欲だだ漏れだっただろ、最初は。収まらなくなったらどうしたの? 俺はライキが抜いてた」

ちょっとクルト様、と、ジュードは不快そうに言った。が、ハユルは大して気にも留めていないように答えた。

「完全に間口がつながった状態になったら、性欲はすごかったなあ。うん、まあ、でも、イーゼスは俺に全然反応しなかった。もう、制御の仕方なんてお手の物だしね。あっちは間口を完全に塞いで、俺の操作を手伝ってくれた。……今でも性行為はしてるよ。ただ、イーゼスは俺にさせない。修行の頃と同じように、俺の身体触ったり、口でしたり気持ち良くしてくれるだけ。当然、挿入とかも全然なし」

ジュードはずっとハユルの背中の荷物に張りついていたが、さすがに聞いていられなくなったのか、姿を消してしまった。しばらくして、オルガの足元に戻ってきた時は、いつも以上に目が真っ赤だった。

オルガは一度、魔獣になりかけた。

こんな状態にもかかわらず、魔獣にならないハユルは、なんと心根が美しいのだろう。

真実、相手のことだけを信じ、相手だけを想い、それを揺るぎなく貫き通す。

それが、自分の全てを操者に委ねる、依代の条件なのかもしれない。

「あー、話していたら、やっぱイーゼスに会いたくなっちゃったなあ」

空に向かってそう言うハユルを、オルガは眩《まぶ》しく見つめた。

「俺も、ライキに会いたくなった」

「クルト！　お前それライキに言ってやれよ。スゲー喜ぶぞ。ジュードも、アイクとイチャイチャしたくなったんじゃないの？　戻ってもいいんだぜ」

ハユルのからかいに、ジュードは目を伏せた。

『うちはもう、そんな時期は過ぎていますから。……でもそうですね。思いきり抱きしめたい気分ですよ』

ハユルは声を上げて笑いながら、オルガを振り返った。

「麗街でキリアス様を捕まえたら、思いきり抱きしめろよ、オルガ」

オルガは、笑顔のまま力強く頷いた。


第三製紙街は糸場だけになってしまったせいか、貧《ひん》民窟《みんくつ》となっていた。

ヨダ国は、他国よりは貧民に対する行政の手が届きやすい。王族以外の貴族制がなく、富が一部に集中しない仕組みになっているからだが、福祉という概念はこの世界どこの国にも存在しない。

ゆえに、身体的に不自由な者、最下層で生まれ育った者、それらが集まる地域が生み出されるのは、自然の理《ことわり》だった。

オルガは両親と辺境を転々としてきたので、豊かとはいえない土地ばかり目にしてきた。だがそこでは、人々は与えられた土地の恵みを大事にしながら、慎ましやかに生きていた。

しかしこの場所には、くすんだ空気しか存在しなかった。

「……これは、糸場としての役割を果たしているのかな、ジュード。このクゴの糸場の匂い、まともに運営していたらこんな匂いしないよ」

すえたような匂いがその街には充満していた。

『ハユル様、街の管理は我々警備団の仕事なんですよ』

王宮の管理は近衛団が、国境近辺や国の外周は護衛団が、王都やそれ以外の町は、本来警備団の、光蟲の神獣師の管轄なのだ。

『まあ、私も部下や他の部隊に檄《げき》を飛ばしてはいますけどね。警備団がたるんでいるのは事実なんですよ。どうしても、長の姿勢が下に影響するんです』

さすがにハユルはうつむくしかなかった。

「……ごめんね」

『いえ、先程のお話を聞いたらね。まあ、イーゼス様が働かないのも致し方ないですよね。でも、イーゼス様はホントにハユル様次第だと思うんですよ。ハユル様が動こうとすれば、絶対に動いてくれると思いますんで、なんとかケツを叩いてほしいもんです。あのおっそろしい態度を少し見せるだけで、警備団全体がビビって引き締まるでしょうしね』

大火の後だからだろう。ハユルがいた頃よりも、はるかに街そのものの規模が小さくなったようだった。

町の区画整理がされないままに糸場が再開され、貧民層が集まって集落を築き上げた、雑多な印象を受けた。

『あの大火で、火の勢いが強すぎて街の半分が焼けたんですよ。ほら、イーゼス様もご不在で、警備団もどう動いていいのか分からずに対応が遅くなってしまって。それから放置され続けたのもありますね』

「ゼドはあれからすぐ、屋敷跡を調査したり、生き残った使用人らが何か知らないか、調べたって聞いたけどね」

『ぜんっぜん知りませんでしたね……。あの方には我々からは接触できないのもありますが、本当に、少しぐらい教えてくれてもいいものを……』

オルガの背負い袋の陰に隠れて、ぶつぶつ文句を言うジュードに、クルトが短く声をかけた。

「声を潜めろ、ジュード。後方に、俺らを尾《つ》けるように窺っている奴がいる」

とっさにオルガも後ろの気配を探った。

確かに、こちらに意識を向けている人の気配を感じる。だが。

「老人だ。しかも、足を悪くしている。あの足でかなりついてきた。意識は、ハユル一人にしか向けられてない」

『クルト様、精霊を出せば、ライキ様に気がつかれますかね』

「いや。少しなら平気」

『じゃ、ちょっと、周りに分からないように、拘束していただけませんか』

クルトは少し考え込んでいたが、地面から蜘蛛《くも》の糸を出して老人の足に巻きつけ、動けないように固定したらしかった。

老人は、急に動かなくなった足を不思議がっていた。老人からは蜘蛛の糸が見えていない。もともと足が悪いので、動かないことに対し、驚いたりしなかった。

その間に、オルガたちはゆっくりと老人に近づくことができた。

「は、は、は、ハユ、ル」

老人が吃音《きつおん》なのは、生まれつきのものではなく、その顔が焼けただれて口が歪んでいるからだった。

よくよく見れば老人ではなかった。足が不自由でかなり腰が曲がり、口の周りが焼けただれているせいで老人に見えたのである。肌に張りもなく痩せているが、おそらくまだ、せいぜい三十代後半と思われた。


「……イズン……!?」

ハユルは、信じられないものを見たというように目を見開いた。


その男はハユルの父と同じく、クヤドの父ファルゴの邸で働いていた。

そして、あの清掃用具室の一角で、クゴの品種改良をしていたことを知っており、屋敷から逃げる直前、ハユルの父が息子を預けようとした人物だった。

「イズン……あの火事で、焼け死んでしまったかと思ったよ」

事実、燃えた。言葉を小さく出しながら、イズンは自分の身体を示した。

「屋敷、の、外に這い出て、なんとか、外側の連中に、製紙街から、引っ張り、出された。……お前は、死んだと、思った」

「うん。まあ、お互いなんとか助かったね」

クルトの荷物の陰に目を移動させたジュードが、それとなくオルガに目配せをしてくる。過去を、知っている男だ。気をつけるようにと言いたいのだろう。

「……なぜ、お前は、ここに。ハユル」

「……いや、俺今、この二人と行商をしていて。こっちの方面になかなか来なかったから、寄ってみただけだよ。……昔と違っちゃったねえ」

道端に座り込んで、ハユルはのんびりとした調子でイズンと会話していた。もともともの静かなので、クルトもオルガも無言で傍らに佇んでいても違和感がない。そんな空気に安心したのか、イズンは少し警戒を解いたようだった。

「イズン、おれ、さっきかなり儲《もう》けたから。これで、屋台でうまいもんでも食べて」

ハユルが硬貨を小さい袋に入れ、イズンの胸元にさりげなく押し込む。立ち上がりかけたハユルに、イズンは言った。

「ハユル、おまえ、父親の、金、なかっ、た、だろ」

「ああ……うん、なんか、ずいぶん後になって調べたら、父さんが隠した場所にはもうお金はなかったみたいだね」

「……俺、が、盗《と》った」

「……そう」

ある程度予想していたのだろう。責める様子も見せず、ハユルは立ち去ろうとした。そんなハユルに、イズンが再び声をかける。

「金は、盗っちまったけど、お前の、父親の、手紙は、ある」

ハユルは思わず振り返りざまにイズンに訊き返した。

「手紙!?」

「か、ね、は、盗っちまったけど、それは、捨てられねえ、って……。お前に、渡す機会も、ねえと思っていたけど、俺、字、読めねえし、捨てて、いいものか……」

光紙が主要産物であるヨダ国は、国民の識字率は高い方だったが、文字が難解なこともあり、国民の三分の二は読める文字に限界があった。こうした貧民街出身者は、屋台の品書きを読むのがせいぜいで、独学で文字を学んだハユルの父が異例であった。

ハユルは思わずイズンの肩を摑んだ。

「それ、見せて……！」

イズンの地面に穴を掘っただけのような家は、男四人が入るだけでいっぱいになった。

瓶の中に収められていたその手紙は、きちんと光紙に書かれていたために、はっきりと読めた。

その手紙を目にしたオルガたちは、書かれていた内容に、驚きを超えて震え上がった。

『気絶させてください……！』

ジュードの指示に、クルトが間髪容《かんはつい》れずイズンのみぞおちに〝突《とつ》〟を放ち、一瞬にして気を失わせた。

手紙を持つ手がぶるぶると震えるハユルに、ジュードの鋭い声が飛ぶ。

『上に報告しなければなりません。至急、部下を呼んでこの男を拘束します。記憶を探り、一体何を見たのか全て調べ上げなければなりません。皆さま、すぐに王宮へ！』

「……イーゼスに、知らせなきゃ……」

『ハユル様！　国家の存亡に関わる事態です！』

「麗街の方が近い。今、依代が王宮に行ったたって仕方ない。操者と、落ち合おう。話はそれからだよ」

珍しくもクルトがまともに助け舟を出し、外に出るように促した。

「〝赤目〟で見張っていればいい。ジュード。多分すぐには起きないよ」

ジュードはしばし逡巡する様子を見せたが、根負けしたように従った。

『分かりました……すぐ、部下を呼びます』

「行こう、麗街へ！」

6

その情報を最初に持ってきたのは、娼館に娼婦として潜り込んでいた諜報機関『第五』の女性精霊師・レダとアリスだった。

レダとアリスは人を催眠状態にし、都合のいい夢を見させる〝夢魔〟という精霊を所有している。

キリアスやイーゼスが情報を摑んできた、アウバスから流れてきた素性の怪しい娼妓の中で、たまたま、〝夢魔〟の見せた夢に引っかかった者がいたのだ。

「どんな夢を見せたんだ」

「単純にへまをしたという夢だけでは、なかなか反応を引き出せなくて悩んでいたんです。けど、仲間が他にいるらしいと聞いて」

「はっきりとした情報じゃないがな」

「その仲間が、彼女に全ての罪を押しつけて逃げるという夢にしました。ちょっと現実味がないかもと思ったんですが、誰にどう仕かけても反応しなかったので、半ばヤケで」

キリアスはレダの仕事の雑さに少々不安を覚えたが、単にこれは正直なだけだろう。

「それで不安になり、橋渡場に借金をいきなり返しに来て、そのまま街を出たと。当たりだな」

イーゼスの言葉に、橋渡場で働いているアイクが頷く。

国境を守る護衛団を率いる紫道の神獣師・ライキはあからさまに顔をしかめた。

「しかし、女は国境付近で捕らえたが、そんな夢を見せたおかげで仲間と一切接触せず、単独で国境を越えようとした。仲間をあぶりだすのが困難になったぞ」

ライキの言葉に、イーゼスは吐き捨てるように言った。

「お前んとこのでき損ないが、こっちの指示も待たずに拘束なんざするからだろうが。俺までが麗街に入っているのを知っていて、なぜアウバスの娼婦を大っぴらに捕らえやがった」

「逐一《ちくいち》情報を渡してこないくせに、何言ってやがる。なんでこっちが第五の尻を追いかけて予想しなきゃならねえんだ」

ライキもイーゼスも、決して仲が良いとは言えない間柄で、顔を合わすことさえ稀である。どちらも個人主義者で、己のやることに口出しされたくない性格だからか、任務が重なっても互いの存在を無視するのが常だった。上がこうした考えなので、護衛団と警備団も協力態勢を取ることがなかった。それどころか、自分たちが手にしている情報を明かそうとしない。

キリアスから見れば実に無駄なことをしていると思わざるを得ない。

言い争いだけで部屋一つ破壊しそうな力動の凄まじさに、部屋にいる連中が息を呑む。神獣師級が三人も揃っている現場など、そうはない。キリアスはため息をついた。

キリアスが一瞬張った結界に、部屋の空気がぴしりと裂かれる。イーゼスとライキもそちらに意識を戻した。

「事は急ぐんだろう。どうでもいい会話は後にしろ。とにかく、その娼妓の記憶を探ればすむことだ」

「ゼド様のおなり、ってか。これで俺はお役御免だろう？　もうそろそろハユルの元へ戻ってやらないと、力動が乱れすぎて、どうにかなってしまうかもしれない」

イーゼスの言葉に、アイクは思わず俯いた。

半神のジュードが神獣の依代らと行動しているのは分かっているが、一体どうしているのか、まだ連絡がない。

『ライキ様』

護衛団の部下・コウガが操作する鳥が窓辺にやってくる。ライキは苛立ったようにそれに声をかけた。

「いたか？」

『いえ……見当たりません』

「早く探せ！　お前らはそっちを優先しろ」

「なんだ？」

苛立ちを隠さないライキに、キリアスは声をかけた。

「アウバスの間者を捕らえてすぐ、クルトを麗街から引き上げさせようと呼んだのに、どこにいるか分からない」

「間口を閉ざしているということか？　無事は無事なのか」

「閉ざし方に癖があって、珍しくもあいつの強い意思が働いているから、無事なのは確かだ。まったく、一体何をやっているんだ」

「ちっとは話が通じるようになったと思ったら、躾《しつけ》のなってない犬だな。ちゃんと飼いならせよ、ライキ」

イーゼスはせせら笑ったが、アイクはますます俯いた。もしクルトとハユルが一緒にいることを知ったら、この男は気が狂ったように暴れ出すだろう。

ふと、ライキとイーゼスとキリアスが、申し合わせたように無言になった。それぞれ心話で半神と会話しようとしているのかと、アイクは思わず声をかけた。

「ど、どうかなさいましたか」

「ゼドが来た。衛兵に通すように指示を出せ」

護衛団が守る国境の城壁に、一人の旅人の格好をした男が到着した。

「術をかけられてるか？」

地下へ続く階段を早足で降りながら、ゼドはレダに訊いた。

「分かりません。私たち程度の精霊に簡単に引っかかったんです。操作されていると言っても、さほどではないかもしれません」

「間者としてはどうなんだ」

「特殊な訓練は受けておりません。精神的にも弱い。もうすでに、自分は金と祖国の家族のために、麗街に入って情報を流すように言われただけだと言っています。抵抗する意思も見えません。本来でしたらゼド様をお呼びするまでもない件なのですが」

「いいや。麗街に仲間がいるとなると、あぶりだす必要がある。すぐに呼んでくれて良かったよ」

城塞地下の、催眠状態にある女がいる部屋に、ゼドは入った。その場にいた連中に、思わず苦笑する。

「そうそうたる顔ぶれだな」

「早くしろ、ゼド。これで何も出なかったら、俺は引き上げさせてもらう。ライキとうちの連中で事足りるだろう」

「何も出なかったら、麗街全体に光蟲を張ってもらう」

「おい、ふざけんなよ！」

立ち上がったイーゼスを無視して、ゼドは娼妓の前に立った。寝台の上に寝かされている女の上に、手をかざす。

単体精霊〝香奴〟が拾った女の記憶を、ゼドはしばし右手を見つめて見ていたが、遣い鳥に記憶を即座に移し、空間に記憶を一瞬引き出してみせた。

「この男だ」

空間に陽炎《かげろう》のように浮かんだその人物は、顔を半分仮面で隠していたが、一つ、重大な過ちを犯していた。

王宮で役職を得ている者らは、その所属先に応じて、色の違う耳飾りをしている。青宮なら青、黒宮なら黒。

神殿は、白い石である。男の片耳には、白い石がはめ込まれていた。

男の顔は、正面から、横から、すべて明確に記憶されていた。仮面で隠していても、見る者が見れば誰か分かるだろう。

ゼドは、記憶を遣い鳥に戻した。

「王宮のユセフスに飛ばす。カリド、お前は俺の遣い鳥を護衛してくれ。シンとザフィが神殿に入っている。至急この男を拘束するように伝えろ」

「はっ」

「俺もその男の記憶を探らねばならん。イーゼス、お前も王宮へ行くぞ」

「なんで俺が」

「王宮内でイサルドの目を盗み、間者をしてきた男の記憶など、香奴といえどそうそう引き出せるものじゃない。術がかけられている可能性もある。お前に強い結界を張ってもらう必要があるかもしれない」

「ミルドを使えばいいじゃねえか。催眠状態にして、情報を引き出せばいい」

「神殿にいる人間を拘束するんだぞ。万が一のために、〝百花〟は王宮全体を見張る必要がある。それに〝百花〟は集団操作向きだ。人間一人だけを催眠状態にさせるのは不得手《ふえて》なんだよ」

百花は、まき散らされる花の香りで人を催眠状態にする、操作系の神獣である。

その匂いは、人々に歓喜をもたらし、幸せを運ぶと言われている。だが、それだけではない。

その花は時に人に憎悪を与え、狂わせることすらある。幸せとは真逆の催眠状態も平気で可能にする。

「集団催眠というのは一番恐ろしいからな。善良な市民を暴徒にすることもやってのける。俺は正直、百花は光蟲以上に怖い神獣だと思うことがある」

ゼドの言葉に、イーゼスは顔を歪めた。

「それなのに、みんな秘密を暴かれる方を恐れる。操られる方がずっとひでえってのにな」

「まあ、それはともかくとして、百花は個人操作は不向きなんだ。人があまりにも足りなすぎる。早く終わらせたいなら協力しろ」

ゼドの言葉に、イーゼスは観念したのか立ち上がった。

「王宮で間者に洗いざらい吐かせたら、俺はそのままハユルを迎えに行くからな」

ゼドはキリアスを振り返った。

「間者のあぶりだしが終わるまで、ここからはお前が連中の指揮を執《と》れ」

キリアスはライキの方を窺ったが、ライキは軽くため息をついただけだった。

「分かったよ。指示が出るまでこっちは待ってりゃいいんだろ。ただし、国境の警備は強化させてもらう」


ゼドとイーゼスは、シンバに乗るとあっという間に王宮へ向かって駆け出した。

城壁の上からその姿を見送った後、キリアスは国境の向こう側に目を向けた。

何かが、ここに押し寄せてこようとしている。

いや、もうすでに、その種は、蒔《ま》かれている。

この砂を運ぶ風と共に、わずかな隙間を縫って、それはヨダに侵入した。

果たしてそれは、まだ蹴散らせるほどの芽か。それとも、根を強固に張った大木か。

この身を賭《と》しても、それをヨダから排除せねばならない。妹の目が、完全に見開かれるまで。弟の意識が、目覚めるまで。

城壁の上で、叩きつけてくるように吹き荒れる砂塵を身に受けながら、キリアスは己が立つ場所を、思った。

この場所を選ぶと、自ら決めたはずだった。

だが今、心に浮かぶのは、ただ一人だ。

お前を、こんな最前線になど、絶対に立たせるわけにはいかない。

なのになぜ、今、この時に、孤独を思うのだろう。

なぜ、こんな状況で、考えるのはお前のことだけなのだろう。

「……オルガ」

キリアスは、久々に、その韻を口に乗せた。

なぜかその時に、一つの言葉が頭の中に蘇った。

全てが精霊とともにある。それだけだ。人の意思は、そこにはない。

その意味にお前が気づくのは、はるか、先だ。

そしてそれゆえに、我らが始祖は、半神を求めたのだ。

己一人ではその運命に耐えきれぬがゆえに。

7

ゼドから受け取った遣い鳥の記憶を、内府・ユセフスは神官長・イサルドと書院番・サイザーに見せた。

「おお、……なんということ……！」

イサルドは気丈だが、齢七十近い老人である。その者を一目見て事の重大さに気づき、がくりと膝をついた。サイザーがその身体を支える。

「イサルド、こいつは上位の神官ではないな？」

「中位でございます。先読様には、仮面をつけてもお傍に上がることは許されぬ地位の者ではありますが、神殿の書記的役割を果たしていた者。一体どれほどの情報を、得ていたことか……」

「神殿の書記ということは、書院にも出入りしていたということだな」

サイザーも、うな垂れるしかなかった。

「しかし内府、中位の神官となりますと、素性を調べるのは容易です。おそらく幼少の記録から、千影山にありますと」

中位以上の神官は、ある程度千影山で精霊師としての訓練を受けた者なのだ。

　精霊師になれないまでも、依代としてそれなりに修行をした者が神官に、操者として体術を極めた者は武官の道に進むことが多い。

　そして三年以上千影山で修行を積んだ者でなければ、書記にまで出世できない。

　それだけ修行をすれば、情報は十分残されている。

「しかし、三年、千影山で修行をした者が、なぜ間者になど……。書記であるならば、あと五、六年もすれば上位に上がることも可能だったはず」

　上位の神官は、神官長イサルドを含め、わずか五人しかいない。

「それは、捕らえれば分かることだ」

　ユセフスは容赦のない光を瞳に宿らせ、黒宮へと身を翻した。


　神獣師トーヤの雑用係として、下位の神官の地位を得ていた元紫道の神獣師・シンは、半神であるザフィと落ち合った。

「顔は覚えたな？」

　ザフィは頷いた。たった今、ゼドの遣い鳥の記憶を見せられたばかりである。

「神殿から連れ出さなければならない。書院までイサルドが用を言いつける。外宮の手前で捕らえろ」

「なんで、ここでやらないんだ」

「ラルフネス様を絶対に刺激してはいけないからだ。いいか。神官としてここにいた以上、精霊を操ってはいないだろうが、なんらかの呪術を用いているかもしれない。油断するな」

　ザフィと別れたシンは、人の気配を探り、本来ならば下位の者は絶対に入れない神殿の奥まで続く扉を押した。

　気配を消しながら、奥へと進む。途中、何度か仮面をつけた中位の神官に遭遇しそうになったが、なんとかトーヤがいる場所までたどり着いた。

　御簾《みす》越しに合図を送ると、中から一人の上位の神官が御簾を静かに上げた。

　イサルド以外で、仮面をつけずに先読に接することができる上位神官・ナラハである。

　三十をいくばくか越えた女性神官であり、もとは精霊師だったが、半神が任務の最中この世を去り、そのまま精霊師を引退して神官になった経緯がある。

そのまた御簾の奥で、赤子のような声が響いていた。

「アー、アア、ア、アッ」

先読・ラルフネスである。

「ああ、ほら。抱っこするから、大丈夫ですよ。こっちにいらっしゃい」

トーヤがあやす声がする。子供を抱き上げた影が、御簾に近づく。ナラハはすぐに御簾を上げた。

現れたその姿に、シンは戦慄を覚えた。

先読の姿を見るのは、これが初めてである。

現役時代は、絶対に見ることは叶わなかった。近寄るだけで、殺される。全ての精霊師にとって、死をもたらす者。それが先読だった。

今は精霊を持たない身となり、恐れる必要はないはずなのに、まともに目にすると、何かを持っていかれそうになる。真っ白な肌、真っ白な髪、そして、異様なほど赤い瞳。その目は何も映していないように虚空を見つめているというのに、全てを見通しているように思える。

もう十二歳になっている先読ラルフネスは、見た目は二歳ぐらいの幼児のままだった。成長しないのである。

成長しないのは身体だけではない。言葉を話せず、反応も幼児のそれである。トーヤに抱かれている姿は赤ん坊そのものだった。

しかしこれが、宵国の中では十二歳の少女の物言いになるというのだから、一体どうなっているのか。

「ピリピリした空気を感じて、機嫌が悪くなっているんだよ」

トーヤがナラハに託そうとしても、トーヤの衣にしがみついて離れようとしない。トーヤは諦めて、ラルフネスの背中をポンポンと軽く叩きながら眠らせようとした。

先読は、その生涯の半分を宵国で過ごすと言われているように、一日の半分を寝て過ごす。現世で意識を保っていることの方が難しいらしいが、ラルフネスは相当機嫌が悪いらしく、トーヤにぺったりと顔を押しつけながら、なかなかまどろみの中に入ろうとしなかった。

「もう俺もさ、身体が持たなくて、宵国に入れなくなっているんだよ。弟君のセディアス様はまだ〝通らない〟し、イライラしちゃうよねえ。……ごめんね」

トーヤが頬をラルフネスの白い髪に擦りつける。

「お前、万が一の時に、結界、張れるか」

シンの言葉に、トーヤは頷いた。

頷くしか方法はないというのに、我ながら酷なことを言うとシンは思った。

他の精霊が絶対に近づけない神殿で、精霊を用いることができるのはトーヤだけである。

万が一の時に、ヨダの中枢とも言えるこの場所を守れる人間は、トーヤ一人しかいないのだ。

〝たった一人、トーヤに全てを押しつけて、お前らはそれで平気なのか。お前らが、一体先読をどれほど守れると思っている!?〟

十五年前、狂ったようにカディアス王が叫んだ言葉は、シンの耳にまだ張りついていた。

守れる、と、あの時は思っていた。だが今こうして、実際神殿に入ってみると、鳳泉の神獣師がどれほど欠けてはならない存在か、思い知らされる。

もうすぐ、十六年。自分たちは、この戦友に、どれほどの孤独の道を与えてしまったことか。

引退した身が、どこまで役に立つか、分からない。

だがシンは、再び命を賭す覚悟で告げた。

「ここは、必ず、俺が守る。案ずるな」


黒宮付近で捕らえる。そのつもりで、ザフィは見張っていた。

だがそいつは、ザフィのわずかな〝気〟を、感じ取った。

立ち止まり、気配を窺う。

ザフィには信じられなかった。引退したとはいえ、神獣の操者である。完全に気配を消していたはずだ。

それとも、この清浄な空間では、わずかな殺気も感じやすくなるということか。

まだ、神殿の前の降神門《こうじんもん》を出たばかりである。黒宮までは遠い。百花の神獣師、ユセフスとミルドは黒宮付近で待ち構えているはずだ。

次の瞬間、ザフィは信じられぬものを見た。

その神官の首筋からわさわさと毛が生え、結い上げた髪が解け、空に乱れる。

背中が盛り上がり、乳白色の着物が、みちみちと中の肉体に押されてゆく。

羽織からわずかに見える手首が、獣のように毛に覆われ、指の爪が、盛り上がり、鋭くなってゆく。

この状態が示すものは、一つしかない。

どうなっているのか分からないが、こいつは魔獣化しようとしているのだ。

「結界！」

空に響き渡るほどのザフィの言葉に、神殿の前庭に立っていたイサルドは、何も知らずに通常の業務に携わっている神官らに、大声で叫んだ。

「結界！　布陣！」

申し合わせていたわけではない。間者の存在は、神官ではイサルドとナラハしか知らない。だがまず真っ先に上位の神官は業務を放り出して、先読の住まう神殿奥宮の前に走った。

「第一、張れ！」

イサルドのかけ声に、上位神官が並んで結界を張る。その前に、奥宮から飛び出したシンは、ザフィの元へ走った。

神殿では日頃から先読を守るための訓練が行われているので、まるで操られた人形のように、神官らがそれぞれの位置に走った。第二の位置に、中位の神官らが並ぶ。シンが風のようにその横を通り過ぎたのを見届けたイサルドは、神官らに叫んだ。

「第二、張れ！」

ビシリ、と、いっせいに空間を固まらせるような結界が張られる。下位の神官らは、結界が張られたら、身を伏せ、自分の身だけ守ることを命じられている。絶対に、何があっても動いてはならない。

シンは、魔獣に向き合っているザフィに追いつくと、ザフィが愛用する刀剣を放り投げた。ザフィが背中を向けたままそれを受け取る。

「殺すなよ、ザフィ。ユセフスとミルドのところまで、こいつを放り投げろ！」

そして、シンは全身全霊を込めて、第三の結界を張った。


ザフィの雄叫《おたけ》びが黒宮まで届く。

「王、早く中へ！」

ミルドとユセフスが立つ場所に、魔獣化した神官に、剣術と力動だけで立ち向かうザフィの凄まじい力の余波が届く。だが、それにもかかわらず二人は手を出せなかった。

　ここから神殿の方角に向けて神獣の攻撃を出せば、先読に影響を与える。驚いた先読は、攻撃を向けた百花を宵国へ引きずり込んでしまうかもしれない。

　それから守るだけの結界を、トーヤは出せない。

「ユセフス、駄目だ、絶対に、射程内に入るまで百花は出すな！」

　黒宮の奥に入るように促されても、カディアス王はユセフスに向かって声を張り上げていた。

　ユセフスは、魔獣と戦うザフィを、奥歯を噛みしめながら見据えていた。ミルドは、万が一にもユセフスが勝手に百花を出さないように手で制し、神殿の方角を睨むように見ている。

　ザフィがなんとかこちらに追い込もうとしている様子が、手に取るように分かる。

　あの姿を、至近距離で見ているシンは、どんな思いで結界を張っていることか。

　ザフィの咆哮《ほうこう》が、空を裂く。

　ザフィの、全ての力動を込めた一振りを避けようとした魔獣は、後方へ弾き飛ばされた。

　そして次の瞬間、百花の攻撃の射程内に入った魔獣に、毒を宿した何百という花が、一気に落ちてきたのだった。

◇◇◇

　一度も休むことなく王宮へシンバを走らせたゼドとイーゼスは、ゼドが毎回王宮へ入るのに用いる裏路地へ入り込んだ。王宮に一番近い繁華街の宿の一室に、通路に繋がる扉がある。これは、王宮から王族が脱出するために用いられる隠し通路である。

　顔色一つ変えずに二頭のシンバの手綱《たづな》を受け取った宿の主人は、二人が宿に飛び込む姿を目で追うことすらしなかった。

　隠し通路は、土の精霊を使う近衛団第五連隊長が管理しており、いつもは土砂で埋められている。国王の命が下された時だけ、精霊により土砂が吸い上げられるのだ。

「あんた、正式な門を通ってこないし、一体どこからやってくるのかと思ったら……」

諜報機関『第五』の責任者であるイーゼスさえ知らなかった裏通路に、ゼドは身を滑らせた。うねうねと長く続いている通路は真っ暗だが、神獣師らは闇の中でも自在に動ける。

ゼドが慎重に扉を開けた先は、内府の地下だった。

「はあ～、懐かしいわ」

法の裁きにかけられない罪人を収容し、拘束するための獄。約二年の時を、イーゼスが過ごした場所である。

奥の方から、尋常ではない空気が漂ってくる。二人がやってきた気配を感じ取って、シンがすぐに迎えに来た。

「ザフィは」

「大事ない。ただ、魔獣化したこいつと相当やり合ったんでな、医師の手当てを受けている」

神官は、魔獣と人間の半妖といった有様で、ありとあらゆる封印をされていた。

封じの神言が書かれた鎖でぐるぐる巻きにされ、その上からは同じく封印の護符が貼りつけられている。無論、獄の床には結界紋が大きく描かれていた。

「こんなガチガチに固めちまったら、俺の〝香奴〟でさえ発動させられねえよ」

ゼドが呆れ返ったようにシンを振り返った。

「だって、なんの術使うのか分かんねえんだもんよ」

すでに百花の毒にやられ、身体はただれ、呻き声を上げている。その前に立ったゼドは、顔をしかめた。

「精霊を宿しているわけではないんだな？」

「あたりまえだ。神官だったんだぞ。精霊を宿していれば、ラルフネス様に宵国へ飛ばされる」

「ではなぜ魔獣化しているんだ。一体これはどういう術なのか……術の正体が分からないというのなら、もう少し生かしておくべきだ。俺の〝香奴〟でどれだけ探れるか分からないんだぞ」

ゼドに続いて、イーゼスも吐き捨てるように言った。

「俺も、正体不明の奴に〝光蟲〟を出す気はない。依代に絶対に影響が出ない状況で以外、使う気はない」

そこへ、ユセフスが諫《いさ》める声が響いた。

「王！　まだ危険です！　お戻りを！」

地下に降りてきたカディアスはゼドを見るなり、即座に命令した。

「すぐに記憶を探れ！　神殿に十二年もいたのだ」

「十二年？」

ゼドはさすがに顔をしかめる。

「ということは、ラルフネス様がお生まれになってからずっとですか」

前の先読・ステファネスが死んでから、先読不在となった神殿は閉ざされた。

ラルフネスが誕生してから、新たに神殿に神官が配置されたのである。

「その前は書院にいたのだ。それから、神殿が新しくなった時、自ら申し出て神官になった」

「書院には何年いたのですか」

「五年」

「なるほど、書院でも中堅どころとして働いていたということだな」

ゼドの言葉に、カディアス王の声が被さる。

「それより早く、こいつの記憶を！」

カディアスの促しに、ゼドは獄の中に入った。

その時である。


魔獣の掠《かす》れた声が、囚われた男の口から漏れた。

『……憎んではいないか？　光蟲の神獣師よ。二神を持たされたことを』

顔にも護符が貼られ、わずかに開いた口元から、長い舌が蠢《うごめ》き、赤い血が滴《したた》る。口端が、わずかに上がる。

『お前の半神は、こいつらに殺されたのだぞ。魔獣化したとはいえ、容赦なく死に追いやったのは、こいつらだ。そうだろう？』

「なぜお前、それを知っている……⁉」

ゼドは絶句した。

クヤドが死んだ経緯は、その場にいたゼド、ダナル、ルカ、ハユル以外では、山の師匠らと神獣師しか知らない。

カディアス王でさえ、ルカが護符を燃やして弟子を死に至らしめたことは知らないのである。

混乱するゼドの頭に、裂くようなイーゼスの声が響いた。

「それがどうした」

イーゼスがゼドを押しのけるように結界の中に足を踏み入れる。シンが床に描いた二重の結界紋が、あっという間に破れる。イーゼスはゆっくりと男に近づいた。

「クヤドが魔獣化したのは、単に俺が半神としてあいつを守ることができなかったからだ。魔獣化したら、殺すしかない。俺はゼドの精霊でその有様を確認した。あれではもう絶対に助からない」

それを聞いて男はク、ク、ク、と声を漏らした。

『さすが、あっさりと二神を持てる男は違うな。それとも神獣師は皆、そうなのか。この男が駄目なら次の男にしろと、簡単に鞍替《くらが》えすることができるのだろうな』

イーゼスがわずかに眉根を寄せた時、後方から声が飛んだ。

「申し上げます」

ユセフスの首席補佐官であるエルだった。

「千影山より、その男についての報告にテレスとジーンが参りました」

「今行く」

ユセフスの返しに、イーゼスは声を張り上げた。

「ここに通せ！」

カディアス王がエルに促すように頷く。エルは身を翻し、すぐに書類を抱えたテレスとジーンを通した。

テレスとジーンは獄の中の有様に一瞬気圧《けお》されたようだが、すぐにカディアス王の前に膝をついた。

「申し上げます。本来でしたら千影山の総責任者が報告をするべきところですが……」

「口上はよい。早く申せ。こやつの正体は分かったのか」

テレスは書類を広げてみせた。

「頂いた情報から、斑紋の大きさ、その能力を考えて、おそらく修行者でも裏への入山を許された者であろうと推察いたしました」

男を捕らえた時、ほぼ魔獣化しているとはいえ、斑紋も調べておいたのである。神官は、元依代候補だった者がほとんどだ。依代の斑紋の大きさは、力量を見るのに一番分かりやすい。

「おおよその目安として、二十年前から十七年前の間に、裏山へ入山し、そして精霊師になれず、下山した者は一組しかおりませんでした」

テレスは書類から目を上げ、そこで封印されている男を見据えた。

「依代の名を、〝デルト・タオ・ロドル・シール〟」

男の身体がびくりと震えるのを、その場にいた全員が見逃さなかった。ゼドが胸元から護符を出すよりも先に、ジーンが護符を差し出す。

「ゼド様、これを！」

すでに男の名前は、護符に記してあった。正名を記し、結界を施した護符に囚われれば、もう完全に自由は奪われる。

「〝デルト・タオ・ロドル・シール〟、我が声に応じよ。この結界の中に、お前の全てを封じる」

ゼドが護符に結界を施すと、護符に書かれた正名はゆらりと揺れた。

次の瞬間、ゼドは、自分が見たものが信じられなかった。

デルト・タオ・ロドル・シールの名が、護符の上でふつふつと溶けていく。

「なんだそれは、ゼド！」

その異常な事態に、すぐ傍でそれを見ていたシンが思わず声を張り上げた。

「〝呪縛《じゅばく》〟……！」

ゼドはデルトを睨み据えた。

「これは……お前、正名を渡したな⁉　アウバス国王を傀儡《かいらい》にしているという術師にか！　なんということを……先祖代々から続く名を渡すとは。お前だけではない、お前の先祖の魂も、汚されてしまうかもしれないのだぞ！」

正名を奪われるということは、すなわち〝呪縛〟、魂の自由を奪われ、他人の思うがままにされるということだ。

呪縛により汚された魂は、死後の世界に行くことも転生することもできないと言われている。悪霊となり、永遠に宵国でのたうち回ることになるのだ。

だが正名は、そう簡単に奪われるものではない。

ヨダ国では誰もが長い正名を持つが、通常は最初に位置する個人名しか使われず、正名を知るのは親など限られた者だけだ。

また、正名は、文字と韻《いん》の二つから成る。ヨダ国の文字は書いた文字の中に韻の印も入り、同じ名前でも韻が同じとは限らない。

ゆえに、正名を奪うのは、容易いことではない。

今、テレスはデルトの名をその韻を乗せて発したが、それは千影山に入山した時の記録が残っていたからこそ可能だったことだ。

おそらくデルトは、なんらかの術の力を得るために、自ら正名を術師に渡したのであろう。

　力のない人間が、特別な力を得ようと思ったら、必ず何かを犠牲にしなければならない。

『知ったことか。呪われるがいい。精霊を宿し、それを操ることでしか、生き長らえることができぬお前らなど、死滅すればよいのだ』

　デルトの目が赤く、ぎらぎらと輝く。憎しみ、呪いに満ちた目に、後方で控えていたジーンの声が飛んだ。

「その者は、かつて裏山に入山し、精霊を宿せぬままに下山した者でございます。その相手は共に下山の道を選び、武官となっております。ですが十五年前、王宮にて殉職いたしました」

　ゼドは息を呑んだ。デルトの目が、赤黒く染まってゆく。

『精霊師を生み出すことで国を守ろうとする、そんな思想のために、どれほどの人間が虐《しいた》げられてきたか、お前ら天上の者には分かるまいな』

　吊り上がったデルトの口端から、目尻から、ぼたぼたと血が落ちる。

『俺の相手は、俺のために精霊師を諦めた。それしか取り柄がないからと、武官になった。精霊師にこき使われても、俺の相手は、それに耐えて職務に励んだ。俺には能力がなかった。だが、あいつは精霊師になれたんだ。俺を、選ばなかったら、上官の盾になって死ぬこともなかっただろうに』

　お前らには分かるまい。デルトは声を振り絞るようにして続けた。

『才能がないことの苦しみがお前らには分かるまい。強い能力のためならば、人の想いなどどうだっていいのだろう！　だから二神など持てるのだ。だから兄弟同士の禁忌でさえ受け入れるのだろう！　俺と、お前らと、どちらが畜生だ！』

　イーゼスの身体から、光の筋がうっすらと浮き上がる。よく見ればそれは、無数の蟲の集合体だった。

「……俺の気持ちなど、貴様にも、誰にも分かりはしない。貴様の世迷い言など、誰の心にも響かん。ここにいる、誰にもな」

　イーゼスはデルトの方へ手を向けた。光の筋が上腕を通り指先へ這っていく。

「才能があるゆえに何を求められるのか、お前には分かるまい。お前が見た地獄など、俺に比べればはるかにましだ。腹の中から蟲に喰われ続けるがいい」

「お待ちください！　イーゼス様！」

　ジーンが、カディアス王の足元を這いながら獄の中のイーゼスに近づこうとするのを、思わず反射的にエルは止めた。だがジーンは制止されていることにも気づかないように、床に両手をつきながら叫んだ。

「なあ、あんた、俺は分かるよ。俺は、多分あんたと同じだ。もう少し時期がずれていたら、俺も才能がないって言われて下山させられていたよ。でも、でも、今は昔と違う。かなり精査して、それぞれの適性に合う精霊を選んでやっているよ」

　エルはジーンの身体を戻そうとしたが、テレスはエルに懇願するようにジーンの身体を支えた。

「つらかったのは分かるよ。苦しんだと思うよ。だけど、だけどな、あんたなんで正名を他人に渡してしまったんだ。もう、転生できなくなっちまうんだぞ!?　死後の世界に、行けなくなっちまうんだ！　先に死んだあんたの半神は、あんたがいつか来てくれるのを、ずっと宵国で待っているだろうに！」

　ジーンの叫びに、しばし、時が止まった。

『……半神ではない』

　場に響いたのは、デルトの低い声だった。

『精霊師に、俺たちは、なれなかった。半神ではない』

「……半神だよ」

　ジーンはゆっくり床を這いながら、獄の前まで近づいた。もう誰も止めなかった。

「あんたを、選んだんだろう。何よりも、自分よりも、選んだんだろう。それが、唯一無二だ。この国でそれを、半神と呼ばずになんて言うんだ」

　デルトの目尻から落ちていた赤い血は、次第に、その色を透明に変えていった。


　下がれ、ジーン。

　その場に言葉をかけたのはユセフスだった。その声が、心なしかいつもよりも穏やかに聞こえたのは気のせいか。ジーンは興奮して身体が細かく震えていたが、テレスは後ろからしっかりとその身体を支えた。二人はエルに付き添われて、その場を離れた。

「……多くの者の想いを、犠牲にしてきたことは承知の上だ」

　カディアス王の静かな声が流れた時、ユセフスは厳しい声で諫《いさ》めた。

「王」

賊に、心情を吐露《とろ》する必要はない。そう言いたげな声にかまわず、カディアスは続けた。

「だが、統治とは、国とは、一切の犠牲なしになど、成り立たんのだ。お前がその犠牲を許せんと思うのは、お前の自由。だが俺はそれでも、この犠牲を強《し》いねばならぬ。それが、この精霊を宿す国が生き残る唯一の道だからだ」

イーゼスの身体から、金色の糸のような細い帯は消えていた。威勢を削がれたようにイーゼスはデルトに背を向け、獄を離れようとした。

『〝呪縛〟じゃない。〝呪戒《じゅかい》〟だ』

ぼそりとデルトが呟いた言葉に、イーゼスの足が止まる。

『俺の術も、お前の最初の半神が魔獣化したのも、〝呪戒〟が原因だ』

その場にいた全員が、一瞬反応できなかった。最初に反応したのは、神獣師らの驚きを怪訝《けげん》に思ったカディアス王だった。

「何……？　呪戒？　なんだ、それは」

「……呪戒とは、宿した精霊の戒を解き、魔獣化させることです」

ユセフスが顔色を失いながら言った。

つまり、宿主の意志に関係なく、中の精霊を、魔獣化させるということである。

そんなことが可能なのか。カディアスが疑問を投げかける前に、イーゼスの手が勢いよくデルトの方に伸びた。とっさにゼドとシンが止めなかったら、その封印を引きちぎって詰問したかもしれない。

「どういうことだ！　クヤドを、誰かが、魔獣化させたということか！」

「落ち着け、イーゼス！」

ゼドが怒鳴った。

「お前、書院にいた五年のうちに、護符院から何を盗んだ!?」

「ゼド！　それはありえない！　護符院には紫道の結界が張られている。俺が紫道の依代だったんだ。クルトに紫道を渡した時以外、護符院の結界は外れていない。神獣譲渡中は、護符院は立入禁止になり、ありとあらゆる結界が張られる。サイザーら書院番すら入れない！　絶対に……」

シンはそこで、何かを見たように口ごもった。

ありとあらゆる精霊の護符が守られている、書院の護符院。

その結界が、破られることはありえない。

だが、ただ一度。

たった一度だけ、護符院の結界が、消え去った時があった。

十五年前、先読ステファネスが死に、王宮内で二百人以上の死者が出ることになった、あの惨事。

あの魔の数日間、ザフィは、王宮を守るために護符院の結界を解くしかなかった。

「お前……！」

『そうだ。あの時、俺は書院で働いていたんだ。護符院に何があるかも知っていた。俺の男が死んだ時、俺はお前らへの復讐を誓った。大混乱の王宮で、サイザーも黒宮から戻れずにいた頃、俺は護符院に侵入し、盗んだのだ』

〝先読の腑《ふ》〟を。

「先読の腑……」

カディアス王は、その言葉を呟いた時に、教師であったサイザーから、かつて教えられた言葉を思い出した。

精霊を宿すのが授戒《じゅかい》。宿した精霊を外すことが呪解《じゅかい》。精霊を捕らえ、名の下に契約することが授戒《じゅかい》。人に取り憑いてしまった精霊を祓うことを呪解《じゅかい》。

宿し、手にすることを授戒《じゅかい》。外し、祓うことを呪解《じゅかい》。

光があれば影があるように、物事を成す時には必ずその対があります。

ですが、この二つは対のようでいて、実は違うのです。本当の対があるのですよ。

それが〝呪戒《じゅかい》〟なのです。


遠き昔は、精霊とは排除するものであり、共存するものではなかった。

人は、精霊を忌み嫌い、憎み、排斥することで生きてきた。

だがこの世界には、必ず精霊が存在した。

樹が、土が、空が、水が、動物が、人間がある限り、それは絶え間なく、生み出される。

遠き祖先は、精霊を宿し、操作することを覚えた。

自在にその能力を用いて、使う。授戒と呪解である。

自在に操る世界があるならば、逆に支配される世界もある。

精霊を宿すことは、精霊に身体を乗っ取られる危険を伴う。

それが、魔獣化である。

物事が生み出される時には必ず対極のものも生み出されなければ、一つのものとして完成しない。

地があれば空があるように。水があれば火があるように。光があれば影があるように。対極とは、自然の理《ことわり》である。

人間の力で精霊を操る方法が生み出された時、対極の存在として、精霊の力で人間を魔獣化させる方法が当然生み出されたのだ。

それが、〝呪戒〟だった。

それは、精霊師らの間で禁術とされている。

決して用いてはならない能力だからである。

自在に人を魔獣化させてしまったら、この国は人の住めない国になるのだ。

無論、普通の人間がそれを行えるわけがない。

唯一それができるのが、最も人ならざる者、先読だった。

「先読の目」は精霊の力を奪い封印し、「先読の手」は精霊を護符から護符に移す力がある。

同様に「先読の腑」も、千年以上前に死んだ先読の屍蠟の一部である。

先人は屍蠟を用いた様々な術を遺した時に、「先読の腑」を用いて人を魔獣化する術も書き記し、禁書として封じたのだ。

「待て、俺はサイザーから、それはいわゆる、訓戒の意味を込めた存在だと教えられた。本当に、人を魔獣化させることができるなどと思わなんだ。そんな危険なものだとは」

『王がこの有様だからな。神獣師らの方が、ずっとよくその意味を知っているのではないか』

デルトはせせら笑った。

『神獣師の力が巨大になり、王家を裏切った時に確実に殺せる方法を、伝えねばならなかったんだろうよ。「先読の目」でも殺せなかった場合、魔獣化させてしまえ、と』

カディアスは思わずその場にいる神獣師らを振り返った。

だが、誰一人として、デルトの言葉に衝撃を受けている者はいなかった。

「あたりまえなんですよ、王。巨大な力を与えるなら、それを確実に封じ込める存在がなければならないんです。私どもはこの身に宿す力が、どれほどのものか分かっています。本気になれば、私の宿す〝百花〟など、国民すべてを暴徒に変えることができるのですから」

ユセフスはそう言うと前に出て、獄の中に入った。

「デルト、お前は復讐を誓って、護符院から『先読の腑』を盗み出し、それを今現在アウバス国王の側近になっている術師に渡した。そうだな？」

『そうだ』

「光紙の技術をアウバスに持ち込もうとして、クヤドの親父に近づいたのもお前らか⁉」

そこに割って入ったのはイーゼスだった。

『正確には違う。ファルゴは、前から光紙の闇商人に改良したクゴを渡していた。粗悪品ばかりで相手にされなかったが、ある男が関わったことで品種改良が大幅に進んだ』

ハユルの父か。イーゼスはデルトに摑みかかりたいのを抑えて、言葉を待った。

『あの品質の高さなら、アウバス国でクゴの新種を育てることができる。アウバスの上層部はそう考え、金を流したんだ。それに気がついたのがファルゴの息子である、神獣師だった』

そこで、デルトはイーゼスに目を向けた。

『教えておいてやろう。あの息子は、親父のやっていることを、全て包み隠さずお前らに話そうとしたよ。最後の最後で、父親を諫《いさ》めようとしたのが失敗だった。あの父親が、息子の正名を術師に渡してしまわなかったら、魔獣化させられることもなかっただろう』

耐えきれずにイーゼスは顔を覆った。

息子の正名を……魂を他人に売り渡すとは、なんという鬼の所業か。

「……それで、光蟲の呪解ができなかったんだな。名が縛られていたから……」

ゼドがため息をついた。

「その場にいた人間の記憶では、魔獣化したクヤドは、今のお前のように人としての意識を残していた。今まで俺が見た魔獣化しそうになった人間は、たいてい正気を失ってあっという間に魔獣化した。だがクヤドは半人半獣といった様子で、意識が共存しているようだった。それも術師の術なのか？」

『そうだ。すでに術によって魔獣化しているが、外側から見れば人間の姿のまま、人間の意思を保って生活できる。限界を超えてしまえば完全に魔獣化し、人間としての意思も何もかも失われるがな』

「その術師は、お前に精霊を宿し、『先読の腑』を使って魔獣化させているのか」

『そう。「先読の腑」によって魔獣化しているから、先読の影響も受けず、宵国に引きずられることもないのだ』

その場にいた全員が、事の重大さに戦慄した。

「……これからゆっくりお前の記憶を探り、検証させてもらうが、神殿に入り込んでいたのはお前一人だろうな？」

『神殿にはな』

ゼドの問いに、デルトはにやりと笑ってみせた。だがすぐに、口元から荒い息と大量の血が零れる。

『……そろそろ限界だ。もう、とっとと記憶を奪わんと、死んでしまうぞ』

「最後にお前の口から聞きたい。アウバスの術師は、このヨダ国出身の者か」

ゼドの問いに、デルトは頷いた。

『ここにいる人間で、会ったことがある奴もいるんじゃないか』

その言葉に、皆が眉をひそめた。ここには、神獣師と、王しかいない。

「……何がきっかけで、知り合った」

『俺と、同じだったからだ』

デルトは地に顔を伏せたまま、言った。

『能力が、足りなかったばっかりに、愛した男を、奪われたんだ。……神獣師に』

その一言で、一瞬にして全てが分かったのは、シンたった一人だけだった。

信じられぬという声が、響き渡る。

「まさか！　生きていたのか⁉」

『恋人を、この国に、奪われた。人の心を踏みにじり、精霊師を生み出すことでしか生きられないこの国に。復讐しようと持ちかけられた時、俺は即座に乗った。その男の憎悪は、本物だったからだ。……さあ、もうおしまいだ。早くしないと、その男の顔を、確かめることができなくなるぞ』

神獣師がいっせいに結界の布陣を敷き、シンが自分の張った結界を解除した瞬間、デルトは魔獣と化した。

ゼドの〝香奴〟は、意識が弱まった相手からでなければ記憶を奪うことはできない。魔獣となったことで力が漲《みなぎ》ったデルトを、〝百花〟が覆う。

それは、毒に満ちた花ではなかった。

意識を弱らせるために、ユセフスが出したのは、まどろみを誘うような、かぐわしい花だった。えもいわれぬ美しさの花で、ミルドはデルトの身体を包みこんだ。

力の抜けていったデルトから記憶の全てを奪ったゼドは、その中から、一つの記憶をデルトに返した。

それは、デルトと、デルトの半神の、幸せだった頃の記憶だった。

意識の遠くへ押しやっていたそれを、花とともに抱きしめるようにしながら、デルトはその身体を静かに床に沈めた。

◇◇◇

少年は、ふと、眠りから目を覚ました。

読書中であったが、本に突っ伏していた。少年が顔を上げた時には、授業で使う歴史書はくしゃくしゃになっていたが、それに対し、少年は些《いささ》かも動じなかった。いつもならば叱責を恐れるところであったが、顔色一つ変えずに椅子から立ち上がり、部屋の外に出る。

「あら、予習は終わったの？　セディアス。もうすぐ先生が来るわよ」

母妃が小母妃と午後の茶を楽しんでいたが、セディアスの目には母の顔も小母の顔も映らなかった。いや、頭では声をかけられているのは分かっているが、なぜか単なる物体としてしか目に入ってこない。

「父上のもとへ参ります。姉上の予知を頂きました」

その言葉に妃らはぽかんとしたが、傍らにいた神官は顔色を失った。歩き始めた王太子の前を、腰を低くしながら走り、声を張り上げて青宮に鳴り響かせる。

「ご託宣《たくせん》でございます！　お通りになりました！　お通りになりました！　ご託宣でございます！」

その後ろを、まるで申し合わせたようにセディアスが歩いていくのを、慌てて妃らは追った。だが、神官に即座に止められる。

「ご託宣でございます。御身《おんみ》に、触れてはなりませぬ！」

妃らは何が起こったのか分からぬままに、セディアスの名を呼んだが、セディアスは、騒ぎ始める周囲のざわめきも、母らの呼ぶ声も、何も聞こえていないように黒宮へ足を進めていった。


デルトが息を引き取った後、ゼドからデルトの記憶を見せられていた面々の下へ、青宮の神官が転がるように駆け込んできた。

「申し上げます！　ご託宣でございます。王太子様が、たった今、お通りになりました！」

それを聞き、その場にいた全員が息を吞んだ。

託宣が、降りた。

「〝通った〟か……！」

傍目にも分かるほどにカディアス王が興奮に震える。

「セディアスは!?」

「黒宮へお一人でいらっしゃっております。お守りはしておりますが、一切御身には触れてはおりませぬ」

「よし、今すぐ行く！」

カディアスは、獄の中の連中を振り返った。

「神獣師と、ゼド、お前も来い。今この時に託宣が降りた。今回のことと、絶対に無関係ではあるまい。予知を、直接聞くことを許す！」

先読の予知を最初に受け取った瞬間を、『通る』と称する。

王の精神が、宵国へ通じる道を『通り』先読と会って予知を受け取ることからそう言われているのだが、一度通ってしまえば、託宣は今後も繫がってゆく。それすなわち、正式な王の誕生と同じことだった。

託宣が降りている最中の王は、何かに操られているように、それしか見えていない状態となる。

カディアスは自分もそうだったのでよく分かるが、周囲から見ればいつものセディアスと様子が全く違うので、緊張で空気が張りつめていた。

「父上」

父と認識はしているが、セディアスの意識は、目は、目の前の父王に向いていない。カディアスはその口から発せられる言葉を静かに待った。

「麗街が、燃えまする」

麗街という場所があることを、十歳のセディアスは知らない。だが、それを完全に言葉にするのが、託宣だった。

「魔獣となった者どもによって、麗街が大火に包まれます。紫道が、民を守るでしょう。光蟲が、兵を守るでしょう。青雷が、街を守るでしょう」

カディアスはまだ静かに託宣を待った。セディアスの目が、ゆらゆらと揺れる。終わる。そう判断したカディアスは、言葉を発した。

「人は死ぬか？」

「多く」

「だが、守れるか？」

「竜が」

セディアスは、小さな顎を上げて、そこに見ているかのように言った。

「竜が、守りまする」

セディアスはすとんと床に腰を下ろした。従者が近寄る前に、カディアス王はその身体を支えた。

「よくやった……よくやった、セディアス。立派だったぞ」

父に抱き寄せられ、背中を撫でられて、セディアスはびっくりしたようにいつもの子供らしい表情に戻った。顔を真っ赤にさせて、俯く。

「母のところへ戻るか。それとも、神殿に行くか？」

問われてセディアスは首を傾げていたが、「神殿に行きたいです」と答えた。カディアスはその心情を理解しているというように、微笑んだ。

「そうだな。トーヤとラルフネスに会いたいだろう。たくさん、褒めてもらえ」

セディアスが神官に促されて場を離れると、カディアスは後ろに控えていた連中を振り返った。

「聞いたな？　麗街が大火に包まれる」

「魔獣とのことでした。今、キリアスが中心になって、第五の連中と間者らのあぶり出しをしております」

ゼドの報告に、カディアスがわずかに眉をひそめた。

「竜が、守る、と言っていた。……青雷だろう。……あの依代は、山にいるのか」

「はい、おります」

「共鳴しているのか？」

「……山の師匠らの話では、もうできる状態ではあるとのことですが、完全ではないでしょう」

「王！」

イーゼスの声だった。床に手をつき、身体を震わせている。

「先程の託宣では、光蟲も、とのことでした。今、俺の依代に呼びかけてみたのですが、なぜか、一切の応答がありません……」

「間口を閉ざしているんじゃないか」

ミルドの言葉に、イーゼスは苛立ったように返した。

「ハユルはいつも開けっぱなしなんだよ！　意識して閉ざすことなんて今までなかったんだ。一体何がどうなっている⁉」

「王、私とイーゼスはすぐに麗街へ向かいます。麗街に、紫道と、光蟲と、青雷が集っている状況を作らなければなりません。遣い鳥を、すぐに千影山に。デルトの記憶の中のアウバスの術師の姿を、確認させてください！」

「ゼド、先程シンは、まず間違いないだろうと言っていたが、本当に、そんなことがあったのか。俺は、ダナルからも、ルカからも何も聞いていなかった。ルカが……」


カディアスが困惑したように視線をさまよわせる。無理もなかった。今しがた、その記憶を確認し、皆、そこに現れた男の存在に声を失ったのである。

「ダナルの半神に選ばれる前に、ルカに好いた男がいて、ともに国を出ようとしたのは有名な話です。ただ俺は、その男が誰なのかは知りませんでした」

「シンの……言った通りだとしたら、その男は、アジス家の長男なのか。アジスの長男と言ったら、トーヤの長兄だぞ……！」

「ええ」

ゼドは、動揺するカディアスに、畳みかけるように言った。

「最も多く神獣師を輩出し、名家であることを維持するために子供を幽閉してまで器を作り上げることをしてきた、名門アジス家の長男にして、トーヤの兄。そして、現在の紫道の神獣師、ライキの父親であり、クルトの伯父にあたる男です」

8

何かが呼びかける声がした。

暗い、水の淵。おかしい。どうしてこんな色をしているのだろう？

別に身体が弱っているわけでもない。心が惑わされているわけでもないのに、この色はなんだろう。

目の前に、白いものが見えた。

ふわりとした布のように見える。目を凝《こ》らし、それがなんなのか確認すると、それとの距離がいきなり縮まった。

「……先読様」

白い顔、白い髪、赤い瞳。

この顔は、前にも見たことがある。

だが、以前はただそこに見えている存在でしかなかった。同じ空間にいるとは感じられなかったのだが、今は、先読が〝ここ〟にいる、となぜか分かった。

なぜなら、赤い瞳が、自分を見つめているのだ。

その赤い瞳に、自分の姿が映っている。

先読は、ぱくぱくと口を動かすが、声は届かない。


だが、声を聞かせようとしていることが分かる。

「何？　なんですか？」

次の瞬間、周りの景色が変わった。

澱んだ水から、業火へと変わる。いきなりの変化に身をすくめたが、目の前に映った光景がなんなのか認識した時に、思わず声が出た。

火事だ。

しかも、大火事。人が、逃げている。声は聞こえないが、悲鳴をあげ、大勢の人が、火から逃げている。

ここは一体、どこなのか。

『麗街……！』

その声に、振り返った。確かにそれは、先読から発せられた声だった。


「オルガ！」

呼びかけられた声に、オルガは思わず悲鳴をあげた。

「大丈夫、オルガ。すごいうなされていたよ」

目の前に、ハユルの顔があった。

気がつけば、身体は汗びっしょりになっていた。起き上がろうとしたが、力がこもっていたのか、カクカクと腕が震える。クルトが後ろから背中を支える。

オルガたち三人は昨日、この宿場町でジュード本体と接触した。

ハユルがイズンが所有していた手紙をジュードに渡すと、ジュードはすぐさま麗街に発った。麗街に入る状況を整えてから迎えに来るから、それまでここで待つように言われたのである。

「オルガ、疲れてる？　大丈夫？」

「……ハユルさん、先読様って、見たことある？」

ハユルはクルトと顔を見合わせた。

「オルガ、先読様って、精霊師は誰もが近寄ることさえできないんだよ」

「それは知っているけど、夢、というか……」

「夢？」

「麗街が、ものすごい火事になるんだ」

オルガはたった今見た光景を思い出し、身体が震えた。大火事。叫び、逃げ惑う人々。そして。

「キリアス様が、血だらけになってた……！」

衝撃が心に追いついて、オルガは一気に涙があふれるのを止められなかった。血に染まったキリアスの身体。あれは、なんなのか。麗街で、何が起こっているのか。

「行かなきゃ……行かなきゃ、麗街に！」

混乱のあまり、飛び起きた勢いで外に出ようとしたオルガを、ハユルは止めた。

「待ってオルガ、落ち着いて！　俺たちも行くから、ちゃんと支度して！」

ハユルの声に、すぐにクルトが身支度を整える準備をする。ハユルはオルガの涙を拭いてやり、落ち着かせるように言った。

「大丈夫だよ。もう、すぐ近くなんだから、会いに行こう。依代が傍にいれば、操者は無敵なんだから」

その言葉で、オルガは興奮した心を落ち着かせた。

依代がいれば、操者は無敵。

自分が、キリアスの力になれますように。それだけを祈り、オルガは先程の悪夢を追い払うように頭を振り、服を身に着け始めた。

◇◇◇

大きな岩をものともせず、ジュードを乗せたシンバが飛び跳ねていく。

馬よりもはるかに跳躍《ちょうやく》力があり、走る際に跳ねる行動特性を持つシンバは平地よりも荒い道を駆けるのに適している。

千影山から神獣の依代を案内することを命じられたため、諜報部隊『第五』隊長のジュードは常駐していた麗街を離れていた。

ジュードの操作する『赤目』は、依代を傍に置かなくともかなりの距離の操作が可能だが、麗街から千影山まではさすがに距離が遠すぎた。かといって依代であるアイクは麗街に常駐する『第五』の指揮を執っているため、動かせない。ジュードは中間地点の宿場町で、やきもきしながら神獣の依代たちがたどり着くのを待っていたのである。

ジュードが麗街に戻ったのと、『第五』所属の精霊師カリドの操る鳥が、ゼドの精霊〝香奴〟の記憶を宿した鳥を守りながら戻ったのは、ほとんど同時だった。

女の姿ながらシンバを力強く乗りこなして駆けるジュードの姿を確認したカリドが、真上まで近づく。

『隊長！　王宮の賊が捕まりました！』

「こっちも大変だわ。カリド、このままイーゼス様の下へ！」

『イーゼス様は王宮です。俺は王宮から賊の情報をキリアス様に伝えに行くところです』

ジュードは舌打ちした。仕方がない。今は一刻も早くこの情報を神獣師に伝え、宿に待たせている神獣の依代らを守らなければならない。

「急ぎなさい、カリド。精霊を飛ばすわよ！」

そしてジュードは、隠れ家にいるキリアスとライキに情報を伝えるべく、〝赤目〟を発動させた。


「扉を開けろ」

麗街の娼館の地下にこもっていたキリアスは、ライキに従っている軍人に告げた。

さすがに怪訝そうな様子を見せるしかない部下に、ライキは教えてやった。

「……カリドが今ここにやってくる」

その前に扉を開けたのは、ジュードの半神アイクだった。

「ジュードが報告申し上げます！　精霊にて失礼いたします」

机の上に突如現れた赤い目は、いつも以上に目を真っ赤にさせながら報告した。

『本来でしたら、上官に真っ先に報告するところではありますが……！　第三製紙街にて、ある情報を手に入れました。人払いを』

ライキは無言で部下に出ていくように指示した。

「第三製紙街？　あそこは、今は貧民窟になっているだろう」

『ライキ様、クヤド様については、何か聞いておられますか』

ライキはそれには返答せず、ただ赤い目を見据えた。同じ神獣師、当然知らぬことはないということだろう。キリアスが代わりに答えた。

「俺は、今までは知らなかったが、この間イーゼスからハユルを半神にした経緯を聞いた」

死ぬ思いで二神という道を選んだイーゼスにしてみれば、キリアスの決断など鼻で笑い飛ばせる程度でしかない。キリアスはイーゼスの過去を聞いた時に、実際そう言われた。お前のやっていることなど、半神ごっこでしかない、と。

それに対し、キリアスは何も返せなかった。イーゼスが未来を握りしめる力は、キリアスのそれに比べてはるかに強い。決して離さぬという力がお前にはないとせせら嗤われても当然だった。キリアスの握り締める拳には、ほんの小さな力しか込められていない。そして、本当に手を取りたい方には、手のひらを向けることすらできずにいる。

「クヤド様が魔獣化したのは、アウバスの術師の〝呪戒〟によるものです」

ジュードがそう告げた時、ライキとキリアスは一瞬、それをまともに受け取ることができなかった。

「何を言っている？」

「クヤド様がアウバスの術師に正名を奪われ、魔獣化させられたのをハユル様の父親はその目で見ていたのです。詳細を、手紙にしたためておりました。その術師は、ハユル様の父親が作った品種改良のクゴをアウバス側に取り入れるためにクヤド様の父親に近づき、そして神獣師を魔獣化させたのです」

「ハユルの父？　何を言っているんだ。手紙だかなんだか知らないが、〝呪戒〟だとなぜ分かる。あれは禁術だ。アウバスの術師ごときに扱えるはずが……」

その時、青い鳥とともにカリドが操る鳥が地下まで飛んできた。二羽の鳥が狭い部屋を旋回する。今まで休まずに飛んできたため、急に止まることができないのだろう。

『アウバスの間者が神殿にて捕まりました！　ゼド様から記憶を宿した鳥を誘導するように命じられ、戻りました。間者が、麗街の賊と接触している記憶もありましたので、ご覧になるようにとのことでした』

興奮状態のまま、鳥からカリドの声が発せられる。

「よし、ご苦労だった。ゼドとイーゼスはどうした？」

『俺が遣い鳥の護衛を命じられる直前に、ご託宣がありました』

それを聞き、キリアスは身の内に震えが走るのを止められなかった。

託宣が、成された。

ついに、ついにセディアスが通った。ラルフネスと通じた。

「どんな予知だ!?」

『それは分かりません。俺は一刻も早く麗街に情報を届けるように言われました。あまりにも重大な秘密ゆえ、ライキ様とキリアス様のみに記憶を見せるようにとのことでした』

ライキが手を振ると、カリドとジュードはすぐに部屋からいなくなった。そのままライキが戸を閉めると同時に、キリアスは、力動によって青い鳥からゼドが間者から奪った記憶を外に出した。

そこにあった情報は、二人の想像をはるかに超えたものだった。

アウバスの間者。正名の呪縛。先読の腑。呪戒。アウバスの術師……。

「……信じられん……！　敵国に〝先読の腑〟が渡るとは……！」

キリアスは思わず声が震えた。ライキも絶句していた。

無論、キリアスもライキも禁術の存在は知っている。だが、本当にそのようなものが護符院にあるのかすら、考えたこともないような存在だった。全ての精霊師を魔獣化させてしまう方法。そんなものは、存在するとしても、決して表に出てこないだろうと思っていたのである。それが、敵の手に渡った。

「では、先程の、ジュードの情報にあった〝呪戒〟できるアウバスの術師とはそのことか……！　もうすでに、その術師は正名を奪い、魔獣化させている間者をヨダ国各地に潜伏《せんぷく》させていてもおかしくないということか⁉」

「おそらくな……神殿で十年以上、正体を知られずに潜伏していた者がいるんだ。これはもう、敵のあぶり出しは麗街だけでなく、ヨダ全土に広げる必要があるかもしれない」

聖域と言われる神殿でさえ、この有様である。果たしてサイザーは、イサルドは、今回の件をどれほど悔いていることか。思わず顔を覆うキリアスに、ライキの訝《いぶか》しがる声が飛んだ。

「十五年前……？　一体、その時に何があって紫道の結界を護符院から外すなんて真似をしたんだ」

ライキの言葉に、思わずキリアスは顔を上げた。

「お前、十五年前、王宮で何があったかは教えてもらってないのか」

「先読ステファネス様が急死し、その際、イサルドを除いた神官らが全員宵国に引っ張られて死んだと聞いたな。それ以外にも、多数の死者が出たのは知っている。だがそれは、神殿でのことだろう？」

「そうだな。その時に王宮全体がなんらかの原因で結界を外さざるを得ない事態に陥ったのは間違いない。先読の急死による影響は神殿内だけで収まらなかった可能性がある」

「それにしたって、護符院まで外すなど、国家規模の壊滅状態に陥る事態でないと考えられん」

……国家規模の壊滅状態。キリアスはその話を打ち切って外に声を張り上げた。

「ジュード！　アイク！　入ってこい！」

ジュードは精霊ではなく、本体が姿を見せた。たった今到着したばかりらしく、服は乱れ、顔も髪も砂だらけになっている。それを拭こうともせず、キリアスとライキの前に膝をついた。

「これが、先程申し上げた話の、証拠の手紙でございます」

キリアスはそれを受け取り、王宮で捕らえた間者の記憶を見せてやった。ジュードとアイクは、思わず小さく悲鳴を上げるほどに仰天した。まさか、呪戒と言っても、「先読の腑」まで関わっているとは思わなかったのだろう。事の大きさに震え上がる。

「王宮で、おそらくイーゼスもクヤドが魔獣化したのは、呪戒によるものだと知っただろう……。この手紙は、奴の心をいくらか慰めるだろうな」

キリアスの言葉に、ジュードはうなだれた。

「ジュード、お前がどういう経緯でこの手紙を手に入れたか知りたいところだが、今の記憶を見ただろう。おそらくあの場所が奴らのアジトで、首領格のようだった男は魔獣化している恐れがある。『第五』連中を集結させ、待機させている警備団第二連隊とともに連中の捕縛を行え」

神殿にいた間者は、一度麗街に潜んでいる間者らと接触したことがあった。その隠れ家にそのまま連中が残っている可能性は低いが、情報は手に入れられるだろう。

キリアスの命令に、ジュードはすぐに頷いたが、ためらいがちに口にした。

「実は、私がこの情報を手に入れたのは、ハユル様ご本人からでございます。第三製紙街で、昔ハユル様の父親と一緒に仕事をしていた男と偶然会いました。その男は、すでに警備団に捕らえさせております」

ライキとキリアスは顔をしかめたが、ジュードの言葉を待った。

「千影山から、紫道様、光蟲様、青雷様、お三方が下山し、私はその護衛をし、麗街まで送り届けるようにルカ様に命じられました」

それを聞いた二人は顔色を失った。

「下山だと!? オルガが!? 本当か!!」

思わずキリアスは膝をつくジュードの胸ぐらを掴んだ。ライキはライキで、無意識に力動で椅子を放り投げるほどに混乱している。

「だから間口を閉ざしていたのか……! 神獣の依代が何にも守られずにその辺をうろついているなど、なんてことを……!」

「麗街の手前の宿場町で休んでいらっしゃいます。ハユル様の体調があまりかんばしくなかったので。今、部下をお三方のお迎えに向かわせました」

「馬鹿者が！ イーゼスに知られたら殺されるだけではすまんぞ！」

ライキが怒鳴るのを背に聞きながら、キリアスは部屋の外へ飛び出した。

「待て、キリアス、どこに行く！」

「俺が迎えに行く。麗街に入れるなんてことさせられるか！　山に戻す！」

「落ち着け、馬鹿野郎！　お前がいなくなったら誰が指揮をするんだ。間者掃滅《そうめつ》の責任者はお前だぞ！」

ライキの言葉に、逸《はや》る心がわしづかみにされる。階段を駆けようとした足を止めたキリアスの目の前に、再び、青い鳥が飛んできた。

ゼドが放った第二弾の鳥か。興奮して旋回する鳥を力動で引き寄せ、手に捕まえると、鳥は記憶ではなく、ゼドの声を伝えてきた。

『予知が、下された。麗街が、魔獣化した者たちにより、大火に包まれる。光蟲が、紫道が、青雷が、動く。各依代らを麗街へ呼ぶ。街を、守れ』


ちょうどその頃、千影山では、裏山の師匠らのもとへゼドの放った遣い鳥が伝言とともに到着した。

『予知が通り、託宣があった。麗街が、大火に包まれる。紫道、光蟲、青雷が守る。各依代らを麗街付近に出せ』

「いねえんだよ！　依代らがよ！」

ゼドの声に、ラグーンは苛立ったように返した。が、この鳥は、ゼドの言葉を伝えに来ただけである。ラグーンの罵《のの》りに応えてはくれない。

ガイの具合が悪くなったため、ルカとセツは看病に行っているが、二人はオルガとハユルを下山させたことをあっさり認めた。それ以来、ラグーンは怒り狂って二人と顔を合わせていない。

「まあ、麗街に向かっているのは間違いないからな。それゆえに、麗街を守ることができるかもしれん」

ジュドがのんびり言えたのは、そこまでだった。

ゼドは、デルトの記憶を、二つに分けて鳥を飛ばした。

一つは麗街に。麗街に潜む間者らの記憶。

もう一つは、千影山に。デルトが見た、アウバスの術師の姿。

『間者により、先読の腑が、盗み出されていた。十五年前の、ステファネス様が亡くなったあの騒動の折だ。先読の腑が渡った先は、この男。アウバスの術師となり、現国王を操り、禁術によって魔獣化させる能力を持っている。こちらで確認できたのはシン一人。……ルカに、確かめさせてくれ』

その場にいたのは、ラグーン、ジュド、そしてダナルの三人だけだった。

だが、空間に蜃気楼のように浮かび上がったその姿を、一目見ただけで全員が凍りついた。

「……ダ……ダナル……」

ラグーンの声が、思わず震える。ダナルは、一瞬たりとも忘れたことのない、おそらく一生忘れられない、己の半神がかつて愛した男の姿を、その燃える両目に映し出した。

「セフィスト……！」

9

「止まれ！　どこの者だ」

麗街の入口、検番《けんばん》と呼ばれる場所で、荷車は止められた。

「旅の一座です。今日、こちらで催しをやらせていただく予定で。『白角《しろかど》』って店に宿を取っています」

座長は、荷台を引くガルバと呼ばれる家畜の上からそう答えた。ガルバの数は五頭、かなり本格的な一座であることが分かる。

「荷を検《あらた》めさせろ」

護衛団の兵は、荷車の周りの男らに鋭い視線を向けた。用心棒らを特に慎重に調べる。

体格のいい連中の中に、意外なほど細身の青年が混じっていた。

「こいつもか？」

「へえ。傭兵上がりで、そんなでも腕は確かで」

表情がなく、まるで生気のない人形のような佇まいだ。若い者でこういう様子を見せるのは、幼い頃から戦場で生き抜いてきた傭兵に多い。

荷台は、芸で用いる道具の他に、踊り子である女たちが乗っていた。みんな、麗街に入る準備として化粧直しをしたり装飾具をつけたりしている。

その奥に、毛布にくるまって寝ている者がいた。

「おい、なんだ？　それは」

指摘されて、伏せている者の傍らに座る踊り子が身を固くした。姐さん格の踊り子が言う。

「病人なんですよ、旦那。うちの下働きの子なんですけどね、ここに入る前に熱が出ちまって」

「熱？　伝染病じゃないだろうな」

「違いますよ。オルガ、ちょっと身体を起こして見せておやり」

銀色の髪の踊り子が、体調を崩したらしい青年を抱える。顔は真っ赤で、ぐったりしていた。

じろじろと確認する兵の視線に、銀色の髪の踊り子は顔を伏せた。

「珍しい髪の色だな……どこの国の出身だ？」

「さあ？　東の方だったと思いますけどね。あっちの国の女は、男にあまり接触しないいんで、慣れてないいんですよ。これが気に入ったのなら、今夜『白角』に来てくださいいな」


積み荷を確認した兵士らが、行ってよし、と手を上げた。荷車はガラガラと音を立てながら麗街に入った。

「さあ、ここまで来ればもう安心だ。しかしオルガ、あの軍人、あんたのことが気に入ったようだよ。どうする、今夜相手にしろなんてやってきたら」

踊り子が愉快そうに笑う。オルガは髪にまとわりつかせていた髪飾りを外し、口紅を拭った。女装など、当然初めての経験である。

「オルガ、大丈夫？」

用心棒に紛れていたクルトが、踊り子らのいる荷車に入ってきた。

オルガの膝の上に抱えられているハユルを覗き込む。

宿場町ではまだ元気そうだったが、ハユルは熱が下がらなくなってしまったのだった。

宿場町で同じ宿に泊まっていた旅の一座に潜り込むことを提案してきたのは、三人のうち最も世慣れしているハユルだった。

キリアスもイーゼスも潜入という形をとっている以上、大っぴらに会いに行くわけにはいかない。どこかで接触するにせよ、極秘裏に麗街に入る必要があった。

行商人として通ろうとしていたが、ハユルが端から見れば病に罹《かか》っているように見えるので、街に入れてもらえないかもしれないと考えたのである。麗街のような、これからヨダ国に入ろうとしている連中が集まる国境付近の繁華街では、伝染病を恐れる。

旅の一座には、故郷から出稼ぎで働く姉を訪ねてきたが、麗街に入る手前で熱を出してしまった、なんとか一座に混ぜてもらえないかと金を渡せばいい。案を出したのはハユルで、実行したのはクルトだった。

旅の一座の座長は、この三人が普通の行商人ではないとすぐに見抜いた。ある程度人を見る目がなければ、旅一座を率いてはいられない。

だが、傭兵出身にしては世間慣れしていない若者を、悪人とは思えなかった。金の意味も分かっていなさそうに無造作に大金を渡すその姿に、精霊師、という言葉が頭に浮かんだ。ヨダ国には、信じられぬほどの大きさの精霊を自在に扱える連中がいるらしい。だが、今まで何度もヨダに入っているが、精霊を扱っている人間など見たことはなかった。

少々面白そうだ、と思ったにすぎない。特に害はなさそうだし、実際一人は本当に体調を崩しており、もう一人は珍しいくらいの銀髪に淡い青の瞳だったが、病人の体調が不安でたまらないといった顔をしていた。

多少体調を崩した者がいても、すでに店側と上演の契約をしている一座である。ハユルの読み通り、あっさりと検番は通るのを許した。

「まあそれでも、以前よりもやけに厳しかったな。何かあったのかね？」

「確かにな。街の雰囲気は変わらんが、どうも、軍人らがピリピリしている」

通行や店の営業規制はされていないようだったが、座長はちょっと内情を調べた方がよさそうだと宿へ向かう道を急がせた。

◇◇◇

オルガらが麗街に入ったのとほとんど同時に、麗街に戻ってきた影があった。

諜報機関『第五』の精霊師・スコードとルトが警備

団の一部を率いて、神獣の依代らがいる宿場町に向かったのだが、そこにはもうその姿はなかったのだ。

「いない!? どういうことよ!? 絶対にそこから動くなって言ったのに！」

ジュードは蒼白になって思わず叫んだ。気が動転して茫然とするジュードの腕をアイクが摑む。

「しっかりしろ、ジュード。こうなったら操者の方々に、ご自分の半神に無理矢理間口を開けてもらうように進言した方がいい。今は、麗街が大火になると予知が下された大事な時だ。大っぴらに捜索するわけにもいかないし、背に腹は代えられない」

ジュードとアイクの進言を聞き、思わず拳を振り上げそうになったライキを、キリアスは止めた。

「ふざけるな、貴様の失態を棚に上げて、俺にクルトを傷つけろというのか！ ジュード、貴様、一度でもアイクの間口を無理矢理こじ開けたことがあるか!?」

「……ありません」

依代が閉ざしている間口を操者側が無理矢理開けるという行為が、存在することさえキリアスは知らなかった。そんなことが可能なのかとすら思う。今までどれほど切望しても、オルガが閉ざしてしまえば力動も気持ちも流れていかなかった。最初の頃は、力動がどうしても思うように流れず、死ぬ思いをしたくらいだ。それが、操者側の力によって、閉ざされている間口をこじ開ける、ということが可能だったとは。

「共鳴をしていないと、コツは摑めないと思いますが、可能なんです。俺は、一度共鳴の練習をしていた際に似た状態になりましたが、内側から臓器を絞り出されるほどの衝撃でしたね。普通、どれだけ喧嘩しても、依代にこれをやる操者は確かにいませんよ。ですが、そうも言っていられないでしょう」

アイクはきっぱりと言い放った。

キリアスは、自分の方から今までずっとオルガに対して間口を閉ざしてきた。オルガの力動が乱れているのを感じた時に、ほんの少し間口を開けてそれを直す、ということを繰り返してきた。今までオルガは自分の間口は開けっぱなしで、いつでもキリアスの訪れを待っているという状態だったが、今ここに来て、下山したと知られないようにするためだろう、ずっと間口は固く閉ざされたままだ。

自業自得とはいえ、肝心な時に間口が閉ざされてしまったことに、キリアスは歯を食いしばるしかなかった。だが、こじ開ける、ということがどうしても想像できない。

ライキは同じように焦りと困惑を顔に浮かべていたが、もはや手段は他にないと悟ったのだろう。意を決したように大きく息を吸い、目を閉じた。


宿に到着し、ハユルをようやく寝台に寝かせられたので、オルガは胸を撫で下ろした。

クルトが汲んできた水を飲ませ、濡らした布で顔を拭いてやると、ハユルはほっと安心したような寝息に変わった。

良かった、これなら、持ち直してくれるかもしれない。

オルガが安堵したのはそこまでだった。傍らに立っていたクルトが、口を押さえたと思ったら、いきなり吐いたのである。

「クルトさん!?」

クルトはそのままがくりと床に膝をつき、腹のあたりを押さえて身体を震えさせた。即座に力動を整えようと荒い呼吸を繰り返すが、衝撃でわずかに目が泳いでいる。

「クルトさん、大丈夫!? どうしたの!?」

オルガはクルトの傍に膝をつき、その顔を覗き込んだ。

人形のような、普段感情を浮かべることのない瞳に、わずかだがうっすらと涙の膜が張った。

「……ライキ……」


「クルト! 駄目だ、そのまま間口を開けてくれ! 閉ざすな! クルト!!」

ライキが天を仰ぐようにして叫ぶ。

「頼む、クルト……クルト!!」

懇願する声が、届かなかったのを証明するように、ライキは髪を掻きむしった。

「クルト……クルト……! くそっ……!」

髪を握りしめる手が震えている。もう一度やれと言われても、二度とごめんだろう。

キリアスは部屋の隅の寝台で横になっているカリド

に目を向けた。伝令の役割を果たし、精霊を全速力で飛ばしたカリドは力動を使い果たし、荒い息を繰り返している。傍らに寄り添う半神のラスが、もうこれ以上は無理だと、懇願するように首を振った。

キリアスは頭と顔に布を巻きつけ、変装用の護衛団の一兵卒の上衣で体を覆った。近衛が緑なら護衛団の色は赤である。砂焼けし、汚れてくすんだその衣に身を包むと、剣を腰に差した。

「体力のあるシンバを用意しろ。イーゼスとゼドを見つけてくる。ハユルは、おそらく間口を閉ざしてはいないだろう。閉ざしていたとしても、わずかな力でしかないはずだ。イーゼスが呼びかければ必ず応じる。依代らを手元に連れてこなければ、どうにもならん」

これ以上、操作系精霊師を伝達のためだけに使うわけにはいかなかった。イーゼスの光蟲さえ発動されれば、麗街中に伝達が可能などころか、依代らもあっという間に見つかるのだ。操作系で最強である光蟲がここにやってくれれば、全てが解決する。

「いいな、依代が全員操者の元に集うまでは、決して動くな。ライキ、護衛団の連中にも、できるだけ普段通りにしろと伝えろ。こちらが奴らを探していることを、感づかれるな」

通行証を手にすると、隠れ家を出たキリアスは用意されたシンバにまたがった。躊躇することなく走り出す。

一体、ゼドらがどこまで来ているか知らないが、一刻も早くその姿を見つけなければならない。

気配を感じて後ろに視線を飛ばすと、鳥が追ってきていた。カリドではない。

『護衛団第二連隊長のコウガです。お供いたします』

ライキの命令でクルトをずっと探していた精霊師である。

「体力がもつか。相当飛ばすぞ」

『私ども精霊師の力では、遠くの人の気配を読めませんが、神獣師様ならば、たとえ一丁(四キロ)先でもその気配を読むことが可能と聞きました。気配を教えてくだされば、まだ伝令役を果たせます』

麗街入口の検番に通行証を渡す。目の色に気づかれないように、頭に巻いた布を目深にかぶり、顔を隠す。砂と風を避けるために顔のほとんどを覆っていることは珍しくない。通行証の効果は絶大で、所属先も訊かれずにキリアスは検番を通った。

「……それにしても、いつも通りにしろと伝えたにもかかわらず、検番の目が厳しかったようだな」

『ええ。極秘裏に厳戒態勢を伝えたので、どうしても緊張感が出てしまうようです。本来だったらもう、外部からの人間は一人も入れたくありませんからね。厳しくなってしまうのも仕方ないかと』

これでは、自然体にしていろと命令していても、敵の間者らはそれとなくいつもと様子が違うことに気がついてしまうかもしれない。時間は、迫ってきている。

キリアスは、シンバに鞭《むち》を入れ、勢いよく麗街の外に飛び出した。

シンバは、乗りこなす者の腕によっては崖だろうがどんな岩場だろうが跳ねるように走るが、体格が良く勢いがいいシンバを乗りこなすのは、至難の業である。

だが、護衛団第二連隊長のコウガから見ても、キリアスの腕前は見事としか言いようがなかった。

千影山に入山前、護衛団に入団し兵役をこなしていた経歴を聞いたことはあったが、第一王子の軍人修業など神獣師のライキは関わろうとしなかったし、コウガの連隊にも関わってこなかったため、護衛団に入っていても接点はなかった。単なる形だけの兵役と思っていたが、相当訓練は積んでいたらしい。

急にキリアスの腰がわずかに浮き、身体を左側に倒した。シンバが左側へ方向を変えて駆ける。慌ててコウガはその後を追った。

「二人一緒だと、やたら目立って助かるな。コウガ、このまま、まっすぐ進め。ゼドとイーゼスがこっちに向かっている。行け！」

次の瞬間、コウガは弾丸のように鳥の身体を空に飛ばした。

ものすごい勢いでやってくる一羽の鳥に、ゼドは思わず走っていたシンバの手綱を引いた。イーゼスも顔をしかめる。

『イーゼス様！』

護衛団は、たとえ連隊長でもゼドの存在は知らない。コウガはゼドとは面識がなかった。イーゼスの頭上を旋回する。

『護衛団第二連隊長のコウガです。ライキ様、キリアス様からの伝言を申し上げます。紫道、光蟲、青雷の依代様らが、この一件が明らかになる前に千影山を下山し、現在連絡が取れない状態になっております』

傍《はた》から見ても分かるほどにイーゼスは震え上がった。旋回するコウガに声を張り上げる。

「千影山を下山しただと⁉　一体どういうことだ！」

『それをご希望されたとのことです。麗街に向かっている最中で、その手前の宿場でお迎えする予定でしたが、行方が分からなくなりました。紫道様、青雷様は間口を閉ざしており、ライキ様は無理矢理間口を開けようとなさいましたが、叶わなかったそうです。イーゼス様より、依代様に呼びかけて、居場所を早急に知らせるように伝えてほしいとのことでした』

イーゼスは混乱のあまり髪を掻きむしった。

王宮を出てからずっと、ハユルに心話で話しかけてきた。だが、間口は閉ざされたままで、なんの返事もなかったのである。

イーゼスは、器が限界のハユルに対し、心話で呼びかけることさえ慎重にしている。驚かせないように、乱さないように、壊れそうな器を真綿でくるむかのように大事に接してきた。今も、呼びかけるにしても、そっと囁くようにひたすら声を届けていた。

それを、〝無理矢理〟間口をこじ開けるなど、絶対にできるわけがない。

操者側からそんなことをしてしまえば、ハユルの器はおそらくもつまい。いや、器が壊れる前に、身体の方が壊れてしまう可能性がある。

「冗談じゃない、そんな、そんなことができるか……！」

『しかし、今すぐにでも御身を探さねば、取り返しがつかぬことに』

「黙れ！」

混乱と恐怖から身体が震える。思わずイーゼスは我が身をかき抱いた。

ハユル、ハユル。その姿が、今全く見えない。

もしかしたら、敵の手にその身体が渡ってしまったかもしれない。

クヤドのように、正名を奪われ、魔獣化してしまうかもしれない。

また、奪われてしまうのか。これほど大事にして、失わないように、渾身の力で守ってきたのに、この手から零れ落ちようとしている。

恐怖のあまり、イーゼスは気が触れそうだった。失う。ハユルを。その事実が、目の前に押し迫ってくるのを感じ、イーゼスは、自分の軸が、がくがくと揺さぶられるのを感じた。

「イーゼス！」

乗っていたシンバが、恐怖におののくように身体を持ち上げる。その時イーゼスは、手綱を取る自分の手に、赤黒い斑紋が浮き上がっているのに気がついた。

魔獣化？

この俺が？

（ハユル……）

今までイーゼスは、ハユルの間口の入口付近をそっと撫でるようにしか、接してこなかった。

その中に潜む光蟲の姿を、おそらく見ることはあるまい。そう思ってきた。

それを見るのが、怖かったのもある。

光蟲の世界にいる、依代の姿を、クヤド以外の人間の姿を、見るのがどうしても怖かった。

ハユルの間口は、ほんの少し、わずかな隙間ができていた。

閉ざすと言っても、ハユルにはこの程度が限界なのだろう。

そっとそこに触れるだけで、無数の小さな光が、何百と零れ落ちる。

その間口を覗き込むと、金があふれ返り、白となっている世界があった。

ハユルは、その空間に浮くように横になっていた。目に痛いほどの白と金の光を、無限に生み出し、世界を作り出していた。

瞳を閉じ、眠っていながらも、絶え間なく光がハユルの身体からあふれ出ている。

「……ハユル……」

眠る光の集合体に、そっとイーゼスは呼びかけた。

（……イーゼス。イーゼス。もう少し、待っててね。今、行くからね）

「ハユル」

（あのね、イーゼス。クヤドはね、呪戒で、魔獣化させられちゃったんだよ。俺の父さんが、その様子を詳細に手紙に書いておいてくれたよ。クヤドは、好きで魔獣化してしまったんじゃない。イーゼスを、信じていなかったわけじゃないんだよ）

「……ハユル」

（クヤドは、ちゃんと、イーゼスを唯一無二と信じて

いたよ。ねえ、イーゼス。本当だよ。イーゼスは、ちゃんと愛されていたよ。俺が、その証明を、見せてあげるからね。手紙を読んだら、きっとイーゼスも、分かるからね）

イーゼスは、間口を完全にこじ開けて、眠る身体をかき抱きたい衝動を必死に堪えた。

今、ハユルはイーゼスが間口を覗いていることにも気がついていない。ただ、意識が精霊の中に浮遊しているだけだ。

ずっと眠っているということは、身体が弱っている状態なのかもしれない。

ハユルの器の小ささでは、この中にイーゼスが入ることは叶わない。

ここが、ここまでが限界だった。すぐ傍で眠るハユルを、無数の光に包まれるその目も眩《くら》みそうな美しい世界を、訪れることは、できない。触れることは、できない。

「ハユル……」

間口に、そっと指先だけを、伸ばす。

ハユルの身体から流れてくる、その光を、握りしめる。

まばゆい光が、淡くにじむ。それが自分の涙ゆえだと分かっても、イーゼスはハユルを見つめ続けた。

「……愛してるよ、ハユル」

眠るハユルに、その言葉を届けても、聞こえない。

それでも、イーゼスは声を振り絞るように間口の奥へ告げた。

「俺が生きてこられたのは、お前のおかげだ。……なあ、ハユル。こうして光蟲を通しては、俺は永遠に、お前に想いを伝えることができないかもしれない。他の精霊師らが、いとも簡単にできることを、俺らはできない。だから、お前は、信じないかもしれない。だけど、俺は、これから先ずっと、ずっと伝えるよ。お前が信じなくても、信じてくれなくても、俺は言い続ける」

間口から零れ落ちた光の渦を、イーゼスは指先に絡めた。それは手を、腕を伝い、イーゼスの身体を覆っていった。

「お前は、俺の、唯一無二だ……」

寝台に眠っているハユルの身体が、柔らかな光に包まれて発光するのを、オルガは見た。

金色の細い帯が、まるで繭《まゆ》のようにハユルの身体を包んでゆく。

光蟲が、発動しているのだ。

では、半神と、繋がったということか。

オルガは確信したが、その金の糸の美しさに、我を忘れて見つめ続けてしまった。

やがて金の糸は、空を舞い、窓の外へと溶けるように流れていった。

◇◇◇

10

アイクとジュードらのいる『第五』の隠れ家に、金色の蝶が一匹舞い降りた時、ジュードはその蝶に対し、喜色を露にして声を張り上げた。

「イーゼス様！」

『貴様は後で殺す、ジュード。今からハユルがいる場所に案内する。ついてこい！』

「ええ、ええ、いくらでも！　皆様、ご無事なんですよね!?」

ジュードはすでに女装をやめ、警備団の一兵卒の姿に改めていた。近衛が緑、護衛団が赤なら警備団は黄色である。その中でももっとも色がくすんだ、茶色に近い上衣で身を覆い、外に飛び出す。

麗街は繁華街のため、中心地に向かう方向へシンバを走らせてはならないことになっている。ジュードは身一つで金色の蝶を追い、路地を走り抜けた。

「ライキ様は、クルト様を探しに街へ出ております。わずかながら応えてくださったようで。キリアス様と、お会いになりましたか」

『キリアスは俺より先に麗街にたどり着くだろう。俺は走っているところだが、一丁（四キロ）はある。ハユルを、なんとしても助け出さなければならない。ハユルの場所を知るために、光蟲をかなり発動させた。相当散らしたから、その近くに敵がいたら、気づかれてしまったかもしれない』

ジュードは顔色を失った。麗街はそう広い街ではない。急がなければ。ジュードは金色の蝶を、全速力で追った。

◇◇◇

金色の糸が窓の外へ消え去ってから、オルガは我に返って部屋の中を見渡した。

つい先程まで同じ部屋にいたクルトの姿がなかった。

「クルトさん？」

イーゼスが光蟲を発動させたことで、何かを感じて外に出たのだろうか。オルガは慌ててクルトを探しに外に出ようとした。

その時、宿の入口あたりで、女の悲鳴が響き渡った。

「化け物、化け物おおっ！　誰か、誰か助けてえ！」

オルガが階段の上から玄関を窺うと、そこには、魔獣と化した人間が立っていた。

オルガは魔獣を見たことがない。半分人間、半分獣のようなその姿を見るのは、生まれて初めてだった。

魔獣、と皆が呼ぶのは、この姿か。

かつて自分は、我を失って魔獣化しそうになっていたが、こんな姿になろうとしていたのか。

宿の人間は皆悲鳴を上げて逃げまどい、宿に部屋を取ってくれた旅の一座の連中も、同じように逃げ出した。魔獣は、宿の用心棒をその手にしていた。屈強な男が身体を半分にされ、魔獣に片手で掴まれている。その凄惨な有様は、人々を大混乱に陥れるのに十分だった。

オルガは、人間と獣の混ざったような顔が、自分の方に向けられるのを見た。目と目が合った瞬間、魔獣が目の色を赤く染めて、にたりと嗤った。

オルガは身を翻し、部屋に戻った。寝台の上にいるハユルの身体を毛布で包み、抱え上げると、部屋に備えつけられている衣装棚の奥へ隠した。そして扉を閉めると、筆石で結界の文字を書いた。ぱしん、と、衣装棚が結界に包まれる。

次の瞬間、魔獣がすさまじい音を立てて、壁を破壊してきた。瓦礫《がれき》を邪魔だというように振り払い、部屋の中に入ってこようとしている。その姿は、先程よりも人間らしさを失っていた。身体も大きくなり、次第に魔獣化が完成に近づいているようだった。

狙いを定めるようにこちらに視線を向けてくる。

オルガは、窓に手をかけて、外へと身を投げた。

◇◇◇

クルトの間口がようやく小さく開いた瞬間、ライキは外に飛び出した。

わずかに繋がったクルトの小さな声を拾いながら、必死で駆ける。路地裏で身を縮めているクルトをようやく見つけることができた時、思わず状況も忘れてライキは叫んだ。

「クルト！」

護衛団の一兵卒の姿で探しに出かけたが、地に伏せるようにしているクルトの姿に、ライキは思わず我を忘れた。その姿をかき抱き、髪に、頰に、接吻《せっぷん》を繰り返した。

「ああ、良かった……！　すまない、苦しめて、すまなかった、クルト」

クルトはライキの腕の中で顔をそっと上げた。その目にわずかながら水の膜が張られているのを見て、ライキは心の臓をわしづかみにされた気がした。クルトの涙、というものを、見たのは初めてのことだった。

「ライキ、怒ってるの？」

「怒ってない……怒ってない。すまなかった、もう二度としない。ああ……クルト、すまなかった」

瞳に、頰に接吻を繰り返すと、クルトはようやく安心したように身を寄せてきた。その身体をきつく抱きしめて、ライキは心の底から安堵のため息をついた。

「ああ、もう……本当に、どうにかなりそうだったぞ」

ライキに付き従っていた第二連隊長・コウガの半神であり、副連隊長であるサードは、ある気配に気がついて声を張り上げた。

「ライキ様！　後ろに！」

振り返るとそこには、人間の体格の倍はある、魔獣がいた。

身体を赤黒くさせ、つり上がった口から熱風のような息を荒々しく吐いている。

その熱さは、すぐに引火しそうなほどだった。

これの精霊の属性は、火だ。一瞬にしてライキは理解した。

では、麗街が大火に包まれるのは、これが原因か。

ライキはその魔獣を捕らえようと、〝紫道〟を発動しようとし、腕に抱えるクルトに気がついた。

先程間口をこじ開けたせいで、クルトの力動はめちゃくちゃに乱れてしまっている。紫道の発動に気がついたのだろう。表情のない顔が、ライキにだけ分かる程度に不安に曇っている。

紫道の調整が先だった。だが、ライキに付き従ってきたサードは依代、魔獣を止められる体術は当然ない。己の力動だけでなんとかするしかない。ライキは、サードの腕にクルトを渡した。

「逃げろ」

「ライキ様！」

「早く行け！」

魔獣が口をぽっかりと開けて、業火を放ってくるのと、ライキの放った力動がそれを止めたのは、ほとんど同時だった。間合いの半ばでそれは火柱となって、空に向かってまっすぐ伸びた。

再び魔獣が大きく息を吸い込み、火を放とうとする。身体は次第に大きくなり、人としての形態をわずかも残さず、膨れ上がった。

再び力動を溜め込んだライキの前に、深紅《しんく》の上衣が舞った。背中の紋章は、護衛団のそれで、深い赤は、連隊長の証である。

地面から、光る巨大な刃が飛び出して、一気に魔獣を突き刺した。

その刃は、氷である。冬場でも氷点下になることが稀なこの地で、氷の精霊を操る者は、護衛団第一連隊長のハザトだけであった。

「ハザト！　貴様、なぜ麗街に来た!?　第一連隊長のお前まで呼んでいない！」

ライキの叱責に、氷の槍で火の魔獣を突き刺しながら、ハザトは答えた。

「内府より、援護に向かうように言われました。大火に包まれるとのことなので、水の属性の者が必要です。護衛団では、水の精霊を所有する者は私のラヴァルしかおりません」

ライキは、ユセフスが勝手に自分の軍の第一連隊長を動かしたことに舌打ちした。非常事態下の越権行為、本来なら仕方ないと思うところだが、このハザトは百花の操者・ミルドの実兄であり、ユセフスの義兄である。こうして時々、ライキの頭上を飛び越えてユセフスが頼るのが面白くない。

「ライキ様、そいつはハザトに任せて、早くクルト様を！」

ハザトの半神であるラヴァルが叫ぶ。クルトは自分で力動を整えようとしているが、限界だった。

ラヴァルが張った結界の中で、ライキはクルトを抱え込むと、その唇を割って力動を注ぎ込んだ。

弱々しかった間口が大きく開かれ、紫道の中で、不格好な姿で繭にくるまれているクルトの姿を、ライキは抱えた。

「クルト……クルト、すまなかった。こんな、ボロボロにして」

クルトは小さく丸めた糸を、ライキに投げつけてよこした。怒っているのだろう。腕の中で暴れ、糸でがんじがらめにしようとしてくる半神を、ライキはなだめるように抱きしめた。

「ああ、悪かった。後でなんでも言うことを聞いてやる。だから……糸を、緩めてくれ」

クルトの身体から、銀と紫の糸が、溶けるように離れていった。

未だ絶命しない魔獣は、氷を溶かしながらも火を噴きだし、暴れていた。

ハザトがいくつも氷の刃で突き刺し、身動きできないように固めているが、抵抗をやめない。

魔獣を、完全に殺すには、浄化しかない。

一つの精霊の属性は一つだけ。ハザトの操る精霊〝氷槍《ひょうそう》〟は、攻撃型としての力しか持っていない。

だが、神獣は、主な属性の他に、様々な力を持つ。

「〝浄化〟」

クルトを抱きかかえ、魔獣を睨み据えたライキの伸ばした腕から、紫と銀の糸がすさまじい勢いで魔獣に向かって放たれた。ぎゅるぎゅるとその燃える身体をきつく縛り上げ、覆ってゆく。魔獣の身体から火が消え、しゅうしゅうと煙が立ち昇る。

魔獣は断末魔の声を上げた。肉が溶け、骨になり、それでもなお空に向かって咆哮が響き渡る。完全なる浄化でなければ、この世から滅するのも容易ではない。それが、魔獣だった。

やがて骨が溶け、その姿が、失われる。ライキはゆっくりと紫道の力をクルトの中に戻した。

「ライキ様！　あちらにも火の手が！」

ラヴァルの声に、ライキは舌打ちした。一体、この麗街に何人の魔獣化した間者が入り込んでいたのか。敵の実態を摑めないうちに、麗街に火が回ってしまった。

「ハザト、逃げる連中をまとめるぞ。俺の結界とお前の氷で、火から住人らを守るのが先だ！」

「しかし、魔獣はどうなさいます！　倒さなければ、ますます火の手が」

「予知では、俺の紫道は、人を守る、とのことだった。それを優先させろ！　町を守るのは、青雷だ。攻撃型の最上位にして、鳳泉に次ぐ浄化能力のある青雷が発動されれば、魔獣は壊滅する！」


オルガは、魔獣から逃れようと必死で走った。周りの人間らが魔獣の姿に悲鳴を上げる。

この魔獣の属性は分かっていた。上から一気に降り注いできたものを、オルガは空中で受け止めた。はねのけるのは容易だったが、そうすればこれが、周りの人間らにもかかるだろう。

その魔獣は水の属性の精霊を元にしており、降り注いできたものは、毒を含んだ水だった。

人間にかかれば、身体を溶かすか、肌を焼くか、即座に死に至らしめるかだろう。考えている暇はなかった。

（〝浄化〟！）

オルガは毒水を〝浄化〟することで水と毒の性質を〝分離〟させた。毒が消え、水だけが空に舞う。

池の深部で湯の花の水だけを取り出した、あの要領と同じである。操者の力動なしに、神獣の依代だけが行える操作能力である。

オルガは魔獣がまき散らす毒の水を、力の限り浄化し続けた。

だが、依代のオルガでは限界がある。力動を急に大量に使ったため、目の前が揺らぎ、地に膝をつく。

『やはりお前は、俺と同じ、水の属性を持つ精霊師だな⁉　しかも操者か！』

魔獣は笑いながら言った。力動を用いたので、操者と勘違いしたのも無理はない。余裕の足取りで近づいてくる。

『金色の蟲が飛ぶのを見た時に、あの宿に何かあると思ったが、踏み込んで正解だった』

なぜこの魔獣は、普通に人のように会話ができるのか、オルガには不思議でならなかった。

魔獣化すると、人としての身体も、心も、失ってしまうと聞いていた。魔獣と人が一つの身体に共存している状態など、ありえない。だが今目の前の男は、魔獣の姿でありながら、人らしい思考で語っている。一体なんなのだ。

どおん、という地を揺るがすような激しい音に、オルガは思わず身をすくめた。

空に目を向けると、火柱がまっすぐ天に向かって立っていた。

あれも、魔獣の仕業か。一体麗街に、何が起こっているのか。

『我らの正体を知られたからには、麗街を滅ぼし、一人でも多くの精霊師を、我が主《あるじ》のもとへ連れて帰らねばならない。……お前も来い。その小さな精霊でも、あの方にかかれば少しは役に立つようになるだろう』

大きな水かきのついた手が、ゆっくりと伸びてくるのを、オルガは見つめるしかなかった。


オルガが、精霊を出した。

間口を開け放っているキリアスには、すぐにそれは分かった。

いきなり、力動を、精霊を出した。この勢いは、ただ事ではない。

「オルガ……！」

キリアスは手綱を握りしめ、思わず大声で叫んだ。

「オルガ……オルガ、返事をしろ！」

『キリアス様！』

上空を飛ぶコウガの、絶叫に近い声が空に響く。

『麗街が……麗街から、火の手が上がりました！』

キリアスはぎり、ときつく奥歯を嚙みしめた。シンバに思いきり鞭を入れ、限界に近いほどに走らせる。これ以上無理なほどに上体を倒し、キリアスは全速力でシンバを駆けさせた。

コウガが最後の力を振り絞るように羽ばたき、先に麗街の検番まで飛んだ。閉ざされた検番の入口に差しかかった時、コウガはありったけの声で叫んだ。

『護衛団第二連隊長のコウガだ！　キリアス王子がこちらに駆けてこられる。開門せよ、開門せよ！』

検番が慌てて門を開ける。入口を閉ざしていたのは、街の人間を閉じ込めていたからではない。麗街の入口の門の周辺は、氷の壁に覆われ、氷の囲いの中まで、逃げる街の人間を護衛団が誘導しているのである。この氷は、第一連隊長のハザトの氷だと、すぐにコウガは気がついた。

氷のために半分固まった門を、懸命に護衛団の門番らが開ける。その開いたわずかな隙間を、凄まじい勢いで一頭のシンバが走り抜け、一瞬も速度を落とすことなく、燃え上がる麗街へ向かっていった。

「……オルガ……！」


水かきのついたぬめぬめとした手に搦《から》めとられ、オルガは自分の身体に〝界〟を張るだけで精一杯だった。

身を固くするオルガを見て愉快そうに、魔獣の口からずるりと紫色の舌が出る。

『名を名乗れ。正名だ。お前の正名は？』

正名？

オルガは今、魔獣の片手だけで身体を棒切れのように握り締められた状態だった。目の前に魔獣の顔が近づき、長い舌が耳のあたりを這う。

『正名を教えろ。正しく教えねば、お前の目を一つくりぬくぞ。想像を絶する苦痛を与えてやるが、殺してはやらん。のたうち回りたくないだろう。早く教えろ』

　正名。

　それを欲しているところを見ると、この異様な魔獣化に関係しているのだろうか。

　正名を渡せば、自由を奪われるということだ。おそらくそれ以外にないだろう。

　この身には青雷が宿っている。渡せるわけがなかった。

『早くしろ。殺されたいか！』

　魔獣の苛立った声と、自分の名を呼ぶ声は、ほとんど同時に空に響き渡った。

「オルガ！」

　魔獣の姿に、シンバが驚いて嘶《いなな》いた。

　乗っていた男は、シンバを手綱で御《ぎょ》することはなく、そのままシンバの背から飛び降りた。

　むしり取った頭巾の下から現れた顔に、思わずオルガは状況も忘れて叫んだ。

「キリアス様……！」

　こんな時なのに、心が歓喜に震える。その姿を確認するより先に、内側いっぱいに、キリアスの声が響き渡った。

（オルガ……大丈夫か。今助ける。精霊を出したんだ。その気になれば共鳴できる。俺に、意識のすべてを向けてくれ）

　意識？　意識のすべてはキリアスに向いている。こんな状況でも、目の前にいるキリアスだけに何もかも集中している。これ以上、どうすればいいのか？

　見つめ合った二人を見て、気づくものがあったのだろう。魔獣が唐突に叫んだ。

『お前ら、半神同士だな!?』

　ぎり、と強く掴まれて、思わずオルガは悲鳴を上げた。〝界〟をかろうじて張っているので耐えられるものの、普通なら内臓も骨も押し潰されていてもおかしくない力だった。

「オルガ！」

『何もするな！　こいつを殺すぞ！　こいつが操者だと思ったが、お前が操者だな!?』

　オルガの身体を高々と抱え上げた魔獣に、キリアスは叫んだ。

「そうだ！　俺が操者だ、オルガを放せ、俺を拘束しろ！」

『ああ、言われなくともそうするとも。我が主が欲しがっているのは精霊師でも、操者だ。より強い精霊を所有する、力動の高い操者の方が、大きな力を持った魔獣となるからな』
魔獣の手が、オルガの首に伸びる。
『お前の可愛い半神の首を、人形のようにちょん切られたくなかったら、精霊師なら必ず護符を持っているだろう。お前の正名を、そこに書け』

◇◇◇

宿はすでに火に包まれていた。

一匹の蝶はためらわず二階に上がり、その姿を金色の人間の姿に変えた。人間の形をした光り輝く蟲の集合体となり、ただ一つ燃やされていない、火も回っていない衣装棚に近づく。強力な結界が、業火から衣装棚を守っていた。

『ハザト！　ハザト、こっちにも氷を！　ハユル様が閉じ込められているのよ！　早く火を消して!!』

〝赤目〟を発動させ、氷の精霊を操る護衛団第一連隊長のハザトに、ジュードは訴えた。赤目の誘導で、ハザトの氷が地面をすさまじい速さで伝っていく。

金色に包まれた箱が、燃え盛る建物の中から飛び出してきた。

それは、空中で静かに扉が開き、金色の光に包まれたハユルが、ふわりと舞った。真下にいたジュードは、そのあまりの美しさに、状況も忘れて思わず見惚れた。光蟲が、ここまでの黄金を放っているのを、初めて目にしたのである。

思わず腕を広げたジュードのところへ、ゆっくりとハユルは落ちてきた。ジュードがその身体に触れた時、ハユルの睫毛がかすかに震え、うっすらと瞳が開く。

「イーゼス……」

『ハユル、俺だ、もう少し待っていろ、麗街にもうすぐたどり着く。力動を整えて、すぐに医者に連れてってやる！』

ハユルの上で、金色の蝶が必死に舞う。ハユルは、わずかに開いた瞳に、金の蝶を映し出した。

「イーゼス、俺を、助けてくれたの、オルガだよ。オルガ……助けてあげて。火が……どうにか、なっているんでしょ？」

『そんなのお前は気にしなくていい！　お前の身体の方が大事だ！』

「イーゼス、お願い」

ハユルの手が、蝶に触れようと、ゆっくりと上がる。蝶は、その手にまとわりついた。

「この熱風……俺でも分かるよ。光蟲を、出さなきゃならないよね？　イーゼス、俺は、大丈夫だよ。みんなを、助けてあげて」

『嫌だ、お前の身体が』

「イーゼス」

ハユルは指に止まって震えるように羽をはばたかせている蝶に、笑いかけた。

「ねえ、イーゼス。俺は、単なる器じゃないよね？　光蟲の、依代だって、思っていいんでしょう？」

『ハユル……』

「俺を、半神と思ってくれるのなら、俺の中の光蟲を、使って」

麗街の空に、金色の帯が、いくつも描かれた時、その光景に火から逃げる人々さえ思わず目を見張った。

金色のそれらは、やがて一つの集合体になり、空いっぱいに、とぐろを巻く蛇へと姿を変えた。

光蟲。滅多に全貌を現さないとされる神獣が、麗街の空を黄金に輝かせた。

◇◇◇

正名。

キリアスの表情が、全て悟ったというように、強張る。

駄目だ、駄目。キリアス様。オルガは必死に、目で訴えた。首を摑まれているので、声が出せない。

『早くしろ！　護符を、持っているだろう！』

精霊師なら、行く先々で結界、呪解などを行うため、護符を所有していることは常識である。

「キリアス様、やめて、駄目だ……！」

かすれた声しか出なかったが、それでも絞り出すようにオルガは訴えた。

「お、ねがい、俺の、俺の、正名を渡すから……！」

だが魔獣は、オルガの願いを鼻で嗤った。

『依代と操者なら、操者の方がはるかに価値がある。お前など大して役に立たん』

キリアスの正名。

それは、それだけは、汚されてはならなかった。

自分の名前は、まだ、いい。

オルガ・ヘルド・ヨダ・ニルス・アルゴ。

ゼドとセツが、自分たちの先祖を継いだ名前として、正名をつけてくれたが、アルゴ家はすでに断絶している家である。

それに、もう、自分の父も、死んでいる。

正名には、本当の母の名を示すものは何もない。

今現在、アルゴ家で血脈を継いでいるのは、ゼド一人だ。

ゼドならば、血脈を汚されても、魂の浄化の際に、綺麗にあの世へ旅立たせてもらえるだろう。

育ての親とも、正名では繋がりはない。

自分の存在は、本来、あるはずのないものだったのだ。

ゼドとセツが正名を与え、生きる力を、青雷を与えてくれなかったら、失われていた、命だ。

だが、キリアスは違う。

その正名は、ヨダ国そのものなのだ。

目の前のキリアスの顔が、何かを見据えるような表情に変わった。

そこに、怒りはなかった。

焦りすら、浮かんでいなかった。胸元から静かな動作で護符を出す。

剣に手をかけ、鞘からわずかに刃を出し、指先を当てる。

指先から、一筋の血が、手首へと伝う。護符に、その指をあてると、キリアスは指先を動かした。

「書いたぞ。そいつを放せ」

魔獣は馬鹿にするように嗤った。

『偽名を書かれている恐れがある。確かめるのが先だ。力動で、ここまで護符を飛ばせ』

「オルガを放すのが先だ！」

『勘違いするな。命令するのは俺だ。こいつはすぐにでも殺せることを忘れるな』

キリアスは、護符を力動で飛ばした。

血文字で書かれたその文字を見た瞬間、オルガは混乱してどうにかなりそうだった。

（なんで……!?　なんで!?　キリアス様!!）

恐怖と焦燥で、身体ががたがたと震えだす。

『これ……は、どういうことだ？　お前は、一体何を……』

魔獣が、何が書かれているのか分からないという顔で護符を見つめる。

『キリアス・ニルス・ヨダ。――キリアス第一王子？』

ヨダ王国の嫡出子。キリアスの正名が記すのは、それだけである。

それだけで、全てを物語る、血流である。

通常は五文字以上で連なる正名が、わずか三文字で記されるのは、王族だけである。これはヨダ国だけではなく、全ての国がそうだった。

オルガは両目から流れる涙を止めることができなかった。

なんてことを、なんてことを。

キリアスの正名。それは、ヨダ王家そのものを渡してしまうのと同じなのだ。

父王の、弟王子の、もしかしたら先読の、名前が汚されるかもしれないのだ。

あってはならない。それだけは、敵に渡してはならないものなのに！

魔獣は、さすがに訝しがる様子を隠さなかった。

目の前にいる人間が、この国の第一王子だなどと、信じられないのも当然だった。

『もしや、貴様、偽名を用いたか？』

キリアス・ニルス・ヨダと記されていても、韻が違えば正しい名とはならない。護符に書かれていても、なんの効力も発しないのだ。

魔獣は、長い舌を伸ばし、護符を摘《つま》んだ。大きな鉤爪の指先で、血文字で書かれた正名の左側をざっくりと裂く。

次の瞬間、キリアスの左肩から胸まで、一直線に血しぶきが飛んだ。

その衝撃に顔をしかめたキリアスが、片膝を地につく。

左側が鮮血に染まったキリアスを目にしたオルガは、魔獣に囚われていることを忘れ、絶叫した。

「キリアス様!!」

地に滴り落ちる血を、キリアスは歯を食いしばって見据えた。この血の量で、どれほどの傷の深さか計るのは容易だ。

オルガの絶叫と、魔獣の歓喜が、響き渡る。

『フハハハハハ！　本物か！　本物の、この国の第一王子とは！　一体何がどうなっているのやら！』

魔獣は興奮しきった顔で、護符を見つめた。

『ヨダ国王子の正名か……！　これはとんでもないものを、手に入れさせてもらった。我が主がどれほど喜ばれることか！』

魔獣はわずかに目を細め、興奮から幾分冷めた、馬鹿にしきった声をキリアスに投げた。

『この国の精霊師にとっては、半神、というものが、己以上の存在となると、我が主から聞いたことがあったが、愚かなこととしか思えん』

魔獣に首を締め上げられていたオルガの身体がぐらりと動くのが、キリアスの目に入った。

魔獣にオルガの手が突き出され、そこから〝突〟の力動が発せられた。魔獣がとっさにそれをかわし体勢を崩した瞬間、オルガは魔獣の手から護符を奪い取った。

「オルガ！」

「貴様……！」

魔獣の手がオルガの首をより強く締め上げる。オルガの顔が苦痛に歪むが、護符を握りしめる手は緩まなかった。

「やめろ……やめてくれ！」

このままでは、無様に殺されるだけだ。なんとしても、オルガだけはこの手に取り戻さねば。

どうする。どうすればいい。

「オルガ、護符を離すんだ！」

魔獣に首を締め上げられるオルガの瞳が、キリアスに向く。

涙があふれる瞳には、殺される恐怖はにじんでいなかった。

ただひたすら、半神を案じる想いしかなかった。

オルガ。

どれほど俺は、今までお前を泣かせてきただろう。

思えば今までお前が流してきた涙は、皆、俺ゆえだった。

……オルガ。

今更だとは思うが、もし、もう一度だけ、心を渡すことができるならば。

「……愛してる」

キリアスは、その瞳に、無意識に言葉が口を突いて出た。

お前を、愛している。オルガ。


周囲が、水で包まれたのを感じた時、キリアスは今、自分がどこの世界に存在するのか分からなくなった。

なぜならそこは、ただ水の世界と呼ぶには、あまりにも美しすぎた。

真っ青な水の中に、無数の魚がおり、そして、魚たちにまとわりつかれるオルガは、身体の半分が、魚の姿だったのだ。

いや、正しくは、オルガの下半身が七色の鱗に包まれているのだ。

銀色の髪は水に溶け、オルガの瞳からはらはらと涙が零れるが、それが、宝珠のような輝きを伴ってキリアスの方に流れてくる。

目の前に泣いているオルガがいるにもかかわらず、その美しさに、キリアスは言葉を忘れて立ち尽くすしかなかった。

これが、お前の、青雷の中か。

目も眩《くら》むほどの美しさの中にあるだけで、キリアスは不思議な幸福感に包まれた。

キリアスは、両腕を広げた。すぐさま、オルガの身体が飛び込んでくる。

抱いた存在の愛おしさに、キリアスは込み上げてくるものを止められなかった。

俺の流す涙は、お前のように、七色とはならないだろうな。

顔を上げてオルガの瞳を覗き込むと、涙は消え、透き通った水色の湖面のような瞳が輝いていた。

(キリアス様……)

何から何まで、美しい。

皆が言っていた。俺の半神が、最も美しい。

俺も言おう。この世で、お前が一番美しく、愛おしい。

「愛している、オルガ」

オルガは、まるで水中に花が咲くように、微笑んだ。

現実の世界に引き戻されたのだと、オルガはすぐには気がつかなかった。

なぜなら、身体全体が、薄い水の膜に覆われていたからである。

精霊の中ではない、と判断した時、凄まじい叫び声が耳に届いた。

『ぐあああああああっ!!』

魔獣が叫び声とともに、喉を締め上げていた手を離すのをオルガは感じた。

だが、そのまま地に叩きつけられることはなかった。ふわりと身体が宙を飛び、キリアスのもとへゆっくり運ばれていく。

「キリアス様……!」

キリアスの右腕が差し伸べられ、オルガはそれにしがみついた。身体を抱き寄せられ、キリアスの腕の中に収まる。

共鳴したキリアスが今、青雷の真の力を手にしたことをオルガは悟った。攻撃型最上位の神獣の力を。

断末魔のような魔獣の絶叫に、オルガは思わず振り返った。

魔獣は身体が半分ほどになっていた。まるで、干上がったように、身体がしわしわになり、骨と皮だけになっていく。

右手には自分を抱えながら、魔獣を睨み据えてキリアスは左手を突き出していた。握りしめたその左手に、ぶくぶくと泡を立てる真っ黒な水がまとわりついている。

それを見て、オルガは、水の属性が、なんたるかを知った。

青雷は、水を出すだけの神獣ではない。

出すならば、その対極に、奪うことも可能なのだ。

今キリアスは、魔獣の体内の水分を、奪っているのだ。

「〝浄化〟」

キリアスがそう告げると、握りしめた左手が解かれ、真っ黒な水が蒸発するように消え始めた。

もはや断末魔の声も上げられず、魔獣はその身体を少しずつ消していった。

身体がなくなり、骨になり、その骨が溶け、大気中へ消えてゆく。

完全に消滅したのを見届けた後、キリアスは左手を地につけた。

地面に、ぼたぼたと血が飛び散る。

「キリアス様!!」

オルガは、まだ自分が水の膜に包まれていることを確認し、その理由に気がついた。

青雷が、まだ、発動しているのだ。

自分の胸元に、キリアスの正名が書かれた護符が差し込んであったので慌てて、服の奥深くへ仕舞い込む。

地面に膝と両手をついたままのキリアスに縋る。上衣は血で黒々と染められている。早く、怪我をなんとかしなければ。

『キリアス、青雷を使えるか!?』

声に顔を上げると、光蟲の帯が、空に浮かんでいた。

イーゼスの声が、空いっぱいに響く。

『西の通りと、橋渡場前に、俺が拘束している魔獣がいる。光蟲には浄化能力はない。ライキはもう一体、相手にしている最中だ。そいつらを倒せば魔獣はいなくなる』

キリアスが荒い息を繰り返しながらも上体を起こす。

オルガは必死にその身体にしがみついた。

「やめてください！　イーゼスさん、この血、見えないんですか!?　力動なんて使ったら死んでしまう！」

『しかしもうライキも限界だ！　住民を火の手から守っているんだ、これ以上の力動はあいつでも出せん』

「場所を、示してくれ、イーゼス。俺は、もう気配を読むことはできない」

キリアスが告げた言葉に、オルガは泣きながら訴えた。

「やめて、キリアス様！　もう無理だよ、これ以上力動を使ったら、身体がもたない！」

「オルガ」

キリアスが顔を覗き込んでくる。

「大丈夫だ、オルガ。見た目ほど、出血はひどくない。一刻も早く、魔獣を滅ぼし、街の火を消さなければ。魔獣が生み出した火は、俺ら水の属性を持つ精霊でしか消せないんだ」

嫌だ、嫌だ。この血の量が、大したことないはずがない。

街を救わなければならないのに、キリアスから流れる血しかオルガは目に入らなかった。

半神は、こんな身体になっても、皆を救おうとしているのに。自分のことしか考えられない。

オルガはきつく目を閉じたが、涙は止まらなかった。

オルガの頬を、キリアスはそっと包んだ。

「ごめんな、泣かせてばかりで」

柔らかい声が、オルガを包む。

「だがもう、これで最後だ。もう二度と、泣かせたりしないから。俺を、信じてくれ。お前を置いて、絶対に死んだりしない」

オルガは閉じていた瞳を開いた。目の前の男は、もう涙で霞《かす》んではいなかった。流れる血を見据えながら、オルガはキリアスの手を強く握り締めた。

「絶対だよ……！」

「ああ、約束する」

微笑んだままのキリアスの顔が、ゆっくりと近づく。唇が重なった瞬間、オルガは自分の中の竜が、目覚めるのを感じた。


空に浮かんだのは、青き竜の姿だった。

全身を覆う鱗の上を、虹色が走る。竜が身体を上空へくねらせるたびに、頭から尾の先まで、七色の光が通る。

およそ十五年ぶりにその真の姿を現した神獣に、精霊師も、兵士らも、避難している街の人々も、我を失って呆けたように空を見つめた。

だが、茫然自失の状態も、イーゼスが声を響かせるまでだった。

『ライキ、結界を強固にしろ！　青雷が、魔獣を一気に攻撃するぞ！』

ライキは、光蟲の誘導に従って、麗街の建物という建物、人々が避難している箇所を、凄まじい速さで蜘蛛の糸で覆っていった。

イーゼスは、ライキを誘導しながら、途中で逃げ遅れた軍人らや街の住人らを、見つけ次第次から次へと金の帯で搦めとり、ライキの結界の中に放り込んでいった。

そして上空の竜が、口を大きく開ける。そこから魔獣めがけて放たれたのは、一筋の青い雷だった。

ほんの小さな雷光であったが、魔獣を貫いたそれは、凄まじい轟音《ごうおん》と衝撃を、麗街全体に響かせた。万が一強固に結界を張っていなかったら、麗街全体が消滅したかと思われるほどの地鳴りが襲う。

一瞬のうちに魔獣を灰にした神獣の名前が、なぜ青雷と呼ばれるのか、なぜ攻撃型の最上位であるのか、その場にいた誰もが理解した。

やがて青雷は、次第に空へ溶けるようにその姿を変えていった。

七色に光り始めた青雷は、旋回しながら上空に向かい、青雷の身体が少しずつ消えてゆくと同時に、七色の水が空から降り始めた。

その水は、火が収まらない麗街の建物に降りかかった。なぜか、その水が火に落ちると、あっという間に火は消え失せ、白い煙を上げた。

結界が解かれ、人々はその光景を目にして歓声を上げた。

青雷が七色の水となり、まるで恵みの雨を降らせるかのように、麗街の空に降り注ぐ。

青い空と太陽の光を映し出したその七色の水は、先程まで灼熱の地獄の中にいた人々の表情を微笑みに変えた。

やがて、青雷が完全にその紺碧の空の中へ姿を消した時、麗街に歓喜の声が響き渡った。


火が、消えた。

青雷の視点で街を見下ろしていたオルガは、ほっと安堵して現実の世界へ戻った。

そして、つい先程まで同じ精霊の世界にいたキリアスに顔を向ける。

すでにキリアスの身体は、地に伏していた。

その蒼白の顔を見た瞬間、オルガは思わず絶叫した。

「キリアス様！　嫌だ、キリアス様、しっかりして！」

「オルガ！」

シンバに乗ったゼドが、駆けてくる。シンバから飛び降りたゼドは、気を失っているキリアスを一目見るなり顔を強張らせた。

キリアスの身体を仰向けにさせ、短剣で血に濡れた服を裂き、傷口を露にする。その出血の量と傷の深さに、オルガはまたも息を呑む。

ゼドは口笛を吹き、上空にいた自分の遣い鳥を呼んだ。

「カドレアを呼べ！　麗街に到着している頃だ。血が足りん！」

　自分の記憶をわずかにその鳥に預けると、ゼドは腰にぶら下げている袋から一つの護符を取り出した。

「オルガ、お前は自分で自分に結界を張れ！　医療精霊をこいつに入れるぞ！」

　以前、ルカがキリアスに施した術である。あれで、傷口を治そうとしているのだ。

「ゼド様、ゼド様、お願いです、キリアス様を助けてください……！」

　ゼドは自分も上半身を脱ぎ、選び取った医療精霊が封印されている護符をかざした。

「俺はこれから意識をほとんど失う。いいか、オルガ。カドレアが来たら、お前の血を、キリアスに分けるんだ。俺が傷を塞いでも、この出血じゃ助からんかもしれない。カドレアの得意とする医療精霊は、人から人へ血を移すんだ。血を、分け与えることができる」

　血を、移す。オルガは必死で頷いた。助けられるなら、全部血を渡しても構わない。

「俺の血は、おそらくキリアスに渡しても平気だろう。だが俺は術を使っているから、すぐに血を与えられん。お前なら、必ずキリアスの血と合うはずだ。カドレアがためらったら、そう言え。いいな！」

　ゼドは医療精霊が書かれている護符に、神言を唱えながら左手をかざした。かざした手に、文字が移ってゆく。その文字が、ゼドの身体を這い、ちょうど左肩から胸にかけて、一直線に文字が描かれた。

　そのままゼドは、キリアスの身体の上に覆いかぶさるような体勢を取った。黒い文字が発色し、金色に変わり、キリアスの傷口へぽたぽたと文字が溶けるように落ちてゆく。

　祈るように息をひそめてその様子を見ていたオルガのもとに、ゼドが放った鳥に導かれながら、カドレアがシンバを駆ってきた。

「カドレアさん！」

　カドレアは、キリアスと、施術をしているゼドを見て驚きの声をあげ、その場に飛び散った血の量に真っ青になった。

「カドレアさん、俺から、俺から血を採ってください！　キリアス様に血をあげて！」

「オルガさん、血は、誰にでもあげられるものじゃないんです。近親者以外の血は、人の身体は滅多に受けつけないんですよ。私の扱う精霊は、人から血を奪って人に与えることをしますが、血が近い者でなければ拒絶してしまうんです」

　言い聞かせるようにカドレアはオルガに告げたが、オルガは必死で首を振った。

「ゼド様が、必ず俺は、キリアス様に血をあげることができるって言った！　お願いです、やってください！」

　オルガの必死の形相《ぎょうそう》に、カドレアは困惑しつつも自分の手首を露にした。カドレアはいつも精霊を宿しているわけではない。使う時にだけ医療精霊〝血食花《ちじきばな》〟を用いるのだが、護符ではなく手首に入れ墨を彫っているのである。

「……確かめてみますが、無理な時は諦めてください。キリアス様は正統な王室の血筋ですから、特に難しい。ゼド様の施術が終わるのを待つしかない。ゼド様は王室の分流で、キリアス様の叔父ですからおそらく血を与えられます。ですが、医療精霊を使った後、どれほど血を分け与えられるか……」

「俺は、キリアス様の従兄弟《いとこ》です！　大丈夫です！」

　オルガの言葉に、カドレアは戸惑った顔をした。だが、親指を切り、自分の血で手首に描かれている精霊の契約紋に血の筋をつけた。

　カドレアの手首から、何本もの赤く細長い触手が現れる。うねうねとしたそれらの一本が、オルガの首まで伸びてきた。そこで初めて気がついたが、魔獣の手で首を絞められていた時に、爪が食い込んで血が流れていた。

　もう一本はキリアスの左腕あたりをさまよって、触手の先端をぺたりと吸盤のようにつけた。

　静かに精霊に集中していたカドレアの目が見開かれる。

「な……に？　これは、どうして……⁉」

　カドレアは信じられないといった顔でオルガを振り返った。

「こ……こんなに王族の血と近いなんて……あなた、一体……⁉」

「血は、移せるんでしょう⁉　早くお願いします！」

カドレアはオルガの鋭い声に、慌てて短剣を出すと、オルガの腕にその刃をあてた。

「限界まで、流しますよ。青雷を出した直後で弱っているでしょうが、配慮できません。いいんですね？」

　見据えるようなカドレアの目に、オルガは力強く頷いた。

「お願いします。絶対に、絶対にキリアス様を助けてください……！」

11

いつの間にか、また青雷の中に入ってしまったようだった。

だが、いつもの穏やかな、まとわりつくような水の流れではないことに気がついたオルガは、不思議に思って周りを確認した。

力動が乱れているからだろうか？

水が、流れている方向に、青雷の姿があった。

青い竜が、七色の鱗を輝かせて、こちらを見つめている。

「青雷？」

思えば青雷の中で、その気配を感じることはあっても、青雷のそのままの姿を見つめるのは、これが初めてだった。

青雷は、水を引き寄せるようにしながら、オルガをしばらく見つめた後、くるりと身体を回転させた。

そして、青雷が向きを変えた方向に、眩しい光が現れた。

青雷と水は、その光に導かれるように、オルガの視界から、少しずつ遠くなっていった。

「青雷……？」

呼びかけた声は、現実の声となって、自分の耳に響いた。

ああ、夢か。

夢と現《うつつ》の狭間に、精霊の中に迷い込んだのかもしれない。

ふと、横を向くと、自分を覗き込んでいる青い瞳があった。

一瞬、青雷の瞳かと勘違いするほどに、それは見事な青を湛《たた》えていた。

愛おしそうに、その目が微笑む前に、オルガは感極まってその名を呼んだ。

「キリアス様……！」

腕を伸ばして抱きつくと、キリアスの腕はしっかりと自分を抱きしめてくれた。その力に、熱に、震えるほどの安堵と愛おしさが全身を巡った。

「ああ、キリアス様、キリアス様……！」

オルガ、と呼びかけられながら、髪に、額に、キリアスの口づけが降る。オルガは必死に顔を上げて、口づけを受けようとした。望む通りに、唇をキリアスの唇が割ってくる。

温かい感触を、オルガは夢中になって求めた。自分から唇を、舌を吸い上げて、熱い息を送り込んだ。流れる涙をキリアスが舐め取ろうとしても、接吻を求めてその唇を追うと、キリアスは優しく唇を戻してくれた。

ようやく熱い吐息が収まり、キリアスの口づけが唇以外に移っても焦らなくなって初めて、オルガは自分がキリアスと一緒に寝台に寝かされていることに気がついた。

キリアスの肩から胸にかけて、分厚い包帯が巻かれていることにも。

傷を気にして身体をそろそろと離したオルガに、キリアスは微笑んだ。

「完全には傷が塞がらなかっただけだ。だけど大丈夫だ。お前が血を分け与えてくれたおかげで、俺は昨日には目覚めたよ。お前の方が真っ青になって気を失っていて、一緒に寝かせてくれと俺が頼んだ」

安堵してキリアスの身体に身を寄せると、腕で包み込まれた。その胸板に、顔を擦りつける。

「ここは……麗街？」

「ああ。あれから四日だな。動けるとなったらあいつら、こき使ってくるから、当分寝たふりしておこう」

「みんな無事？」

「ああ」

「……良かった」

心から安堵したオルガの頭上で、キリアスが呟いた。

「……最後に、お前の中の青雷を見られて、良かったよ」

最後？

顔を上げると、キリアスが微笑んでいた。からかうような、愛《め》でるような、穏やかな笑みにオルガは首を傾げた。

「十六歳、おめでとう、オルガ」

十六歳。

そうだ、誕生日が間近だったのだと、オルガはその時ようやく気がついた。

このところそれどころではなかったので、すっかり忘れていた。


「ああ、そうか。十六歳……」

……十六。

自分で呟いて、気がついた。

先程の、青雷が、離れていった、意味。

「そうだ。ゼドが青雷をお前の守護精霊としたのは、十六歳までだ。そこからは、何もしなくても自然に離れる。俺とは、正戒をしていなかったからな」

オルガは思わず、服をたくし上げて腹の斑紋を確認した。

幼い頃から、その斑紋の上には、青雷の契約紋があった。

青く光るその文字は、斑紋を養分とするように、どくどくといつもうごめいていた。それが、消え失せている。

……青雷。

オルガは、青雷が消えていった光景を思い出した。

あれは、別れを告げていたのか。

寝台の上に座り込んで茫然としていると、キリアスの手が頬をそっと拭った。涙が、キリアスの指を伝う。

「キリアス様、青雷が、さよならしたの、見た……？」

「……ああ、見たよ」

オルガはぽたぽたと涙を毛布の上に零した。子供のように、しゃくり上げる。キリアスの腕が身体に回り、包み込んで引き寄せた。

「俺……俺ね、青雷、大嫌いだったんだ。俺が危ないと、雷出すだろ。子供の頃は、それがしょっちゅうで、あんな雷出す子と遊んじゃダメって、言われたりして、友達もできなくて、学校にも行けないし」

なんでこんなものが自分に入っているのか、泣いて、わめいて、取ってほしいと、どれだけ両親に訴えたか分からない。

十六年。

どれほど大きなもので、自分は守られてきたのだろう。

ありがとうと、言えなかった。

こちらを見つめてきた青雷に、最後のお別れを言うことができなかった。

ごめんね、青雷。

十六年、どんな時でも、俺を守ってくれて、ありがとう。

お前がいてくれたから、この命を繋ぐことができた。

お前がいてくれたから、この人と、出会うことができた。

この人の、半神に……。

その時、オルガは、気がついた。

青雷が、ない……。

……精霊を、共有、していない……。

顔を上げると、キリアスが微笑みを浮かべていた。

「……キリアス様」

「ああ」

「……俺と、もう、共有、していません」

「ああ」

キリアスはオルガの茫然とする顔を、花を抱くような優しさで、両手に包み込んだ。

「何も、伝わらない世界の始まりだな。俺の気持ちが、見えなくて不安になるか？　共有できなくなったら、俺への気持ちがなくなった？」

オルガは必死で首を横に振った。キリアスは笑いながら、そっと唇を重ねてくる間に、囁いた。

「俺は、前以上に、お前が愛おしいよ」

オルガはつい、先程以上の力で、キリアスに抱きついた。

いてて、とキリアスはおどけたように笑ってみせたが、返ってくる力は、それ以上に強かった。

ありがとう青雷。

この人に、巡り合わせてくれて、この人の半神にしてくれて、ありがとう。

ねえいつか、神獣のお前の姿を空いっぱいに見ることができたら、ありがとうって大声で言うね。

その時は、またあの虹の鱗を煌《きら》めかせて、俺に見せてください。

お前を宿すことができて、本当に幸せでした。

◇◇◇

胸の上に大きな石が載っているのを常に感じていた。

おそらくそれは、本来宿るべきではない場所に神獣が収まっているがゆえなのだろうと思っていた。

この息苦しさを、ずっと抱えていくことになるのだろうと。

細かく小さく、呼吸をしていくしかない。無理矢理神獣を詰め込んだこの器は、思いきり息を吸い込むことなど不可能なのだろう。

ほんの少しでも、イーゼスの声が響く余地が残されているのなら、それでいい。

間口を割って入ってこられなくとも、その入口で、囁いてくれるだけでいい。

「ハユル」

すう、と風が通るようにイーゼスの声が入ってくる。

ハユルは、今までと違う声の響きに驚いた。

「イーゼス？」

呟いてハユルは、精霊の中ではなく、現実世界の声だということに気がついた。視界が明瞭になり、目の前にイーゼスの顔があった。

「イーゼス」

頭も身体も重くなかった。力動の乱れをイーゼスが直してくれたからか、それとも相当休んでいたからか。

ハユルは混乱する記憶の整理をしようとしたが、目の前のイーゼスに縋るように訊いた。

「イーゼス、ここは、麗街？」

「ああ」

「オルガとクルトは？　みんな一緒に来たんだ。どこにいるの？」

「あー、それぞれ半神といちゃついてんじゃねえのかな」

愉快そうにイーゼスが笑いながら言った。他人のことなど常にどうでもいいと思っているイーゼスにしては珍しい反応である。

その機嫌の良さそうな顔を見て、ハユルは次第にはっきりとしてきた記憶を、ゆっくりとたどった。そうだった。自分は、これを伝えるために来たのだ。

「イーゼス、俺、第三製紙街で、昔の知人から父さんの残した手紙を受け取ったんだ」

イーゼスの瞳がまっすぐに向けられる。そこに宿る光は、穏やかなままだった。

「ジュードに聞いた？」

「ああ。全部。もう、全て片付いたよ」

「……クヤドさんのことも？」

口にしてからハユルは、この名前をイーゼスに向けて出したのは初めてであることに気がついた。何度も何度も、己の中では呟いてきた名前だ。だが、イーゼスと自分の間に、その名前が浮かんだのは初めてのことだった。

「聞いたよ。全部」

見つめてくる瞳は、変わらなかった。自分のために激しさを抑えているのか、まだ信じきれていないのか、ハユルには分からなかった。イーゼスの表情を読み取ろうとしても、次から次へとあふれ出てくる涙がそれを見せてくれない。

「イーゼス、クヤドさんは、イーゼスを裏切っていたわけじゃないんだよ。イーゼスのことをちゃんと信じて、想っていたんだよ。真実、唯一無二の半神だったんだよ」

ハユルは言いながら、何度も涙を拭った。それでもイーゼスの顔がすぐにぼやけてしまう。伝われ。ちゃんと伝えないと。

イーゼスの顔が近づいてくる。その瞳に映るものを、まだ捉えていない。ハユルはイーゼルの腕を摑み、再度訴えようとした。

「イーゼス、クヤドさんは」

言いかけた言葉がイーゼスの唇に吸われる。同時に、力動が注がれるのが分かった。またも風が通り過ぎていく感覚に包まれる。

ハユルは驚いた。こんな風にイーゼスが力動を注いでくることは、いまだかつてなかった。

小さな器を常に気にして、間口をほんの少し開けながらそろそろと注ぎ込むように力動を流していたのだ。

衝撃を与えないように、器を万が一でも傷つけることのないように、イーゼスが細心の注意を払ってくれているのは分かっている。だが、あまりにも神経質なその力動に、時に哀しみが襲うのも確かだった。

他の操者は、自由自在に半神の器の中を飛び回るのだろう。自分はイーゼスにその自由を与えてやれない。そんな引け目を抱いても仕方ないというのに、抱えずにはいられなかった。

それが今は、空を飛ぶ光蟲のごとく、イーゼスの力動が流れてくる。常に感じている重石が消え失せるのをハユルは感じた。思わず、瞳を閉じて胸いっぱいに息を吸い込む。

「……お前を愛してるよ、ハユル」

清涼な風とともに、イーゼスの言葉が運ばれてきた。瞳を開けると、イーゼスの微笑みがあった。

「お前を、愛してる」

どれだけ見つめても、そこには穏やかな微笑みしかなかった。

ハユルは、伝えなければならない言葉を、口にできなかった。

クヤドさんは、イーゼスを愛していたんだよ。ちゃんと愛されていたんだよ。

そう、伝えなければならないのに。

自分に注がれてくる微笑みを、言葉を、抱きしめたかった。

「……大好き、イーゼス」

二番目でもいい。永遠に二番目でいい。それでも愛したかった。この言葉を狂おしいほどに、口にしたかったのだ。

「好きだよ、イーゼス。イーゼスが好き。ごめんね。イーゼスが好きなんだ。ごめんね。大好きなんだ」

嗚咽《おえつ》とともに、堰《せき》を切ったように言葉が出る。誰に向けている言葉なのか、ハユルにも分からなかった。

分かっていたのは、涙とともにとめどなく出る言葉を吸い上げるように、イーゼスが顔中に接吻を繰り返してくるということだった。

「……ああ、俺も好きだよ。お前が俺の、唯一無二だ、

「ハユル」

ハユルは子供のように泣きじゃくりながらイーゼスに抱きついた。身体が包み込まれるように抱きしめられる。なだめるように髪に、顔に、イーゼスの接吻が絶え間なく降り続けた。

「イーゼス……イーゼス……」

イーゼスの髪に頬を擦りつけると、首筋からイーゼスの匂いがした。接吻は穏やかだというのに、興奮からの熱が首筋に集まっていた。男の自制を感じたハユルは、逆に自分に欲情の火がつくのが分かった。熱を溜めるイーゼスの首筋に、たまらず舌を這わせた。

「ハユル」

嫌だ。正気になど戻らないでほしい。今なら、今なら理性をかなぐり捨てて、抱いてくれそうな気がする。

「イーゼス、お願い、このまま抱いてほしい。どんな方法でもいい、イーゼスと抱き合いたい」

こればかりは拒絶しないでほしい。ハユルは祈るような気持ちだった。イーゼスの唇を自分から吸いに行くと、あっという間に舌が搦めとられた。

「ハユル……俺の、触ってみろ。こんなものをいきなりお前の孔《あな》に入れたら、どうなっちまうと思う」

イーゼスの股間に手を導かれる。わずかに触れただけで、もうどんな状態か伝わってきた。ハユルはイーゼスの股間に触れることすら初めてだった。イーゼスは今まで決して、自分の処理をさせようとはしなかったのだ。

どうなってもいいから、これを挿《い》れてほしい。

そう伝えたはずだったが、口はイーゼスの唇と舌で嬲《なぶ》られ、やっと吐き出せるのは息だけで、言の葉は形にならなかった。

「間口繋げたら……なんとか……初めてでも……」

イーゼスの声もまるでうわ言のように聞こえた。唇と舌を吸い合って言葉が出てこない。腰に回された手が、するりと下着の中に入り、指が尻の割れ目をなぞった。

ハユルは、イーゼスに陰茎を触られたり舐められたりしたことはあっても、後孔は触れられたことがなかった。お前のここは必要ないと念を押されているかのようだった。だからイーゼスの指先が孔に触れただけで、ハユルは泣き出しそうになった。

「ハユル……」

「違うよ、嫌なんじゃないよ、イーゼス、やめないで」

「やめられねえよ……けど、今、香油ねえし……ハユル、間口、俺と繋げるからちょっとだけ意識こっちに向けてくれ」

　間口を繋げるなどイーゼスにとっては簡単なはずだった。それなのに、何をためらっているのだろう。

「いや……お前が、光蟲に集中してくれないとさすがに難しいんだよ……無理に開けることはしたくないし、ちょっとだけ俺の方を向いて」

「やだあ、イーゼス、指を止めないで」

　後孔にわずかに入っていたイーゼスの指が抜かれそうになり、ハユルは思わずイーゼスにきつく抱きついた。

「ああ、もう、ハユル……！」

　またも〝器〟の中に風が吹く。その風は、今度はイーゼスの欲情を運んできた。

　ハユルは風に抱かれながら、あふれ出す快感に必死でしがみついた。ああ、これは、イーゼスの快感なのか、それとも自分のなのか。頭から足の指先まで、欲情を、快感を共有しているのが分かる。

　そのうち、その快感が集中している箇所が、後孔だということに気づいた。熱い塊が中を突き、その律動によって脳天を貫くような快感が生み出される。

　ああ。気持ちいい。死ぬほど気持ちいい。

　イーゼス、イーゼスは、気持ちいいのだろうか。俺の中で、気持ちよくなっているのだろうか。

　イーゼスの快感を探ろうとしても、己の快感が強烈すぎて見えなかった。腹部の熱い塊がはじけた時、ハユルは絶頂が身を貫くのを感じた。

　そしてそのまま、意識は、精霊の中で溶けていった。

◇◇◇

　オルガが同じ宿にいるハユルのもとを訪れると、ハユルは寝台の上にいたが上半身は起こしており、クルトが付き添って、仲良く二人で差し入れのお菓子を食べているところだった。

　オルガを見て大喜びしたハユルの顔は、血色も良く、安定しているように見えた。実際、微熱があるだけで大したことはないらしい。

「けど、俺がここで見張ってろって言われたんだ。まだ本調子じゃないから」

クルトの言葉にオルガは首を傾げた。

「麗街が、まだ厳戒態勢なの？」

「ううん、違う。イーゼスが、ハユルが目覚めたとたん、ケダモノみたいに襲いかかったんだって。二人でエロいことをしていたから、カドレアがまた発見して悲鳴を上げて、ゼドが止めなかったら麗街がまた破壊されてたかもしれないって。やっぱりあいつはゲスのサイテイ野郎だって、『第五』連中からの評価がまたがた落ちしたんだって。ちょっとは見直されていたのに」

おそらくライキの話した言葉をそのまま繰り返しているのだろう。クルトが棒読みで伝える。

「ちが、違うんだって、俺が、つい、興奮して、イーゼスに抱いてほしいって言っちゃったから……」

ハユルが顔を真っ赤にして毛布に顔を埋める。

「それでイーゼスが、またハユルにムタイなことしないようにって、俺が見張ってろって言われたの」

ハユルが元気になるまではエッチなことは禁止なんだって。クルトはそこで言葉を切ったが、オルガはさすがにハユルに顔を向けられなかった。ハユルはもう、毛布の中にくるまってしまっている。

「……でも、良かったね、ハユルさん」

そっと声をかけると、ハユルは毛布の中から真っ赤な顔を覗かせて、エヘヘ、と笑った。そこにまたしても淡々としたクルトの声が挟まれる。

「オルガは元気になったから、キリアスといくらでもエッチなことができるんだって、ジュードが言ってた」

今度はオルガが毛布の中に顔を突っ込む番だった。


キリアスがくしゃみをしたので、ゼドはまだ包帯がきつく巻かれているその身体を慮《おもんぱか》った。

「寒いか？」

「いや……大丈夫だ。鼻がちょっとムズムズしただけだ」

二人の前で、ふんぞり返って椅子に座っているイーゼスが、苛立ちながら言った。

「何度も言うがな、麗街の復旧は護衛団に任せて、俺らはもう引き上げさせてもらう。第五連中はジュードとアイクを残して引き上げさせたが、本来諜報機関である第五を、これ以上麗街の捜査にあてられん。姿をくらますのはこっちが先だ。今後、活動が制限されてしまう」

「しかし操作系能力者が、事後処理に一人でも多く必要だ。それともお前、やってくれるのか」

ライキの言葉に、イーゼスは冗談じゃないと言わんばかりに鼻で嗤った。

「こんな程度の後始末に、俺の力を借りなきゃならないほどお前は無能か、ライキ」

ゼドは同席していた第五連隊長のジュードとアイクに席を外すように指示を出した。二人は軽く目くばせをして、アイクの方が切り出した。

「実際、私たちがどれだけここの連中に顔を知られたのか知りたいところではありますが、イーゼス様のおっしゃる通り、これ以上動くのは困難かと思われます」

「ああ、分かった。指示を待て。他の連中には、一切動かず待機するよう伝えろ」

二人がいなくなってから、ゼドは身体をライキとイーゼスに向けた。

「……今後、千影山の修行者を含め王宮から軍まで徹底的に調べ、敵の手に堕ちた者がいないか洗い出すようにと、ユセフスから内命が届くだろう」

イーゼスはうんざりしたように顔を背けた。

「あいつに言われんでも、俺は自分の管轄下の連中はやるつもりでいたわ。クヤドが正名を奪われたんだ。他の奴らも、同じように正名を奪われて魔獣化させられていても、おかしくないからな」

「ライキ、お前の護衛団が活動範囲が一番広い。すなわち、敵との接触も多い。近衛団の方は、ユセフスが調べると言っていた。お前は護衛団に集中しろ」

「俺も近衛はほとんど放っておいているから人のこと言えんが、警備団は全然統制が取れてない。穴だらけなのはあっちだと思うがね」

先程馬鹿にされたお返しか、ライキの指摘に、イーゼスは額に青筋を浮かべた。

またしても一触即発の状況にうんざりしたキリアスが、ゼドに告げる。

「ゼド、あんたはこれからどうするんだ」

「アウバスに入る」

ゼドの言葉に、三人の視線が集中した。

「なんとしても、セフィストに繋がる人間を探さなければならない。アウバス国の中枢に近い人間と、接触する必要がある。セフィストの術を明らかにしなければ」

「あんた一人で入るのか」

「……ダナルが共に行くと言っている。ガイの容態もかんばしくないというから、俺は止めているんだ。……全く、頑固な男だからな」

「……クソジジイ、齢を考えろってんだ」

イーゼスが顔をしかめた。ダナルはもう、齢五十である。若い頃に相当鍛え上げたとはいえ、今更他国へ間者として入るなど、無謀でしかなかった。

「……ルカは、なんて言っているんだ」

ライキは今回、初めて実父がルカの恋人だったと聞かされた。

アウバスの術師が実父であること以上に、それに対して衝撃を受けた。

顔も知らない実父の存在など、最初からあってなきがごとしだった。おそらく実父は、自分が生まれていることさえ知るまい。産んだ母親がアジス家に申し出るまでは、存在を知られていなかったのである。

父親という漠然とした存在を、憎まなかったと言えば嘘になる。だがそれは、アジス家への、世間全体に対しての怒りだった。その怒りも、クルトに出会って、クルトを半神とした瞬間に、どうでもいい過去になった。むしろあの怒りがあったからこそ、自分は神獣師になれたのだと、感謝しているくらいだった。

だから父親が敵であると知っても、どうとも思わない。自分の正名は実父と関わっており、半神のクルトも同じアジス家の人間のため、その辺りはどうなるのか気になるが、ただそれだけの話だった。一刻も早く捕らえて断罪することに、なんの異議もない。

だが、父親の恋人だったというルカの気持ちは、多少なりとも気になった。

無論、ルカにとって半神はダナルであり、あの二人の関係性は、今更揺らぐ程度のものではあるまい。

しかし、諸悪の根源が、神獣師となった自分にあるのだとルカが思っているとしたら、いたたまれない思いがした。

「……引退したんだからよ、何も考えないで、師匠と二人、茶でも煎《せん》じてのんびりしていてくれって伝えてくれよ。今更、昔の傷だかなんだか知らねえが、何も気にすることねえってよ。師匠の方も、敵国に行くのに足手まといのジジイの面倒なんて見れねえって、ゼド、あんた言ってやってくれよ」

イーゼスの言葉に、ライキは心の底から頷いた。そうだな、とゼドは苦笑した。

「じゃあお前、その代わりに俺が光蟲を駆使して働きますって伝えてこい。そうじゃなきゃ、納得しねえぞ、あのオヤジは」

冗談じゃねーよ、とイーゼスは悪態をついた。


宿から出て、外に繋いでいるシンバに向かうゼドを、キリアスは追った。

「ゼド」

呼び止めても、次の言葉が出てこなかった。

先程、キリアスは会合に呼ばれはしたが、なんの指示も出されなかった。

当然である。今や身分は王子でもなく、精霊を所有してもいない、市井の人間と変わらない。

何も、やれることはなかった。

ゼドは、そんなキリアスを見つめて小さく告げた。


「……お前、そろそろ分かってきたんじゃないのか。オルガの両親が、誰なのか」

その静かな瞳をキリアスは無言で見返した。

分かって、いると思う。

書院で知った事実を暗号にして、千影山にいるジーンが送ってくれたのだ。

そこから読み取れたのは、オルガの父親とされるカザン・アルゴが、鳳泉の神獣師であり、トーヤの半神だったということだ。

それだけでも衝撃だったが、オルガが目覚める前にカドレアが、オルガの血が、キリアスに非常に近かったことを伝えてきたのだ。

父親、だけでなく、母親も王家と関わりがある人間でなければ、おそらくはあそこまで血は濃くならないだろう、と。

カドレアにはこの事実を絶対に誰にも言わないように伝え、一連の流れを整理して、キリアスの頭に浮かんだ考えは、歴史上、絶対にあってはならないことだった。

おそらくその歴史を、つぶさに見てきた男の目が、静かに自分を捉えている。

だが、もう、キリアスは、目を逸らすことはなかった。

すでに、選択をした。

もう二度と、これから先何が待ち受けようと、それは一切変わることはない。

この国の大事に、何を成すこともできない身となろうとも、父王の怒りを受けようと、貫くものは、定まっている。

ゼドの瞳が、ふと、細められた。

懐かしいものを見るような、柔らかな光が、わずかに青を孕んだ瞳に輝く。

「……これからは、お前が、信じて待つ番だな、キリアス」

ゼドはそう言うと、軽やかにシンバに乗り、キリアスを振り返りもせずに走り去った。

その背中を見つめながら、キリアスは、これから先の未来を思った。

信じる。

父王が、許してくれるかどうか、ではない。

真実を知ったオルガが、この手を取ってくれるかどうかだ。

繋がるものは、何もない。互いに所有していた精霊も失った。心の中を覗くことも、互いの想いの強さも、祈りも、伝える術は何もない。

だが必ず、俺を選ぶと、信じる。

何があろうとも二度と、自分はあの手を離すまい。

キリアスは、駆けていったシンバを小さくなるまで見送った後、宿の方へ踵《きびす》を返した。


久々の入浴を済ませ、オルガは髪を櫛で梳《と》かしながらキリアスが戻るのを待った。

髪も、もうずいぶんと長くなっている。この国では、本来なら子供のうちは、結ばずに切ってしまう。だが少しでも大人に近づきたくて伸ばしていたので、もう肩を覆うほどになっている。

キリアスが短髪になっていたのには驚いた。ジュードが、自分が切ったのだと自慢気に話してきた時は、泣きそうになってしまった。髪を整えるのは伴侶の仕事である。変装のためだったのだからと言われても、髪を切る、という行為が人の手でなされてしまったことが、悲しくて仕方がない。

「ああ、戻っていたのか」

キリアスも入浴を済ませたらしく、包帯が替えられている。短い髪は軽く拭くだけでいいらしく、首に布をかけていたが、オルガは寝台に座ったキリアスの後ろに回り、髪を丁寧に拭いた。

「いいんだよ、すぐに乾くんだ、これは」

「……また、ちゃんと伸ばしてね」

「楽でいいんだがなあ。あんまり似合わんか？」

「だって俺は、こんな風に切れないもん」

口端から零れた不満に気がついたのだろう。キリアスは苦笑しながら顔を向けてきた。

「麗街には、髪結いがいるんだよ。国境付近だから、みんなその辺は適当だ。そりゃあ、結婚していれば別だろうが」

口を尖らせていたのだろう。接吻で、上唇を吸われる。

「案外、齢のわりに嫉妬《しっと》深いな、お前は」

「子供扱いしないで」

「してないよ」

なだめるような口づけが、想いを伝えるそれに変わる。

オルガはその唇に、すぐに舌を乗せた。

侵入を許した口の中に、舌先で伝える。

吐息がもう、すでに熱い。共有する精霊を失い、もう相手に何を言わなくても伝えることができる間口は閉ざされたというのに、前にも増して、唇の動き一つ、高まる熱一つで、欲情が饒舌《じょうぜつ》に伝わる。

絡ませた舌が離れる時に、オルガは内にこもった熱を声に出して放った。

「ふ……ゥ、ン」

わずかに顔を離してキリアスを見ると、深い青の瞳が、熱でうっすらと濡れていた。

その目を見ただけで、オルガは耳まで熱くなるのを感じた。羞恥か、欲望か、訳の分からない感情が身体中を巡る。それに突き動かされるままに、オルガは口にした。

「ほ、しい……抱いて、キリアス様」

口に出した瞬間、なぜか身体が震えだして涙が出た。

怖いのではない。今まで、ずっと堰《せ》き止めてきた何か、ずっと抱えてきた何かが、一気にあふれ出してしまっただけだ。

違うのだ、と伝えようとしても、次から次へと涙があふれて、身体が震えてきて言葉にならない。

首を振ると、キリアスの腕が背中に回り、強く抱きかかえられた。

そのまま寝台の上に押し倒され、唇が重なる。

必死で応えるように、オルガはキリアスの首に腕を回した。

「……オルガ」

一瞬でも離れるのが我慢ならないというように、キリアスの接吻が顔をさまよう。目尻から流れた涙を追ったキリアスの唇が耳朶《みみたぶ》を含んだ時、オルガはたまらず泣き声のような声を出した。

「ふ、う、あっ」

「オルガ……」

キリアスの熱が、首に、はだけてゆく胸に、伝ってゆく。

「……すまん、オルガ。今度は……今度ばかりは、やめてほしいと泣いても、途中でやめてやれない」

いいの、やめないで。

そう伝えたいのに、震える身体と声は、言葉を作ることができなかった。

あっという間に肌着が離れて、股の間にキリアスの顔が落ちた時には、すすり泣きに別の声が混じり、震える身体は快感を追い始め、伝えることはもっと困難になった。

精を抜かれる行為は何度もしていたのに、今まで以上の早さで、オルガは下半身を震わせた。

「はっ……あ、ああ、あっ……んんっ……」

今までとは比べ物にならないくらいの快感に、オルガはそれだけで四肢をぐったりと寝台の上に投げだした。

目の端に、キリアスが口から顎に流れる精液を拭う姿が映る。

なぜかその姿にあふれるほどの色気を感じ、オルガはあっという間に再び身体が熱くなるのを感じた。

キリアスが寝台の横の棚から、香油の小さな瓶を取り出した。

傾けた瓶から流れ出る金色の液体が、キリアスの手に絡んだ精液と混じり合う。

オルガは、まだ胸を上下させながら、キリアスが足を持ち上げてくるのに素直に応じた。

たっぷりとした香油が、花の匂いを乗せて、熱くなった部分を浸す。

少しずつ挿入される指に、どうしても緊張して意識を向けていると、キリアスの舌が乳首を突いてきた。

「あっ、あ、ん……」

乳首を舌で転がしてくるキリアスの頭を、つい強く抱きしめるが、舌の動きも指の動きも止まらなかった。指が一体何本入っているのか、次第に香油が粘膜に絡む音が、耳に届くほど大きくなってゆく。その卑猥な音をかき消すように、オルガの快感を伝える声も、大きくなっていった。

キリアスの指が、ふとある箇所をぐり、と突いた瞬間、オルガは自分でも驚くほどの声を上げた。

「あ、あっ、あんんっ！」

その声に、一瞬動きを止めたキリアスの指が、再びその箇所を押す。

「あ、ああっ！　いや、いやっ！」

一瞬にして突き上げてくる快感に、オルガは腰をくねらせてそれから逃れようとした。が、キリアスの両手は、いっそう力強くオルガの足を割り、自分の膝の上にオルガの尻を抱え上げるようにした。

両足がくるりと天井に向けられた格好になったオルガは、後孔にキリアスの陰茎がぴたりと当てられた時、怖さよりも、不思議な快感に震えた。

キリアスが、少しずつ、少しずつ侵入してくる。

突き上げるような圧迫感。それでいて、少しずつ、出たり、入ったりを繰り返しながら、自分を解放し、自分の一部となる相手を受け入れる、痺れるような快感。

ああ、確かにこれは、精霊を共有する、あの感覚に似ている。

頭のどこかでそんなことを思いながらも、オルガは次第に速くなるキリアスの動きに酔った。

ああ、もっと、もっと。もっと、俺の奥に、来てほしい。

誰も、たどりつけないくらいに、奥まで。

腰を打ちつけられるたびに頭まで抜けるような快感が飛ぶ。

突き上げられるままに、オルガはその動きに夢中になった。

キリアスの荒い息が、汗が、肩や首のあたりにあっても、もうそれを感じることができぬほどに、オルガはひたすら熱く繫がっている部分に意識の全てが向いていた。

「あ……あ、ああ、い、い、い……っ、キ、リアス様……ぁ」


どうしようもなく、この人が、欲しい。

全ての精霊師が、半神に対して思うことを、極限で精を放つ瞬間に、オルガは思った。

◇◇◇

「ああ、うん。分かる。ラグーンが言ってたこと、正しかったんだって思った」

こっそりとハユルはそう言ったが、さすがにそれを伝えたら怒られるだろうけどね、と付け加えた。

「でも良かった。共有してなくても、ちゃんと気持ち良かったんだね」

どういうことかと首を傾げると、ハユルの代わりにクルトが答えた。

「間口を繋げたまま挿入すると、全然痛くない。ふわーって緩むから」

「そうなの!?」

つまり、精神とともに身体も弛緩《しかん》した状態になる。気分的に高揚《こうよう》し、過敏にもなっているので、何をされても気持ちいいのだそうだ。

「そのせいもあってみんなヤッちゃうんだって」

全てラグーンの受け売りだろう。淡々とクルトが説明した。

「でも、俺、ちゃんとされてみたいよ。俺の身体気にして、イーゼスは間口を繋げたままだったけど、なんかちょっと、ねえ?」

「俺は間口繋いだ方がいい。でもライキ、嫌がる。直の反応の方がいいって」

「クルトの反応って、想像できないね」

依代らがそんな会話をしていると露《つゆ》知らず、操者らは宿の前に繋がれた二頭のシンバの前に集っていた。

「一国の王子が、お尋ね者かよ。俺が捕まえに行くことになっても恨むなよ」

イーゼスのからかうような声に、キリアスは苦笑した。

「まあ、その時はお手柔らかに頼む」

「でも、指示を出すのはユセフスだろうな」

ライキが肩をすくめた。

「……情勢が情勢だ。国王も、一刻も早く腹を決めなきゃならないだろうよ。コイツは気に食わないなんて言っている場合じゃねえ」

キリアスは返事をしなかった。

頬を真っ赤にして、クルトやハユルと会話をはずませているオルガに目を向ける。

視線に気がついたオルガが、こちらに顔を向ける。陽光の中、幸せそうに微笑んだその顔に、キリアスは穏やかに告げた。

「そろそろ行くか、オルガ」

旅人の用いる上衣を羽織ったオルガは、背負い袋を抱え直して、キリアスのもとに駆けだした。

◇◇◇

……それよりも少し前、ヨダ国王宮神殿にて、十歳の少年と、二歳児にしか見えない幼児が、昼寝から目を覚ました。

「おや、同時に起きられましたか。宵国で、お二人でお遊びになりましたか」

鳳泉の神獣師、トーヤが二人の身体を起こす。まだ夢現《ゆめうつつ》の顔をしている王太子・セディアスを見て、トーヤは先読・ラルフネスを神官のナラハに預けた。

「王子？」

「……青い竜、見たよ。……キレイだったなあ……」

トーヤは託宣ではないらしいことに気づき、セディアスの寝癖のついた頭をそっと撫でた。

「麗街大火の予知の折、見た竜ですね？」

「うん。王宮に戻ったね」

「ええ、ついこの間ね。私も確認しました。契約が切れて、宿主から離れたんですよ」

「銀色の髪の？」

トーヤは視線を上げて、幼いセディアスの横顔を見た。

「お会いになりましたか?」

「うん。まあ、見ただけだけど。麗街大火の時、姉上は宵国で話してたよね? あの人と」

セディアスはナラハの腕の中にいるラルフネスに声をかけた。二歳の幼児そのままの姿のラルフネスは、指を咥《くわ》えたまま反応しなかった。

トーヤはしばらく身動き一つせずに座っていたが、やがて立ち上がり、ナラハの腕に抱かれているラルフネスを抱き上げた。

「ナラハ、王に目通りを願って。……至急、報告しなければならないことがあると伝えなさい」

「……筆頭様」

いつも温和なトーヤの表情が硬くなっていることに、ナラハは動揺したが、すぐに身を翻した。

「トーヤ? どうしたの?」

トーヤの様子に、セディアスは立ち上がると、トーヤの着物の袖を引いた。トーヤはすぐにいつもの飄々《ひょうひょう》とした微笑みを浮かべ、そっとセディアスの頬を撫でた。

「なんでもありませんよ。私にだけ分かる、託宣が出たというだけです」

首を傾げるセディアスに、トーヤは微笑みながら告げた。

「あなた方の、新たなる鳳泉が、現れたということです」

第六章

黎明《れいめい》

1

――話は、オルガの誕生よりさらに五年、過去へと遡《さかのぼ》る。

山の中の、朽《く》ち果てる寸前の丸太小屋に、絡み合う少年らの姿があった。

布一枚敷いただけの上に、半裸になった少年の身体がそっと倒される。

その身体を抱きかかえながら接吻《せっぷん》を繰り返す少年の手が、半裸の少年の斑紋《はんもん》を撫でた。口づけが首に、胸に落ちる。粗末な山小屋は、二人分の熱量で空気が澱んでいた。

ふと、斑紋を宿す少年の肌を舐め回していた少年が、視線だけを上げた。熱を含んで潤んでいた瞳があっという間に冷え、鋭い光を放つ。

その視線のまま、少年は顔を上げた。山小屋の板壁に貼りついている、一匹の蟲《むし》の姿を捉える。

草がはびこる山小屋、天井の隅には蜘蛛《くも》が巣を張り、蟲をおびき寄せている。だが少年は、木肌に同化するような小さな蟲から、目を逸《そ》らさなかった。

そしてゆっくりと、その蟲に手を伸ばす。鋭い目つきで、下に敷く少年を庇《かば》うように腕の位置を変え、少年は慎重に蟲に触れようとした。

触れるか触れないかというところで、蟲は姿を消した。

飛んでいったのではない。消えたのである。

「ゼド？　どうしたの？」

上気する肌もそのままに、真下の少年が怪訝《けげん》そうに訊《き》く。

しばし蟲が消えた木肌を睨《にら》むように見ていた少年は、目から鋭さを消し、恋人を愛おしそうに見つめた。

「なんでもない」

◇◇◇

「……クソガキが」

光蟲《こうき》の神獣師《しんじゅうし》・ダナルは、王宮内府《ないふ》執務室から、裏山にいる元青雷《せいらい》の神獣師・ラカンとバルドに向かって吐き捨てた。

「どういうことだ。あの二人、デキていやがったぞ。裏山に入る前から、密会してやがった」


「あ、やっぱりデキていたか」


「ったく、仕方ねえなあ」

千影山《ちかげやま》のラカンとバルドはさほど驚いた様子も見せない。鱗粉《りんぷん》をまき散らしながらダナルの声を伝える金色の蝶に訊いた。

「デキてるって、どの程度よ。ヤッちまってんの?」

『ヤッてるなんてもんじゃねえよ。手慣れたもんだったぜ』

「何回ヤッてた?」

『さあ? ヤル前に俺に気がついたから、すぐそこから離れた』

そこでラカンは面白そうに笑った。

「ほお、まだ神獣の修行をつけていないのに、お前の〝光蟲《こうき》〟に気づいたか」


ダナルは報告書に目を走らせた。

「ゼド・アルゴね。王弟・マルド殿の長男……現在十七歳。表山からの報告では、かなり大きな斑紋もあるそうだな。さすが王家の血筋といったところか」

『力動の強さと幅の広さでいったら、俺らの世代でも敵《かな》う奴はいないだろうな』

ラカンの言葉に、ダナルは片眉を上げた。

「ガイよりもか?」

ガイは、鳳泉《ほうせん》の操者《そうじゃ》である。

『自在さで言ったらガイ以上だな。とにかくあれだけ強い力動を、器用に使いこなす。入山して早い段階から、裏でも修行をつけていたんだ。、もう表で教えることは何もないから、早く正式に裏で引き取ってくれと言われてる。だがここに来て、特定の依代《よりしろ》とデキているという噂が流れた』

呆《あき》れたというようにダナルは書類を放り投げた。

「何が噂だ。誰でもたどり着けるような山小屋で逢瀬《おうせ》を重ねていたぞ。山の連中もとっくに知っていて、黙認するしかなくなったんだろうに」

『まあ、相手の依代も、十分神獣を宿せるほどの器《うつわ》を持っているんでな。特に問題はなしと判断したんだろう』

「それを判断するのはこっちなんだよ」

ダナルはぎろりと他に誰もいない執務室を睨みつけた。

「何が問題なしだ。そもそも、恋人同士が半神《はんしん》になるのはご法度《はっと》だぞ」

『それはそうだが、むやみに引き裂くこともあるまいよ。神獣師として、力の均衡がとれている二人なのだから』

バルドの言葉に、ダナルはせせら嗤《わら》った。

「なんの神獣だ？　青雷か？　誰がゼド・アルゴを青雷の神獣師にすると決めた」

ダナルが執務室の椅子から立ち上ると、黒衣がずるりと床を流れた。

「そいつは、最も力があると判断された操者なんだろう？　神獣師の筆頭は、青雷じゃない。鳳泉だぞ」

『だが、今は俺らが引退してしまって、青雷が不在だ。こちらの方が先だろう。鳳泉の神獣師であるガイとリアンは、三十七歳。引退までまだ三年はあるんだ』

「あんたらが勝手に引退しちまうからだろうが」

ラカンとバルドは四十歳で去年、引退したばかりだった。

もともと依代のバルドは身体が丈夫な方ではなく、四十を迎える前から、ラカンは再三王に隠居を申し出ていた。それゆえ、青雷の神獣師がまだ決定していない状況にもかかわらず、引退が許されたのである。

『これでもこっちは、やっと引退できたと思っているのに。なあ、バルド。本来だったら山で師匠なんてしてないで、二人でのんびり過ごしたいくらいだ』

気配が遠くなる。おそらく、二人が歳《とし》も考えずいちゃつき始めたのだろう。ダナルは額に青筋を浮かべ、指先でわずかに発光していた光の糸を、手が覆われるほどに広げてみせた。裏山のラカンとバルドの周りには、蟲が大量に発生しているだろう。

『結界張っていても気持ち悪いな、お前の蟲は！』

「やかましい。こっちは、あんたらの事情なんざどうでもいい。ガキどもの恋愛事情もどうだっていいんだ。最も強い者は鳳泉の神獣師に。これが掟《おきて》だ。勝手に乳《ちち》繰《く》り合っているガキどもなんざ、すぐに別れさせろ！」

その時、締め切った部屋にわずかな風と、光が通った。太陽を背に、一つの人影が立つ。

漆黒の上衣が、陽光を受けて艶やかに輝く。その上を滑る漆黒の髪も、同様に光を放っていた。

それにわずかに目を細めたダナルは、扉を開けた人物に告げた。

「入るな。こっちに来るなと言っているだろう。外宮《げくう》に戻っていろ」

「……今、急に光蟲を出しただろう。どうした？」

それは、ダナルの半神、ルカだった。

「裏山のラカンとバルドを相手にしているだけだ。部下が来る。早く戻れ！」

『ダナル、鳳泉の操者に関しては、もう一人候補者がいる。ゼドより二歳年下の弟だ。カザン・アルゴ』

『まだ十五歳で入山したばかりだが、潜在能力的には兄に劣らない。年齢的にも、おそらくこれが鳳泉の操者になるんじゃないかと言われている。どちらも優劣つけがたいなら、わざわざ兄の恋人を弟にあてがうよりも、恋人同士を半神同士にしてやった方がいいだろうって表山の連中も思っているのよ』

ラカンとバルドには、こちら側の状況は見えない。単に、金色の蝶に話しかけているだけだ。

だがダナルはその呑気《のんき》な声に、頭に血が上った。

「だから、そんなもんは知ったこっちゃないって言っているだろうが！　兄か、弟か、どちらがより強く、鳳泉の、筆頭操者にふさわしいかだけだ！　裏山に入れる前に、別れさせるように表の連中に伝えろ！」

ダナルは力動を放り投げるように、〝光蟲〟を戻した。

急に光蟲を戻されたルカの身体が、ほんのわずか、揺れる。衝撃を抑えようとしているのか、それとも今の話で何か思うところがあるのか、じっとしたまま動かない。

この半神が、何を考えているのか、感情を露《あらわ》にすることはほとんど、ない。

間口を繋げても、何も伝わってこない。

何も読めないのはいつものことだった。感情の全てを最奥へ潜《ひそ》め、見せようとしない。

それを読むことも、とうの昔に諦めた。ただ、どうしても苛立《いらだ》ちが生じてしまうのは、自分が癇性《かんしょう》だからか、人間ができていないからか。ダナルは毎度毎度、ルカとこうしてふいに顔を合わせるたびに動揺する自分が嫌で仕方なかった。

「いつまでそこに突っ立っている。内府には入るなと言っているだろう。もうすぐ部下が来る。早く行け」

「激務続きの補佐官が、休みを願い出に来るんだろう」

苛立ちに火がついたのが、自分でも分かった。

ダナルはルカに、表側の業務に一切関わらせていない。

「なぜ知っている？　誰がお前と接触した？」

「誤解するなよ。書院番《しょいんばん》のサイザーは、当然俺が光蟲の依代だと知っている。あんたにこき使われて休む暇もない補佐官らを心配して、俺に口添えを頼んできた」

身を翻《ひるがえ》そうとしたダナルの上衣を、ルカは掴んだ。

「ダナル、俺はあんたがどう行政の舵《かじ》を取ろうと、口は出さない。だが、自分が見て知ったことくらいは、対処させてもらう」

「対処？」

ダナルはルカを振り返ってせせら嗤った。

「一体お前に何ができるって言うんだ。たかが器のくせに。何が今更対処だ。お前が自分で言ったんだぞ。自分は何もしない。自分の中にある光蟲が必要なら、好きなだけ使うがいい。その代わり、一切自分と関わるな、関わらせるな、とな。そうさせているだろう、違うか？　ルカ」

ルカは表情を変えずに、ダナルの上衣を離した。

「お前は書院と外宮にしかおらず、俺の部下の中には、お前の顔を知らない者すらいる。だがたまに、見知った間柄になった奴が、厚かましくも俺の目をすり抜けてお前に陳情を申し立ててくる。それを、俺が許すと思うのか？」

「サイザーに何かしたら許さない」

ダナルは声を出して笑うしかなかった。

許さない、か。

何度聞いただろうな、その言葉は。

「今度はあのオヤジがお前の新しい男か？　単体の精霊師、都合がいいだろうな。書院の奥でヤる時は、せいぜいばれないように仮面をつけていろよ」

ルカが口をつぐむ。ダナルはルカの顔を見ようともせず、執務室から出ようとした。扉を開けると、首席補佐官のジオが立っていた。声をかけようとしていたところだったらしく、驚いた表情で後ろへ下がる。

「内府、今……」

「下がれ。呼ぶまで入るな」

ダナルは後ろ手で扉を閉めながら命じた。

「しかし今、百花様《ひゃっか》が」

「ラグーン！」

ジュドが半神を呼ぶ声が内府に響き渡る。ダナルは舌打ちした。

「ここは内府だぞ、ジュド。痴話喧嘩《ちわげんか》なら余所《よそ》でやれ」

「こっちに逃げやがったんだ。気配を消していても俺には分かる。出てこい、ラグーン！　今度という今度は許さねえぞ！」

その時、閉ざしたはずの執務室の扉ががたりと開き、ルカが押されるように出てきた。背中にラグーンが貼りついている。

「ラグーン！」

「てめえ、どっから出てきた！」

ジュドとダナルの声が重なる。二人の攻撃から身を守るように、ラグーンはルカの背中に隠れたまま笑った。

「向こうの窓からな。ジュド〜？　あれは仕事の一環だぜ？　情報収集のために引っかけた男で、浮気とは言えないって。いい加減妬《や》くなよ」

「殺す！」

頭に血が上ったジュドが襲いかかる前に、ラグーンはルカを突き飛ばし、執務室の中へ入った。閉ざされる寸前で中に入ったジュドはそのまま扉を閉める。

ダナルは倒れ込んできたルカを支え、一瞬反応が遅れた。

「おい、ジュド！　早まるな！」

ガタガタガタ、と何かが倒されるような音がした。

だが、その後何かを破損するような音は響いてこなかったため、ダナルが様子を窺《うかが》っていると、中の状況が変わってきた。

「……あっ……あっ、ああ、ん、ジュド」

激高《げっこう》し、内府の扉を吹っ飛ばそうとしたダナルを、慌ててジオが止める。

「な、内府、どうか落ち着かれて！」

「うるせえ！　俺の部屋で何おっぱじめやがったこの変態ども！　今すぐやめねえと部屋ごと吹っ飛ばすぞ！」

ダナル、この時二十九歳。

国の舵を取るという意味も分からず、その手に何を握らされているのかも分からず。

苛立ちと焦燥《しょうそう》と、自己嫌悪に苛《さいな》まれる毎日をただ漠然と過ごしていた、若き執政者の姿だった。

◇◇◇

内府執務室で獣の交わりを行おうとしているジュドとラグーンを阻止するべく、力動で扉を吹っ飛ばそうとしたダナルを、首席補佐官のジオが上衣を引っ張る勢いで止めた。

「な、内府、内府！　王がおなりに」

その声に視線をやると、十七歳の国王・カディアスが困惑した様子で立ち尽くしていた。

「……なんの御用ですか、〝王子〟。内府まで来るなんて珍しい。神殿か、青宮《せいぐう》に行ってなさい。取り込み中だ」

カディアスはダナルの言葉に、顔をわずかに赤らめた。口を開きかけた時、執務室の中から聞こえる睦言《むつごと》に気がついたのか、顔がもっと染まった。

「いい加減にしろ、てめえら！　お子様の教育上悪いだろうが、男同士の絡みなんざ聞かせてんじゃねえ！」

ダナルが叫ぶと、さすがに執務室の向こう側はしんとした。

そーっと扉が開き、顔を赤らめ、バツが悪そうに俯《うつむ》いたジュドが姿を見せた。

「わ……悪い」

これでこの男、今年三十五歳である。

「あんたな、いつもいつもあの淫売に乗せられてんじゃねえよ。あんたをわざと怒らせて刺激的な行為をしたがっているだけじゃねえか」

「いや……分かってんだけどよ、つい」

「うっせーな、このクソ蟲」

扉を蹴飛ばすようにして、ほとんど全裸のラグーンがジュドの隣に立った。自分から率先して脱いだのだろう。慌ててジュドが自分の肩に引っかけた上衣を巻きつける。

「いまだに間口を繋げてじゃないと行為一つできねえ不能野郎が、偉そうなこと言ってんじゃねえ。てめえ、ルカの半神になって何年だ？」

「ラグーン！」

怒りに火がつきそうになったが、ジュドはラグーンを庇うように立ち、悪い、見逃せ、と目で訴えてきた。

後ろには国王がいる。神獣師同士の争いを見せるのはさすがに得策ではない。

ラグーンは苛立ちが収まらないのか、カディアスに向かって毒づいた。

「こいつはもう結婚してんだ。今さら教育上悪いも何もねえだろうが。それともあれか？　年上の添《そ》い臥《ふ》しには、まだ筆おろしされてねえのかよ」

「ラグーン、貴様……！」

さすがにカディアスは顔を強張らせて前に出た。慌ててジオが止める。

「俺は国王だぞ！　王と妃を侮《ぶ》辱《じょく》するとは、神獣師と言えど許さんぞ！」

「勘違いしてんじゃねえよ〝王子〟。お前はまだ〝王〟じゃねえ。先読《さきよみ》様の予知を形にできない王は、王じゃねえんだよ」

カディアスはヨダ国王として即位し、半年も経《た》っていなかった。

先王・ヨゼフスが突然退位を発表し、カディアスに譲位《じょうい》したが、カディアスは王として一番必要な〝素質〟を顕在化させていない状態だった。

兄姉《きょうだい》である次代の先読ステファネスの予知を形にできない——つまり、〝通って〟いないのである。

この国の王とは、予知能力者である先読の予知を、なんらかの方法で形にする者であり、それが王たる証《あかし》であった。

たとえ王家の嫡出子であっても、それができなければ王たる資格は得られない。それゆえ、本来王たる証を見せていないカディアスが即位すること自体間違っているのだが、ヨゼフス王はそれを強行してしまったのだ。

まだ〝通って〟いないだけで、カディアスが次の国王になることは間違いない。なぜなら、ステファネスは、とうの昔にカディアスを王として指名しているからである。

ステファネスは次の先読であり、そのステファネスが明確に示している以上、カディアス以外の王はありえない。だからこそヨゼフスは平気で譲位したのだが、神獣師らに言わせればとんでもない事態だった。

「王、なんでこっちに来ているんですか。俺らに用があったら、ガイかリアンに言ったらいいでしょう」

ダナルの言葉に、カディアスは顔を曇らせた。

「……今、神殿と青宮に近づきたくないんだ。妃を、セイラを実家に戻してくれ」

「ご結婚されて半年で別居とは穏やかじゃありませんな」

「違う！　イネス様が……先読様が、セイラが青宮にいると、落ち着かなくて駄目なんだ。セイラは何も感じていないが、俺は、ある程度の余波は感じる。あれでは毎日毎日、リアンはたまったもんじゃない」

カディアスはまだ十七歳、嫌悪感を隠してはおけず、顔をしかめたままだった。

その時、神殿から中位の神官が駆けてくるのが分かった。

「内府！　百花様！　筆頭様からのご伝言です、今すぐ降神門《こうじんもん》に結界をお願いいたします！」

「冗談じゃねえよ！」

ラグーンは震え上がって逃げようとした。さすがにジュドがそれを止める。

「王、お妃様とともに承香殿《じょうこうでん》へお移り下さい！」

「俺は残る。セイラを早く避難させろ！」

ダナルは舌打ちしながらも、ジオに命じた。

「全員、降神門より退避だ。近衛とお前ら補佐官は、黒土門《こくどもん》を守れ。いいな」

「はっ」


「クソ女」

人が引けた後、ラグーンがぼそりと呟《つぶや》いた。

女とは、現在の先読・イネスのことである。

本来だったら、絶対に、そんな不敬は許されない。

だがこの時、神殿の手前にある降神門に集《つど》い、結界を張るしかない神獣師らが、そう思っても致し方ない状況だった。

先読・イネスの声が、一体どこから聞こえてくるのか、響いてくる。

ダナルらが耳にするそれと、カディアスが聞いているそれは、おそらく別のものなのだろう。不気味に感じるのは同じかもしれない。だがダナルらがそれ以上に感じるのは圧倒的な恐怖だ。

あの声に捕まったら、宵国《よいこく》に引きずり込まれる。

精霊師にとってそれは死を意味している。問答無用で、魂ごと、あの世へ持っていかれる、恐怖。

おおおおん、おおおおおん、おおおおおんんん
……

吠えるような、泣くような、女の叫びが、大気を、地を震わせ、降神門まで伝わってくる。

「あ〜、う、うう、……」

ラグーンがイライラしたように頭を振り、顔をしかめる。ジュドはその身体を引き寄せてなだめるように抱きしめ、背中を撫でた。

「大丈夫だ、大丈夫……」

ラグーンは貪るようにジュドの口を吸った。力動を求めているのだろう。

ダナルは自分の半神を振り返った。

ルカは、いつものように無表情だったが、額には汗が浮き、細かく息が乱れている。

ダナルはルカの手を取り、心話で話しかけた。

(開けろ)

ルカは頭を振った。振った拍子にフラフラと身体が揺れる。

こんな状態になっても、間口を開放してこないことに、ダナルは苛立ちながら無理矢理顔を上げさせてその口を吸った。

案の定、凄まじいほどに力動が乱れていた。

操者より、実際に精霊を宿す依代の方が、先読の声は恐ろしかろう。

死の世界が、すぐ目の前にある恐怖。自分の中の神獣をそちらに引っ張られないように必死なのだろう。

ダナルはルカの力動を、自分の方へ一気に引いた。

力の全てを、ルカが預けてくるのが分かる。

これは、本能にすぎない。

依代の本能で、操者に身を任せているだけ。

心がそれに、ついてきているわけではない。

なのに何度も何度も、錯覚しては、自己嫌悪に陥《おちい》った。

こんな瞬間でしか、自分の依代を、全身全霊で守っている感覚が、摑めない。

神殿から、鳳泉の神獣師・ガイの気が放たれた。

それを合図に、ダナルとジュドは一気に結界を張った。花と蟲が、降神門を中心として左右に分かれ、空高く壁を作る。

神殿の上空を、赤いものが渦《うず》を巻きながら飛んだ。

まるでそれは、血潮のようであった。澄んだ空に飛び散った血しぶきが、ぐるぐると渦を巻きながら、一気にこちらに向かってくる。

それはよく見れば血ではなく、赤い花びらだった。途中から、花びらが鳥へと姿を変え、空を覆いつくすほどの無数の鳥が、花と蟲に襲いかかるように突っ込んできた。

その鳥の性質は、浄化である。

ダナルとジュドは、鳥の群れを押し返すべく、結界に渾身《こんしん》の力を込めた。

あの鳥の群れが、結界を破り、黒宮にいるジオたち精霊師に襲いかかれば、ことごとく死の世界に引きずり込まれる。

精霊師だけでなく、一般人の魂まで喰らいつくすだろう。

ここから一羽たりとも出すわけにはいかない。そのための結界だった。

破られたら、自分たちだけでなく皆、殺される。

「ひっ……ひっ……ひっ……」

ラグーンはジュドにしがみついて悲鳴のような声をあげた。ジュドはその身体を力強く抱きしめ、花が鳥に啄《ついば》まれるのを必死で耐えた。

ルカの方は、言葉も出ないのか、意識が飛んでしまっているのか、がくがくと身体を震わせている。ダナルはルカの身体ごと力動を懸命に自分に引き寄せながらも、ひたすら持ちこたえた。

鳳泉の浄化の前には、何人《なんぴと》も、無力である。操作も、攻撃も、結界も、どの属性の精霊も浄化に立ち向かえはしない。

全ての精霊を、魂を、無にしてしまえる能力。それが浄化であった。

鳳泉の赤い鳥らが、狂ったように空を飛び回り、結界を食い破ろうとしているのを前に、ダナルの操作する光蟲も、ジュドが操作する百花も、抗《あらが》う術は、何もないのである。ただ、ひたすら耐えるだけだった。

当然、鳳泉を操作するガイが、乱心したわけではない。

ガイは今、先読・イネスの浄化を行っているのである。

だがイネスが、それを拒否し、暴れ回っているのだ。

なんとかしてイネスを眠りにつかせようとガイは懸命に浄化を行っているが、先読の力でそれを押し返されればどうしようもない。

ダナルは力動の限界を感じた。心臓がわし掴みにされる。目の端に、ラグーンを抱えたジュドが、ついに膝をつくのが映った。ダナルは、ぎり、と歯を食いしばってジュドの帯を掴み上げた。

「堪《こら》えろ‼」

おおおお……リアン……！　あああああああ……リアン、リアン！　あああああ……

先読・イネスの叫びが、空を裂く。

女の身悶《みもだ》えするような声が、空だけでなく、内臓にまで響き渡る気がしてダナルは吐きそうになった。

イネスが呼び続けるのは、鳳泉の依代・リアンである。

リアンを求めて、イネスは女の欲情をあからさまにさらけ出しているのだ。

先読・イネスは、もう数年、この状態だった。

王は、こんな状態になった先読を扱いきれず、とっとと交流を絶ち、王位まで放り投げてしまった。

残されたのは、気が触れてしまった先読の世話をしながら、国政をなんとか維持しようとしている神獣師らと、いまだ予知が通らぬ王だけだった。


ようやく浄化が終わり、鳳泉が去った後、降神門の前で三人の神獣師が気を失っていた。

ダナルは一人、荒い呼吸を繰り返しながらも意識を保っていた。

その前に、カディアス王が茫然《ぼうぜん》と立ち尽くす。

「……どうなるんだ、ダナル」

呟いた十七歳の少年に、ダナルは吐き捨てるように言った。

「通れ」

力なく振り向く少年の心を、慮《おもんぱか》る余裕など、ダナルにはなかった。

「なんとしても、一刻も早く、ステファネス様と通るんだ。通れば、新たなる先読が立つ。イネス様でなく、ステファネス様を、この国の正式な先読にするんだ」

だがそれが、一体いつになるのか、誰にも分からなかった。

その時、前方から走ってくる人物らの姿を見たダナルは、安堵して気を失いそうになった。だが、まだやるべきことが残っている。

「ダナル！」

本来許されていないが、王宮の中をシンバで駆けてくる姿があった。紫道《しどう》の神獣師・ザフィとシンである。

「おい！　大丈夫だったか⁉　ラグーンとジュドは！」

シンバから飛び降りたシンが、地に伏しているラグーンを確かめる。

「生きてるよ。そう簡単に死ぬタマか。しかし俺は、あまり動けん。シン、俺の代わりに伝令を出せ。補佐官と、近衛の精霊師のみ、内府に集わせろ。神殿の様子をガイから確認するまでは、厳戒態勢は解くな」

シンにそこまで伝えた後、ダナルは地に伏しているルカの身体を抱え上げた。抱える腕にすら、力が入らずに震えたが、意識を失っているルカの唇を割り、わずかだが力動を注ぎ込む。

乱れに乱れていたルカの力動が、小川の流れのように、ほんの少し安定を見せる。それで限界だった。意識は失わなかったが、ルカの身体を己の上に乗せた格好で、ダナルは地に大の字になった。

ザフィらによってダナルたちは青宮へ運ばれた。

神殿や青宮にいた侍従や神官らは、皆避難したために、どこもかしこも静まり返っていた。

国王カディアスは即位していても、国王の居住する黒宮《こっきゅう》ではなく、青宮に住んでいた。黒宮にはまだ、先王・ヨゼフスが住んでいるからである。

この騒ぎをヨゼフスも当然知っているだろうに、決して出てこない。

一応ダナルは黒宮にも退去命令を出したが、黒宮の侍従らが避難したかどうかまでは知ったことではなかった。ヨゼフスは息子・カディアスに譲位するずっと前から、政務を放棄し、わずかな侍従と引きこもっているのである。

ルカとラグーンは、青宮の一室の寝台の上に並んで寝かされても目を覚まさなかったが、ジュドの方はすぐ意識を取り戻した。ダナルが酒瓶を放ってやると、あおるようにそれを口に注ぎ入れた。人にもよるが、血の巡りを回復させるのに、酒の力は効果的である。

「ああもう、たまに王宮に来るとこれだ。とんでもねえ目にあったぜ」

ジュドはぐしゃぐしゃと髪をかき回し、眠っているラグーンを振り返った。

「かわいそうに、相当ビビっちまったな」

「あんたは優しいな、ジュド。放っとけばいいのに。あんなに浮気ばっかかされてよ」

「それとこれとは違うだろ。俺ら操者でさえ、この衝撃だぜ。依代だったら、この何倍も辛かっただろうに」

ダナルは、寝台の上に横たわる自分の依代を見た。どんな状態になっても、助けてほしいの一言だって言わない依代を。

カディアスが立ち上がったので、ダナルはそれを目で追った。

「どこに行くんですか」

「神殿に」

「何をしに？　あなたが行っても仕方ないでしょう」

「リアンと、ガイの様子を確認する」

「おやめなさい。今頃二人で睦《むつ》み合ってるかもしれませんよ」

カディアスはあからさまに顔をしかめた。

「お前らと一緒にするな」

ダナルはせせら嗤った。

「一緒にするなも何も、そういうもんなんですよ。弱ってりゃ、互いの口を吸い合って力動を整えるのが本能みたいなもんなんだ。あなたにとっては、精霊師なんて獣と同じなんでしょうけどね。お上品そうにしてたって、リアンだってガイの前じゃ大股開くし、ガイだってリアンの身体を舐め回してんですよ」

「お前と一緒にするな」

涼やかな声が、部屋の中に通る。

その姿とその声に、ダナルらが驚くよりも先に、カディアスが安堵しきった声を響かせた。

「リアン！」

幼子が母親の姿を見つけたようにカディアスはリアンに駆け寄り、抱きついた。もう十七歳、リアンとさほど変わらない体格となったにもかかわらず、きつくしがみついて離れなかった。

「リアン、もう嫌だ、なんとかしてくれ。俺はどうやったらステファネス様と通るんだ。もう、伯母上がお前を呼ぶ声を聞きたくない」

「カディアス様」

神獣師しかいないからだろう。感情を全開にするカディアスの肩を、リアンはなだめるように叩いた。

「お妃様はどうなさいました？」

「セイラなら、承香殿へ移した。もうそのまま、実家に移すつもりだ。伯母上は、俺がセイラと仲睦まじくしていることさえ耐えられんのだ。それで今日の有様となったのだ。そうだろう？」

リアンは否定も肯定もせず、品の良い顔を崩さぬままに微笑んだだけだった。

鳳泉の神獣師、先読に第一に仕《つか》える者として、先読を貶《おとし》めることは絶対に口にはしない。

この男は何を考え何を感じているのか。ダナルは、鳳泉の依代だけは同じ神獣師でも全く別次元の存在だと思うしかなかった。

どの精霊師も、神殿に近づくだけで恐怖を覚えるというのに、逆に鳳泉の神獣師は、先読と通じることができるのである。

自分たちと同じように力動を使うので、鳳泉の操者であるガイはそう異質に感じることはない。だが、宵国に自在に出入りし、先読の最も近くに侍《はべ》る鳳泉の依代だけは、一体どんな世界を見ているのかすら分からない。

鳳泉の依代だけは、ヨダ国民の中から、先読が選ぶと言われている。

国王と同様に、これがこの時代の依代だと、指名するというのである。

リアンは今の先読であるイネスに、十六歳の時に指名された。

まだ表山で修行していた少年に、突然白羽の矢が立ったのだ。神獣師や精霊師を特別多く出しているわけでもない家柄の少年が、いきなり鳳泉の依代として選ばれた時、誰もが少なからず驚いた。

リアンが二十歳で正式に鳳泉の依代となり、イネスの傍《そば》に侍るようになってから、イネスはリアンを溺愛《できあい》した。リアンの半神であるガイをあからさまに嫌い、神殿に入れなかったほどである。

この状態は、誰が見ても異常だった。先読が鳳泉の依代に執着するのは珍しくないこととはいえ、イネスのリアンに対する執着は逸脱しており、それを隠そうとしなかった。

だがそれも致し方ないことだった。

イネスは、言葉がうまく操れないことを除いては、ごく普通の女にすぎなかったからである。

本来先読は、神秘的な能力を持つがゆえに、常人とは異なる身体で生まれると言われている。

実際、イネスの次の先読であるステファネスは、イネスの姪でも甥でもない。両性具有者だった。

先読は、両性であることが最も多く、次いで幼少・少年期から身体的に成長しないことが多い。いずれも、人としての性が未分化の状態ということである。

一つの性に定まってしまったら、生殖本能が目覚める。それは先読として禁忌《きんき》だった。

生殖を行えば、先読は生を繋げるヒトとしての営《いとな》みの流れに乗り、神がかった能力を失ってしまうのだ。

生き神と言われる能力は、時の流れの上に存在しないからこそ現れているのである。未来を見、過去を探り、人の魂を自在に探り、この世界のどこまででも飛ぶことができるのは、人間の営みの流れに存在しないからこそである。

神は、婚姻しない。

神は、人に想いなど、抱かない。ただそこに在《あ》るのみ。それが、先読だった。

だが、イネスは誕生した時に普通の女子であり、そのまま女として成長した。

言葉が上手く出ないこと、先読の常として、通常の半分の時間しか意識を保っていられずに、一日のほとんどを眠り続けることを除けば、身体的には普通の女にすぎなかった。

彼女が二十三歳の時に、弟である五歳年下の国王が成人し、妻を娶《めと》った。

それまで彼女の世界で通じ合うことができるのは、鳳泉の神獣師以外は弟一人だった。だが弟は、絶世の美女と言われた王妃に夢中になった。

精霊師とは立場が違えど、王と先読の関係は、半神と同じである。

予知をする者と、その予知を形にする者がいて初めて、この国の指針が示される。一心同体、常に、己の半神と思っていなければならない。

だが王は、その役目を怠《おこた》った。美しい王妃しか、目に入らなくなった。

イネスが、成熟した女としての性を持たない先読であったならば、その状態を憂《うれ》うこともなかっただろうか。

王には、愛する者がいる。王にとって、半神は王妃になってしまった。

それまではたびたび宵国を訪れていた王は、王妃に会うのを優先し、予知が必要な時以外、神殿を訪れることすらなくなっていった。

ああ。

私も欲しい。

相手が、欲しい。

そしてイネスは、見つけたのである。

王以外に、自分と繋がることができる者を。

イネスは、十三歳も年下のリアンの存在に、文字通り狂った。

リアンは涼やかな顔の、美丈夫だった。

イネスはリアンをまるで恋人のように扱うようになり、神獣師らは皆、その状態に顔をしかめた。神殿内は他の神獣師の手の及ばぬ場所とはいえ、先読と、王と、鳳泉の神獣師の危うい関係に、気づかぬはずはなかった。

必要以上にリアンをイネスに近づけないようにし、先読を大事にするように神獣師らは王に諫言《かんげん》した。ヨゼフス王は、在位中ただの一つの政策も自分の力では出してこなかった男である。全て神獣師らに任せきりだった国王が、彼らの言葉に逆らえるわけがなかった。

だがそれも、ヨゼフスの最愛の王妃が、次男・ユセフスを産み落としたと同時に亡くなるまでだった。

生まれた子に一度も会わないまま王宮から追い出すほどに、ヨゼフスは嘆き悲しんだ。

そしてその時から、執政を完全に放棄し、先読との交流を一切絶ってしまったのである。

『姉は、王妃が死んだことを喜んでいる！　余《よ》が王妃を失ったことを、笑っておるのだ。姉は、ずっと王妃に嫉妬《しっと》していた。女として、愛される喜びを得ている我が王妃をずっと憎んでいた。もう余はあの姉と、通じる気にはなれない。あの女の意識の片鱗さえも、知りたくはない！』

……それではこの国の王である意味はないのだと、皆が言ってもヨゼフスは耳を塞ぎ、黒宮へ引きこもってしまった。

ダナルが光蟲の操者として内府を引き継いだのは、ちょうどその混乱の後だった。

予知がなされず、先読は次第に狂い、国政が動かないどころか、中枢から腐りかけていく状態の中で、ダナルは政治を一手に引き受ける立場となった。

イネスに嫌われているガイも、政務の手伝いをしてくれたが、このような状態の神殿をリアン一人に任せてはおけなかった。

長年王に放置されている先読は、毒を溜めやすく、何度浄化を行ってもあっという間に宵国で悪い気を溜め込んでしまう。嫉妬、羨望《せんぼう》、欲情、常にそんな感情に覆われているのだから、イネスが正気を失っていくのも、当然のことだった。

王と先読を助け、国を支えるのが、神獣師の役目である。

だが当時の彼らの胸の内に去来するものは、皆同じだったかもしれない。

一体なんのために、自分たちは存在するのだろう、と。


王である限り、先読イネスとなんとかして通じ、政務に励めと毎日のように言われる。

ほとほと嫌気がさしたヨゼフスは、去年、王弟・マルドを摂政とし、嫡子カディアスに譲位してしまった。

マルドの娘・セイラは、ステファネス付きの神官だったが、ステファネスの勧めで、カディアスの添い臥しとして選ばれた。

この国では十八歳になると成人するとみなされるため、マルドの摂政はあと一年というところだった。

だが、摂政として特別何かをしてきたわけではない。第二王子として生を受けても、マルドは我の強い方ではなかった。

マルドの息子らは後に鳳泉と青雷の神獣師となるほどに力があったが、マルドは王弟でありながら、斑紋も小さく、力動も大きくなかった。自然、神獣師らに対して遠慮する部分がある。

この国の先行きを憂い、王と国に対する忠誠心は強いが、現状をなんとかしようと動くほどの気概の持ち主ではなかった。王妃の父親が大きな顔をするのは良くないと、摂政でありながら王宮の中枢ではなく、各行政の殿舎に近い承香殿《じょうこうでん》で政務を行っている。

「当分、セイラを実家に移してくれ。セイラは神官時代に伯母上にも尽くしてきたであろうに、伯母上はセイラを排除したがっている。妃になったことが気に食わないんだろう。兄上は、セイラのことを気にかけてはいるが、伯母上には一切関わろうとしないし」

カディアスがリアンに訴えるのを、ダナルは片耳で聞きながら首を傾げた。

カディアスは、ステファネスを「兄上」と呼ぶ。「ステファネス様」と呼ぶこともあるが、たいてい「兄上」だ。イネスは完全に女なのだから「伯母上」なのは分かるが、「兄上」というのはどういう姿なのだろうか。

ステファネスは、リアンやガイの話では、絶世の美女と謳《うた》われた亡き王妃に生き写しだと言う。ただ、その髪の色と瞳の色だけは異質で、銀色の髪と薄い青の瞳をしているらしかった。

イネスと同じように、いや、それ以上に現実と繋がっていることができず、ほとんど寝てばかりいるそうだが、両性であるということ以外は普通に話せるし、身体的にも不自由なところは一切ないらしい。イネスは足が少し弱く、歩くのが多少困難という話だったが、ステファネスはそれさえない。常人と違うのは、両性具有ということだけである。

ただ、弟であるカディアスが「兄」と称するところから、やはり男に近い姿なのだろうとダナルは漠然と思った。

「ご結婚されてすぐにというのは外聞が悪いですが、仕方ないですね。神殿が落ち着かないのは、皆が分かっていることです。王も、他の殿舎か離宮に移られますか」

「俺は残る。仮にも王だ。先読様のすぐ近くにいなければ、王とは言えない」

これはリアンとガイの教育の賜物《たまもの》だろう。ダナルもラグーンらも、ついこの少年王に対して見下す態度を取ってしまうが、少年ながら王たる自覚を持つように育ったのは、育ての親が良かったからか、あるいはこの状況がそうさせたのか。

どちらにせよ、王が先読を守らねば、この国は滅びるのだ。この小国が大国の狭間にあって、どの国の干渉も受けずに成り立っていられるのは、先読の存在があるからこそである。得体の知れない恐ろしさを孕《はら》んでいるからこそ手を出せない国。その象徴が、全てを見渡す力を持ち、政治を握る者が喉から手が出るほど欲しがる〝未来〟を見ることができる先読なのである。

そして先読は、王なくしては存在できない。王もまた、先読の存在あっての王なのだ。

「ジュド！」

目が覚めたのか、寝台の上で、苛立ったようにラグーンが叫んだ。顔は真っ青なままである。

「ああ、ハイハイ」

ジュドが近づいて身を屈め、口づける。力動の調整をしているだけだが、当然ラグーンは必死でしがみつく。精霊師になるとこんな状況は日常茶飯事なので、ダナルらはなんとも思わないが、カディアスは困ったように顔をしかめ、目を逸らした。

「ああ、くそ、だから来たくなかったんだ、王宮なんて！」

ラグーンは悪態をついたが、リアンは淡々と言い放った。

「ジュド、ラグーン、それにシンとザフィも、しばらく王宮に待機しろ。外宮から先には出るな。今回の浄化は完全ではなかった。また近く、イネス様が乱れることがあるかもしれない」

「冗談じゃねえよ！」

「神獣が多ければ多いほど結界が強化されるんだ。苦労を分かち合ってくれ。黒土門からこっち、侍従の数も神官の数も制限する。今回、間に合わずに中位の神官が一人、死んだ」

イネスに宵国に引っ張られたということである。さすがにその場にいた全員が、声を失った。精霊を宿していなくとも、先読に魂を持っていかれることがある。気が触れたイネスを、どうにも止められなかったのだろう。

「ああ嫌だ。こんなところにいなきゃならないなんて。報告に来たらこのザマだ」

ラグーンの言葉に、ダナルは聞き返した。

「報告？」

ジュドはちらりと寝台の上のルカを振り返った。

「セフィスト・アジスの件だったんだが」

ダナルは頭の芯が冷えるのを感じた。

熱が高まりすぎると、かえって冷えるような感覚だった。痛いほどのその熱が、熱さゆえか、冷たさゆえかも分からなくなる。

「姜街《きょうがい》に住む女が、セフィストの子供を産んだとアジス家に申し出ている」

「子供？」

熱が、どこかに飛んだ。

「生まれたのは五年も前だ。その頃に一度その女は、アジス家に子供の存在を認めるように訴えた。セフィストはどうも、孕《はら》ませるだけ孕ませて姿を消したらしい。あいつの行方は、五年前から分からないからな。だがもうすでに勘当している息子の話だ。アジス家では女の訴えを相手にしなかった。しかし、その女、病で長くないらしい。子供の将来を憂えてもう一度アジス家に申し出た。そこで『第五』の耳にも入った」

「セフィストの行方は?」

ダナルの問いに、ジュドが答える前にラグーンが顔をしかめた。

「追う必要もないだろう。精霊師でもなんでもない男だぞ。アジスを勘当されてからは、色街の女をあっちこっち渡り歩いてヒモになっている奴の行方なんざ知るか」

「子供は?」

寝台から、抑揚《よくよう》のない声が飛んだ。

ルカが天井を見つめていた。

ダナルは、なんの感情も映し出さないルカの表情に、頭に血が上っていくのが分かった。ラグーンは知らんとばかりに口を閉ざしたので、ジュドが仕方なくルカに答えた。

「調べたところ確かにセフィストの子供らしいが、斑紋もないのでアジス家では使用人の家で育てようとしているらしい。そのくらいなら自分たちで面倒見ると、母親の仕事仲間の娼婦らが息巻いている」

「女? 男?」

「……男の子だ。今五歳。名前はライキとつけたらしい」

ルカはしばらく黙って天井に目を向けていたが、するりと寝台から降りた。

そのまま、その場にいる連中の誰とも顔を合わせることなく、部屋から出ていった。

カディアスは場の重苦しい雰囲気に首を傾げていたが、ダナルは皆の意識が向けられるのを感じても、その場から動かなかった。

「追え」

リアンの声が飛ぶまでは。

ダナルが顔を上げると、リアンは冷めきった顔でダナルを見ていた。

「お前らの関係など知ったことじゃないが、気絶するほど力動を乱されて、平気なわけがない。依代の乱れを整えるのは操者の役目だ。いつまた光蟲を出さねばならなくなるか、分からないんだ。万全の態勢を整えておけ」

もっともな言葉に、ダナルは黒衣を空に高く舞い上げるようにしてその場から去った。

外宮の光蟲の殿舎は、金色と白を基調として建てられている。

ダナルは仕事だけでなく居住も内府にしているため、光蟲の外宮はルカ一人で住んでいる場所だった。

政務にも関わらせないので、補佐官らがルカの傍にいるわけでもなく、従者一人付いていない。たった一人、ここにこもって本を読むのがルカの毎日だった。

案の定、入口の扉は閉ざされていた。受け入れられるなどとは、思ってもいない。

ダナルは裏に回り、ルカの書斎の窓を開けた。

ここだけは、鍵がかけられていない。小さな飾り窓だったが、鍵が変わっていて、外側からしか窓が開かないようになっている。

人ひとり通れるほどの大きさもない、小さな窓である。壁一面に本棚を作ることが好きなルカは、この小さな窓一つしかない部屋を書斎にしている。

「ルカ、いるんだろう。俺を中に入れたくなかったら、内府へ来い。お前の力動を調整する必要がある」

声を届けても無言だった。

ルカがダナルの言葉を否定も肯定もしなくなったのは、いつからだろうとダナルは思った。

最初は、全身全霊で拒否していたのに。人を射殺《いころ》すような視線を向け、罵《ののし》りの言葉しか吐かなかった。それが、無表情に覆われるようになったのは、諦めがそうさせたのだろうか。

今は特に、俺にわずかでも触れられたくないか。

去れ、と、ダナルは自分の意識に告げた。

去れ。このまま何も言わず、何もせずに、立ち去るのが一番いい。諦めというものを、知ったはずだろう。がむしゃらに突き進んで、傷つけたところで、なんにもならないのだ。

ダナルは奥歯を噛みしめた。自然、握り締めた拳《こぶし》が震える。身体が熱くなるのが分かる。

「……今さら、そんなに衝撃だったか。あのクズ野郎がガキを作っていたことが」

吐き出した熱は、毒の塊《かたまり》となった。

「女という女を渡り歩いて、身体で稼がせて、そのうちの一人に子供まで作らせてな。自分にガキがいることさえ知らずに、新しい女と遊んでいるんだろうよ。良かったじゃねえか、とっととあいつと離されて。あのままあいつと逃げていたら、お前も同じように客を取らされていたかもしれねえな」

声は、なかった。

罵りの言葉、いや、拒絶の言葉一つでも出てきたら、ダナルはそのまま去れたかもしれない。

だがルカの返事は、何もなかった。

己の声が、届いているか、届いていないかも分からない状況に、ダナルは完全に頭に血が上った。

力動で光蟲の殿舎の扉を吹っ飛ばした。

書斎の中にいたルカは、扉が破壊される音で慌てて部屋から出てきたが、ダナルの姿を見てすぐに危険を察したのか、身を翻した。

その後を追い、上衣を摑むと、力任せに引き寄せた。

操者の力の前に、依代の力などないに等しい。ルカは抵抗する間もなく、着物をあっという間に左右に広げられた。

「いや……！」

押し倒され、ルカが身体を逃がそうとする前に、ダナルの手がその顔を押さえ、激しく唇を割った。舌が口の中をかき回すと同時に、強烈なほどに激しい力動が流れ込む。

あまりの力強さに、ルカは抵抗ができなくなる。これはどの依代でもそうなるだろう。突如注ぎ込まれた力動の激しさに、たやすく間口は繫がった。

こうなればもう、依代の意識は、身体は、操者にされるがままだった。身体と意識が弛緩し、否応なく受け入れる体勢を取らされる。

「ダ……ナ、ル、い、や……やめ……て……あ、あ……」

わずかに残った意識が、ダナルの中に入ってくる。何もかも操者に任せるしかない依代の身体を抱きながら、同じように意識の一部が麻痺した操者は、欲望の赴くままに、その身体を抱き倒す。

そして、意識のどこかで思う。

もうこんな、愛なき行為でしか、繫がることができない半神となってしまった……と。

2

十八歳の頃、裏山で修行中に、ダナルは自分の依代がいつまで経っても現れないことに、首を傾げていた。お前は神獣師になる、と、他の裏山の連中とは別格扱いで修行させられていたが、いつまで経っても相手がやってこない。

他の精霊師は入山とほぼ同時に相手を与えられるのに、なぜなのか。

「目星をつけている者はいる。だが、まだ幼い。お前と二歳離れているのだ。もうしばし待て」

神獣師でも、同い年や一歳違いが多いことはダナルも分かっていた。鳳泉の神獣師のリアンとガイも、百花の神獣師のラグーンとジュドも、同い年だ。生まれる前から運命の相手が決まっていたように、同じ時に生を受けてくる。

それでも、俺の、依代がいるのだ。ダナルは過酷な修行の中で、それだけを救いにした。

修行をして一年が過ぎた頃、さすがにダナルは弱音を吐きたくなった。

光蟲の操者は、何よりも精神的な強さを必要とされる。

『光蟲は、他の神獣の何倍もの破壊力で、魔獣にしようとお前を狙ってくるだろう。精神を強靭《きょうじん》に保つこと。お前が弱ければ依代が破壊されるのだ。依代に何も背負わせぬほどに、強くなければならない』

そう何度も師匠に教えられた。

目の前にその存在がいてくれれば、厳しい修行の日々も少しは耐えられるのだろうか。

ダナルはこっそりと、すでに決まっているという相手について聞き出した。

もと光蟲の操者である直接の師匠は厳しく、無駄口も叩けないほどだったが、その半神である依代の方の師匠は、ダナルの気持ちが分かったのだろう。名前と素性について、簡単に教えてくれたのだ。

「ルカ？」

「そう。かなり多く精霊師を出している家柄で、その斑紋の大きさから必ず神獣師になると昔から噂だった。とても頭のいい子でな、神童と呼ばれていたそうだ。下山したら学府で学びたいと望んでいるらしい。神獣師になるとそれは難しいだろうけどな」

ダナルはあまりに自分とかけ離れた人物に、気持ちが落ち着かなくなった。ダナルの父親は土木関係の親方であったが、そう裕福な家庭でもなかった。

「大丈夫。そんなことは関係ない。どんな半神だって通じ合うものだ。とても可愛らしい子だよ。大事にしてあげなさい」

それから、ダナルはやがて現れる自分の依代の名前を何度呟いただろう。

勉強好きか。ダナルは本など必要に迫られても開く気になれない男だったが、師匠の部屋から古代ヨダ語の本を借りて、目を通したりした。

十八歳の裏山入りまでまだ一年あったが、二歳違いということもあり、早めに来させることにしたと聞いた時、ダナルの心はますます落ち着かなくなった。

だが、それもすぐに状況が変わった。裏山の師匠らが困惑し、直接の師匠が激怒して表山の連中を容赦なく叱りつける様子が目に入った。一体何があったのか。聞き出そうとしてもそれを許さない雰囲気に、ダナルは焦った。

おそらく自分の依代として選ばれていた少年に、何かあったのだということは分かった。

気が急《せ》いたダナルは、禁忌を犯した。師匠らに黙って、裏山から出て表山の様子を見に行こうとした。時空のひずみを勝手に通り抜けたら、千影山の結界を守る総責と管理人にすぐ見つかることは分かっていたが、ほんの少しでも、表山の様子を見に行きたかったのである。

久々に表山に入ったダナルは、依代らが住む場所へ行こうとした。

人がやってくる気配がしたので木に登ると、艶やかな美しい黒髪が目に入った。

一瞬、少女かと思うほどに、繊細な顔立ちをした少年が駆けてきた。齢はまだ、十六歳かそのくらいだろう。おそらく体軀《たいく》から依代だろうとダナルは判断した。修行者であることに気が緩み、気配を消すのも忘れて少年の黒髪を見つめていると、少年がピタリと走るのを止めた。

「セフィスト？」

ダナルは、少年が自分の気配に気がついたことに驚いた。おそらく、力動の強さも感じているのだろう。表情が次第に強張り、おそるおそる、樹の上のダナルの方へ目を向けた。

その顔を、ダナルは食い入るように見つめた。自分に対し、恐怖、嫌悪、それしか浮かべていない表情を。なぜこんな顔を向けられるのか、分からぬままに、その顔を見つめ返した。

「ルカ！」

その名前がダナルの頭に届く前に、少年は身を翻してその場から離れた。

「ルカ？　どこだ!?　先生らが追ってきている。こっちに……」

「駄目！　駄目、来ちゃ駄目、セフィスト！」

少年は、自分を探しに来た少年に身を投げるようにして抱きついた。セフィストと呼ばれた少年は、細身ながら身体の線と芯からすぐに操者だと分かった。

「ルカ、逃げよう。先生らは聞く耳を持ってくれない。誰に何を言っても無理だ。一緒に逃げよう」

「黙って……黙って、セフィスト」

ルカ、と呼ばれた少年が、セフィストという少年の口を、己の口で塞いだ。

樹の上に、ダナルがいると分かっていて、そうしているのは明らかだった。

ダナルは、心の中でさんざん名を呼んだその少年が、自分に背を向けて、恋人を抱きしめる姿を、身を潜めながら見つめ続けた。

二人の前に、姿を晒《さら》すことができないまま、石のように身体を固くするしかなかった。

それからしばらくして、ダナルは、己の依代候補の少年が、恋人と駆け落ちしたと師匠から告げられた。

◇◇◇

ダナルは、気を失うように眠りについたルカの裸を上衣で包むと、寝台の上に運んだ。

そのまま毛布を被《かぶ》せて外に出る。

夜は深まり、外気はもう肌を刺すほどに冷たくなっている。冬に差しかかるこの時期は、夜になると板戸を揺らすほどの風が吹く。

寒さが深まるほどに、夜空が澄んでゆく。そこに流れる雲足の速さに、時の流れを見ているようで、ダナルは空を見上げて立ち尽くした。あの雲の向かう先は、破滅か。それとも、変わらぬ現状か。

神殿の方からやってくる人の気配に、ダナルは反射的に気配を消した。

隣の鳳泉の殿舎にたどり着いた人影に気がついたダナルは、思わず声をかけようとした。

「……リアン」

男の声が、普段では考えられないほどに弱っていたため、ダナルは再び気配を消した。よく見れば、全身から疲労が漂っている。

おそらく少し体力が回復し、ようやく半神が待っている外宮へ帰ってきたのだろう。中から飛び出すようにリアンが出てきて、その身体に飛びついた。

「ああ、ガイ……！」

先読がいる神殿に戻ったかと思っていたが、リアンはずっと外宮で操者の帰りを待っていたのだろう。

先読・イネスがいる神殿では、この二人はとてもこんな風に相手に触れることなどできないに違いない。

リアンは先程の澄ました表情をどこかにやって、貪るようにガイに接吻している。ガイはガイで、先程の浄化の衝撃を残しながらも、それを必死で受け止めていた。力動の乱れを直しているのか、単純に接吻しているのかは分からなかったが、狂おしいほどに相手を求めていることは確かだった。

鳳泉の操者であるガイの気持ちを、ダナルはあまり理解できていない。

先読のイネスは、鳳泉の依代であるリアンを、おそらく男として、愛している。

美しく、自分を理解してくれる唯一の男として、盲目的に愛しているのだろう。リアンはあくまで務めとしてイネスに接しているが、イネスは人として、女として満たされない空虚さを、リアンで埋めようとしている。

そうなると、当然のことながらガイは必要のない存在である。

それどころか、邪魔で仕方がない存在だろう。

相手を宵国へ引っ張り殺してしまうことができる先読でさえ、浄化能力のある鳳泉の神獣師を、どうにかすることはできない。

それどころか、鳳泉の神獣師に浄化してもらわなければ、先読は毒を溜め込んで精神をやられ、結果廃人となり、死んでゆくしかない。

どれほど憎んでも、鳳泉を操作する力動を持つガイを、排除できないのだ。

すでにイネスは長年の毒で、身体中ボロボロの状態である。

今更ガイによる浄化を望んでいないからこそ、ああやって逃げ回り、抵抗しようとする。

ガイにどうにかされるなど、まっぴらごめんなのだろう。

リアンさえいればいい。リアンさえ、自分の傍にいて、宵国に通じ、精神を慰めてくれたらそれでいいのだ。

ガイは、それをどう思っているのだろう。

先読のための存在でありながら、排除され、半神と二人で過ごすことすら、イネスに気づかれないように細心の注意を払う。それを、神獣師となった時からずっと続けているのだ。この十七年間。

ガイは、それに対して何も不満を漏らしたことはない。

筆頭としての立場を崩さず、リアンを支え、カディアスを王として養育しながら、王宮に不穏な空気が漂わないように目を光らせている。

神獣師らが、国の守護神と崇《あが》められても割に合わないと思い、時に生命の危険を感じながらも、務めを果たそうと踏ん張っているのは、ガイの姿勢を見れば泣き言など言えないと思うからだ。

守るべき先読に拒絶され続けても己の役目を全《まっと》うしようとするその姿を見れば、自分たちが逃げるわけにはいかないと思う。

イネスがどれほどリアンに執着しようと、ガイとリアンの関係は、何にも侵されまい。

だがそれゆえに、イネスがますます狂っていくのも、ダナルには分かる気がするのだ。

半神という、その絆が、一体どれほどのものなのか、とイネスは言いたいのだろう。

ただ一つの神獣を共有するだけならば、宵国で通じ合うことができる自分と何が違うのか、と。

半神同士の絆など、神獣師でありながら、ダナルにも分からない。

唯一無二というものが一体なんなのか、言葉になどできない。

嫉妬や、羨望や、怒りや、苦しみで、そんなものはあっという間に姿を変えてしまった。

最初に抱いた想いなど、汚泥の底に沈んで、見つからなくなっている。

わずかな星の光をあっという間に隠してしまう灰色の雲を、ダナルは見つめ続けた。

3

イネスの浄化が不首尾に終わったため、黒土門より先の、内府、外宮、黒宮、青宮、神殿には、神獣師らとわずかな神官、精霊師しか配置されない厳戒態勢をとるようになった。

神殿には二人の神官しか配置されなかった。その一人、イサルドを内府へ呼んだダナルは、神殿の様子を確認した。

「イネス様のご様子はどうだ、イサルド」

「内府、何度も申し上げますが、イネス様のご様子は、私は窺い知ることができません。神官長のラーナ殿がほぼ一人でお世話係を引き受けてらっしゃいますし、イネス様はもうずいぶん前から、ラーナ殿以外の神官を傍に近寄らせることすら厭《いと》われますし」

イサルドは四十後半の神官で、ステファネスが誕生した時から神官として配属された。二十年以上神殿にのみ従事しており、ステファネス付きとして誰よりも長く勤めてきた。

神官長のラーナは、イネスが生まれた時から仕えている女性神官であり、齢七十を越えていても神殿の長として君臨している。

イネスへの働きかけを行うように命じても無視し、ダナルの呼び出しに一切応じず、時に神獣師らさえないがしろにする。ダナルは何度も煮え湯を飲まされてきた。

ラーナはイネスの乳母的存在であり、絶大な信頼を得ている。宵国で繋がらなくともイネスをなだめられる唯一の人間であり、リアンもガイも、この神官長に遠慮している部分があった。

ダナルからすれば神官長など、神獣師の部下にすぎない。

先読を守り、育てるのはあくまで鳳泉の神獣師である。イネスが完全な女性だったために、同じ女であるラーナの存在が強くなったのだろうが、そんなものに遠慮してどうするとダナルは思ってきた。

「筆頭様と奥宮《おくみや》様がお悪いわけでは」

奥宮とは鳳泉の依代を指す通称である。鳳泉の操者が全ての精霊師の筆頭と称されるのに対し、鳳泉の依代は、神殿でも先読が鎮座する場所が奥宮と呼ばれることから、その部屋の名前で称されることが多い。

「分かっている。しかし、今のような状態を続けるわけにはいかないのだ」

「しかし、ラーナ殿を排除すれば、イネス様はまたご乱心されましょう」

それを分かっていて胡坐《あぐら》をかいているのだとダナルは舌打ちした。

「イサルド。俺はお前を信用している」

イサルドは、もともと依代として裏山での修行に入る直前に病にかかり、下山した。

療養を経て、学府に進んだイサルドは、役人の試験を受ける際に永久神官を申し出た。永久神官となると、神殿のみの配属となり、一生涯をそこで過ごし、結婚も、当然子供も望めない。先読に全てを捧げる一生を送る。

精霊師になろうと、半神を望んでいたにもかかわらず、病でそれを諦める道を選んだ。今更誰かと家庭を持つ気にはなれなかったのだろう。寡黙《かもく》な男で自らの心情を吐露することなど一度もなかったが、ダナルはイサルドの実直さを好んでいた。

「前々から俺は、先読をステファネス様に替えなければ、いずれこの均衡が壊れるだろうとお前には話してきた」

イサルドはわずかに顔を伏せていたが、意を決したように顔を上げた。

「内府、書院番のサイザーに、協力を願ってもよろしいでしょうか」

ダナルはあからさまに眉をひそめた。

「あの男は信用できます。勤勉な男です。過去の文献を調べる上で書院番の協力は必須。私はこれより、ますます神殿から離れられなくなります。それから、どうかルカ様にもご協力をお願い申し上げます」

本好きのルカが、サイザーと親しいことを分かっていて、イサルドはこう申し出ているのだろう。

イサルドは賢い男だ。ダナルがそれに対し、一体どう思っているのか、気づいていても知らないふりをしているのだ。

ダナルは、書院番のサイザーの顔は知っているが、声をかけたことはないし、正直、関わりたくもない。

博識の本好きとは、いかにもルカが好みそうな男だった。

セフィストも、そういう男だった。

ルカほどではないが、名門アジス家の長男らしく、幼い頃から勉強好きで、教師ら顔負けの学識を誇っていたと聞いている。

ルカと心を通わせるきっかけとなったのも、本だったらしい。

依代と操者に分かれていても、修行の合間に本の貸し借りをしているうちに、心を通わせるようになったという話だった。

修行時代、ルカの持っている本を、こっそりと読もうとしたことがある。

あまりにも難解すぎて読むことを諦めたが、これほどびっしりと文字が書かれた本に目を通す頭は、一体どうなっているのかと茫然とした。

本で心を通わせたということは、セフィストは、当然これを、理解できたのだろう。

ならば自分は、一生そこにたどり着けないのだろうか。

そんなことをぼんやりと考えていたため、ルカが傍までやってきたことに気がつかなかった。

ルカは、急いで本をひったくると、その本を胸に抱えて、ダナルに向かって吐き捨てた。

読めないくせに。

どうせ読めたって、理解できないくせに。

そうかもしれないと、その時ダナルは思った。

一生、俺には理解できないのかもしれないと。


光蟲の殿舎の、ルカの書斎の窓を外側から開けるのは、ダナルの日課になっている。

誰が閉めるのかは分からないが、いつもダナルが開けなければそこは閉ざされたままだった。

ダナルは光蟲の殿舎に入らないので、ルカが中にいるのか、何をしているのかも分からない。蟲一匹出して、中に入れると、意外なほど早く返答が来た。

「なんだ？」

無理矢理抱いてから顔を合わせていなかった。だが、こんな気まずさは、もう慣れっこになっている。

「話がある。中に入れてもらえるか」

入口の扉を開けたルカは、湯あみしたばかりだったらしく、髪や肌に水気がまとわりついていた。薄手の部屋着から目を逸らし、ダナルは告げた。

「協力してほしいことがある」

なんの反応もないのでルカに目を向けると、ルカは次の言葉を待っているように、じっとこちらを見つめていた。

「書院番のサイザーと親しいだろう。内密に、頼みたいことがある」

ルカはふと、表情を曇らせた。

この間、サイザーとの仲を勘繰《かんぐ》って、侮辱の言葉を投げつけたことを気にしているのか。ダナルはどう説明したらいいものか迷った。正直、サイザーに関わらせるのが面白くないのは事実なのだ。

「部下の耳に入れたくないことだ。内府では会いたくない。あいつは滅多《めった》に書院から出ないという話だったが、俺が行っては余計に目立つ。光蟲の殿舎に呼んでもかまわないか」

「……どうせ非常事態下だ。誰を呼んでも皆、気にしないだろう」

ダナルは、表に出しても気づかれないくらいの小さな蟲を一匹、出した。

「どの男だ？　俺は会ったことがない」

ルカはちらりとダナルの顔を見たが、素直に間口を開けてきた。ルカの記憶にあるサイザーの気配を探り、蟲を飛ばす。

書院の片隅で、一心不乱に書物を読みふけっている男の姿があった。本の中から現れた蟲に、怪訝そうに眉をひそめ、不用意にも顔を近づける。

単体の精霊師ならこの程度か。ダナルはぶっきらぼうに告げた。

「内府のダナルだ。光蟲の殿舎に来い」


書院番のサイザーは、この時四十八歳。

ほとんどを王宮の書院で過ごしている変わり者で、国王専属の教師でもあった。

「お噂はかねがね。烈火の宰相に、お会いしたいと願っておりました」

「俺に対する文句は腐るほどあるようだな。単体の精霊師は引退の年齢を定められていないのもあって、王宮にのさばってデカい顔をしがちだ。俺の政務の執り方に陳情を申し立ててくる暇があったら、自分の身辺を改めろ」

「私は私のやり方を通させていただきます。声を上げる者がいなければ、何も変わりません。陳情書でも申し上げましたが、内府はもう少し、ご自分の頭で考えるということをなさった方がいい」

傍《かたわ》らに座っているルカは、サイザーの歯に衣着《きぬき》せぬ物言いに不安そうに身体を動かしたが、そのあたりのことを言われるのは分かっていたので、ダナルは腹が立ちもしなかった。

「思いついたことを他の人間に実行させ、案を出させては使えんと切り捨てるやり方では、部下は悲鳴を上げてしまいます」

「そのためにいるのが補佐官と書記官だ。書記官らは学府にて最高の教育を受け、配属されるのだから酷使《こくし》されてあたりまえだろう。嫌なら辞めろ。使えん奴は不要だ。内府に配属されれば出世も早い。そのために俺にこき使われて、一体なんの文句がある？」

「なぜルカ様を政務に関わらせようとなさらないのですか。書記官らが束になっても敵わぬほどの頭脳をお持ちなのに」

「机上では誰だって政務が執《と》れる。実行できる人間は限られている。十年先の繁栄のために、一年後の約束を反故《ほご》にし、それで何人が苦しんでも、俺の心は全く痛まん。だから俺は、光蟲の操者に選ばれた」

サイザーの前のめりになっていた身体がわずかに引かれる。ダナルは笑い出したくなった。所詮《しょせん》、書院に引っ込んで本とにらめっこしているだけの者だ。そんな奴に何が分かる。

「まあ、もう少し学を積め、と、お前は言いたいんだろうけどな。俺の文章の拙《つたな》さなど、おそらくは書記官らの笑いの種だろうよ」

「あまりにも無学ですと、あなたが先程おっしゃった政務も、ただの思いつきとしか思えません」

「読んではいる。補佐官に噛み砕いて読ませている。まあ、それも、すべて自分で書面に目を通せとお前は言いたいのだろうが」

補佐官らはさすがに皆知っていることだが、そのあたりのことを書記官らまでは知らないだろう。

「文字が、読めんのだ、俺は。文盲《もんもう》でな」

サイザーの身体が固まったように見えたが、面倒だったのでダナルは教えてやった。

「千影山で修行中に文字は教わったが、難解な文字の判別はつかないんだ。目が悪いのか頭が悪いのかは分からん。表山にいた頃教師らは、おそらく目から入る情報を認識する能力が、他と違うんだろうと言っていた。アウバスの文字の方がはるかに分かりやすいな。ヨダ語は文字が難解すぎる。古代ヨダ語はもっと難しい。俺が部下に、書類をすべて読み上げさせているのはそのためだ。それで書記官・補佐官らに負担をかけているのは知っているが、そんな人間を内府として選んだのは、元神獣師らで、俺に責任はない」

先程の威勢はどこへやら、黙り込んでしまった。サイザーは膝の上に乗せた拳を握りしめて、

「まあ、それでだ。俺は自分で調べることができんから、お前のような人間を使うしかない」

「……何をお調べになるおつもりで？」

ダナルは、少しも変わらぬ口調のままで淡々と告げた。

「先読の封印の方法だ」

サイザーだけでなく、ルカまでが息を呑《の》む。

「カディアス様がステファネス様と通じれば、自然、前の先読は宵国から閉ざされ、世代交代となる。だが、もうそれを待っていられん状況だ。浄化さえも嫌がっ

て暴れ回る先読を放置しておけんのだ。これが敵国の耳に入ったら、一体どうなると思う」

「しかし内府、筆頭様や奥宮様はご存知で？」

「先読を守る鳳泉の神獣師の立場上、許せるわけがないだろう。これはまだ俺一人の考えだ。イサルドは俺と同じ考えで、その方法を知るためには書院番のお前の協力が必須だろうと進言してきた」

ダナルはそこで、驚いた表情を貼りつけたままのルカに目を向けた。

「ルカ、お前は、サイザーとともに、方法を見つけてほしい」

ルカの目が、驚きを流し、何かをひたと見つめる瞳に変わった。

その目が何を見ているのか、ダナルには分からなかった。

なんという、忠誠心の欠片もない男だと思っているのか。なぜ自分が反逆行為に等しいことに加担しなければならないのかと不満に思っているのか。

何も、分からない。

もしも俺が、美しい物語や、愛にあふれる詩を読むことができる男だったら、お前の気持ちも、少しは分かってやることができたのだろうか。

恋人と引き離され、この男の半神になれと命じられたお前の空虚さを、少しは、理解することができたのだろうか。

◇◇◇

ルカが恋人であるアジス家の長男・セフィストと逃げたという情報が入った時、ダナルは師匠に呼び出され、命じられた。

「お前の依代だ。お前が探しに行き、連れ戻せ」

ダナルは言葉を失った。ようやく返した言葉も、震えてしまった。

「師匠、それは、あまりに……。逃げた二人は、もう精霊師となることすらできないと覚悟の上でしょう。追ってどうなります。このまま逃がしてやって、何が問題なのですか」

「他の男の手が付いた依代は嫌か」

「まさか！　そんなことでは」

「なら追え！　光蟲の依代となれる者が、他にいないんだ。今現在、ルカ以上に光蟲を宿せる者が一人もいない。ダナル、お前は光蟲の操者としての素質を備えた者。お前以外に光蟲の操者となれる者は、今後しばらくは現れまい。光蟲だけは、絶やすわけにいかない。鳳泉のリアンとガイは、神殿を抑えるのに精いっぱいだ。奴らを助ける神獣師がどうしても必要なのだ」

「だからって、どうして俺が……！」

「お前が逃げ道を考えているからだ！　あれしか、お前の依代はいないと思え。その覚悟を持て！　セフィストから、なんとしてもルカを奪ってこい！」


追っ手の急先鋒《きゅうせんぽう》は、セフィストの実家であるアジス家だった。

神獣師を最も多く出している家柄として有名な家で、セフィストは長男で跡取り息子だった。

なぜかこの家は、後に生まれた方が能力が高いと言われており、末子に斑紋を持って生まれてくる者が多い。

セフィストは長男として誕生した時に、『幽閉して育てられる子供』の選択から外された。アジスの血を繋ぐ、大事な跡取りとしての一生を定められたのである。

だが、ルカと駆け落ちしたために、その道は当然、絶たれることになった。

大事な神獣の依代を勝手に下山させたことを、山の師匠らは許さなかった。

アジス家に息子の罪に対する責任を取るように申し渡し、もしルカが無事に戻らねば、一族郎党厳罰に処すると通達したのである。

アジス家は震え上がった。アジス家出身の精霊師らが率先して二人の行方を追い、駆け落ちして三日後には、場末の宿に隠れているルカとセフィストを見つけ出したのである。


「セフィスト！　セフィスト！」

ルカの泣き声が響き渡る中、ダナルはアジス家の連中に一喝した。

「山に連れていけ！」

ダナルはこの時単なる修行者の十九歳の若造にすぎなかったが、千影山から任じられた追っ手の責任者として、アジス家の連中を統括する立場にあった。

取り押さえられたセフィストが睨みつけてくるのを、ダナルは見返した。

育ちの良さが出ている品の良い顔立ちは、憎悪で歪み、理知的だった瞳は怒りに燃えていた。

「ルカは、俺を、忘れない」

自由を奪われたまま、セフィストは吐き捨てた。

「お前がどう思うと、ルカは、お前の半神にならない。絶対に、俺を忘れない。愛しているのは俺だけだ。光蟲を、共有するがいい。だが絶対に、ルカはお前のものにはならない。永遠に、俺だけを求め続ける。精霊など、共有しなくとも、唯一無二になれるということを、教えてやる」

呪詛《じゅそ》のような言葉を吐き続けるセフィストを、ダナルはただ、見つめていた。

かける言葉は、何もなかった。

何も、持っていなかった。

ダナルがその時に抱いていたのは、依代というものに対する、漠然とした想いだけだった。

黙っていても、通じ合える。自分のことを、何よりも大事に、愛してくれる、信じてくれる存在。

その存在を守るために、自分はこれから先、生きていくのだという、未来。

覚悟を持て、と師匠は言った。

だがセフィストを前に、ダナルはなんの覚悟も示すことができなかった。

ほんのわずかな、形にもならない想いを、潰されないように、傷つけられないように、守るのだけで精一杯だった。


千影山に連れ戻されたルカは、幽閉同然に閉じ込められても、食事すらとらずに抵抗を示した。

絶対に、絶対に神獣師にはならない。ルカの親が連れてこられ、どれほど説得しようと、頑《がん》として首を縦にふらなかった。

このままでは衰弱して死んでしまうという状態になった時、ダナルはルカと精霊を共有するように命じられた。

いきなり光蟲を入れたらどうにかなってしまうため、最初は小さい精霊を入れて様子を見る。それでも相手の身体を意のままにすることはある程度可能になる。ルカを衰弱状態から救うために、精霊を共有しろと言われたのだ。

ルカは半狂乱になって授戒《じゅかい》から逃げようとした。師匠らに押さえられ、泣き叫ぶ声を、ダナルは黙って聞いていた。自分の身体がいいようにされようとしているのだ。抵抗を示して当然だろう。

「嫌、嫌だ！　こんな男、死んでしまえばいい！　近寄るな、大嫌いだお前なんか！　嫌だ、嫌だ！　セフィスト！」

「やるぞ、ダナル。押さえつけろ」

師匠に促され、ダナルはルカの身体を押さえ込んだ。唾をかけられ、腹を蹴られたが、腕を摑んで引き寄せると、憎悪に満ちた瞳で、ルカは叫んだ。

「許さない、一生、一生、お前を許さない！　殺してやる、必ず殺してやる‼」

……かつてこんな風に授戒した者たちがいるのだろうか。

殺してやる。

それが、ダナルが、半神となった者から最初に受け取った、真実の言葉だった。

◇◇◇

首席補佐官のジオが、半神のヨリドに書面を渡す。ヨリドは抑揚のない、それでいてはっきりした言葉でダナルに報告する。

ダナルはヨリドの声が、報告の声として最も気に入っていた。

「内府？」

「聞いている。お前の声があまりに心地いいから目を閉じていただけだ。……妬くな、ジオ」

「別に妬いてなどおりません。我が半神の声が政務を円滑にするのなら、誇らしいだけです」

外で賑《にぎ》やかな声がした。窓の方を見ると、ジオが立ち上がって外を確認した。

「王が、紫道《しどう》様に剣術をお習いになっています」

神殿の周りで騒がしくすることは得策ではないと、カディアスは内府の中庭で剣術を教わっているようだった。本来だったら多くの人が行き交う内府ではそんなことはできないのだが、今は外も内もがらんとしていて誰もいないため、こちらで騒いでいるのだろう。

「どっちの紫道だ」

「あ、すみません。ザフィ様です」

通常は、剣や体術は操者の方が優れている。だが紫道の依代・シンは、一見姿かたちも操者と見間違うほどに精悍《せいかん》で、体術も武術も文句なしに強い。

自分とそう変わらない体軀のシンを初めて見た時、なぜこれが依代なのだと絶句したほどである。凜々《りり》しい男前で度胸もあり、頭も切れるので、護衛団の長に任じられたが、依代の方が軍の頭となるのは珍しかった。

そんなシンの二倍は逞《たくま》しい身体のザフィを見た時はなるほどと納得した。ザフィは体術、剣術、武術全て文句なしに強く、運動神経が抜群だったが、軍を統括する頭はからっきしだった。

何もかもシンに任せっきりで、半神というよりも従僕に近いほどシンに心酔しきっている。純朴で裏表が一切ない男なので、半神というものを手にした瞬間、シンが世界の全てになったのだろう。

シンほど頭の良い男だったら、ザフィの頭の弱さにうんざりすることも多いと思うが、シンはザフィを決してないがしろにはしなかった。シンは今、外宮の紫道の殿舎で部下に指示を飛ばしている。その間何もやることがないザフィは、カディアスに剣術を教えているのだろう。だが、護衛団の連中は、あまり自分たちの仕事に関わってこないとはいえ、ザフィに対して敬意を表していた。それは、シンがザフィを半神として立てているからである。

では自分はどうかと言われれば、それと全く真逆なことをしていると言わざるを得ない。

補佐官でルカと面識があり、自由に言葉をかけてもいいのはジオとその半神のヨリドだけだ。他の補佐官は、ルカの顔すら知らないだろう。

なぜ政務に関わらせないのかと、ジオやヨリドからもさんざん言われている。少し話をしただけで、ルカの学識の高さと聡明さは伝わるのだろう。

『なぜ、あれほどの方を、政務から遠ざけるのですか』

『ならばお前は、俺のやっていることが、綺麗な仕事だと思うか』

一度だけ、ダナルはそうジオに告げてしまったことがある。ジオは、一瞬言葉を失ったが、仕方ないことです、と答えた。

『仕方ないことです、内府。それが、光蟲なのです。補佐官らは皆、それを承知しております』

政務を円滑に動かすための命令や通達などは、ほとんど鳳泉の神獣師であるガイが行っている。

ダナルが行うのは、裏側に潜む業務だった。内偵、他国への潜入、汚職・内通者の調査……ある時は泳がせ、ある時は締め上げて、百花の神獣師・ジュドが率いる諜報機関『第五』さえ脅かす真似を平気で行う。

誰にどう思われ、恐れられても構わないとダナルは思っている。

そのためだけに、選ばれたのだ。

セフィストとの違いは、圧倒的な差は、そこだった。

セフィストとて、確実に精霊師にはなれた。いや、もしかしたら神獣師にも手が届いたかもしれない。

だが、光蟲の操者にはなれなかった。

光蟲を操るだけの精神力が、あの男にはなかったのだ。

己の半神に毒虫のごとく嫌われても、ここに立っていられるほどの、力が。

「皆が口を揃えて言うが、お前もヨリドの精霊の中が最も美しいと思うんだろう？　ジオ」

ダナルの問いに、ジオは照れたように俯いたが、頷《うなず》いた。

「そりゃあもう……」

「信じないかもしれないが、光蟲も美しいんだよ。精霊の中が」

人に疎《うと》まれ、忌み嫌われる神獣である。どれほどその精霊の中が美しいのかなど、皆、想像もできないだろう。

ダナルは、実は、ルカの中の最も美しい状態を見ることができたのは、今までたった一回しかない。

無数の光る珠が白い世界に溶ける世界。真っ白な世界で、ルカの身体が、黄金に輝きながら光を生み出す世界。

おそらくルカでさえ、己の精霊の中がどういう風に見えているのかなど、分からないに違いない。

ルカは修行を始めた時から、ダナルを絶対に自分の中に入れようとしなかった。

精霊を宿すことで力動が性欲に転化され、ダナルが悶え苦しんでいる間に、依代のルカの方は自分の乱れた力動を調整することをいち早く覚えてしまったのだ。

力動が、欲望の全てが依代にしか向かわない状態に、ダナルは呻《うめ》いていた。だがルカは、そんな獣の苦しみの中にあるダナルを、汚い動物でも見るかのような冷ややかな瞳で睨み返すだけだった。

お前が欲しい。なんとかしてくれ。閊口を開けてくれ。何度ダナルが本能のままに絶叫しても、ルカは氷のような冷たさで、ダナルを突き刺すように見返すだけだった。

言っただろう。お前などと、絶対に共鳴しない。勝手に苦しんでいるといい。

セフィスト以外の男になど、絶対に、触れさせない。

俺が愛しているのは、セフィストだけ。

永遠に、彼だけだ。

お前のような野蛮な、無学な男、誰が生涯の半神と思うものか。

同じ精霊を共有しろというなら、してやる。

だが俺には何も頼るな。俺もお前など頼らない。

神獣師になりたいのならなればいい。だが、俺はそんな世界いらない。俺と、関わるな。

極限状態の苦痛の中で、ダナルはルカに対して殺意を覚えた。

憎悪を越えたものを、確かに感じたのだ。

これだけは守ろうと決めていた、〝依代〟に対する、想い。

己の半神を何があろうと守るという想いが、霧散《むさん》するのをダナルは感じた。

ルカがあくまでダナルを拒否して、共鳴の修行もできない時に、〝無理矢理〟閊口をこじ開けるということをしてしまった。

苛立ちのあまり、こんな奴どうなってもいいと思ったのだ。内側から破壊する勢いだった。

だが結果的に、無理矢理閊口を開けたことで、ダナルはルカの中の光蟲の世界に入ることになった。

その、あまりにも美しい世界を目にした時、その中にいるルカの姿を見た瞬間、ダナルは我を忘れた。

憎しみも、恨みも、何もかも消え失せた瞬間だった。

だがダナルは、現実に引き戻された瞬間、師匠に殴り倒された。

……お前のやったことは、強姦と同じだ。共鳴とは真逆の行為だ。

では、と、ダナルは叫んだ。

では、どうすればいいのですか。どうしたら共鳴できるのですか。

一体俺は、相手に何を与えたら、いいんですか。力も、存在も、愛も、お前からは何もいらないという相手に、何ができるんですか。

……それからダナルがルカの中の光蟲の世界を見ることはなかった。

光蟲の神獣師になる道を拒めないと観念したのかもしれない。いつしかルカは抵抗を止め、自分の中に閉じこもるようになった。

心は通い合わないままだったが、形だけでも共鳴でき、光蟲を正戒《せいかい》した。

そのような歪《いびつ》な共鳴でも、光蟲の世界を見れることは見れる。だが、あの時の筆舌《ひつぜつ》に尽くしがたいほどの美しさは、そこにはない。

光の中で輝く黄金の身体ではなく、夜の闇の中で黄金の光を生み出す、世界だ。

それでも十分美しい。闇夜に星の川を作り出す黄金のルカも息を呑むほどに美しい。

それでも。

ダナルが一生忘れられないのは、白い世界にいるルカだった。

今、ルカの中に、それが残っているかは分からない。

自分だけが知っている、半神の、最も美しい姿。

現実のルカにどれほど嫌われようと、疎まれようと、あの一瞬のルカの姿だけは、永遠に誰にも侵されない、自分だけのものだった。

たった一つの、俺だけの、唯一無二。

その思いが宿ったからこそ、ダナルはルカと共鳴することができたのである。

内府へ戻る途中、大きな荷袋を二つも背中に背負ったザフィと、布で包んだ荷を抱えたルカに遭遇した。

「なんだ？　それは」

ダナルの問いにザフィが答える。

「書院から持ってきた書物だよ。朝稽古していたら、ルカに、こっちに移したいから手伝ってくれって捕まっちまった。本来は持ち出し禁止の本だから、補佐官らを使うわけにいかないんだってさ。サイザーは手伝わないし」

「読んでいると……時間も忘れて、ついこもりがちになってしまうから」

ルカの返答に、ザフィが付け加える。

「サイザーの寝室って、すごい狭いんだよ。寝台にまで本があふれているくらいで。神獣師様をそこに寝泊まりさせるわけにいかないからって、持ち出し禁止だけど特別に許可しますだってさ」

ザフィはルカとダナルの関係性が、通常の半神同士のそれと違うことに気づいているのかいないのか、時々無神経なことを平気で言う。そういう裏表のない性格なのは分かっているが、さすがにダナルは不快だった。返事もせずに内府へ戻ろうとすると、ルカが声

◇◇◇

ダナルが光蟲の殿舎の書斎の窓を開けるのを日課にしていることをルカが知っているかどうか、ダナルは知らない。

外側から窓を開けるのと同時に、中にいるルカの気配を探るのは、日常の癖になっている。

ルカが十八歳で、いつ悲観して死を選んでしまうか分からない状態だった時から、ダナルはルカの様子を外から確認してきた。

朝だというのに、ルカの気配はなかった。

書院に、泊まったのだろうか。

またしてもどす黒い感情が身の内を巡る。サイザーと語り合うルカの姿が目に浮かぶ。

頼んだのは自分だというのに、一体何を妬いているのか。ダナルは己の短気さにほとほとうんざりした。

「あれ、ダナル。おはよう」

をかけてきた。

「ダナル、少しいいか。今まで調べた経過を話したい」

「後でサイザーに聞く」

「ダナル」

振り返ると、ルカの顔色が悪いことに気がついた。

書物に集中していることもあるのだろうが、このところ、光蟲を広範囲に連続で使っているのは確かだった。

ルカの負担にならない程度のわずかな大きさだったが、頻繁に使用しているのには間違いなく、力動の調整が必要かどうか確認しなければと思っていた。ダナルは気持ちを落ち着かせるために大きく息を吐いた。

殿舎に入り、ザフィを戻らせた後、ダナルは寝室に行くようにルカに告げた。

「話を……」

「いい。先に、力動だ。この厳戒態勢になってから、俺はいたるところに光蟲を飛ばして、不穏な動きはないか調べている。ほんの小さな蟲しか飛ばしていないが、連続で使っていたことは確かだ。お前はいったん休め。お前のことだ。書物に夢中になって、寝ていないんだろう」

それでもルカはためらっていたが、ダナルはルカの身体を抱き上げて寝台に横にさせた。そのまま胸に手を当てる。

「お前だったら、この程度の力動の乱れは自分でなんとかできるんだろうが、余計な力を使わずに、すぐに眠らせてやるよ」

「ダナル」

ルカの手が、ルカの胸にあてた自分の手に重なるのを、ダナルは見つめた。

「報告は、俺がする。サイザーに、聞くなよ」

「……そんなにヤバそうなことが分かったのか？」

「そうじゃない。俺が、俺の口から、話したいだけだ」

滅多に表情が変わらないルカの瞳が、わずかに揺れる。

「あんた、俺に頼みごとをしたのは、初めてだろう」

ルカの瞳を見つめていたダナルの脳裏に、一つの言葉が蘇《よみがえ》った。

〝俺には何も頼るな。俺もお前など頼らない……〟

呪詛のように吐き捨てた、ルカの冷たい瞳が浮かぶ。

反射的に凍りつく思考を振り払うように意識を戻すと、真下でルカがじっと見つめていた。

その瞳が、水を張ったように揺れている。

涼やかな美しい曲線を描いた瞳に、ダナルは、囁くように言った。

「……ルカ……?」

その頬に触れ、そのまま髪を撫でた時に、ダナルは自分の意識が弛緩《しかん》していることに気がついた。

同時にルカが驚いたように見つめていることも。

違った、これは〝現実〟だった。ダナルは急いでルカの間口を探り当て、力動を整えようとした。だが、ルカが間口をきつく閉ざし、ダナルの力動ははねのけられた。

「なんだ……!?」

「……何を見ていた」

「何を……?」

「俺の中の、〝おれ〟だろう。……現実の俺は、あんたが今見ている光蟲の世界ではあんたと会っていない」

そんなことは分かっている。

俺が見ていたのは、幻だ。

白い世界の中の、ルカの姿。

たった一回だけ目にした、あの姿。つい、思い出してしまっていた。

「俺が、あんたを光蟲の中で見るのは、性行為であんたが入ってきた時だけだからな」

今まで数えるほどしかしていないが、ダナルはルカを抱く時は、ほとんどがこの間のように無理矢理間口を繋げて、激情のままに押し倒すやり方だった。

たいていが、セフィストに絡んだ話が出た時だった。

我ながら了見の狭い男だと嫌になるが、どうにも心が煽《あお》られて、自力では収めるのが難しくなる。

「あんたが見ているのは、本当の俺じゃない」

……そんなことは分かっている。

だが、それを望まなければ、自分は光蟲の操者として、ルカと共鳴することはできなかっただろう。

俺を受け入れてくれる、たった一人の、唯一無二を。

「……お前が」

やっと出した声が、わずかにかすれた。激情を抑え込もうとして、息が乱れる。

「お前が、なんて言おうとも……あれは……俺の中では、存在する」

「しない」

淡々とした口調で即座に返され、ダナルは目の前が真っ赤に染まった。

「あれだけは、お前に否定する権利なんてない……！」

気がついた時には、寝台の上にルカの身体を押さえつけていた。ルカは全く表情を乱さず、ダナルを見つめ返した。

「お前ら依代に何が分かる。操者は依代を愛し、求めることでしか、共鳴なんてできやしないんだ。お前は俺を受け入れなくたって共鳴できたんだろうが、俺は無理だったんだ！」

「それで、俺の中の〝おれ〟を勝手に作り上げた？」

「そうだよ……！」

操者が依代のとりこになるのは、その精霊の中が、あまりにも美しいからだ。

その姿を見ることができるのは、自分一人しかいないから。

あの世界を守れるのは、自分一人だ。そのために、操者は依代を守ろうと思う。

自分の命を懸《か》けても、守ろうと思うのだ。

勝手になど、作り上げていない。

あれだけが、俺の真実だったのだ。

それまで否定されたら、俺はもう、お前と繋がることなど絶対にできない。

また、想いの全てが霧散して、今度こそ消えてしまう。

ダナルはルカの鬮口を押さえ込んだ。

先程抵抗したルカは、思いのほかあっさりと閫口を開けた。

その世界はやはり、黒い、星空の世界だった。黄金の光の星を身体中からぽつぽつと生み出しながら、ルカが漂っていた。潤んだ瞳で、こちらを見つめている。

ダナルはその光る身体に触れ、星を生み出す身体に口づけ、抱いた。

ダナルの性欲をルカも共有している状態なので、ルカはいつも、この状態の時には抵抗できない。

依代はいやでも快感を引き出されるので、操者が性欲を抑えきれなかったら依代側は受け入れる状態になる。

ただ、いつまでもそんな状態で肌を重ねる半神同士などいないのだ。

ダナルの頭に、ラグーンが、軽蔑したように言い放った言葉が響き渡る。

〝閫口を繋げないと、性行為一つ、できない男〟

「……今さら、現実の俺を、見てほしいなんて言う権利など、ないのは分かっている」

ラグーンの言葉に重なるように、やたらはっきりとした声が響き渡るのを感じて、ダナルは思わず、え？と問い返した。

現実世界から放たれた声のような気がして、精霊の世界から出て現実に戻ると、身体の下で、ルカが半裸の状態で寝息を立てていた。

うっすらと身体が汗ばんで、白い身体がほんのりと上気している。下腹部にべっとりと精液が散っていて、ダナルはそれを手で拭った。

ダナルの方は達していなかった。たいてい精霊の中で性行為を行うと、ほとんど同時に性感が頂点に達するのだが、その前に現実世界に戻ったからだろう。

中途半端でも、ダナルはあっさり萎《な》えた。いつも以上の自己嫌悪に苛《さいな》まれる。

……もう、いっそのこと、遠くの土地で暮らしてもらおうか。

今でさえ、誰にも関わらせないようにしているのだ。王宮から遠く離れた土地で、好きなように生きてもらうのに、なんの問題があるというのだろう。

王宮が目の離せない状態が続いているがゆえに、ここにいてもらわなければ困ると思ってきたが、非常事態以外では、目が届かない遠くにいてもらう方が、いいのではないか。

少なくとも、これ以上、傷つけることはあるまい。

これも、何度も何度も考えた。

だが、実際にそれを実行することができなかった。

窓を開けて、わずかなルカの気配を感じ取ることさえ、できなくなる。

傷つけないことも、離すこともできない自分のふがいなさに、ダナルは拳を握りしめた。

ふと、外に気配を感じ、ダナルは意識を戻した。

服を羽織り、光蟲の殿舎の扉を開ける。

中に呼びかけていいものか躊躇《ちゅうちょ》していたジオは、出てきたダナルに驚いて顔を伏せ、片膝をついた。

「なんだ？」

「筆頭様と奥宮様が、神獣師の方々は全員青宮に集まるようにとのことでした。内府に、神官のイサルドが直接伝令に参りました」

「……イサルドが？」

上位の神官であるイサルドが直接伝令役になる理由は、一つしかない。ジオは、頷いた。

「これより、ステファネス様の浄化を行うとのことでした」

「ルカ……ルカ、起きてくれ。青宮へ行かなければならない」

よほど疲れていたのだろう。子供のような寝息を立てているルカを目覚めさせるのにはためらいが生じたが、ダナルは仕方なく力動を軽く押し出すようにして接吻した。

内部から起こされて、ルカはびっくりしたように身体を起こした。薄衣をまとっただけの自分の姿を見て、身をくねらせるようにして身体を隠す。

「すまんが、すぐに青宮へ行ってくれ。ステファネス様の浄化を行うとガイとリアンが決めたらしいが、それでまた、イネス様の状態がおかしくなったらしい」

「ダナルは？」

「俺は結界の布陣を指示してからそっちに行く。ジオ、ヨリド！　ルカを青宮へ連れていってくれ」

一人で行ける、とルカが訴えたが、ダナルは部屋に入ってきたジオとヨリドと入れ替わるように外に飛び出した。

「内府！」

こちらに走ってくる補佐官の一人に、ダナルは声を張り上げて命令した。

「近衛の連隊長らをすぐに内府に集めろ！　至急だ！」

「はっ！」

百花の神獣師・ジュドが、嫌がるラグーンを引きずるようにしてこちらに向かってきた。

「嫌だ嫌だ嫌だ、もう嫌だってば、怖えんだってば！」

「分かってる分かってる、宵国に引っ張られたらすぐ呼び戻してやるから、頑張ってお勤めを果たそう。な？」

いつまでも甘ったれるラグーンにも、それを許すジュドにもダナルは舌打ちしたくなった。お前ら、この事態が分かってんのかと言いたくなる。

「逃げたら俺がお前を殺してやるぞ、ラグーン。ステファネス様の浄化を、イネス様がどれだけ嫌がるか分かっているだろう。自分だけのものにしたいリアンが、ステファネス様と通じて、浄化するんだ。嫉妬で気が狂わんばかりになっているだろう。前の浄化もそうだった。何がどうなってもおかしくない」

「大体なんで今！　ついこの間イネスの浄化が不備に終わったばっかりだってのに、ステファァの浄化をやるかなあ！　もう少し我慢してもらえばいいじゃねえか！」

周りに人がいないとはいえ、不敬を丸出しにしてわめき散らすラグーンに、仕方ない、とジュドは慰めるように言った。

「俺らはよく分かんねえが、イネス様にかかりきりで、ステファネス様の浄化がなおざりになっていたそうじゃないか。ステファネス様だって先読、宵国の毒を溜め込んでいてあたりまえなんだ。イネス様がこの状態で、ステファネス様もおかしくなっちまったら、もうこの国は滅亡するしかねえんだよ」

こんな状態だというのに、あくまで先王はだんまりを決め込むか。ダナルはわずかに見える黒い屋根を睨み据えた。

すると、ジオとヨリドがカディアス国王を間に挟んでこちらに向かってくるのが分かった。

「ルカは？」

「青宮にお連れしました。もう、紫道様も青宮にお集まりです。皆様、お早く」

「ジュド、ラグーン、お前らは早く行け。王、こちらに」

「ダナル！　ジオとヨリドに呼ばれてきたが、俺は青宮から離れるつもりはないぞ！」

面倒くさくなってダナルはカディアスの手を摑み、引きずるように内府まで連れていった。

「ダナル！」

「あなたはステファネス様が選んだ、正統な王だ。万が一あなたの身に何かあったら、この国はおしまいなんだ」

「だが、俺には見届ける義務がある」

「それをやるのは神獣師の仕事だ！」

ダナルはカディアスの胸ぐらを摑み上げて怒鳴った。

「この国の王の最も重要な務めは、先読と繫がり、予知を形にすること。それ以前に重要なのは、その血脈を絶やさぬことだ。先読を生み出し、次代の王に繫げることが、王族に課せられた使命だ。お前がその使命を怠《おこた》れば、この国は滅びる。ただの属国にすらならない。精霊を宿す力を持つ者は全て虐殺される。力動を持つ者は全て奴隷となる。大国の侵入を許せば、間違いなくそうなる。それを忘れるな。お前の命を守るために俺らがいるんだ！」

ダナルの火のような烈《はげ》しさに、カディアスは一言も返せずに茫然としていた。カディアスの強張った身体を引きずりながら、ダナルは内府に向かった。

伝令によって、近衛団連隊長らが続々とシンバに乗って内府に駆けてきた。その中に、少年が一人、混じっていた。その顔を一目見ただけでダナルは察した。

「内府、摂政マルド・アルゴの息子でゼドと申します。承香殿まで、王をお連れするように父に命じられました」

「ゼド……」

カディアスとは同じ齢のはずだったが、神獣師候補だけあって、ゼドの方が大人びていた。従兄弟《いとこ》同士で、同じ王宮で育った、心許せる相手なのだろう。カディアスが肩の力を抜くのが分かる。

ゼドはカディアスの妃セイラの弟でもある。ダナルが承香殿まで蟲を飛ばし、誰かを迎えに来させるように告げたのだが、義弟であれば、カディアスもじたばたする態度を見せるわけにいくまいと考えたのだろう。ダナルは摂政・マルドの心遣いに感謝しつつ、つい大人びた態度の少年をからかった。

「山でいけないことをして謹慎させられたか？」

ゼドは少年らしからぬ微笑みを見せて、ダナルのからかいを受け止めた。

「その節はお世話になりました。緊急事態下で、一時的に下山させられております。王は、承香殿にてお守りいたします。万が一のことがありましたら、摂政として直《ただ》ちに政を司るゆえ、ご案じなさらずと父より伝言を預っております」

「なら返答を伝えよ。我らが全て果てたなら、山にいる師匠らを我らの代行とし、表側の混乱は五日以内に収めよと。ただ今この時をもって、内府ダナルの名において、国土を戒厳令下におく」

カディアスを除いたその場にいた全員が、片膝をつき臣下の礼を取った。ダナルは集まっていた近衛団の連隊長らに、雷のような声を響かせた。

「申し伝えておいた通りだ。今すぐ全員、下男に至るまで王宮南側へ移動させろ！　結界の布陣を敷け！」

内府より黒土門へ向かって、近衛団の誘導とともに皆が逃げてゆく。だが、補佐官らがいつまでも行こうとしないので、ダナルは眉をひそめた。

「ここに残ることは許さん。お前らは、王を守るのが仕事だ」

「しかし、我ら補佐官が、黒土門を捨てることは！」

「行け、ジオ。今度の浄化の危険度はこの間の比ではない。俺らに何かあったら、速《すみ》やかに次世代に移行させるためにお前らがいる。務めを果たせ」

「内府……！」

ダナルは青宮へ向かって走り出した。

はっきりとわかるほどの凄まじい怨念が、神殿からあふれ出ている。

すでに鳳泉の結界が張られているが、イネスが宵国と繋がって、自らの毒を剝《む》き出しにしているのだ。一歩一歩近づくだけで肌が粟立《あわだ》ち、心の臓がどくどくと騒ぐ。

これでは依代らはどれほどの恐ろしさの中にいることか。

死ぬかもしれない、という漠然とした思いがダナルの中に湧いた。

常に死と隣り合わせにいることを、覚悟して神獣師になった。

いついかなる事態にも、自分の命を盾にすることを、ためらってはならない。

それが、国の守護神たる者の務めだった。

実際は、どんな目にあっても、死ぬかもしれないと思ったことはない。

だが今回だけは、さすがにそんな気持ちが、心の中に宿った。

(……ルカ)

ダナルは自然と、心を解放させて、その名を呼んだ。

(ダナル！)

想像を絶する恐怖と本能ゆえだろう。間口を開けた瞬間にルカの声が飛び込んできた。初めて、求めてくるようなその声を、ダナルは抱きしめた。

待っていろ。今すぐ行く。

青宮にたどり着くと、鳳泉の神獣師・ガイがその場にいたが、平常と変わらぬ佇まいなのはガイ一人だけだった。

ダナルは、寝台の片隅で身を縮めて震えているルカの姿を確認した瞬間、微塵《みじん》もためらわなかった。走り寄った勢いのまま胸に抱き、その口を吸い上げた。

「ふっ……うっ……うっ……」

恐怖からだろう。ルカも夢中で舌を絡め、乱される己の精霊の中を、整えてくれる力に縋《すが》ってきた。

だが、どう力動を調整しようとしても、乱れは治まらなかった。横目で見ると、ラグーン、ジュドも同じような状態だった。

紫道の神獣師、シンは、王宮にも結界を張っている。向こうも神殿の近くにいると、影響が強いのだろう。依代の中では誰よりも気丈な男のはずが、ほとんど気を失っていた。その身体を抱きかかえながら、半神のザフィがすすり泣いていた。

「こ、こんな、こんな状態で、こっちにも結界なんて張れねえよ！　これ以上やったら、魔獣化どころか、死んじまう！」

「泣いてんじゃねえ、それでも操者か！　お前が乱れて依代の乱れを直せるか！　腹くくれ！」

ジュドが一喝する。


そんな様子を見ながらも、ガイは静かに告げた。

「分かっているだろうが、今までで最悪な状況と言っていい」

「リアンは？　神殿にいるのか」

「ああ。ステファネス様の傍で、浄化の準備に入っている。もうすでに浄化をすべく、ステファネス様と繋がっているはずだ。だから、イネス様が怒り狂っているんだ」

「自分を差し置いて、なぜそっちに行くんだ、と」

「そうだな。ステファネス様ももう二十五歳、なかなかカディアス様と繋がらないせいもあって、一年に一回の浄化でも本当は足りないくらいなのに、二年以上、浄化を我慢していただいていた。もうこれ以上待たせるわけにはいかない」

ガイの後ろに、神官のイサルドが頭を垂れて片膝をついていた。

「イサルド？」

「俺が連れてきた。責めてくれるなよ。あのまま神殿にいれば、完全にイサルドも宵国へ引きずり込まれる。神殿に残っているのは、リアンと神官長のラーナだけだ。ラーナの方は、どうなろうと責任持てん。イネス様に殉じることができれば、本望だろうよ」

ガイは突き放したように言った。

「ダナル、俺も神殿で浄化を行おうと思っていたが、俺が神殿に戻れば、おそらくイネス様は容赦するまい。俺は神殿の中ではなく、降神門の手前で浄化を行う。依代らはここに置き、お前たち操者は降神門に結界を張ってくれ。イサルドの結界では、依代三人を守るのも限界があるかもしれんが……」

依代を守ることを放棄してまで、結界に専念しないといけない状況だというのか。

ただでさえ、ルカは誰に縋りついているのか分からぬほどに、震えている状態だというのに。ダナルも歯ぎしりしたが、ザフィはたまらず慟哭《どうこく》した。腕の中にいるシンは、顔が蒼白になり、朦朧《もうろう》とした意識下でも、ザフィをなだめるようにその背中を撫でていた。

ほとんど意識のない依代ら三人を寝台の上に乗せ、操者らがその場を離れると、イサルドが頭を垂れたまま告げた。

「私の結界ではご不満かと思われますが、この命、尽きましても結界は外しませぬ」

言葉通り、イサルドの張った結界は、精霊師でもない神官の結界としては十分すぎるほどの力を放った。

青宮の外へ一歩出たとたん、ダナルら操者でさえ意識を飛ばされそうなイネスの怨嗟《えんさ》が、渦巻いていた。

あああああ！　リアン！　先読は私よ！　リアン！　なぜ私を放っておくの！　こっちに来い！　こっちに来やがれえええ!!

凄まじい毒が空を覆い、宵国と繋がった神殿の上空は、黒々とした雲が渦を巻き、そこから何か得体の知れないものでも現れそうな予感さえ漂わせていた。

その暗黒の穴から、怨霊や魔獣が、あふれ出てきそうである。神獣を出せば、あっという間に穴に吸い込まれそうだった。


ステファネス様の浄化のみに集中する。ガイは降神門を見据えた後、後ろに並んだ三人の操者にそう伝えた。

「イネス様の怨念は、俺と、外にいる全ての精霊師に向かうだろう。絶対に、お前達より後方にイネス様の念を向かわせるな」

　他にどうしようもないだろう。イネスは暴走し、手あたり次第人々を宵国に引きずり込む。真っ先に狙われるのは宵国に通じやすい精霊師、神獣師らだった。

　ガイの力動が発せられたのと同時に、三人も一気に結界を張った。光蟲の金色の蟲が、百花の色とりどりの花々が、紫道の紫と銀の糸が、それぞれ絡み合うように降神門に向かう。

　降神門の向こう、神殿は鮮血が降り注いだように真っ赤だった。神殿を覆う赤い霧状の点がなんなのか、ダナルは目を凝らした。

　鳳泉は、赤と金の鳥の姿だというが、その姿をダナルは見たことが一度もない。

　姿を滅多に現さないのはどの神獣も同じだが、鳳泉は特に、その全貌が不明とされている。

　なぜなら、代々の鳳泉の神獣師でも、完全な姿を出せた者は、ほとんどいないと言われているからだ。

　少なくとも鳳泉は、この数百年、その姿を見せていなかった。

　――鳥の姿で、四つの神獣を合わせたような姿をしていると文献に載っていたが、本当か。

　ルカが、リアンにそう聞いていたことがある。リアンとガイは、当然その姿を精霊の中で見ている。リアンは笑うだけでその質問には答えなかった。

　ダナルにとって鳳泉は、襲いかかってくる時には赤い鳥の大群であり、浄化が行われている時には、様々な赤色を宿した花だった。

　今、神殿を空高くまで覆っているのは、狂ったような鳥の大群ではなく、赤い花のように見えた。

　それが証拠に、少しも宵国に引っ張られるような恐ろしさがない。

「……観念したのかな?」

　恐る恐るザフィが訊いてくる。

「いや、それはないだろう……。ステファネス様の浄化を行いながら、イネス様の方もなだめているのか……」

　ダナルは警戒しながらも、この状況がどうにも解《げ》せなかった。

　神殿の上空にぱっくりと口を開ける、宵国への入り口はまだ塞がっていない。

　あれは、ステファネスではなくイネスが時空を歪めて出現させたものだろう。

もしかしたら、ステファネスがイネスを止めているのか？

自らも浄化を行わねばならぬほどに弱っているというのに、そんな余裕があるのだろうか？

次の瞬間、ダナルは信じられぬものを見た。

神殿の上空で黒いとぐろを巻いているその入口に、神殿を覆っていた鳳泉の赤い花々が、吸い込まれ始めたのである。

これが、浄化か？

思わずガイの方を見ると、ガイはダナル以上に、茫然自失した状態になっていた。

信じられぬという表情で、顎を震わせ、宵国に吸い込まれている赤い花を見つめている。

「ガイ！」

ダナルが叫ぶのと、空を切り裂くようなガイの悲鳴が響き渡ったのは、ほとんど同時だった。

「リアン!!」

そんなガイの絶望をあざ笑うかのように、イネスの狂ったような嗤いが神殿から放たれた。


あはははあはははっはははははは!!

やってやった、やってやった!!

これでリアンは私のものじゃ、私一人のものじゃ！


一体何が起きたのか。

ただ、とんでもない事態が起きたことは間違いなかった。ダナルらは、状況が把握できず、何を一体守ればいいのかすら分からず、力を失ったように地に膝をつくガイの姿を見つめるしかなかった。

イネスの、得意そうな声が続く。


どうだ、ガイ、見えるだろう。

リアンの精霊を宿す〝器〟を一部破壊してやった。

一部だけだが、もはやあれでは鳳泉は留めておけん。

鳳泉が宵国に吸い込まれてゆくのが見えるな？　見えるだろう？

無力よな、ガイ。

お前の操者の力など、もうなんの役にも立たん。

今リアンは、〝血戒《けっかい》〟で留めようとしているが。


ダナルは衝撃で思考が真っ白になるほどだった。

依代の器を、破壊する。

そんなことが、できるのか。

それが、精霊を宵国に引きずり込むことができる、先読の力なのか。

「……よくも……」

ガイの声が、震える。

傍から見ても分かるほどに、ぶるぶるとその身体が揺れた。そしてその肌は、次第に赤く染まり、息も荒く、人の声を、失っていった。

『よくも……よくも、よくも、貴様のために、ここまで尽くしたリアンに、リアンに!!』

「ガイ!!」

今まで堪えに堪えた、ガイの激情があふれ出る。

愛おしい半神が先読に執着され、自らは疎まれ、それでも神獣師筆頭として、正しくあろうと己を律してきた男の、全ての感情が決壊した時、それは〝憎〟ただ一つしか残らなかった。

そして精霊師が、その一つに囚われた時、なんになるのかは明白だった。

「ガイ！　正気に戻れ！」

ダナルは叫んだが、ガイの身体は真っ赤に染まり、浮き出る斑紋は炎を宿しているようだった。赤くなった目から、血の涙があふれる。ガイの魔獣化に、ダナルらは茫然とするしかなかった。ガイの姿に、イネスは狂喜の嗤い声を響かせた。


あっはっはっは！　ざまあみやがれ!!　魔獣化させてやった、魔獣化させてやった！


これは、なんの地獄だ。

目の前で、誰よりも意思が強く、清廉《せいれん》な男であるガイが、次第に黒い炎に包まれた魔獣に変わろうとしている。

その姿に大喜びしている狂女の声が響き渡る。

今、殺すべきものは、守るべきものは、なんなのか。

ダナルにはそれさえも分からなかった。

隣で同じように茫然としていたジュドが、ふと身体を震わせた。

そして、硬い声で、ダナルとザフィに告げた。

「ラグーンが、〝血戒〟を使うと伝えてきた。意識が完全になくなってしまっては、〝血戒〟も使えんからと……」

目を見開くダナルの一歩前に、ジュドは進み出た。

「先に、ガイを殺すぞ。鳳泉が魔獣化したら、宵国も何もない」

前を行くジュドの足元に、血文字の神言が浮き出るのを、ダナルは見た。

ジュドの足元から円状に広がってゆく、赤い血文字。

あれが、〝血戒〟なのだ。依代が、己の中の精霊を繋ぎ留めるための、最後の手段。絶対に精霊を失わせないために、依代のみが授けられる、命を引き換えにした覚悟。

そしてダナルは、ふと、自分の足元を見た。

目に飛び込んできたのは、血文字だった。

じわじわと、自分の足元から、円状に広がってゆく赤い文字。

それが意味することは、たった一つだった。

「……ルカ……！」

恐怖で身体が震えたダナルは、隣にいたザフィが、悲鳴のような声を上げたのも耳に入らなかった。

「ああ！　シン！　お前まで！」

「しっかりしろ、ダナル、ザフィ！　もはや宵国に神獣を吸い込まれないようにするためには、依代は〝血戒〟を使わねばどうしようもない！　たとえ命で繋いだとしても、操者が呼び戻せば助かると言われているんだ。信じろ！　まずは依代の覚悟に応えるんだ！」

操者が呼び戻せば、助かる。

確かにそれはそうだろう。ジュドには自信があるのだろう。浮気され、喧嘩を繰り返し、それでも互いに唯一無二だと、声高に叫べるのだろう。宵国の、真っ暗な深淵《しんえん》にその身が落ちていったとしても、そこから呼び戻す自信が、想いの強さがあるのだろう。

だが、ダナルにはそれはなかった。

半神の精霊の中でさえ、怖くて入れないような自分。拒絶されるのではないかと脅え、その奥底になど、とてもたどり着けないというのに。

そんな声が、ルカに届くわけがない。

〝血戒〟などされてしまっては、もう一度生の世界に、呼び戻す自信などない。

「ルカ！　やめろ、俺は無理なんだ！　お前を、宵国から助けられないんだ！　お前が〝血戒〟を使ったら、もう、俺は……」

……助けられない。

ダナルは絶望に、打ちひしがれた。

一体、なんのための、半神か。

己の依代を助けられずに、一体操者がなんの意味を持つ。

愛した男と別れさせられ、光蟲の依代となったルカに、一体自分は何をしてやれたのか。

苦痛しか与えなかった。哀しみしか、憎しみしか与えなかった。挙げ句の果てに、こんな死に方をさせてしまうのか。

……もし、ダナルが〝それ〟を見なければ、もしかしたらダナルも、魔獣と化していたかもしれない。

ダナルも、ジュドも、ザフィも、自分たちがどこにいるのか分からなくなった。

目の前に、今まさに魔獣になろうとしているガイの姿があったはずなのに、降神門の前にいたはずなのに、ただ真っ暗なだけの世界にいた。

「……え？」

いきなり変わった世界に、ジュドの呟く声だけが聞こえた。

真っ暗なだけの空間に、三人の姿しか存在しない。足が地についている感覚がないことで、これは精霊の中だろうと思った。現実世界以外に、三人は精霊の中しか知らなかった。

「ど、ど、どの精霊の中だ？」

ザフィの呟きとともに、現れた姿があった。

それは、ぼんやりとした銀色の光で、黒い闇ににじむように現れた。

光かと思ったのは銀色の髪であり、その髪は、すらりと高い背の全てを覆い、地に流れるほどに長かった。

細い身体つきではあったが、男のように背が高く、肩幅も胸の薄さも男性のそれだった。血が通っていないのではないかと思うほどに白い顔は、恐ろしいほど美しく、整っていた。

銀の眉と銀の睫毛の下に、薄い水の青を宿す双眸《そうぼう》があった。全く表情を変えることなく、その美貌はダナルらに告げた。

「……宵国よ。案ずるな。お前らの半神が〝血戒〟で精霊を繋いでいる。宵国にいたとしても、お前らが死ぬことはない……」

普通の人間の言葉で話すその人物の名を、紹介されずとも、ダナルらはもう分かっていた。

「我は、ステファネス」

◇◇◇

初めて見る先読に、ダナルは一言声をかけようとしたが、その空間では言葉が出てこなかった。

いや、言葉は出るのだが、会話するような言葉にならないのだ。「な……私たちは……この……」など、言葉を紡ぎ出してもなぜかどこかへ流れるように消えてしまう。

それでも、この訳の分からない空間に、ジュドとザフィがいることだけが救いだった。互いに目と目を合わせ、意思疎通ができているか頷き合い、自分たちが存在していることを確認する。

ステファネスの方は、混乱の極みにあるダナルらの様子になど興味がないようだった。

ステファネスが細い顎《あご》をくいと上げると、真っ暗だった世界に、いきなり澱《よど》んだ色の渦が現れた。

渦は、赤い花を、吸い上げていた。無数の赤い花びらが、らせん状に巻き上がり、渦に吸い込まれてゆく。

あれは。

ダナルがそれに気づく前に、ステファネスが呟くように言った。

「鳳泉よ。鳳泉とリアンの命、と言った方が良いか」

赤い花の一部は、渦の動きと逆行する動きを取っていた。渦の動きに巻き込まれぬように逆回転し、吸い込まれていくのを防いでいる。二つの回転がぶつかり合い、せめぎ合う様子が何を表わしているのか、ダナルにも分かった。

ステファネスは全く表情を変えずに、その二つの渦を見つめながら続けた。

「伯母上はリアンの器を壊した。鳳泉が宵国へ引っ張られ、消滅してしまわぬように、リアンは己の命でそれを繋ぎ留めている。だが器が壊されてしまえば、依代が救われる方法はない」

その淡々とした物言いに、ダナルは不気味さを感じずにいられなかった。

リアンの命が消えるかもしれないのに、なぜこんなにも他人事のように語るのだ？

鳳泉の神獣師は、先読にとって、母とも父とも呼べるほどの近しい存在だ。

まだステファネスは国王・カディアスと宵国で通じ合っていない。ステファネスにとって、リアンはおそらく一番の理解者だろう。八歳のころから、親しんできた存在のはずだ。

先読とは、人の心を持っていないのだろうか？

両性として生まれ、人生のほとんどを宵国で過ごし、その瞳に映すものも耳にするものも、常人と違う世界に生きる者は、哀しみも、苦しみも、何も感じない生きものなのだろうか？

ダナルの言葉は表に出なかったが、ステファネスはダナルが何を思っているのか感じたように、視線をわずかに向けてきた。

水のような冷たさを浮かべたその瞳からは、一切の感情が読み取れなかった。

続いてステファネスは、ふわりと頭を振ってみせた。銀色の髪がわずかに揺れたと思ったら、ダナルたちがいる場所から少し離れたところに、いきなり別の空間が現れた。

澱んだ色をした空間に、赤と黒がにじんだかと思うと、一つの場面が浮かび上がる。

その光景は、地獄そのものだった。

赤と黒の斑紋を身体中に浮かべたガイの背中が盛り上がり、まるで翼が生えてくるように、黒い羽が背中からバサバサとこぼれてくる。

ガイは、魔獣化を抑えようとしているのか、それとも早く魔獣になりたいのか、目は金色に染まり、口は裂け、牙が剝き出しになりながらも、首を振って身体をかきむしるようにしている。

そんなガイの姿を、指さしながら嗤う女の姿があった。

イネスだと、一目でわかった。

それは、狂女そのものの姿だった。長い髪は一体何年櫛《くし》を入れていないのかというほどに乱れ、着物はかろうじて帯でだらりと結んでいるだけで、痩せこけた身体が一目で分かる。

ダナルらは神殿に近づいたこともなく、神官はもちろんのこと、ガイやリアンも神殿の中がどうなっているのか明かさなかったために、先読がどんな様子なのか、分からなかった。

気が触れているのは分かっていたが、どんな状態なのかは分からなかったのだ。

頬がこけ、齢五十よりもはるかに老いた顔。しわだらけのくぼんだ穴に収まっている瞳だけがぎらぎらと光り、ガイの有様を見て喜んでいる。

これが、わが国が、崇め奉《たてまつ》る生き神の姿か。

「……油断いたしました。まったく、やってくださいましたな、イネス様」

苦しみ悶えるガイに、ゆっくりと近づく男が現れた時、イネスは金切り声を上げた。

「リアン!!」

「これほど器を破壊されては、もう私の器は修復できないでしょう。だがまだ、死ぬわけにはいきませんな。あなたにこの身体、くれてやるわけにはいきません」

リアンには、この同じ空間にダナルらやステファネスがいることが分かっていないようだった。先読に対して、不遜ともいえる態度を見せる。

「私はあなたをお守りし、救うべき者ですが、あなたを愛することはできません。私が愛するのはただ一人、この男だけです。諦めなさい。先読として生まれた者は、特定の人間と愛し合うことはできないのだ」

まるでこの国が、そう断じているように、リアンはきっぱりとイネスに告げた。同情は、いたしますよ、イネス様。

「……おかわいそうに。全く成長しない者もいれば、両性として生まれる者もいる。最初から、誰かを求めるなど不可能な身体に生まれついていれば、自分以外の人間を求めるあまり、狂うこともなかっただろうに」

思わずダナルはステファネスを振り返った。

最初から、未分化の状態として生まれ、自分以外の人間を求めることもない存在を。

ステファネスは、ただ静かにリアンとイネスを見つめていた。その表情には何も浮かんではいなかったが、この有様を目に焼きつけようとしている意志だけはうかがえた。

「ガイ」

先程の厳しい口調からはうって変わって、信じられぬほどに柔らかな声で、リアンは魔獣と化しつつあるガイに触れた。

「どうした、ガイ。しっかりしろ。こんなことで魔獣化してしまうほどに、お前は弱い男か？　俺が愛した男は、そんなやわな男じゃない。そうだろう？」

魔獣の姿を少しも恐れず、リアンはガイを抱きしめるようにして口が裂けた顔に、吊り上がった瞳に、口づけた。ガイの魔獣化を、なんとか阻止しようと思っているのだろう。口調は言い聞かせるように穏やかだったが、必死だった。

ここまでの状態になってしまうと、もう元の人の姿に戻すことは、不可能かもしれない。だがリアンは、諦めずに何度も何度もガイの意識を戻そうとした。

「ガイ……俺の声が聞こえるか？　聞こえるよな？　愛してる……愛している、俺の、半神……」

繰り返される愛の言葉が、空間に響き渡る。イネスは耳を塞ぎ、呻き声を上げて突っ伏した。

聞きたくなかろう。

ダナルは思った。

聞きたくないだろう。愛おしい者が誰かを狂おしいほどに愛する声など、聞きたくないだろう。

哀《あわ》れな女。だが、その気持ちは、痛いほどに分かる。

愛し合いたいのに、求めたいのに、求められない。愛し合えない。

この国では、半神というものが絶対の唯一無二であり、そんな連中が目の前にいるのに、なぜ自分にはその相手がいないのか。なぜ自分は、そんな関係を築くことができなかったのか。

俺も思った。他の神獣師らを見るたびに、なぜ俺だけは違うのか、なぜ俺には与えられなかったのか、何度も何度も運命を呪った。

だが、恨むべきは、神獣師ではない。

運命では、ないのだ。

打破しなければならないのは、運命ではない。

国というものは、運命などという言葉では片付けられぬほどに、様々な理不尽を、孕んでいるのだ。

神獣師は、この国を滅ぼさぬために、己の命と引き換えにしても、神獣を守らねばならないのだ。

愛する者が命を奪われても、魔獣化を抑えねばならないのだ。

そんな我々が命を懸けるべき存在として、王族は、先読は、存在しなければならないのだ。

あなた方が愛するのは、人ではない。国でなければならないのだ。

ダナルは己の力動が漲《みなぎ》るのを感じた。やはり、そうだ。たとえ宵国の中でも、使うことができるらしい。

だが、光蟲には浄化能力はない。ダナルはジュドとザフィを振り返った。己の力動を漂わせながら、魔獣化しているガイと、呻いているイネスの方を指で示す。

二人は、それで理解したようだった。依代らが、命を懸けて神獣を繋いでいるのだ。この機を、逃すわけにいかない。

ダナルが光蟲を発動させ、リアンに一瞬にして結界を張ると同時に、紫道と百花が、ガイとイネスを〝浄化〟した。

百花の花にイネスが包まれた瞬間、空を切り裂くような声が響いた。次第に花が、ゆっくりと解けてゆく。イネスは花の中から、完全に〝浄化〟の終わった姿を現した。

そこには、人としての意志が、全く消え失せた姿しかなかった。

何も見ていない表情で、ただ座り込むその姿は、老女というよりも、幼い少女のようなあどけなさだった。

「……完全に廃人にしたか」

後方で、ぽつりとステファネスが呟いた。

一方でリアンは、同じ空間に他の神獣師がいることが分かっていないのか、何が起こったのか分からないというように、茫然と座っていた。

「……魔獣化するなと言うなら、俺にこれを許せよ、リアン。俺は、お前が死んだら、共に死ぬ」

紫と銀の糸が溶けて、人間の身体を取り戻したガイは、座り込むリアンを覗《のぞ》き込むようにそう告げた。

リアンは、普段の冷静沈着な表情を崩し、顔中を涙でぐしゃぐしゃに濡らしながらガイに抱きついた。

◇◇◇

リアンとガイが抱き合った光景が、ダナルらの目の前から消えた。

また再び黒だけの世界に戻ったと思ったら、今度は傍らにいたジュドとザフィも消えていた。二人だけでなく、ステファネスの姿もない。

宵国に取り残されたのか？　ダナルは焦燥から身体を動かそうとしたが、ただ真っ暗なだけの空間で、どこにどう向かっていいのかすら分からない。

宵国に残されたとしたら、死ぬということだ。光蟲は今、ルカが血界で繋いでいる。せめてルカだけでも、助けなければならない。だが、どうやって？

　混乱しながらも、ダナルはルカを想った。すぐに助けなければ、そのまま命が奪われてしまう。ここが宵国ならば、ここからルカを探すことはできるのか？

「ルカ！」

　ダナルは暗闇で、ひたすらルカを呼んだ。半神が呼べば、たとえ宵国へ足を踏み入れていようと、引きずり出すことができる。それを自分ができるとは思っていなかった。だが、やらなければならない。声を届けられる可能性がある限り。

「ルカ……ルカ！　どこだ……光蟲！」

　何もなかったただの黒い空間に、一瞬だが光の粒のようなものが流れたのを、ダナルは見逃さなかった。

　光蟲の光だ。間違いない。

　ダナルはその流れてくるわずかな光の砂のようなものを、必死でたどった。距離感も何もないが、ひたすらそれに向かって走り続けた。次第に、それは粒が大きくなり、量も増え、光の珠を増やしていった。そしてそれがまるで天空の星のように増えた時に、ダナルの目の前に、いつもルカの中で見ている、黄金の星の世界が現れた。

　ああ、やっとたどり着いた。

　ダナルは安堵してその場に座り込みそうになった。だが、黄金の星を生み出す、ルカの身体がそこにはなかった。

　いつもならば、黄金に輝くルカの身体から星が生まれていくはずなのに、空に金色の帯のような星が流れていても、肝心のルカの姿が見当たらない。

「ルカ……？」

　ダナルはまた焦り始めた。ルカは？　もしかしたら、もう俺の声が届かぬところまで行ってしまったのか？

　混乱してダナルはルカの名を呼び続けた。黄金の星に手を向けて、どこかにその身体が隠れていないか探した。必死で身体を動かしながら手を伸ばすと、星空に向けていた手が、何かに当たった。

　星空の光を掴もうとしていたのに、何か、物体のようなものが星空の空間にある。星空と同化しているので、それがどんな形をして、どんなものかは分からない。ダナルは硬さを感じさせるそれを、手で探った。

　それは、どうやら窓のようなものだった。硬さだけ伝えてくるので、姿かたちははっきりしない。だが、どうも窓くらいの大きさで、扉が閉められたような状態になっているのが次第に分かってきた。真ん中あたりを押すと、少しへこむ。

なんだ？　これは。ダナルは、美しい星空の中に、こんな物体があることに首を傾げた。そしてふと、ジュドが話していたことを思い出した。

依代は、精霊の中に、自分の隠し場所を作ることができる、と。

精霊の中とは、その依代が作り上げた心象風景であり、皆それぞれ精霊の中は違う。

たとえ光蟲であっても、ルカの存在する精霊の中はルカだけのもので、他の光蟲の依代が作る世界はまた若干《じゃっかん》違うのだ。

依代は、自分の精霊の中を、自在に快適に作り上げる。自分の世界を、嫌な空間にする者は、当然ながらいない。

操者は依代の全てを知ってしまう。だが中には、隠しておきたいこともある。ラグーンはジュドに知られたくない浮気したり遊んだりした記憶や感情を、ジュドにばれないように〝百花〟の中に隠すらしい。

「ラグーンは土の中に隠すんだけどな」

どうやらジュドが見ているラグーンの中の百花は、一本の樹らしかった。ラグーンの身体はその樹と一体化しており、隠したいことがその樹の根元にあるらしい。

ジオに聞いてみたところやはり他の精霊師も同じようなことをしており、依代の中の秘密の隠し場所に気づかない操者もいるらしかった。

「共有したいと思わない物事もあるでしょうから、私などは無理して探しません。本当に察してほしいときは、それと分かるように見せてくれるんですよ。……可愛いですよ、本当に」

これがそうなのだろうかと、ダナルはその窓のようなものを見つめた。

完全に周りの景色と同化して、触れなければそこに在ることすら分からない。これはルカが隠していたものなのではないか。

知られたくない、という意思の表れなら、これを調べるのはどうなのか。

だが、今この世界にルカが存在しない以上、なんであれ、調べる必要があった。

そこから出てくるのが、自分への怨嗟であっても、セフィストへの恋情であっても、ルカにたどり着くためには、見なければならない。

そうでなければ、探し出せない。このまま死の世界に流すわけにはいかない。依代の命を守るのが、操者の使命だ。己の命で繋いで精霊を守った依代に対し、助けることもできないのでは、一体なんのために操者は存在する。

ダナルは、意を決して、その窓の中心を押した。

瞬間、中からあふれ出てきた世界は、あっという間にダナルの周辺を包み込んだ。


それは、真っ白な世界だった。

先程までの世界が黄金の星の夜の世界だとしたら、こちらは目に痛いほどに、白い世界だった。

その白い空間の中に、身体から黄金の光を生み出し飛ばしている姿があった。

「ダナル」

十八歳だった、ルカの姿だった。

たった一度、最初に、光蟲に入った時に見た、白い世界にいるルカの姿だった。

白い身体が発光し、黄金の光の珠を無数に生み出している。なんと美しい精霊の世界。

「ダナル」

ルカが、笑いかける。

花が開くように、美しく微笑む。

お前は、これは幻だと言った。

俺が勝手に作り上げた、幻にすぎないと。

そうかもしれない。俺に対して、こんな風に笑いかけてくれることなど、現実にはありえない。

俺が勝手に作り上げた、精霊の中。

操者がそんな光景を作り上げるなど、可能なのだろうか?

「違うよ。そんなことできるわけない」

目の前のルカが、おかしそうに笑いながら首を横に振った。

「ルカ？」

「ここはね、俺が、ずいぶん昔に作り上げた俺の場所。前に、ダナルはここに入ってきたよね。ここが俺の、ルカの最奥の部分だよ」

では、やはり幻ではなく存在したのか。

「でもルカは、この場所を作り上げて俺を隠したことを忘れちゃっているんだよ。そりゃあ最初はさ、セフィストへの想いを忘れないように隠しておくために作った場所だったんだけど、そんなことも忘れちゃってる」

ではこの、微笑みを絶やさない、幸せそうなルカの姿は、セフィストを想うがゆえの、姿なのだろうか。

「最初はそうだったね」

黄金の光に包まれながら、ルカが笑う。

「でも現実のルカは、もう俺を忘れちゃっているんだよ。隠したい気持ちは、どんどんダナルのことばっかりになっていった」

「……俺……？」

憎しみや、苛立ちや、諦めの気持ち？

「俺を見て。ダナル。そういう気持ちの俺だったら、とっくに魔獣になっているよ」

ルカは両手を広げながら、顔いっぱいに笑顔を浮かべた。

十八歳の頃の、幼さがわずかに残る表情で。

やはりこれは幻なのではないか。

あの頃、もし何事もなく、一人の操者と一人の依代として出会っていたとしたら、今目の前にいるお前の姿が傍らにあっただろうと、何度も何度も願った俺の、願望が描いた幻影ではないか。

俺に笑いかけて、俺に甘えて、俺を頼って、俺を愛してくれるお前を想った俺の、夢ではないか。

「今の俺は、ルカの、夢。あんたの前で、俺でありたいと思った、ルカの願望だよ」

ルカの後ろに浮かび上がったものに、ダナルは目を疑った。

それは、昔の自分の姿だった。

ためらいがちに、静かに窓を開ける。しばらくそこに佇み、ルカの気配を感じ、去る。

またある日は、窓を開けたかと思うと、俯きながらそこに座り込み、動かなかった。衣服が破れ、身体が傷つき出血している。師匠に厳しく鍛《きた》えられ、体力が限界だった日だ。

毎日同じことを繰り返していたと思っていたが、雨の日、風の強い日、それぞれ違う自分がいた。

これらすべてをルカはこっそり目にして、心の奥底に隠していたのか。

「ダナル、俺を心配して、毎日窓を開けて様子を確認してくれただろ。この記憶が増えるたびに、セフィストのことを忘れそうで、俺は怖かった。だからこの記憶を閉じ込めてきたんだ。けど、窓を開けに来るダナルのことを完全に無視することはできなくて」

そのうち、ふと、疑問が湧いた。

「どうしてセフィストは、俺に会いに、俺を助けに来ないんだろう？　って疑問を、消せなくなった」

千影山で修行している間は、誰にも気づかれずに山に侵入するなんて難しいから仕方ないと思っていた。だが、正式に神獣師となり、下山してからも、セフィストは気配すら見せなかった。

「最初は、何か理由があるはずだと思ったんだ。けど、」

──理由って、なんだ。

「ダナルを超えるくらいになるまでは、会いに来ることもできないんだろう。そう納得しようとしても、どうしても、だからなんだという気持ちしか浮かばなかった。そのうち、セフィストは呪術師として活動しているという噂を耳にするようになった。怪しげな術を調べて、色々動いているようだという話を聞いて、腑《ふ》に落ちたんだ。ああそうか、セフィストは結局、俺の気持ちよりも、自分の気持ちを優先したんだろうなって。今はもう、自分しか見えていないんだろうなって」

姿を見せられないと思っているのか、力を得てからと思っているのか、分からない。

だがそんな理由づけなど、こちらはいらないのだ。ひたすら自分を想ってくれる、それだけの男で良かったのに。

「俺に嫌われても……どんなにひどいことをされても、ダナルは窓を開けることを一度だってやめようとしなかったのに」

ルカが泣き笑いのような表情になる。

「それからはもう、心が苦しくなるたびにここに入った。以前は、セフィストへの想いを忘れないように、セフィストとの記憶を閉じ込めておく部屋だったのに、今はそれは一つもないだろ。毎日毎日、窓を開けに来るダナルの記憶だけが積まれていったんだ。今日こそは声をかけてみよう、そう思って窓の傍に近づくのに──」

何も言えずに終わる。その繰り返しだった。何年も、何年も。

「今さら、俺を好きになってなんて言えない。俺をちゃんと半神にしてなんて言えない。ダナルと、他愛もない会話をして、一緒に仕事をして、他の連中みたいに、じゃれ合って、想いを伝え合って、愛して、愛されたいなんて言えない……」

ダナルはたまらず顔を覆った。

そんな風にルカが願ってくれるほどのことを、俺はしていない。

傷つくのを恐れて、傷つけ返すことしかしなかった、どうしようもなく弱い男だ。

どれだけ拒絶されても、憎まれても、俺はお前を愛したいと、ひざまずいて願えばよかったのだ。

馬鹿な自尊心が邪魔をして、そんなこともできなかった。結果、孤独に追い込んで。邪険に扱って。どこまで狭量な、情けない男だっただろう。

「もとはと言えば、俺が悪かったんだから」

光を生み出す白い身体が、触れてくる。頬を包まれて、ダナルは自分が涙を流していることを知った。

「でもダナル、諦めないでくれただろ。いつも、毎日、窓を開けてくれただろ。俺がどんな状態でいるか、必ず確かめてくれただろ。俺にどんなに拒絶されたって、必ず窓を開けて、俺を心配してくれた」

「……つらく……なかったか」

ダナルは震える手で、優しく微笑むその顔に触れた。

「俺は、今まで、お前の器を、どんなふうに扱ってきてしまっただろう……。もしかしたら、どこか、傷つけてしまっているんじゃないか。苦しくはなかったか。負担を、かけすぎてはいなかったか」

「大丈夫だよ。ダナル、大丈夫」

ダナルはたまらずルカの身体を抱きしめた。込み上げる激情で、身の内が震え、とめどなく涙があふれたが、光とともに溶けてゆくルカの身体をひたすら抱きしめた。

「許せ……許してくれ、ルカ、許してくれ、すまない……」

「ダナル……ダナル、お願い、別の言葉を、現実の俺に、伝えてあげて」

白い世界に、ルカの身体が、光を生み出しながら溶けてゆく。

「ダナル、ルカは、俺の存在を忘れているんだ。教えてあげて。お願い……」

声さえも、遠くなってゆく。ダナルは、その光を最後の最後まで抱きしめながら、頷いた。

「ああ……約束する。必ず、お前に伝えるよ。愛している、ルカ」

光は、最後にはじける時に、温かな柔らかさでダナルを包んだ。


ありがとう、ダナル。

俺を、見つけてくれて、ありがとう。


おそらくはもう二度と会うことのない、幻の光に、ダナルは最後に、全身をゆだねるように抱かれた。

4

世界が戻った時、そこには静寂だけがあった。

ダナルは、両側にジュドとザフィが倒れているのを目にしたが、すぐに安堵した。その表情に、眠りについている穏やかさしか浮かんでいなかったからである。

念のためにジュドの呼吸を確認した後、ダナルは立ち上がり、降神門を背にして立つ男を見た。

ガイは、その姿を人に戻していた。

神殿に入り、連れてきたのだろう。ガイの腕の中には、眠りにつくリアンの姿があった。

ガイは静かに、ダナルに告げた。

「……任せていいか。ダナル。少しの間、二人きりにしてくれ」

「どこへ？」

「神殿に戻りたくない。……鳳泉の殿舎へ入る」

ダナルは頷いた。

「今は、内府の名の下に戒厳令を敷いている。誰にも、邪魔はさせん」

ガイは静かに場を離れた。その後ろ姿を見つめた後、ダナルは青宮に向かった。

　青宮の廊下で、神官のイサルドが結界を張ったまま意識を飛ばしていた。ダナルが結界内に足を踏み入れると、衝撃でびくりと身体を震わせ、目を覚ました。

「内府！」

「大事ないな、イサルド」

「内府、依代様方が……！」

「分かっている。血戒を使ったのだろう。だが、おそらく皆無事だ。ステファネス様がご助力くださったからな。俺もそうだったが、ジュドもザフィもすぐに引き戻すことができただろうよ」

　部屋に入ると、ルカ、シン、ラグーンの三人は、寝台の上で並んだまま眠っていた。

　ルカの顔に顔を寄せると、心地よさそうな寝息が聞こえた。顔色も良く、体温も正常である。深い眠りについているその顔を両手で包み、そっと口づけを落とした。

　もう少し、待っていてくれ。やることがある。

「外にジュドとザフィがいるが、放っておいていい。そのうちに勝手に目が覚めるだろうよ。イサルド、お前は神殿に入れ。ステファネス様の様子と、イネス様の状態を確認しろ。ステファネス様は無事に浄化が終わったが、イネス様は廃人にした」

　イサルドが目を剝く。だがダナルは構わずに畳みかけるように続けた。

「鳳泉の二人はしばらく動けん。これより全て、俺の命に従え、イサルド。補佐官らを内府に集め、そのち近衛を神通門《じんつうもん》に入れる。その前にお前は、神殿内の様子を俺に報告しろ」

　それだけでイサルドは、ダナルが何を考えているのか分かったようだった。すぐに膝をつき、臣下の礼を取る。

「御意《ぎょい》！」

　ダナルは黒衣を翻し、部屋から出た。

　内府へと大股で進みながら、突き出した指先に、金色の光が宿る。空に放たれると同時にそれは、金色の蝶へと姿を変えた。

　ダナルの召集に応じた補佐官らは、その口から発せられた言葉に、さすがに顔色を失った。

「従えぬ者は去れ。処罰はせぬ」

最初に前に進み出たのはジオだった。

「いいえ内府。補佐官は、内府であるあなたの臣《しん》でございます」

ジオに続いて、五人の補佐官が臣下の礼を取る。彼らがダナルの命により再び顔を上げたのと、イサルドがやってきたのはほとんど同時だった。

「イサルド、どうだった」

補佐官らがいたが、ダナルは構わず報告させた。

「ステファネス様は、浄化がお済みになったからか、落ち着かれて、ただ今はお休み中です。あの眠りに入られますと、半日以上は起きられないでしょう。ですが、イネス様が、生きているのか死んでいるのかは分からない状態でございます。神官長のラーナ殿が、気が触れんばかりの勢いで、鳳泉のお二方を呼ぶように叫んでいて、手が付けられず……」

ダナルは思わず笑い出した。

「あの婆《ばば》、生きていたか。てっきり宵国に引きずり込まれて死んだかと思ったが。まあいい。やかましいだろうが、ステファネス様が婆の金切り声に悩まされないならそれでいい。しばらくわめかせとけ」

イサルドから報告を聞かずとも、イネスの様子は想像がついた。だが、神殿に神官らを入れるのは、こちらの用事が済んでからだろう。ダナルは立ち上がった。

「近衛第一連隊長を呼べ」


本来近衛団は青雷の神獣師が統括するが、現在青雷は不在、近衛団は護衛団長のシンとザフィの管轄下に入っている。

だが、戒厳令下、近衛団第一連隊長のホルストは、ダナルの命に黙って従った。

ダナルは首席補佐官のジオとヨリドだけを従え、黒宮の正面に立った。

「開けよ。戒厳令下である。内府が、お通りになる」

ジオの言葉に、予想通り黒宮は応じなかった。

ダナルは顎を少し動かした。それが合図のように、ジオが力動で黒宮の正面の扉を開かせた。

内側から錠までかけているために、扉はわずかな隙間しか開かなかった。その隙間から、老いた侍従が顔を出す。

「ここをどこと心得る！　王のお住まいになる黒宮でございますぞ！　逆賊か！」

その言葉に、ダナルの怒りに火がついた。

「国王はカディアス王だ！　黒宮は王の住まう宮だ。貴様らが居座る場所ではない！」

その迫力は、力動を発せずともガタガタと扉を揺らした。慌てて、中にいる侍従が身体を引く。

「今すぐ開けぬと、お前の身体ごと扉を吹っ飛ばすぞ！」

天に届くかと思われるほどのダナルの怒声に、急いで黒宮の扉が開かれる。両側に平伏する侍従らを一瞥もせず、ダナルはジオとヨリドを連れて奥へと進んだ。その勢いに侍従らが慌てるが、あまりの迫力に止められる者が誰もいない。ダナルはあっという間に先王・ヨゼフスがいる部屋にたどり着いた。

「……なんの用だ、光蟲。ここに入ることは、鳳泉すら許しておらんぞ」

ヨゼフスは、髪にろくに櫛も通していないような、だらしない姿だった。陽にあたらず、乾燥した肌は齢よりもずっと老いており、衣服さえ面倒そうにまとわりつかせているだけである。

傍に女官の姿もあったが、黒宮にいる侍従や女官は、他の宮の連中よりも煌《きら》びやかな衣服を身に着けていた。先王の機嫌だけを取っていたと思われる連中ばかりだった。

ダナルは、自分の方へ、うっとうしそうな視線を向けてくるヨゼフス王を見据えながら告げた。

「これよりすぐ、王宮を出て、離宮へ移っていただきます」

ダナルの言葉が、ヨゼフスの耳には入っていかないようだった。

顔をしかめたままその言葉を聞き、どうでもいいというように顔を背けた。

従うつもりなど、さらさらないからだろう。

ダナルの方も、かまわずに告げた。

「お連れしろ」

ジオとヨリドが先王に近づいて両脇から抱えて初めて、ヨゼフスは人らしい動きをした。

「無礼者！」

汚らわしいものを払うように、上衣を振り上げる。

「カディアスの命か！」

「いいえ。戒厳令下ですよ。私がこの国のすべてを命じられる立場にあります。先程決定したばかりで、新たな離宮を造る暇はありませんでしたので、しばし王族の霊廟《れいびょう》の宮へ移っていただきます」

「光蟲！」

幽閉同然という意味だった。ヨゼフス王は、青白く老いた顔を怒りで赤く染め、ダナルに吐き捨てた。

「鳳泉を呼べ！　お前では話にならん！」

「あの二人は今応じられません。俺を〝先読の目〟で封じることもできませんよ。どうにかしたいなら、どうぞ？　先読様にお願いして、俺を宵国へ飛ばせばいいじゃありませんか。ここは黒宮だ。イネス様の手から、俺が逃げる術《すべ》はありませんよ」

先王の目が泳ぐ。強大な力を持つ者に対し、それに対抗する力が何もないことに初めて気がついたように、後ずさりした。その様子を見ながら、ダナルは口角を吊り上げた。

「宵国でイネス様と通じたらいかがです。何年も先読を放置し、通じ方ももう忘れてしまいましたか」

屈辱と恐怖から、ヨゼフスの身体が震える。

「光蟲、許されんぞ。お前は国賊だ。王を虐《しいた》げる者は、この国では生きられん」

「あなたは王ではない。今の王は、カディアス様だ。あなたではない」

「ではカディアスがこれを許したか！」

「黙れ！　文句があるなら、貴様がやったことの結果を、その目で見てくるがいい！」

ダナルの怒気が、びりびりと空間を引きつらせる。ヨゼフスが、圧倒されてへなへなと寝台に腰を下ろすが、誰一人支えに行く者はいなかった。

「俺が国賊と言うなら上等だ。政《まつりごと》を放棄し、本来先読と通じ、その声を拾い、未来へ導かねばならぬ役割をも怠った王など、王ではない。神獣師の誰一人として、己の使命を全うしなかった者はいない。鳳泉も、紫道も、百花も、己の命を懸けて、この国を己の力の及ぶ限り守ろうとした。お前は、捨てたのだ。この国を、先読を、王の天命で守るべきものを、捨てた。そんな王など、俺らは必要としない」

ヨゼフスは、両脇からジオとヨリドに抱えられても、今度は抵抗しなかった。茫然自失の状態のまま、黒宮の正面扉へ連れていかれる。その後方から、ダナルは囁いた。

「ご安心なさい。お一人ではない。先読様も、すぐに霊廟の離宮へお連れしましょう」

　震え上がった先王を安心させるように、ダナルは続けた。

「もう、抜け殻《がら》のような状態になっております。食事もとることができず、静かに身体の働きを止めるだけでしょうな。文献で調べたところでは、宵国の毒に侵されて正気を失ってしまった先読を、封印して閉じ込めたとかの記録がありますが、そんな惨《むご》いことはいたしません。このまま、真っ白の状態で息を引き取られた後、ステファネス様に浄化していただきましょう。そののち、霊廟にお運びしますので、埋葬される際に、姉君とご対面ください」

　黒宮を出ると、外には神通門まで、近衛団第一連隊が列を作っていた。

　第一連隊長のホルストが臣下の礼を取ると、それにならっていっせいに隊員が片膝をつき、手を胸の前で合わせた。

　その礼は、久方ぶりに蒼穹《そうきゅう》の下に出てきた先王に向けているものか、それともその後方に立つ若き執政者に向けたものか、判別がつかなかった。

◇◇◇

　先に意識を戻したのは、操者のジュドとザフィだった。

　それぞれの依代を確認した二人は、すぐ傍の黒宮で、近衛団と補佐官の指示のもと、侍従や女官らが拘束されるような形で黒宮から出されるのを驚いて見つめていた。

　補佐官から事情を聞いた二人は、慌てて内府へ飛び、ダナルから詳細を聞き、引っくり返りそうになった。

「人が眠っている間に、何をしてんだお前は！」

「だったらとっとと起きろ」

「カディアス様は!?　知らないんだろ、父上が追放されたことを」

「知らん。承香殿から出すなと近衛に伝えている。補佐官も一人、つけた。摂政殿ももちろん知らん」

「ダナル、それ、なんて言うか知っているか？　反逆行為って言うんだぞ？」

「うるせえ。だったら聞くが、ジュド、あんたならどうしたよ」

ジュドは大きくため息をついて、言った。

「ここまで派手じゃないが、まあ同じようにしただろうな」

目まぐるしい動きに頭がついていかなそうなザフィが、不安そうに訊いた。

「それで、リアンとガイは？　どうなんだ。大丈夫なのか」

「……さあな。リアンの身体が、一体いつまでもつのか、それすらまだ分からない。もうガイは二度と魔獣化はしない。それを信じて、二人にした。ぶれるなよ、二人とも。外宮から、リアンとガイがどれほどの覚悟で出てくると思う。あの二人が、この先を全うできるように、道を作ってやるのが、同じ神獣師の俺らの役目だ」

器を破壊され、鳳泉を命で繋いでいるリアンの身体が、一体どれだけもつのか。

明日か。一年先か。それは誰にも分からない。

そして、ガイはその時、どうするのか。

どんな選択をして外宮から出てくるか分からないが、彼らの望みを真っ先に優先させなければならない。

ダナルの言葉に、ジュドとザフィは頷いた。

金切り声が響き、神官長のラーナが近衛団の兵に囲まれながらやってきた。

老いた女とはいえ、兵らが三人がかりでも連れてくるのが困難な様子だった。内府中に響き渡る声に、ジュドは思わず顔をしかめたが、ダナルは逆に面白そうにせせら嗤った。

「こらこら、年老いた女性を引きずってくるもんじゃない。丁重に扱ってやれ。神官長、悪かったな、内府まで引っ張ってきて」

「これは一体どういうことか、内府！　鳳泉のお二方はどこにおられる！　イネス様がお呼びじゃ！」

「なあ、神官長。今すぐその大嘘を改めれば、廃人になった元先読様の面倒を見ることぐらい、続けさせてやってもいいぞ。何から何までお前が先読様のお世話をしてきたんだ。このまま引き離されたくはないだろう」

神官長・ラーナの身体が傍目にも分かるほど震えたかと思うと、がくりと膝をついた。

「イ……イネス様は、もう、戻らぬのか。もう、もう、完全に、こちらの世界には……」

「あのように先読を放置し、宵国の毒に浸らせて狂わせた最大の原因である王は、追放したぞ、ラーナ」

もはやどうにもならぬと悟ったのか、耐えきれずラーナが地に伏して慟哭した。椅子に座ったままその様子を見つめ、ダナルは告げた。

「責めはせん。ただの人であるお前の力では、先読はもとより、王の心を神殿に向けることも叶わなかったろう。お前は残りのイネス様の生涯を、支えて差し上げろ。新たな先読として、ステファネス様が立つことを、全国民に発布する」

「通じてはおらぬではないか！　カディアス王子とステファネス様は通じてはおらん！　内府、通じぬ王など王ではない。正統なる王とは、あくまで先読様と通じた者なのだ！」

狂ったようにわめくラーナに、なだめるようにダナルは話した。

「いいや、違う、ラーナ。王とは、先読を、未来を、この国を守る者なのだ。先読に選ばれぬ王は王になれぬのと同様に、王に捨てられた先読は先読ではない。……この国の〝半神〟という概念が、先読と王からまず生まれたとは、よく言ったものよ」

ダナルはもう、ラーナに目も向けなかった。連れていけ、というように片手を軽く振ると、近衛兵はラーナの両脇を抱えた。ラーナはまだわめいていたが、神殿の方へ引きずるように戻される。

「神殿最奥の部屋を開き、イネス様と二人、閉じ込めておくようにイサルドには伝えてある」

ダナルの言葉に、ジュドは頷いた。

「ダナル」

「なんだ」

「俺でさえ、お前に臣下の礼を取りたくなってきたよ」

「阿呆か」

「ラグーンが目覚めたら、俺は何をすればいい」

ダナルは補佐官を部屋から出し、わずかに前屈みになった。ジュドとザフィも同様に顔を近づける。

「俺の断行に先王派がどう動くのかが気になるところだ。名家出が多い近衛団でも、近衛団第一連隊長のホルストは辺境出身で実直な性格だったから今回声をかけたが、全ての近衛がどう動くのか俺も把握できん。ザフィ、お前はシンが目覚めたら近衛団を完全に掌《しょう》握《あく》しろ。ジュドは王宮内外の不審な動きを監視してくれ。摂政殿のことを俺は信用しているが、あの方はそういうことに疎い。本来は王宮内部の諜報活動は俺の仕事だが、そっちにまで手を回している暇がない。あんたに任せていいか」

「分かった」

ジュドは手を揺るがせ、花びらをまとわりつかせた。

「ラグーンに負担をかけられない状態となると、この程度しか百花は出せん。『第五』連中を使わせてもらう。本来、あいつらを王宮内部で使うのはご法度だがな」

「構わん。やってくれ」

ジュドは諜報機関『第五』に指令を飛ばすべく、花びらを浮かせ、小さな竜巻を生み出してあっという間に空へ飛ばした。

ザフィは地に拳をつけた。地に、蜘蛛の巣が張られる。が、困ったように首を傾げた。

「軍隊って、どうやって動かすんだ？」

「いい、お前はシンが起きるまで待っていろ」

ダナルは立ち上がり、首席補佐官のジオを呼んだ。

「王を、承香殿からここへお連れしろ」


カディアスは摂政のマルド、その息子のゼドに付き添われて内府に入った。

神殿か青宮に通されると思っていたカディアスは、不信感をいっぱいにしてダナルのもとへやってきた。内府から神通門にかけて、近衛兵があふれているので何事かと思っただろう。しかもまだ、神官と侍従らは一人も戻していないのだ。異様な雰囲気に摂政のマルドは感じるものがあったらしく、青ざめていた。

「ダナル、浄化はどうなったんだ？　先読様は？　リアンとガイは神殿にいるのか」

「単刀直入に申し上げます。ステファネス様の浄化は滞《とどこお》りなく行われ、今現在神殿にて休まれておりますが、鳳泉の神獣師は無事ではすみませんでした。リアンはイネス様によって器を破壊され、己の命で鳳泉を繋いでおります。ガイは魔獣化しそうになりましたが、我々が浄化いたしました」

息を吞んだのは、マルドとゼドの二人だけだった。カディアスは、何を言われているのか分からないというようにぽかんとしている。少年の面影を残したその表情に、ダナルは続けた。

「その際、イネス様の浄化を行い、廃人同然にいたしました。もはやあの御方《おかた》はかろうじて息をしているだけの抜け殻、先読としてのお役目を果たされて後は生を静かに終えるばかりでございます」

「……ダナル」

「リアンの命はあとどれほどで尽きるか分かりません。ガイは今、鳳泉の殿舎でリアンと共に、己の進退について考察中でございます。今しばらくあの二人のことはお待ちくださ い」

「ダナル」

「お父上は黒宮から出て、霊廟の離宮にお連れしました」

「……ダナル！」

今度という今度は、カディアスは絶叫した。

「何を……何をした!?　父上を、離宮へ移すなど誰が許可した！　お前が勝手に国璽《こくじ》を押したのか！」

「そう、後出しになりますが後で書面に印をお願いします」

「ダナル！　貴様、国王の権限をなんだと思っている！　戒厳令下でも、神獣師が先読と王を処遇するなど許さんぞ！」

「王は、あなただ。カディアス王」

ダナルは、少年の、困惑と怒りと、恐怖が混じり合った顔を見据えて、言った。

「先読はステファネス様が立つ。あなたが通っていようがいなかろうが関係ない。ステファネス様が認めた以上、あなたは必ず通るのだ。ステファネス様が新たなる先読として立つと、国民に宣言する。あなたは名実ともに、この国の王となるのだ」

知らず知らずのうちに、その双眸から涙を流す少年の胸元を、ダナルは摑み上げた。ゼドが思わず一歩前に出るが、マルドが息子を止める。

「聞きなさい。俺は、今からあなたにとって、最も非情な神獣師となるだろう。この国に、王位に、死に物狂いで食らいついてもらう。あなたが王としての天命から逃げぬのなら、神獣師は、必ずあなたを守る。俺は、命を懸けてもあなたの治世を守る。だから、這ってでも、この道を進め。どれほどの闇の中だろうと、俺は必ず隣に立つ」

胸元のダナルの手を摑みながら、カディアスは嗚咽《おえつ》を漏らした。

少年の震えが収まるまで、ダナルはその身体を離さなかった。


ダナルはひとまずカディアス王を神殿や黒宮に近い青宮ではなく、外宮の青雷の殿舎で休ませるように指示を出した。摂政・マルドの指示で、ゼドがカディアスに付き添った。

「頼りになるご子息だ。神獣師は確実というところですな。目下、急ぎ必要なのは鳳泉になりましたが」

ダナルの言葉に、マルドは顔を曇らせた。息子にすでに恋人がいることを知っているのだろう。

「しかし、鳳泉の神獣師だけは、そう簡単には選ばれません。リアンが入山中にイネス様に選ばれたのと同じように、もしかしたらステファネス様が決められる場合があるのです」

「確実、ではないのですよね？」

「ええ、先読に選ばれなかった鳳泉の神獣師もいるのですよ。どちらかと言えばそちらの方が多いかもしれない。どういう基準で選ぶのか、よく分かっていません。なんせ先読は人知を超えた存在ですからな」

ためらいがちに、マルドが話した。

「実は、次男、もおるのです」

「聞いております。まだ表山にいるそうですが、兄に劣らず力のある操者らしいですな。義弟が二人とも神獣師になるとは、カディアス王の御代《みよ》は万全だ」

「私は恥ずかしながら力動も斑紋も小さいですが、次男は長男と力はそう変わらないかと。ただ、どちらを鳳泉にと考えますと、私は長男の方が、と考えております」

ダナルは思わずマルドに顔を向けた。

「ご存知ですよね？　ゼドは、相手がおりますよ。裏山の連中が言うには、相当な器だが、鳳泉の依代としては今一つ足りないのではという話だった。私の半神のルカの方が大きいという話です。鳳泉の器だけは、最も巨大な者が選ばれます」

「分かっております。息子に何度か釘を刺しましたが、どうしようもない頑固者で、それならば裏山に入山する前に国を出るとまで申しました。本当に、情けないことです。この国の大事に……。少しは政情というものを知ってほしいと、この事態に対応させるために一時的に下山させました。王のあのお姿を見て、思うところがあったらいいのだが」

十七歳という若さなら、目の前の愛しい者しか見えなくて当然かもしれない。

ルカがセフィストと別れさせられたのも、十七歳の時だった。あれと同じことをすると思うと、ダナルの心は沈んだ。今でも、あの時のルカの泣き声が耳から離れない。おそらく、これから先もずっと忘れないだろう。

「次男の方は、カザンとか言いましたか。何か、問題でも？」

「いえ、特に、そういうわけではないのですが、あのガイ様の次の筆頭など、とてもとても任されるほどではありませんので……」

「まだ十五歳かそこらなら、そんな風に思えなくて当然でしょう」

「そうなのですが……。なんというか……うまく説明できんのですが、あれは、危ういのです」

一瞬だったが眉根を寄せたマルドの顔を、ダナルは見つめた。マルドは首を振って、ため息をついた。


「いえ、失礼いたしました。私ごときが神獣師の行く末を考えるなど、不遜《ふそん》もいいところでした。内府、娘……妃は、今少し我が屋敷でお預かりしてもよろしいでしょうか。神殿に行きたいと騒いではおりますが」

「神殿へ？　なぜ」

「ステファネス様の御身を心配しております。娘は、王の妃となったにもかかわらず、いまだにステファネス様の神官であったことを引きずっておりまして……」

カディアス王の妃であるセイラは、もともとステファネスの上位神官だった。永久神官を望むほどにステファネスに心酔し、妃として白羽の矢が立った時でさえ、何度か拒否したほどである。そういう経緯があるので結婚して半年経っても、なかなかカディアスと夫婦らしいところが見えなかった。

ダナルは宵国で見たステファネスの、圧倒的な姿を思い出した。男でも女でもない性の、超越した美。人生のほとんどを宵国で過ごし、わずかな人間としか接触せずに生きているのに、理知的な光を湛《たた》えた瞳。世の中の全てを見通すあの存在感にあてられては、若い娘など、年下の男を夫と思えなくても当然かもしれない。

「まあ、神殿もまだ落ち着きませんから、神官らが皆戻りましたら、お妃様も奥へ戻っていただきましょう」

さすがに、外宮で落ち込んでいる夫を放り出して、神殿に行ってもいいとは言えない。

「内府！　青宮にて、依代様方がお目覚めになりました。百花様、紫道様はすでに……」

そう告げるジオの言葉が終わらぬうちに、ダナルは外へ飛び出した。

青宮まで、全速力で駆ける。下山してから、こんなに走ったことはなかったかもしれないとダナルは笑い出したくなった。


青宮へ着くと、目を覚ましたラグーンとシンが、それぞれ半神にかしずかれていた。

「今は力動が整っているかもしれないが、俺は血戒使ったんだぜ？　死んでいてもおかしくない身体だったんだよ。もう少しいたわれよ」

「よくやったな。よく耐えてくれた。俺が血戒を使ったことでお前がどうなるかだけが心配だったが、役目を果たしてくれて嬉しいよ」

ラグーンとシンで、それぞれ半神に対する態度が違いすぎるが、それぞれの操者は無事に目を覚ましてくれた依代を腕に抱いて喜んでいた。

寝台の上で、一人その光景をぼんやりと眺めていたルカが、部屋に入ってきたダナルに顔を向ける。

相変わらず感情が何も読めない表情だった。いつもならば、その顔に、心が逆撫でされた。だが、今は違った。

その顔に手を伸ばして両手で包み込んだのも、そのまま口づけを落としたのも、ほとんど無意識の行動だった。わずかに開いた間口から、光蟲の世界を見る。そこは相変わらず夜の世界だった。だが、その天空の星の川に、ダナルは心の底から安堵した。静かな夜の川。繊細で美しい、ルカの世界だ。

「よし、全然乱れていない。大丈夫そうだな」

唇を離して瞳を覗き込むと、ルカは驚いた顔をしていた。

子供のように、驚愕を貼りつけているその顔に、ダナルは思わず微笑んだ。

「ただ、やはり身体の負担は大きかっただろう。少し、光蟲の殿舎で休め」

ルカが返事をする前に、ダナルはルカの身体を寝台から抱え上げた。

「シン、お前も休め。結界の属性のお前が、一番衝撃が大きかったはずだ」

「いいや、俺は大丈夫だ。ざっとだがジュドから話を聞いた。近衛と護衛団をまとめねば、いつまでも戒厳令が解けないだろう」

ザフィが心配して身体を支えるが、シンは気丈にも一人で立ち上った。

「リアンとガイが出てくる前に、せめて戒厳令は解いてやりたいじゃないか」

「すまん。では、そっちに任せる。近衛第一連隊は先王を霊廟に送った後、そのままそこの警護についているはずだ。護衛団をまとめ上げたら、そちらと交代させてくれ。ホルストは使える奴だ」

「分かった」

ダナルはルカを抱えたまま、ラグーンを振り返った。

「働けって言ったって働かねえだろうな」

「よく分かってんじゃねえか。まあ、でも、この事態にいつまでもサボっているつもりはねえよ。ただ、一発だけやらせてくれ。俺は一度力動が乱れたら、ジュドと性交しなきゃ精神が安定しねえんだよ」

ダナルは返事をする代わりに部屋から出ていった。シンとザフィも後からついてくる。四人が部屋を出る前にラグーンとジュドが寝台に倒れ込む音がした。

「ああ、でも俺、すっげえあれ分かる。シン、俺らは駄目？」

「後でな」

一度死を覚悟した者同士、お互いを求めてたまらなくなるのは分かる。ダナルもそれを責めるつもりはなかった。シンとザフィから離れ、ルカを光蟲の殿舎に連れていく。

途中、迎えに来た補佐官のヨリドに会わなかったら、滾《たぎ》る激情を抑えられなかったかもしれない。

「内府、審議院の長官が参りました」

「ヨリド、ルカを光蟲の殿舎に連れていってくれ」

「ダナル、俺も働ける」

ルカは身体を下ろされるのに抵抗するように、首に手を回してきた。

「やることは、たくさんあるんだろう？　俺も、手伝う。手伝わせてくれ」

その訴えに、ダナルはためらった。

「内部には『第五』を入れた。今はまだ、光蟲を使うまでもない。だがこれから広範囲に渡って使うことになるかもしれない。今は、少しでも身体を休ませてくれ」

「もう平気だ！　俺だって、何か、何か、力になりたい、ダナル」

いつもの冷静さが消え、子供のように駄々をこねるルカの様子に、ヨリドも驚いた表情を見せた。

ダナルは自分の胸に顔を埋めてくるルカの頭を、じっと見つめた。

「青雷の殿舎に、行ってくれるか」

ダナルの言葉に、ルカが顔を上げた。

「カディアス様が、そこにいる。俺は相当厳しいことを言った。摂政の息子のゼドが付き添っているが、同い年の義弟の前で弱音など吐けないだろう。お前が行って、慰めてもらえるか」

すぐ傍にあるルカの瞳が、静かに頷いた。

ダナルはそっとその身体を地に下ろした。

「後で……青雷の殿へ行く。カディアス様を、頼む」

ルカは、ダナルの目をしばし見つめていたが、しっかり頷いた。

ヨリドの方へルカを渡すと、ダナルは黒衣を大きく翻し、内府へ向かって大股で歩きだした。

先読が新たに立つという宣下を行うために数々の措置を命じた後、ダナルが部下に休むように伝えた時は、もうとっくに夜も更けていた。

それでもダナルは、ルカの待つ青宮に急いだ。外宮の青雷の殿舎からカディアスを青宮に移したという連絡が入っていたため、人気のない青宮へ続く道を小走りで向かった。身体も脳も酷使しすぎて限界を超えているはずだったが、逸《はや》る思いはそんな疲労も吹き飛ばした。

まだ守護する近衛兵しかおらず、青宮の中は閑散として人の気配がなかった。そこに、ダナルの気配を察して奥から出てきた人影があった。

ゼドは、軽く会釈《えしゃく》をして無言でカディアスとルカがいる部屋を示した。カディアスが寝室に使っている部屋である。部屋に入ってすぐ、ダナルは思わず足を止めた。

「……王が希望されたのですよ。依代様に奥宮様を投影なさったんでしょう。子供のような状態に戻られてしまって、ああして眠りにつくまで傍にいることを求められたのです。依代様も横になってしまわれて、お疲れだったのでしょう。そのうちに、お疲れだったのでしょう。そのうちに、しまわれて」

ダナルは寝台に眠っているルカと、ルカに寄り添うように眠っているカディアスから視線を移し、齢に似合わない説明をするゼドに目を向けた。

「お前は、王と同じ齢とは思えんな。まだ十七、色んなことを大目に見てやろうと思っていたが、遠慮しなくても良さそうか?」

「なんにせよ、俺が選ぶものは決まっている」

ゼドはダナルの視線に臆《おく》することなく、強い意思を秘めた瞳で見返した。その顔には、笑みさえ浮かんでいた。

「裏山で見ただろう。あれが、俺の半神だ。俺は今、山で最も強い。力動だけで言ったら、今のあんたにも負けはしないと思う。俺は、裏山の師匠に決められるのでなく、自分の手で半神を選ぶ。そのためにどんな精霊だろうがどんな神獣だろうが、操る力を持とうとした。事実、そうする。禁忌を破り、半神よりも先に、俺は恋人を手に入れた。俺の求愛を半ば強引に受け入れさせたんだ。俺は、セツの人生に責任を持たなければならない」

あまりにも青いと言えばそれまでだった。

それをそのまま受け入れるには、ダナルはこの国の陰と陽を、愛と憎を知りすぎた。相手をただ求める心ひとつで全てがうまくいくならば、どれだけ楽だろう。誰一人、こんな苦しみを、葛藤を、抱かぬだろう。

だがダナルは、ゼドの言葉を、遠き日のセフィストに聞かせてやりたい思いがした。

この覚悟が、お前にはあったか。

誰よりも大きな斑紋を持つ者に対し、いずれ神獣師となる運命を課せられた者に対し、誰よりも強くなる、必ず俺を選ばせてみせるという覚悟があったか。

おそらく、己の愛しか見えていないゼドが、これから先何も悩まず、なんの壁にもぶち当たらずに済むかと言われれば、それは分からない。運命は誰の頭上にも、等しく残酷に降りそそぐ。

それでも、ダナルは、貫けと言ってやりたい思いだった。貫け。愛一つで、どれほど困難な道を歩もうが、ひたすら貫いて、それがこの国の歴史となるほどの愛を見せてみろと思う。

ゼドが去った後、ダナルは寝台に近づき、穏やかに眠るルカの顔をしばし眺め、ためらったがそっと頬に口づけを落とした。

それで目を覚まさねばそのままにしておくつもりだったが、ルカは瞼を震わせた。瞬時に飛び上がるように身を起こしたため、ダナルはその身体を支えてルカの口に手を当てた。隣のカディアスが寝返りを打つが、若い身体は深い眠りに落ちたままだった。

(ダナル……これは、その)

ルカが心話で戸惑うように言い訳をしてくる。カディアスの隣に寝ている状況を説明しようと、顔を曇らせるルカの顔をダナルは両手で包んだ。

(そんな顔をしなくていい)
(ダナル)
(まったく、そんな顔をされるくらいなら、いつもの無表情でいてくれた方がまだマシだな)

どうやら自分は生来嫉妬深いらしい。思わずダナルは笑みを零《こぼ》した。ルカが、じっと見つめてくる。

「ルカ、あとは、光蟲の殿舎で休め。俺はまだやることがある」

「やることって？　俺も手伝いたい」


薄闇の中でも、ルカがまっすぐに見つめてくるのが分かった。

今まで、こんなふうに見つめてきたことはない。どこか逸らしがちな瞳、何か言いたげな顔しか、見せてこなかった。

それも当然だろうとダナルは思った。

自分は今までずっと、ルカを正面から見ようとはしなかったのだ。

今こうしてルカが見つめてきてくれるのは、自分が、ルカをまっすぐ見ることができるようになったからだ。

ダナルは思わず、両手で包んだルカの顔を引き寄せ、接吻した。

力動を注ぐわけでもなく、半神の状態を知るためでもなく、ただ接吻という行為をしたのは、これが初めてだった。

柔らかな唇に、理性が飛びそうになる。なんとかそれを堪え、ダナルは唇を離すと、寝台の上からルカを抱き上げた。

そのまま光蟲の殿舎に連れていこうとしたが、ルカが襟を引いたのでふと足を止めた。

「なんだ？」

誰もいない廊下に、外からの月光が降り注いでいた。もうじき傾こうとしている月の光は、ルカとダナルの重なる影を、長く、長く伸ばした。外に続く扉に届こうとしている影を見つめながら、ルカは襟を強く摑むのをやめなかった。

「ルカ?」

「……か、ないで」

「え?」

「……一緒に……いて」

語尾が震えてよく聞き取れない。ルカは、襟を強く摑んでピタリと身体を寄せたまま、細かく震え始めた。

「お、れ、が……こ、こんなことを、言えないのは分かっているけど、もう少し……だけ、このまま、俺と一緒に」

ダナルはルカを抱える腕に力を込めた。背中を支える手を持ち上げ、ルカの顔を上に向かせると嚙みつくように接吻した。

その勢いに、ルカが強くしがみついてくる。口内に舌を這わせて絡ませるが、いつものように、力動を流すことはしなかった。

爆発するような欲情を、間口を開けて器の中に注ごうとは思わなかった。器の中、精霊の世界に入ろうとも思わなかった。すべての欲望は、すべての想いは、その肌に、その熱に、その声に注いだ。

「ルカ……!」

ルカもダナルの首にしがみつき、接吻を必死で求めた。まるで飢えた動物のように、互いに息をつく暇すら惜しいと言うように舌を絡め合う。漏れる吐息の荒々しさの狭間に、名を呼び合った。

「ダ、ナル……ダナル、ダナ、ル……」

ダナルはもうルカを横抱きに抱えてはいられなかった。身体を抱きしめて、その質感を確かめるように服の上から手を這わせた。ああ、早く、一刻も早くこの下の身体に触れたい。抱き合ったまま、手をかけた扉を押して、中に入った。

倒れ込んだのが、寝椅子なのか寝台なのか、それさえダナルには分からなかった。ルカの上衣はとうに放り投げ、襟合わせを左右に開き、顕わになった素肌に接吻を繰り返した。

いつもならば、この時点で精霊の中に入ってしまう。だがあえて間口を開けずにいる今、伝わってくるのは、ルカ自身の反応だった。色づいた乳首に接吻し、舌で転がすとひくひくと胸が上下するのも、肌着の下から現れた陰茎が震えながらそそり立ってくるのも、ルカ一人の、この行為に対する反応だった。

「あ……あ、ダナル、見な、見ないで……」

ほとんど全裸にして、興奮しているルカの身体を真上から見つめるのも、初めての経験だった。窓からは月がその光を室内に届けていた。ルカのすらりとした身体が、青白く浮き上がる。上気した肌がルカの熱い興奮と欲情を露《あらわ》にしていた。感動で、ダナルは眩暈《めまい》がしそうだった。最も素直に興奮を伝えているルカの股間に、顔をそのまま落とした。

「あっ……！　あ、あ……っ」

ダナルは陰茎を口に含みながら、ルカの腰をわずかに持ち上げた。臀部《でんぶ》を撫でながら足を少し折り畳み、陰茎から離した口をそのままルカの秘所に這わせた。

「あ、あっ!?」

そこに口づけられた時、さすがにルカは驚いて腰を引いた。逃げるそぶりを見せたがダナルは腰を摑んでそれを許さなかった。

「ああ、いや、嫌ぁ、ダナル、そんな、ああっ！」

後孔を舌で嬲《なぶ》られたルカは身体を反らし、恥ずかしさと困惑で大きく身体を揺らすが、ダナルの腕の力に敵うわけがなかった。十分柔らかくなったそこに、ダナルの指が埋め込まれてゆく。

「あ、ああ、ああん、あっ、ダナル、そっちは駄目……」

指が動き始めると同時に、ダナルの舌がそそり立つ陰茎を裏側から舌でなぞり始めた。震える亀頭の溝から孔《あな》へと、ダナルの舌が動く間もなくルカの身体がぶるりと震えた。

「は、あ、ああ……ん」

やはり、精霊の中での性交よりずっと早い。ルカも、すぐに達してしまったことに、恥ずかしそうに顔を手で覆った。その反応に満足したダナルは、己の方の精は放っていなかったが、わずかに気持ちが落ち着いた。立ち上がって、精油を探す。

間口を繫げながら行えば、ルカの身体は弛緩してダナルを難なく受け入れるが、今は互いの身体の反応を確かめながら抱き合いたい。存分にほぐさないと挿入できないだろう。ようやく精油を見つけて振り返った時、ダナルは押し倒した場所が寝台ではなかったことに気がついた。寝椅子でさえなかった。机の上だった

のである。

その机の上で裸の身体を横たえて顔を隠しているルカの様は、また理性を失わせるのに十分だった。ダナルはルカを横抱きにして、寝台に続く扉を蹴飛ばすように開けた。寝台にルカを下ろすのと同時に再びその身体に口づける。

「ダナル、ダナル、待って、俺ばっかり……！」

え？ と顔を上げると、先程の興奮が残って目を潤ませているルカが訴えた。

「ダナルも、脱いで……俺だって、その身体を、知りたい……」

脱がせるばかりで、全く自分の方は服を脱いでいなかったことに今更ダナルは気がついた。上衣を放り投げて帯を解くと、寝台の上でルカが先程の目のままで、じっと見つめていた。

「……俺の身体を、見たかった？」

ルカが素直にこくりと頷いた。ダナルは裸になり、引き締まった身体でルカの前に立った。ルカは、腹から下腹部に手を這わせ、そっと頬を寄せて擦りつけた。

「触れたかった……ずっと」

臆病者は、自分だけではなかった。ダナルは、頬を寄せてくるルカの表情に、白い世界で見た、十八歳のルカの無邪気さを見た。

「愛してるよ」

ルカの顔が、ふと上がる。自分を見上げてくるその顔に、その瞳に、心の底から、ダナルは告げた。

「お前を、愛している」

ルカが見せた表情を、一生忘れまいとダナルは思った。

泣き出しそうな、それでいて笑みが零れるのを止められないというような、子供のような顔を、ダナルは抱きしめた。

唇で、ルカの繊細な輪郭《りんかく》をなぞっていく。

ルカは、されるがままだった。耳元に届く吐息が、次第に熱を帯びていく。

精霊の世界ではない。現実のルカの吐息に、そこに含まれる欲情に、喜びに、ダナルは頭がどうにかなりそうだった。

次第に高まってくる熱も、うっすらと湿り気を帯びてくる肌も、もっとじっくりと味わいたいと願っても、もう己の精が限界だった。ルカの肌に舌を這わせるだけで太ももが引きつるほどに陰茎が持ち上がってくる。

ルカの細い指先が、痛いほどにそそり立つそれに触れてきた時、爆発するのを堪えるために思わずダナルはルカの胸に噛みつくように歯を立てた。ルカの半身が魚のようにしなる。

「ああっ……」

ルカの後孔に入っていた中指が、締めつけられる。ダナルは己の陰茎がそうされることを想像し、興奮を逃がすためにルカの陰茎を口に含んだ。前も後ろも蹂《じゅう》躙《りん》され、ルカの腰が前後に動く。その淫らな動きに、ダナルは耐えきれずにルカの腰に顔を埋めて懇願するように告げた。

「ああ、ルカ、すまん。優しくしてやりたいのに、耐えられない。早く、お前の中に入りたい」

繋がりたくとも繋がれなかった十八歳だった頃の自分を、ダナルは思い出した。ルカの手が、髪を撫でてくる。なだめるように、慈しむように、優しさに満ちたその手の動きに、ダナルは泣きそうになった。

「俺も、早く欲しい、ダナル……ダナルを、感じたい」

ルカの声も、湿り気を帯びてかすれていた。ダナルは身体を起こし、ずっと我慢し続けた己の欲望を、ずっと入りたかった場所へ当てた。

間口を開けた状態で性交すると、身体も心も弛緩してすぐに相手を受け入れられる。

あっという間に重なり合う欲情と快感に、なんの抵抗もなく絶頂へと突き進むことができる。

心が通じ合っていなくとも、もうその行為は知っていた。

だが、ようやく心を通わせて間口を開けずに行う行為では、ルカの後孔は異物の侵入をなかなか許さなかった。

「はあ……あ……あっ……あっ……」

少しずつ少しずつ、受け入れてくれる。吸い上げては押し出してを繰り返し、ルカの後孔が己を受け入れるのを、ダナルはとてつもない快感とともに感じた。

自分を信じ、求め、奥深くまで受け入れてくれている。その実感に、ダナルは行為の最中だというのに泣き出しそうになった。歯を食いしばってそれに耐え、ルカの胸に顔を埋める。

「はあ、あっ、ダナル……！」

ルカが必死に首に縋りついてくる。ダナルはルカの細腰を抱え、耐えに耐えた律動を開始した。

駄目だ、急《せ》くな。理性はそう訴えているのに、身体はルカの中をもっともっと感じたがって止まらなかった。

「ああ、んんんっ！　ダナル、ああ、あああっ！」

あの冷静なルカの乱れる声に、聞き惚れている余裕はなかった。ダナルはルカを抱きしめ、獣のように激しく腰を打ちつけた。ルカの身体が、嬌声《きょうせい》とともにびくびくとしなる。絡みついてくる手も足も、激しく快感を求めているのが分かった。

「ダナル、いく、ああ、あああんんんっっ！」

ルカの絶頂が伝わってくる。

愛している。やっと手に入れた唯一無二に、ダナルはあふれるほどの愛おしさを、存分に注ぎ込んだ。


結局、ダナルは朝がやってくるまで、一睡もしなかった。

ダナルの求めに体力精力ともに使い果たしたルカは、気力もそろそろなくなりつつあった。まどろみの淵《ふち》から落ちていこうとするルカの身体に再度手と舌を這わせ、意識を引き戻す。

「ダナル……」

ルカが懇願するような声を出した。

「しんどいか？　俺の相手は」

乱れたルカの髪をかき上げて、ダナルは気だるげなその顔に口づけを落とした。

「精の強い半神を持ってしまったと諦めてくれ。俺の方は、まだまだ足りん。なんせ十年、求めていた身体だからな」

しかしさすがに、求めすぎたようだとダナルは苦笑した。盛りのついたガキと同じだな。ルカの身体に毛布をかけ、瞼に口づける。

「待っていろ。水を、持ってきてやる」

水を持ってくる間に眠りについてしまいそうなルカから離れ、部屋の扉を開けた瞬間、ダナルはそこにカディアスの姿を見た。茫然としたカディアスが呟く。

「……何、やってんだ？」

ダナルは、腰に布一枚巻いただけの姿だった。

「何やってんだよ!?　ここどこだか分かってんのか!?　青宮だよ！　王太子の住まう宮だろ！　非常事態下だから、いいのか？　これは！」

「いや、まあ、こっちにもな、大人の事情ってのがあって」

さすがにダナルもしどろもどろになった。カディアスの方も、常日頃威圧感しか感じなかったダナルが腰巻き一枚になって頭を掻いているので、普段の虚勢もかなぐり捨ててわめき散らした。

「昨日俺にあんなことを言っておいて、自分はなんだよ！　俺がどれだけ悩んで、この国のことを考えたと思ってんだ！　その俺の隣の部屋でお前何やって」

「いや〜、あれで起きなかったのかよ？　かなり派手だったぜ」

隣の部屋から、ラグーンが出てきた。

「夜中にいきなり始まった猛獣みたいな性交にこっちも興奮しちまって、ジュドなんて精も根も尽き果てて死んだように眠ってるよ」

ラグーンは全裸だった。

「最っ低っだ、お前ら!!」

青宮中にカディアスの絶叫が響き渡る。さすがに返す言葉がなかった。

しかし、あれからずっとラグーンとジュドが青宮にいたとは思わなかった。ジュドがいかに搾《しぼ》り取られていようと、死ぬほど仕事をさせてやるとダナルは内心毒づいた。

「一体なんなんだお前らは！　ここはなんだ!?　連れ込み宿か!?」

「本当に、どうしようもない馬鹿どもばかりですな」

わめき散らすカディアスの声に続いて、凛とした響きが青宮の廊下に届いた。

やってきた人物に、思わずダナルも目を剝いた。

リアンとガイは、数日前の様子と全く変わらなかった。

意志の強さを秘めた目を細め、リアンはカディアスに微笑みを向けていた。

その半歩後ろに立つガイは、頑固なまでの清廉さのままだった。

「大丈夫ですか、カディアス様。すみません、私たちがいない間に、とんでもない王宮になっていたようですね？」

リアンがさらに目を細める。カディアスは魅入《みい》られたように、その顔を食い入るように見つめていた。唇を震わせて、その名を呼ぶ。

「リアン」

「はい」

「リアン」

「はい」

リアンは一切の表情を変えず、カディアスに応じた。

カディアスの精神がもったのは、そこまでだった。

おそらくカディアスは、これから王として、たった一人で立つことを覚悟しただろう。

もう頼れる者はいないのだと、決意したはずなのだ。だが、養い親同然の男の姿を見た時、ただの十七歳の少年に戻ってしまった。

「ごめん……ごめん、ごめんな、リアン、頼む、もう少し、もう少しだけ、俺の傍にいてくれ」

子供のように両目からぼたぼたと涙を流して、カディアスはその身を震わせた。

「もう、もう少しでいい、それまでに、必ず強くなるから、もう少しだけ傍にいてくれ、頼む……」

カディアスが嗚咽を漏らす前に、リアンは手を伸ばしてその身体を抱きしめた。

「大丈夫ですよ、カディアス様。こんな連中しか残らなかったら、あなたも不安で仕方ありませんよねえ。私は大丈夫、まだこの身はもちそうです。あなたの鳳泉が現れるまで、お傍を離れませんから、ご安心ください」

泣き出すカディアスをしばし見つめていたガイは、ダナルの方へ瞳を向けた。

「状況は大体分かった。先読譲位の宣下は？」

「準備している。どうする？　俺がやってもいいんだぜ」

ダナルは、力強さを戻したその瞳に、挑《いど》むように言った。

「俺がやる。ガイは淡々と返答した。審議院《しんぎいん》に、神官長内命は伝えたな？」

「昨日のうちにな」

「では譲位の儀は準備が終わりしだい神殿にて行う。各庁の長を内府に集め、その旨を伝えろ」

ダナルは半裸のままで、胸の前で握り締めた右手の拳を左手の手のひらにぱしんと当ててみせた。

「御意ィ」


先読が交代する宣下が発布されたのは、それから三日後という早さだった。

各軍隊と各庁は各神獣師の指示のもと、大急ぎで全国民にこれを伝えるべく動き、千影山から先読の代行者として国民に姿を見せる役割を果たす者が選ばれ、鳳泉の神獣師を従えた王が、国民の前に姿を現す儀式を、整えたのである。

新王が即位する時や、先読が代わる時には、その空に必ず神獣が舞う。

カディアス即位の際は、百花が銀の羽を舞わせ、空を駆ける銀馬の姿となり、無数の花を国民に降り注いでその治世の繁栄を約束した。

そして今回は、光蟲がその空を黄金で覆った。

王室の蟲として忌み嫌われる神獣が、空に黄金の川のごとく身体をうねらせる金の蛇の姿となった時、降り注ぐ金砂に、国民は陶酔《とうすい》した表情となった。

誰もがその美しさに魅入られている様子を見つめながら、ダナルは隣に立つルカの肩を抱いた。

ルカは、間口をいっぱいに開放し、精霊を出している状態のため、ダナルに寄りかかるようにしていた。

鮮やかな青が広がる空に、黄金の砂が舞い続ける。

それはやがて、ダナルが追い求めた、ルカの中の白い光蟲の世界のように、辺り一面をあふれるほどの光で覆っていった。

それからカディアスは、政務上の事で毎日のようにダナルとやりあう日々を送った。

カディアスは、今までは精神的な安定を母親代わりのリアンに求めていたが、リアンにはいつまでも頼れないと思っているせいか、今度はルカに求め始めた。

あの時慰めてやれなどと言わなければ良かったとダナルは舌打ちした。

「乳離れするかと思われましたが、今度は他に甘えますか。どうもあなたは甘ったれで困りますな」

「王が神獣師を頼るのは本能みたいなものだよな？　ダナル」

「それは雄の本能へと換えてもらえませんかね。女に向けなさい、女に。暇さえあれば妃と過ごしていればいいんです。もうそろそろ子が生まれてもいい頃ですよ」

「動物のように言うな」

「子を生《な》すのは王族の務めです」

カディアスはいつの間にか、ダナルに対して腰が引けていた様子が消えていた。毎日毎日、政務について怒鳴られては言い返す喧嘩を繰り返していれば、どんな相手だって慣れるものである。堂々とため息をついて愚痴を零す。

「そう言ってもセイラは、しょっちゅう神殿の兄上のところへ行くし……」

それは事実だった。代替わりして誰にも遠慮することがなくなったので、セイラはかなり頻繁に神殿に行っている。

「俺より、兄上のほうが、尊敬の対象になるだろうとは思うし、セイラを責める気にはなれないんだけど」

まだまだカディアスの恋の目覚めは遠いのだろう。妃が先読の方を慕っても、仕方ないと思える程度らしい。その様子には、少しも嫉妬したところはなかった。

「カディアス様、あなたはあと二人妃を持てます。誰を望んでもいいんですよ。どんな出自の女だろうが、王の母親になれるのがこの国です。事実、歴史上、貧民街出身の野菜売りの少女が王を産んだ例もある」

「サイザーに習った。なあダナル、我が国は、先読と王を生み出す血筋を繋げなければならないから王族があって当然だが、なんで他の国には王族がいるんだろう？　だって、何も能力は引き継がれないわけだろ？」

「さあね。人間を支配するのに必要な概念なんでしょうよ。現にスーファ帝国なんざ、巨大になりすぎて皇帝崇拝が行き届かなくなり、宗教を持ち出してきたら取って代わられようとしている始末だ」

「ダナルは文字が読めないのに、なんでそんなに詳しいんだ？」

「だから俺の補佐官らはいつもいつも声を嗄《か》らしているんですよ。大工の倅《せがれ》の俺だって、この地位に就いたらやらなきゃならないことが腐るほどあるんです。さっさと勉強しろ」

脱線しようとするカディアスに苛立ちながら、報告書の見方を教えようとしたダナルのもとへ、神官が飛び込んできた。

「申し上げます！　千影山より、表山にいる修行者が先読様のお姿を見たとの報告が参りました！　御名を賜《たまわ》ったとのことでした」

その言葉に、カディアスが椅子を倒す勢いで立ち上った。

「あ……兄上が、新たな鳳泉の神獣師を選んだというのか!?」

この時、まだカディアスはステファネスに〝通って〟いなかった。

王が、通る前に、先に鳳泉が通った。

これはどういうことだ。カディアスも目が泳いでいたが、ダナルの方も混乱した。

『名を賜る』とは、先読の正名《せいめい》を、教えられるということである。

先読の正名など、国王の他には、宵国にて先読と接することが可能な鳳泉の神獣師しか知らないのだ。神獣師といえど、ダナルらは教えられていない。次世代の鳳泉の神獣師になる者だと、先読に認められた何よりの証だった。

名を授けられたその修行者が護符に書いた先読の正名が、結界を施された書簡で千影山から運ばれてくる。神殿にて、王と、鳳泉の神獣師であるガイとリアンが確認するのだ。

内府の窓からその光景を見つめていたダナルは、心がざわめくのを抑えられなかった。

先読が譲位して半年、ゼドはセツと一緒に裏山に入山したが、まだ所有する精霊を与えられていない状態だった。ゼドの能力の高さは文句なしだったが、果たしてセツが鳳泉の神獣師として耐えられる器かどうか、確かめている最中だった。

山の師匠らは、青雷は宿すことはできても、鳳泉は難しいだろうと判断していた。いよいよ次世代の鳳泉の神獣師を決定するために山の師匠らと話し合わなければならないと思っていた矢先に、表山に指名者が現れた。

王よりも先に、先読が、鳳泉の依代と通じた。そんなことが、あっていいのか。

ダナルは、嫌な予感を振り払うことができなかった。イネスの狂った様が思い出される。ステファネスは、イネスとは違うとは思うが、不安がどうしてもつきまとって、ふり払うのが難しい。

ダナルは呼ばれるのを待っていたが、ガイが一人で内府の方へやってきた。思わず正面の入口まで出迎えると、ガイは、珍しく表情を強張らせていた。

ダナルは補佐官らを全て遠ざけ、執務室にガイを招いた。椅子を勧め、膝を突き合わせるようにして訊いた。

「確かだったか？」

「確かだ」

ガイは、そこでしばし黙ったが、意を決したように顔を上げた。

「操者なんだ」

ダナルはガイの表情を食い入るように見つめながら、その言葉を反芻《はんすう》した。

操者。

鳳泉の、依代の方ではなく、操者。

「お前らにはよく分からんだろうが、本来先読は、鳳泉の神獣師と言っても、ほとんど依代としか宵国で接しない。操者は依代を通して、宵国に入るような感覚なんだ。これは俺がイネス様に拒絶されていたからじゃない。どの世代も同じなんだ。だから、リアンも困惑しているが、俺が最も信じられん。どうやって……操者の力で、宵国に、入るのか……」

ガイにしては本当に珍しく、困惑の極みのようだった。無意識に目を泳がせ、指先を口元に持っていく。

「名は？」

ダナルの問いに、ガイは我に返ったようにその名を告げた。

「カザン・アルゴ」

◇◇◇

齢十五の鳳泉の後継者が誕生したことで、まだ先読と通っていないカディアスがどう思うのか、ダナルはそれが気がかりだった。

「国王の従兄弟だ。そっちが先に通るなんて、まさかそいつが国王だなんて言わねえよな？」

「神獣師が〝通る〟のと、国王が〝通る〟のでは意味合いが全然違う。神獣師は先読と宵国で接することができても、予知は与えられんのだから。あくまで予知を形にするのは王だ」

箝口令《かんこうれい》を敷こうかと思ったが、千影山ではもう鳳泉の神獣師が指名されたことを知っている。表山の子供らにも伝わっているかもしれない。

「しかし、入山してわずか一年足らずの少年とは、山の連中もさぞやりにくいだろうな」

「これで操者として育たなかったら、どうするのかね？　鳳泉の操者は最も力動が強く、大きい者が選ばれる」

　この事態に、普段は王宮に近づきもしないジュドとラグーン、シンとザフィも連日外宮に留まっていた。自分たちの殿舎に行けばいいものを、光蟲の殿舎で、博識のルカ相手に過去の歴史を引っ張り出させて、あであもない、こうでもないと言い合っている。

「しかし、王は先読とまだ通じていない。カザンって奴はまだ山で自分の半神となる依代と会ってもいないのに、先読と鳳泉の操者が先に通じてしまっていいものかね？　まあ、どうやって宵国で接しているのか想像もできねえけど」

　ラグーンの言葉に、ダナルはぞわりと漠然とした悪寒が背中を這うのが分かった。そうなのだ。この順序が守られていないことが、不安にさせるのだ。

　王と先読。操者と依代。

　受け取る情報は違えども、世界を共有する、という感覚は同じなのではないか？　だからこそ、イネスは同じ世界に存在するただ一人の男・リアンに狂ったのではないだろうか……？

　二人で一つのものを共有する感覚。それがあるからこそ、相手は自分にとって得がたい存在なのだと思う。それを、他の者と先にしている、ということにはならないのだろうか……？

　早く。一刻も早く、通じてほしい。ダナルは、カディアスがステファネスの予知を受け取り、通ることを心の底から願った。

　カディアスが〝通った〟のは、それから半年後のことだった。

◇◇◇

「ダナル！　アジス家を調べろ、至急だ！」

　十九歳になったカディアスが、内府の扉を蹴飛ばすようにして入ってきた。

　先読と通じ、先日もまた一つ、予知を形にしたばかかりだった。スーファ帝国の皇帝がヨダに兵を向けてくることを予知したのである。

外交手段によってその事態を回避したが、まだまだ隣国との関係に予断を許さない状態が続いていた。連日軍隊の調整を続けていたダナルは、視線だけをカディアスに向けた。

「アジス？」

もうこの頃になると、ダナルの機嫌の悪さなどカディアスはどうとも思わなくなっていた。先読と通じ、予知を次から次へと形にし、危険を回避する力を持った王は、何に対しても自信に満ちあふれていた。第一子キリアスも誕生しており、その治世に盤石の自信をつけてきた頃だった。

「俺は、依代を見たぞ、ダナル。鳳泉の依代だ！」

鳳泉の依代？　ダナルは首を傾げた。鳳泉の操者に指名されたカザンは、まだ裏山には入っていない。

「カザンは当然知らん。俺は宵国に入って、たまたま見つけたのだ。ああ、もう、うまく説明できんが、確実に鳳泉を宿す者だ！」

「ステファネス様がそう言いましたか」

「兄上だって知っている！　おそらくカザンではなく、最初はやはり依代の方に気づいたのではないか。しかし、駄目なんだ。反応しないんだ、あっちが！　宵国で、兄上の姿も、俺の姿も見ている。おそらく声も届いている。だが、全く反応しない。まるで人形だ」

そこまで聞いてダナルも察した。

「兄上が、アジス家の依代は皆ああなるんだと言っていた。ああいう器を作り出すのだと。俺は、兄上が見せてくれたあの者の生い立ちを見た。なんて、ひどいことを……！」

アジスは末子を幽閉して育てるので有名だった。再三止めても、それを行う。子供を幽閉し、何も感情を持たせず、単なる人形として育て、器を大きくして入山させる。山の連中はその子供を見て、またやりやがったとアジスの非道さに唾棄《だき》しつつも、その作られた子供を神獣師に迎えるのが常だった。

アジスに反省させるために、入山させないというのも一つの手だったが、神獣師になれるほどの器がそう誕生しないのも事実だった。操者は、鍛え上げれば伸びしろがある。だが器は、生まれながらに選ばれし子供だった。神獣を宿せるほどの器を備えて産声を上げる子供が、どれほど貴重か。常に神獣師は不足していた。だからこそ、十人揃うという治世の方が珍しかった。事実、まだカディアスの下には青雷がいなかった。

こうしてまんまとアジスの思わくにはまるしかないことを、ダナルはカディアスに説明したが、カディアスは絶対に許さなかった。

「アジス家当主をここに呼べ！」

「断罪してもよろしいですが、王、その依代と、宵国で会うのはおやめなさい」

「なぜだ。兄上は、聞こえているはずなのに声を拾おうとしないその依代に興味を示されない。俺が呼びかけないと……」

「呼びかけるのは、数年後にその者の半神となるカザンの役目です」

カディアスは水でも浴びせられたかのように茫然とした。

「お忘れですか。我々は、二人で一つなのだ。その者が鳳泉の依代となるなら、いずれカザンの半神になる。今はまだ離れているが、いずれ裏山で出会うことになる。彼らが唯一無二となる前に、外側から触れないでいただきたい」

これは、ダナルがリアンに頼んで、ステファネスにも伝えていることだった。

半神と巡り合わないうちに、カザンと接触しないように。

「我々は、やがて巡り会う半神の存在を思い描いて、修行に励んでいる。鳳泉の神獣師だろうが、その身は先読のものでも王のものでもない。まず我々は半神ありきなのだ。我々が修行を通して葛藤し、苦しみ、その果てに手に入れる唯一無二となる前に、一切の邪魔はしないでいただきたい」

言いすぎたかと思ったが、これがダナルの偽りない思いだった。

自分は、苦労した。先に半神の目に、他の男が入ってしまったことで、自分の姿を見てもらうまで、長い時間がかかった。

だからこそ、彼ら二人だけの世界を邪魔はしてほしくない。

カディアスはしばし逡巡するように立ち尽くした。

「では、あの依代を、放っておけというのか？　……あんな、真っ暗な世界に、一人でいるんだぞ」

「そうしてください。やがて彼を見つけるのは、カザンだ。幽閉されて育った子供でも、半神を得られれば、変わるんです。人形から、人間に変わるんです。長い時間をかけて。枯れた土壌にひたすら水を注ぎ込んで、何もないその心に、感情を、やがて愛というものを与えるんです」

カディアスは視線を上げて、ダナルを見据えた。

「それを、必ずカザンは、できるんだな？」

ダナルは一瞬躊躇した。

できる。

その一言が、返せなかった。

様々な葛藤と愛憎の果てに、果たして必ずそこに、たどり着くことができるのか。

それを、約束できなかったのである。

神殿からやってきた上位の神官だった。上位の者が伝令役になるのは珍しい。ステファネスに何事かあったかと、ダナルとカディアスは思わず立ち上がった。

「申し上げます！」

「奥宮様が、只今鳳泉の殿舎にてお倒れになられました……！」

一瞬、身体を強張らせたカディアスは、外に勢いよく飛び出した。ダナルもその後を追う。

まさかこんなに早く、という気持ちがダナルの心によぎった。

器を破壊されるということがどういうことか、ダナルには想像もできなかったが、ルカから依代らはガイが獣化した時の状況を聞いただけで、全て理解したというように蒼白になったのだ。

依代は皆、自分の器がどのくらいの容量で、そこに精霊をどう収容しているのか分かっている。

精霊を抱え込むために器を大きくするのが、依代が千影山での修行で教わる最も重要なことである。まず最初は小さな精霊から。皆、時に拒絶反応を起こしながら、次第に大きな精霊を受け入れていく。

依代は、精霊に知らず知らずのうちに支配されることがあってはならない。だから精霊の状態を常に把握できるよう、己の器の限界を知らなければならないのだ。

身の内に大きな水槽があり、そこを泳げるだけの魚を飼っているとする。水槽に水が漏れるほどのひびが入った場合、魚はどうなると思う？

ルカの喩《たと》えは、ダナルでも容易に想像できるものだった。

いったん走った亀裂は、決して直せない。中の水は減り続ける。苦しい魚は暴れる。逃げようとする。

イネスはそのひびを入れた。

リアンの器を傷つけ、宵国に繋がるようにしたのだ。

リアンの魂も、神獣鳳泉も、そちらに流れるように。

器に入ったひびは直せない。だが流れ出る水を止め、中にいる魚を外に出さない方法はある。

封印や血戒と同じだ、と、ルカは言った。

水がこれ以上漏れぬよう、水槽の亀裂に命を注ぎ込み、塞ぐ。

己の中にある鳳泉を、絶対失わないために。

もしあの時、鳳泉の戒を解き、リアンから外していれば、リアンの命は助かっただろう。

だが、それをリアンはしなかった。

愛する男が魔獣化しようと、絶対にそれをしなかったのだ。

なぜか。

外宮の鳳泉の殿舎に飛び込むと、神官らが血に染まった敷布を片付けようとしているところだった。その鮮血を見て、カディアスは叫んだ。

「リアン！」

神官が寝室から飛び出してきて、こちらへと促す。

カディアスとダナルがその中に飛び込むと、気丈にもリアンは寝台の上で上半身を起こしていた。口元を覆い、血で汚れた衣服などを改めることを手伝っている神官らに指示を出す。

「血の穢《けが》れを王にお見せするな」

「リアン！　リアン、お前、もしかして前から……!?」

「大丈夫です。少しの量ですよ。気分も、そう悪くはありません」

微笑みさえ見せるリアンの顔が強張ったのは、次の瞬間だった。鳳泉の殿舎に大声が響き渡ったのだ。

「リアン！」

ガイの声だった。神殿からイサルドと駆けつけたガイは、その顔に感情のすべてを露にしていた。

ダナルはこの男が、人目もはばからずそれをさらけ出している姿を、初めて目にした。おそらくカディアスもそうだっただろう。ガイの、リアン以外に何も目に入らない様子を、茫然として見ている。

「リアン……！」

ガイは寝台にたどり着く前に、感情の全てを決壊させた。その身体を抱きしめる前に、瞳からは堪えに堪えたものがあふれ出た。

「もういいだろう、頼む、もういいだろうリアン。もう、鳳泉を外してくれ。俺らが浄化を行わねば、ステファネス様が毒に悩まされることは分かっているが、三年、待ってくだされば新たな鳳泉が誕生する。頼む、もうやめてくれ。お願いだ……」

リアンが器を破壊されても鳳泉を宿したまま外さずにいるのは、それが理由だった。

先読浄化は鳳泉しかできない。他の神獣で行うとしたら、多大な犠牲が必要となる。

新たな鳳泉に決まっているカザンはまだ十七歳、おそらく依代として選ばれる者も同じ十七歳なのだ。せめて二人が裏山に入る十八歳までは、なんとか鳳泉の依代として持ちこたえようとしていたのだろう。

リアンの命は、少しずつ、器の亀裂に吸い込まれていっている。

一見するとリアンは今まで通りの生活を送っており、器を傷つけられたことが身体に影響を及ぼしているようには見えなかった。命が奪われているとしても、死は、そうすぐのことではないのではないかとダナルは思っていたのだ。

だが身体は、確実に蝕《むしば》まれていた。

もはやこの状態では、鳳泉を外したとしても、生命力が回復することはないだろう。

ガイは、当然それを知っていただろう。

それでもリアンの望みを優先させ、自分の思いを押し殺してきたのだ。

だが今、ガイは人目もはばからず半神に懇願した。

リアンは、自分を抱きしめて慟哭《どうこく》するガイの背中をそっと撫でた。そして、顔をカディアスの方へ向けた時、その瞳から、一筋の涙が零れ落ちた。

「……申し訳ありません、カディアス様……」

ガイを抱きしめたまま、リアンは告げた。

「あなたの鳳泉が現れるまで、この身、持ちこたえようと約束しましたが、叶えられそうにありません。残りの人生は、この男一人のために使いたいのです。……どうか、お許しを」

カディアスが必死で頷いた。何度も何度も頷いて、そのたびに涙が空に散った。身体を震わせるカディアスに、リアンがガイを抱きしめていない方の腕を差し出す。カディアスはその手を縋るように握った。

「感謝する、リアン。本当に、ありがとう。俺が本当の王になるまで、待っていてくれてありがとう。あとはもう大丈夫だ。ありがとう、リアン」

　リアンは、自分が育てた王の姿を、涙を浮かべた瞳を微笑ませて見つめた。

「大きくおなりになりましたな。もう何も、案じてはおりません……。どうか、お幸せに。あなたは私の愛し子でございました」

　カディアスは、耐えきれずに握りしめたリアンの手に顔を伏せ、慟哭した。


　リアンとガイが鳳泉の授戒を解き、千影山に入ったのはそれからすぐのことだった。

　リアンはその後、千影山にて、約一年の時を生きた。

　その亡骸は、遺言により霊廟ではなく、千影山に葬《ほうむ》られた。

　半神であるガイは、共にあの世へ旅立つことを約束していたが、リアンの最期を見届けた後、新たなる鳳泉の神獣師となる二人に修行をつけるべく、正式に千影山の師匠となった。

　そして二年後、ガイに修行をつけられたカザンとアジス家から救い出されたトーヤが無事に鳳泉の神獣師として立った。

　ガイは、リアンとの約束を果たし、次世代の鳳泉を送り出した後も、千影山の師匠として生きた。

　最愛の半神の墓を守りながら、様々な神獣師や精霊師を世に送り出し、現在に至っている。

◇◇◇

　そして時が経ち、四十歳を迎えたダナルが、カディアスの前に鎮座していた。その隣に、ルカも座っている。

　黒宮の謁見の間で改まって座っている二人を御簾《みす》の向こうで見ながら、カディアスが言った。

「俺はお前が大嫌いだったよ、ダナル」

「まあそうでしょうな。今までろくな目にあわせておりませんから」

「ルカはともかくとして、お前は辞めてほしくて仕方なかった」

「ええ」

カディアスは、そこで思わず歪んだ顔を片手で覆った。

「引退するのか」

「はい」

カディアスは侍従が御簾を上げる暇もなく御簾の中から出て、ダナルの前にどっかりと座った。

「ルカはまだ三十八歳だろ。お前も付き合ってあと二年、内府を続けろ！」

「できません。次の内府はあなたの弟であるユセフスです。これが、百花を宿しました。俺はこの座をユセフスに譲り、新たなる光蟲となる者に、修行をつけねばなりません」

「しかし、お前、今の状態を見てみろ……。シンとザフィしか、いないんだぞ。紫道しかいないなんて……トーヤは、あの状態だし」

「代替わりは仕方ないですな」

カディアスの気持ちも分からないではなかった。ステファネスが死んで、先読不在が続いている。鳳泉の神獣師もトーヤ一人、青雷もなく、百花・光蟲までが修行に出てしまったら、手元にあるのは紫道だけである。

おそらくヨダ国が始まって以来の混迷期が続いていた。先読が長く不在となり、予知が何も語られていない日々がいたずらに続いていた。誕生した新たなる先読・ラルフネスはまだ二歳。国民の前に、正式に先読即位の宣下が言い渡されるのは、まだまだ先だった。

「ユセフスなら大丈夫ですよ。ジュドとラグーンに聞いたら、もうすぐ正戒できそうです。俺以上に厄介な内府になりそうですよ。あれはあなたの弟だ。存分に働くでしょう」

「……ルカだけでも、引き続き相談役として置くことはできないか」

「王。いい加減、俺一人だけのものにさせてくれませんかね」

カディアスは、はああ、と大きくため息をつき、天を仰いだ。

「子供だった時は、お前ら全員、好き勝手やってて腹が立って仕方なかった」

「青宮でいかがわしいことはするし？」

「本当だ。お前らぐらいだぞ、そんな牢獄行きの不敬をしたのは。お前も最低だったが、ジュドもラグーンも、みんな……」

カディアスはそこで天を見上げる目を細めた。

「俺は、本当に、恵まれた王だった」

ダナルは、生まれてから困難な道しか歩んできていない王を、食い入るように見つめた。

いまだその困難な道は続いている。

だがその先で、いつか破壊されてしまった未来が、一つの道となることを信じて、今はがむしゃらに歩き続けるしかない。

そのためならば、この身は王宮から引いたとしても、自分はまだまだ、この国のために尽くすだろう。

どれほどの苦難を強いられても、決して逃げないこの王の治世を守る。

内府の職を辞するこの時も、あの時傍に立つと誓った思いは変わらなかった。

カディアスが上を見上げていた顔を、ダナルとルカに戻した。かつての少年から、成熟した大人へと変わった王は、微笑みながら告げた。

「お前以上の内府は、いなかった、ダナル。ルカも、俺の相談役を、よく務めてくれた。……二人から光蟲の正戒を解き、千影山に師匠として入山することを許す」

ダナルはその時初めて、この王に対し、膝をつき、胸の前で手を合わせた臣下の礼を取った。

◇◇◇

ダナルとルカは、供《とも》の者を一人もつけずに、荷を抱えて千影山に入った。

「ほら、ルカ。早くしないと、またラグーンにどやされるぞ。酒宴を設《もう》けるから、早く来てくれってセツから連絡があったばかりだろ」

ルカは久々の千影山が懐かしいらしく、たびたび足を止め、景色に目を向けたり山の木霊《こだま》と話したりしてなかなか進まない。

「本当に、懐かしいな。……下山する時は、こんな風に山に帰ってくるなんて、夢にも思わなかった」

ルカの横顔には、遠き昔を懐かしむ微笑みしか浮かんでいなかった。ダナルも足を止めて、その横顔を見つめた。

「引退したら、ゆっくり人里離れた場所で読書三昧《ざんまい》の日々を過ごそうと思っていたけど、また賑やかになりそうだな」

「光蟲の修行をつけたら、二人でどこかに旅にでも出るか？」

「ダナルには無理だな。なんだかんだ言って仕事大好きなんだから」

ルカは珍しく顔に笑みをいっぱいに浮かべて、手を差し出した。その手をダナルは握りしめた。

「この山で、リアンのように、ダナルに看取《みと》られながら死ぬのも悪くない」

思わずダナルはルカの手を離した。

「ダナル？」

「お前、何言ってんだ？　なんで俺が看取るんだ。俺の方が年上だぞ？」

「ダナルの方が絶対長生きしそうだろ」

「冗談じゃない！　先に死ぬのは俺だ！　それだけは絶対に譲らねえからな！」

ルカは呆れたようにため息をつき、さっさと歩き出した。荷物を抱え直し、ダナルはその背中に叫んだ。

「おい、ルカ、聞いているのか！」

千影山に、威勢のいい、新たなる師匠の声がいつまでも響いていた。

青い蝶

隠しておきたい気持ちがあるなら精霊の中に入れればいい。

イーゼスの半神として千影山で修行を始めた時、ハユルは師匠らにそう教えられた。

「精霊の中？」

「なんでもかんでも操者に筒抜けだと、困ることもあるだろう。だからみんな、自分の精霊の中の隠し場所にそういう記憶とか気持ちを入れておくんだよ」

セツの言葉にハユルは首を傾《かし》げた。

「どうやって？」

「色々なやり方があるんだけど……人それぞれ精霊は違うからなあ。光蟲の場合、何を想像して隠していた？　ルカ」

セツから話を振られてルカは顔をしかめた。

「どうして俺が隠し場所を作っているって断定するんだよ」

「お前なんてめちゃくちゃ作ってるに決まっているだろ」

ルカの隣で胡坐《あぐら》をかいているラグーンが呆れたように言った。

「そういうラグーンが一番多そうだ」

セツの言葉にラグーンは片膝を立てて身を乗り出した。

「あたりまえだろ！　浮気するたびに土の中に埋めてさあ、記憶から抹消されるまで百花の養分にでもなってろって放置しても、ジュドが怒り狂って犬みたいに土を掘り起こして大変だったぜ」

ラグーンの精霊の中がどうなっているのか、ハユルにはさっぱり分からなかった。百花は精霊の中で最も美しいというのは間違いないのだろうか。

「なるほど、土の中ねえ。俺は書いた文字をそのまま飛ばしているだけだったな」

ルカの言葉にセツが首を傾げた。

「文字？　あー……ダナルは分からないから？」

「どうせ読めないから平気だろうって？　最低だな、お前！」

ラグーンが激高する。そうじゃない、と慌ててルカは手を振った。

「光蟲って、真っ暗なんだよ、世界が。そこに光が飛んでいるんだ。な、そうだろ」

ルカの促しに、ハユルは頷いた。

「俺から見たら、蛍《ほたる》みたいに、ポツポツ光が飛んでいるけどね」

「あれが操者から見たら、光は依代から無限に出ていて、満天の星みたいに見えるらしい」

「イーゼスもそう言ってた」

クヤドの中の話だったけど、という言葉をハユルは飲み込んだ。

「つまり、光蟲の中は依代から見たらポツポツ光が浮いている闇なんだ。だから文字は闇に溶けていくだけで……あれは隠していることになっていたのかな」

ルカの言葉に、セツが微笑んだ。

「隠しているようで、隠していなかったのかもしれないよ。本当は気づいてほしいって気持ちがあったんじゃないのかな」

ルカはしばらく黙っていたが、そうかもしれないな、と頷いた。

「それに、俺自身が隠したことも覚えていない隠し場所があったのかもしれない。ダナルはもしかしたらそれを知っているのかもしれないって、何度も思った」

「あー、それはあるな。言ってこねえだけでさ、お見通しなのかもなって」

ラグーンが同意する。それを機に三人は昔話に興じた。

それを眺めながらハユルは思った。

どうせイーゼスは、俺の精霊の中に入ってこれないのに。

隠す必要など、どこにあるのだろう。

間口のわずかな隙間から力動を注ぎ込み、精霊を取り出すだけ。

イーゼスは俺の中を、覗くこともしないだろうに。

◇◇◇

千影山で一通りの修行が終わった後、ハユルがイーゼスに連れられていった場所は、繁華街の地下だった。

薄暗い貯蔵庫は長年使用されていないようだった。

しかし、隠れ家として使っているらしく、灯《あか》りもない中、先に到着していた人間が声をかけてきた。

「イーゼス様」

「灯りをつけろ」

呼びかけられたイーゼスはすぐにそう伝えた。

「は？　灯り……必要ですか？」

精霊師は気配で相手を感じ取れるため、闇の中で話をすることなど造作ない。間諜《かんちょう》の仕事に従事する者たちが、灯りの下で対話することなど稀《まれ》なのだろう。

だがハユルには、相手の気配を感じ取ることができない。

「必要だ。早くしろ」

蠟燭《ろうそく》に灯がつく。灯りに浮き上がった二人の姿は、間諜には見えなかった。

「俺が統括する警備団の第五部隊長・ジュードと、その半神で副隊長のアイクだ」

警備団第五部隊は通称『第五』と呼ばれ、精霊師で構成される諜報機関であることはハユルも聞いていた。

しかしこの二人はとても間諜には見えなかった。操者である隊長は背が高く筋骨隆々とした男だが、わずかな灯りでもはっきりと分かるほど顔には厚く化粧が施されている。もともと目鼻立ちがはっきりしているので、すごく派手だ。いや、これは、仕事として舞台役者に扮する必要があるのかもしれない。でなければ女性の服を着て、装飾品で耳も首も指も飾り立てている意味が分からない。一歩外に出れば間違いなく凝視される格好なのに、間諜のわけがない。

「これがこいつの普段着だからな」

ハユルの心を読んだようにイーゼスが耳打ちした。

「こんな間諜いるわけねえから、逆に誰にも怪しまれねえんだ」

そして派手な間諜の半神は、対照的に凡庸《ぼんよう》そのものの容姿だった。小太りで、身に着けた衣装もどこかの商店の二代目にしか見えない。全く目立つところがなく、町で五回すれ違っても顔も覚えられないと思われた。

「こういう男が間諜としては最も怖い」

イーゼスの言葉に、そうかもしれないとハユルは納得した。

「あ……あの、イーゼス様、二年ぶりで大変お懐かしいところなんですけど、そちらの方は……？」

ジュードという男が顔を引きつらせながら訊いてくる。だがイーゼスは鋭い声で質問を止めた。

「黙れ」

「し……しかしイーゼス様、この二年我々にはなんの情報も」

「黙れと言っているんだ。俺の話すことだけに頷け。

質問は一切するな。今後、疑問を口にしたらぶち殺すぞ」

イーゼスの言葉に殺気を感じたのか、ジュードは言われた通り沈黙した。アイクが静かに返答する。

「……分かりました」

ハユルは二人を気の毒に思ったが、何も訊かれたくない、答えたくないイーゼスの気持ちもハユルには痛いほどわかった。

「……光蟲の、新しい依代だ」

新しい、依代。

新しい半神だ、という言葉ではなかった。

ジュードとアイクからは、なんの言葉も返ってこなかった。


「今度、王都の外れに屋敷を買うからな。ここはちょっと仮の住まいと思ってくれ」

イーゼスに案内された場所は、共同住宅の一室だった。新品の家具がまだ馴染《なじ》んでいない。急いで用意されたものだろう。ハユルが父と住んでいた場所に比べれば段違いの広さと綺麗さだが、神獣師が住んでいるとは誰も思うまい。

「以前からここに住んでいたの？」

ハユルの問いにイーゼスは首を振った。

「いや。以前の家は二年前にユセフスに処分するよう命じられたとジュードが言っていた。ここは急遽あいつらに用意させた家だが、俺は今後王都の中心に居住するつもりはない。別荘地に居を構えるつもりだ。静かなところでのんびり暮らそうぜ」

「でもイーゼス、仕事をしなきゃならないんじゃないの？　警備団の長なんでしょ？　あの人たち、イーゼスが戻ってくるのをずっと待って」

「ハユル、そこの寝台にちょっと横になれ」

言葉を遮ってきたイーゼスの口調の強さに、ハユルは思わず身を震わせた。イーゼスはすぐにしまったというように険しい表情を改めた。

「仕事のことなんて……お前が気にすることじゃないんだよ」

イーゼスがそっと肩に手を置いてくる。

「お前は光蟲を宿しているだけで精一杯の状態だ。そう頻繁に、お前の中から光蟲を引っ張り出せるかよ。俺は必要最低限のことしかやらねえって言った。『第五』の連中だって一応はお前に紹介したが、関わらせるつもりはない。だから、お前は仕事のことなんて考える必要はないんだ」

心配からそう言ってくれるのは分かっている。だがその言葉は、お前は仕事をする上で半神とは言えないと宣言されているのも同じだった。

「山から下りて、色々回って疲れただろう。光蟲の状態を見るから、そこに横になってくれ」

今、精霊を操られたら、このどす黒い感情があふれ出るかもしれない。分かっていたことなのに、納得したはずなのに、どうしても抱いてしまう感情。

俺は、イーゼスの、〝半神〟ではない。

「いい。大丈夫」

「大丈夫かどうか確認するのは操者なんだよ」

「大丈夫だってば！」

見られたくない。知られたくない。

隠さなきゃ。

この感情を、隠して……。

ハユルは、自分の精霊の中に、何かが生まれたのを見つけた。

それは、クゴの幼虫だった。

光紙の原料となる糸を吐き出す、クゴの幼虫。

小さな白い虫を、ハユルは掌に乗せた。クゴは、口をもごもごと動かして何かを食べている。本来クゴはヤスリンという植物の青々とした葉っぱしか食べない。

それなのに、何を口にしているのだろう。

ハユルは、自分の口からぽろぽろと落とされたものを、クゴが食べているのに気がついた。

ああ、そうか。

これは、俺が作り出した『隠しておきたい気持ちを入れるもの』か。

俺の、知られたくない気持ちは、こうしてこいつが食べてくれるのか。

クゴはハユルの口から零れ落ちたものを口にすると、やがてその口から金色の糸を吐き出した。これが光紙の原料となる糸だが、本来クゴはこの糸で身を包み、蛹《さなぎ》となる。

金色の塊となったクゴを、ハユルは光蟲の中に放った。すぐに光蟲の無数の光の一部となり、どこに行ったのか分からなくなった。

「……ハユル」

呼びかけられ、ハユルは己の精霊の中から意識を戻した。

イーゼスがいたわるような瞳で見つめていた。

どこに意識を飛ばしていたか、知っているのだろう。

だがイーゼスは、それを探せまい。

小さく開くだけの間口から、あの無数の光の中から、クゴの蛹を見つけることは不可能だろう。

安堵と同時に寂しさが湧き上がってくる。

それを押し殺して、ハユルは頷いた。

「いいよ、イーゼス。光蟲の中、見ても」

イーゼスの手が、頰を優しく包んでくる。

そっと触れてくる唇に、ハユルは目を閉じた。

◇◇◇

『イーゼス様！　いちゃついている場合ではありませんよ！　今回の麗街《れいがい》での一件が今後の諜報活動にどれほどの影響を与えるか、早急に調べねばならないとご自分がおっしゃったんじゃないですか！』

騎乗している馬の首に赤い目が浮き上がり、必死で訴えてくる。イーゼスは馬を止めず、赤い目に吐き捨てた。

「う・る・せ・え！　これ以上ついてくるなら、お前の〝赤目〟を全部蟲で塞ぐぞ！」

想像するだけで恐ろしいのか、ジュードがすぐに精霊〝赤目〟を引っ込める。ハユルは気の毒になり、ジュードに声をかけた。

「ジュード、聞こえる？　大丈夫だよ、俺を屋敷に戻したら、イーゼスにはそっちに行ってもらうから」

『あ、ありがとうございますハユル様！』

「はああ!?　冗談じゃねえよ！」

ジュードは言質《げんち》は取ったと言わんばかりに今度こそ姿を消した。

ハユルの後ろで馬の手綱《たづな》を取るイーゼスが、大きく舌打ちする。ハユルはイーゼスに顔を向け、たしなめた。

「イーゼス。みんな、『光蟲の帰還』を待っていたんだからさ。期待に応えようよ」

「俺は別に昔だって仕事熱心なわけじゃなかったです

けど。クソじじい《ダナル》がうるせえから動いていただけで」

「やっぱり、存在だけで大きいんだからさ、神獣師は。俺は今回、みんなの気持ちが聞けてよかったよ」

「俺は知ったところでなんとも思いません」

「もおお〜」

　馬が急に速度を上げる。ハユルは思わず馬の背にしがみついたが、その前にイーゼスの腕が腰に回り、身体を支えた。

　イーゼスとハユルが住む閑静な別荘地に入る手前にある厩舎《きゅうしゃ》に馬を預けると、イーゼスはハユルを馬から降ろし、そのまま抱きかかえて屋敷に向かった。

「いいって、イーゼス、自分で歩くから」

　だがイーゼスはハユルを下ろさなかった。無言のまま足早に屋敷に入り、扉の鍵穴に勢いよく鍵を突っ込み、ガチャガチャと回す。

　チッ、と舌打ちしたイーゼスが何を考えているのか、ここにきてハユルにはようやく分かった。

「イーゼス……」

「他の奴らの気持ちを聞いたところで知ったこっちゃねえが、お前の気持ちを聞いて今までどおりなんて無理だからな」

　鍵が開いた扉を、イーゼスが蹴飛ばすように開ける。ほぼ駆け足でハユルが連れ込まれた先は、寝室だった。

　大きな寝台の上で二人並んで寝るのが常だった。抱き合って眠ることはあっても、ここで性交に及んだことはない。

　居間の寝椅子などで、いつも唐突に行われていた。半力動の調整を兼ねた性欲の解消なのだから、これは半神の『義務』でありそれ以上でもそれ以下でもない。

　毎回、そう言われているようだった。

　寝室に入るまで荒々しいほどだったイーゼスの勢いが、急に削がれる。ハユルは、まるで壊れ物を置くように寝台に横たえられた。

「……ハユル」

　抱きしめられ、イーゼスがどんな表情をしているのか、ハユルには見えなかった。

「俺に、隠しごとはしないでくれ」

　かすかに震えるイーゼスの声が、耳に響く。

「俺は……できた男じゃないから、困らせることがあるかもしれないけど、頼むから、俺に嘘をついたり、何かを隠したりしないでくれ」

　イーゼスが顔を上げる。訴えるような瞳を、ハユルは見つめた。

イーゼスが、絞り出すような声を出す。

「依代は、操者に隠しておきたいこと、秘密にしておきたいことを、精霊の中に隠せるんだよ」

イーゼスの目がきつく閉じられる。

「……見つけられない操者がふがいないのかもしれないが……お前の精霊の中は特に、俺は把握しきれないから」

声ににじんでいるのは、哀願に近いものだった。

「イーゼス……！」

ハユルはたまらなくなってイーゼスに抱きついた。

イーゼスはずっと、クヤドが精霊の中に隠していた秘密を見つけ出せなかったことを、悔やんでいたのだろう。

セツやルカたちがしていた話をハユルは思い出した。

隠しておきたいことを、本当は知ってほしい依代。

知らぬふりをして、すべて分かっている操者。

それができなかった己のふがいなさをイーゼスは憎み、そしてこれからもずっと後悔し続けるのだろう。

「イーゼス、俺はなんでも言うからね。イーゼスにムカついても、イーゼスが最低最悪なことしても、全部全部言うからね」

好きだという気持ちも。

永遠に、一緒にいたいという気持ちも。

「大好きだよ、イーゼス。世界中のみんなにイーゼスが嫌われたって、憎まれたってイーゼスが好きだよ。俺は絶対にイーゼスの味方だ」

抑えていた言葉が唇から零れ落ちる。イーゼスが、それをついばむように接吻してきた。

「お前の、全部が欲しい。ハユル」

全部、受け止めてほしい。

ハユルはイーゼスの手で一枚ずつ服を脱がされながら訴えた。

全部、あげる、イーゼスに。だから俺にも、イーゼスの全部をちょうだい。

荒々しく手を這わせてくるのかと思いきや、イーゼスの動きは優しく丁寧だった。

身体のあらゆる部分に接吻を受け、もどかしさにハユルの方が何度か懇願した。イーゼスは陰茎から尻にかけて指を這わせ、後孔を押しながら囁いた。

「間口を繋げずに普通の性交をしたら、お前のここがこじ開けられることになるんだぞ」

　とろりとした感触が尻の割れ目に沿って流される。孔の周囲をイーゼスの指がさまよい、くぷりと指先が中に入った瞬間、ハユルの口から声が零れた。

「苦しいか？」

「ううん、へん、へんな、かんじ、なだけ」

「間口を繋げた弛緩状態とは真逆だろ。中が、異物の侵入を拒んでくる」

「そん、そんなことないよ、イーゼス、やめないで」

「やめろったってもう俺も無理なんだけど」

　イーゼスのもう片方の手が陰茎を擦り上げてくる。同時に、後孔に挿入された指がぐぐ、と奥まで突き上げてくる。そして、中に入った指が内部の何かに触れた瞬間、脳天までぶるりと震えるような快感が走り、ハユルは思わず腰を浮かせた。

「はうっ？」

　イーゼスが舌を吸い上げるように接吻してくる。窒息しそうな苦しさと、突き上げてくる快感に、ハユルは頭がどうにかなりそうになった。

「は、あぅ、ふあっ、い、イーゼス」

「……ここで十分感じて、俺の指があと二本くらい入らなかったら、とてもそのまま挿《い》れたりできねえよ」

　ハユルはイーゼスの身体にしがみつき、腰を揺らしながら訴えた。

「か、感じてる、感じてるから、挿れてよ、イーゼスの、挿れて」

　ハユルの肩に、イーゼスの大きなため息が広がる。

「……ああ、もう……」

　イーゼスが上半身を起こし、下衣を下げ、そそり立った陰茎を掴みながら出した。

「こんなもん、今のお前に挿れたら壊しちまうよ……。かといってもう俺も我慢できないから、ハユル、ほんの少しだけ間口を繋げてくれ」

「や、やだ。ちゃんと、ちゃんとイーゼスを感じたい。ちゃんとできる」

「ハユル……」

　イーゼスの陰茎がぴたりと後孔に押し当てられる。硬く、脈を打った陰茎の興奮が伝わってくるが、囁くイーゼスの声音はどこまでも優しかった。

「ハユル、これから俺たちには無限に時間がある。だから、急がなくていいんだ。今は俺を助けると思って、俺の誘導に従ってくれ。間口を全開にするんじゃなく、少しだけ開放するんだ。そうすれば、生の感覚を少しは残せるから」

その誘導は、千影山で光蟲の共鳴の修行を行った時とよく似ていた。

どこまでも丁寧に、相手をいたわりながら、心を繋げてくれる。

普段の粗暴さのどこにこんな繊細な思いやりがあるのか、不思議に思うほどの。

「イーゼス」

だからこそ自分は、命を懸けても、この男を愛したかったのだ。

「大好き、イーゼス」

弛緩した身体の中に、イーゼスの陰茎が収まるのが分かった。

ああ、感じる。身体の中に、イーゼスがいる。

やがて緩やかに始まった律動は、先程の快感を誘導してきた。

「あっ、あうんっ、ああっ、んあっ」

経験したことのない快感が下腹部から脳天に突き上げてくる。

快感しか襲ってこないのに、ハユルは泣き出したくなった。

「あぅ、ううんっ、い、イーゼス、きもちい、どうしよ、いいっ……」

身体を丸ごと抱きしめてくる感覚が、ハユルを包む。

ハユルはひたすら快感だけを求め、頼もしい腕の中で、己の熱を、感情を、すべて解放した。

◇◇◇

目覚めたハユルの視界にまず入ってきたのは、じっと顔を覗き込んでくるイーゼスだった。

そしてすぐにハユルは、ジュードとの約束を思い出した。

「イーゼス！　ジュードのところに行かないと！」

「あー、大丈夫大丈夫。蟲を飛ばしておいたから」

どうでもいいというようにイーゼスが答える。絶対に嘘だ、とハユルは飛び起きようとしたが、身体に力が入らなかった。

「無茶するなって。半分身体が弛緩していたとはいえ、負担は大きかっただろうから。尻は見たところ大丈夫そうだけど」

「見ないでよ！」

ハユルは寝台に突っ伏した。イーゼスの手が、髪を撫でてくる。

「俺、成虫になったクゴって初めて見たよ」

ハユルが目だけを向けると、イーゼスは微笑んでいた。

「クゴが光紙の原料を作るのは蛹になる時だから、案外蝶になった姿ってみんな知らねえじゃん」

急にクゴの話を始めたイーゼスにハユルは首を傾げた。

「なんの話？」

イーゼスは微笑みを浮かべたまま告げた。

「お前の小さな間口から、精霊の中にいる青い蝶が俺のところに飛んできたよ」

青い蝶。

そういえば、クゴの成虫は美しく青い蝶だった。

ハユルは、『隠しておきたい気持ち』をクゴの幼虫に食べさせたことを思い出した。

ハユルの『気持ち』を食べたクゴが光蟲の中で羽化《うか》して、青い蝶になったのだろうか？

クゴが光紙の原料である糸を吐き出すように、青い蝶も何か、ハユルの『気持ち』が分かるものを伝えたのだろうか？

「羽化した蝶に、俺の気持ち、何か残ってた？」

イーゼスはそれには答えなかった。

ただ微笑んだまま、告げた。

「青い蝶な、俺が間口から指を差し出しただけで、俺の指にいくつも止まってくれたよ」

ありがとうな、ハユル。

イーゼスの唇が落ちてくる。

ハユルはイーゼスを抱きしめながら、己の中の無数の青い蝶に思いを馳《は》せた。

あとがき

このたびは、「精霊を宿す国　黄金の星」をお手に取っていただき、誠にありがとうございます。

今回は「黄金の星」というタイトルを想起させる、黒と黄を基調とした美しいカバーイラストを吉茶先生に描いていただきました。ありがとうございます。

物語は一巻「青雷」から時間が経過しています。主人公オルガとキリアスが少しは成長したと思って頂けたら嬉しいです
三巻は年が明けて二〇二四年一月に発売されます。

そこでいよいよオルガの出生の秘密が明らかにされます。「黎明」から、時の神獣師であった師匠らがどのような道を歩んできたのか。オルガの誕生は、この国に何をもたらしたのか。ヨダ国王・カディアスの口から、鳳泉の神獣師・トーヤへの許されない愛を通して、全てが語られます。

そして真実を知ったオルガが何を選択するのか、ご覧いただけたらと思います。

しばらく間が空きますが、またお会いできたら幸いです。

読んで下さって、ありがとうございました。

二〇二三年　九月

佐伊

『精霊を宿す国　黄金の星』をお買い上げいただきありがとうございます。
この本を読んでのご意見、ご感想など下記住所「編集部」宛までお寄せください。

アンケート受付中
リブレ公式サイト　https://libre-inc.co.jp
TOPページの「アンケート」からお入りください。

初出　精霊を宿す国　黄金の星
＊上記の作品は「ムーンライトノベルズ」（https://mnlt.syosetu.com/）掲載の「精霊を宿す国」を加筆修正したものです。（「ムーンライトノベルズ」は「株式会社ヒナプロジェクト」の登録商標です）
青い蝶……書き下ろし

精霊を宿す国　黄金の星

著者名　佐伊

発行日　2023年9月19日　第1刷発行

発行者　太田歳子

発行所　株式会社リブレ
〒162-0825 東京都新宿区神楽坂6-46 ローベル神楽坂ビル
電話　03-3235-7405（営業）　03-3235-0317（編集）
FAX　03-3235-0342（営業）

印刷所　株式会社光邦
装丁・本文デザイン　ウチカワデザイン

Printed in Japan
ISBN978-4-7997-6411-4